**Buttercream Witch**

Lea Melcher

LEA MELCHER

# BUTTERCREAM WITCH

mit Illustrationen der Autorin

Willkommen in Snickerford!

**Lea Melcher** illustriert und schreibt in Mainz. Nach einem Masterstudium in Mediendramaturgie, einer Zwischenstation in Paris und einem Job beim Fernsehen hat sie sich selbstständig gemacht. Seitdem arbeitet sie als Illustratorin und Autorin für verschiedene Verlage. Immer dabei: ihre flauschigen Katzenhelfer Dino, Kobold und Murmel.

Der zweite Band der BUTTERCREAM WITCH-Dilogie erscheint 2024!

1. Auflage

Deutsche Erstausgabe Oktober 2023



Umschlaggestaltung & Satz: Lea Melcher

Lektorat: Jonas Melcher

Impressum
Lea Melcher, Fuststr. 17, 55116 Mainz
kontakt@leamelcher.de

Druck & Bindung:
BAIRLE Druck und Medien GmbH,
Gutenbergstr. 3, 89561 Dischingen

ISBN: 978-3-9825753-9-1

www.leamelcher.de

*Für alle, die den Herbst*
*genauso sehr lieben wie ich.*

# MILLICENT

Wenn man eine richtig gute Torte backen will, darf man keine Angst haben. Mut ist die erste Zutat, die man in die Schüssel gibt, mit Eiern verquirlt und mit Zucker bestreut. Und ganz am Ende, wenn man aus einer Spritztüte Buttercreme-Schnörkel formt, muss man schon fast so etwas wie Waghalsigkeit an den Tag legen.

*Und eine Prise Magie darf natürlich auch nicht fehlen*, schoss es Millicent Battersea durch den Kopf.

*Nein, Halt!*

Millie ließ ihre Spritztüte sinken. Wo kam denn auf einmal dieser Gedanke her? Magie war das Letzte, was Millie in diese Torte stecken wollte, also bitte! Sie war doch nicht die letzten Jahre über nach London geflohen, nur um jetzt bewusst Magie irgendwo reinzustecken. Auch wenn sie entgegen allen Erwartungen wieder im Dorf ihrer Kindheit gelandet war. Nein, Millicent Battersea hatte der Magie vor Jahren abgeschworen und würde keinesfalls auf diese zurückgreifen. Im warmen Griff ihrer Finger schmolz

die Buttercreme vor sich hin und tropfte durch den Spritztütenaufsatz nach unten. Millie seufzte. Manchmal würde ein bisschen Magie ihr Leben enorm erleichtern.

»Wolltest du gerade Magie benutzen?« Millie fiel fast die Spritztüte aus der Hand. Sie fuhr herum und sah ihre Großmutter im Türrahmen stehen, auf ihren Stock gestützt, ein schelmisches Grinsen um die faltigen Mundwinkel.

»Natürlich nicht!«, log Millie, ohne mit der Wimper zu zucken. »Wie kommst du denn auf so eine absurde Idee!« Hitze stieg Millie in die Wangen und sie drehte ihrer Großmutter schnell wieder den Rücken zu. »Wolltest du nicht gerade einen Mittagschlaf machen?«, fragte sie spitz.

Ihre Großmutter reagierte nicht auf diese Frage. Eleanor Battersea war es nämlich, von der Millie ihren Dickkopf geerbt hatte. »Ich finde es gut, dass du langsam wieder ein bisschen darüber nachdenkst. Es kann nicht gesund für eine Hexe sein, sich so lang von Magie fernzuhalten.«

»Ich weiß nicht, wovon du redest«, entgegnete Millie und füllte eine neue Spritztüte mit gekühlter Buttercreme. »Ich bin nur hier, um Torten zu backen.« Das war nicht mal eine Lüge. Auf der Kücheninsel standen schon vier fertige Schönheiten, allesamt in der Geschmacksrichtung Kürbis und rundherum mit Buttercreme-Röschen verziert. Millie musste nur noch die letzte Torte beenden. Mit einem Seufzen humpelte ihre Großmutter an die Theke heran und kletterte auf ihren Hocker, um Millies Werk zu betrachten.

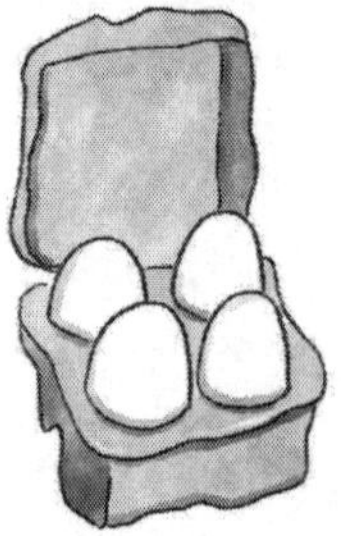

»Nicht übel«, urteilte sie, was aus Eleanors Mund einem Lob in höchsten Tönen gleichkam.

»Nicht übel also, hm?« Millie konnte ein Grinsen nicht unterdrücken. »Willst du mir damit sagen, dass du nichts zu kritisieren hast? Ich bin schockiert.«

Eleanor schnaubte und ließ ihre kleinen schwarzen Augen in Windeseile über die viereinhalb Torten gleiten. Sie schürzte die Lippen. »Wurde aber auch Zeit. Nach sechs Monaten sollte man meinen, dass auch Maus es hinbekommen würde, eine anständige Torte zu backen.«

Millie lachte und bemerkte, dass auch die Mundwinkel ihrer Großmutter zuckten. »Nicht so laut, sonst lockst du ihn noch an.«

Doch es war bereits zu spät. In diesem Moment ertönte ein Flattern in den Rohren, die jeden Raum des Hauses miteinander verbanden – und dann rauschte ein kleiner schwarzer Ball mit atemberaubender Geschwindigkeit durch die Küche. Auch nach Jahren hatte Maus Schwierigkeiten, in engen Räumen zu navigieren, was vielleicht auch der Grund für seinen Namen war. Denn er war ungefähr so geeignet dafür, eine Fledermaus zu sein, wie … nun ja, eine Maus eben. Millie konnte gerade noch den Kopf einziehen, da rauschte das kleine schwarze Bündel auch schon an ihr vorbei, streifte den Kühlschrank und trudelte dann auf die Kücheninsel hinab, mitten auf die Torte für die Robinsons, die Millie am besten gelungen war. Sie hatte sogar die Silhouette eines Kürbisses in orangefarbener Buttercreme in die Mitte der Torte drapiert. Darauf landete Maus jetzt, als wäre es ein Auffangtuch der Feuerwehr. Für einen Moment blieb der kleine Körper ruhig liegen, die ledrigen Flügel von sich gestreckt und an den Rändern mit Puderzucker bestäubt, dann hob Maus sein Gesicht aus der Torte. Die kleinen Augen blitzten Millie aus orangener Buttercreme heraus an. Es war so ein lustiger Anblick, dass Millie in Lachen ausbrach. Eleanor blickte äußerst pikiert drein und Maus sah aus, als würde er gleich in Tränen ausbrechen. Vorsichtig hob Millie ihn aus den Tortenüberresten und trug ihn zum Waschbecken. »Es tut mir leid, mein Schatz«, japste sie, immer noch lachend. »Es tut mir ja so leid.«

»Wir sollten ihm endlich verbieten, durch die Rohre zu fliegen«, grummelte ihre Großmutter im Hintergrund.

»Das sagst du seit Jahren, Oma, aber wer war es denn, der das Hornissennest sofort entfernt hat, als es die Fledermausrohre vor zwei Jahren verstopft hat? Alles nur, damit Maus wieder durch unser Haus fliegen kann.«

»Das war etwas völlig anderes«, entgegnete ihre Großmutter brüskiert.

»Ich weiß, ich weiß«, sagte Millie schnell, während sie Maus die Buttercreme mit lauwarmem Wasser vom Gesicht wischte. Er hatte sich mittlerweile von seinem Schock erholt und versuchte, die letzten Zuckerkrümel mit seiner kleinen pinken Zunge aufzuschlecken. Doch Eleanor Battersea war nicht mehr aufzuhalten.

»Du verstehst manchmal einfach nicht den Unterschied zwischen Haustieren und Schädlingen«, setzte sie an. »Eine der Hornissen war so groß wie meine ganze Hand!«

Millie öffnete den Mund, um die Predigt ihrer Großmutter im Keim zu ersticken, aber da erlöste sie ein Klingeln an der Tür. Millie bettete Maus vorsichtig auf ein Küchentuch und wischte sich dann die Finger an ihre Schürze ab. »Ich geh schon«, rief sie und eilte hinaus, bevor ihre Großmutter einen überstürzten Abstieg von ihrem Hocker wagen und sich dabei noch den Hals brechen konnte. Die Dielenbretter unter Millies Füßen knarzten, als sie zur Tür ging. Links von ihr führte eine geschwungene Treppe ins Obergeschoss, zu ihrer rechten lagen ein Badezimmer und das Schlafzimmer ihrer Großmutter. Die Wände waren von deckenhohen Regalen gesäumt, sodass es fast so aussah, als hätten sie einfach das ganze Haus mit einer Tapete voller aufgedruckten Buchrücken tapeziert. Von der Decke baumelten Kräuterbündel, die ihre Großmutter trocknete, auch wenn Millie ihr schon tausendmal gesagt hatte, wie verdächtig das wirkte. Wie sehr wollte Eleanor eigentlich nach einer Hexe aussehen, wenn das alles doch eine höchst geheime Angelegenheit war? Aber alten Frauen gegenüber war niemand misstrauisch. Durch den Milchglausausschnitt der Tür konnte Millie Remingtons roten Haarschopf im Sonnenuntergang leuchten sehen. Sie dachte darüber nach, ob er sich wohl schon mal gefragt hatte, was hinter Eleanors Fassade steckte. Seit Millie hier wohnte, mussten sie jedenfalls besser aufpassen. Schließlich erregte eine junge Frau, die Kräuter an ihrer Zimmerdecke trocknete, schon viel mehr Aufsehen.

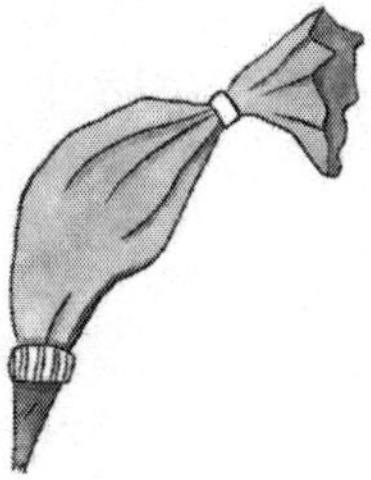

# REMINGTON

Millie öffnete die Tür in einer Wolke aus Puderzucker. Durch die Bewegung löste sich eine aus Versehen bestäubte Haarsträhne aus ihrem Dutt und flog ihm entgegen. Genau in diesem Moment öffnete er den Mund – und verschluckte sich an dem süßen Pulver. Statt mit ein paar lässigen Worten begrüßte er sie also mit einem Husten.

»Oh, entschuldige, bitte!«, rief sie und beugte sich vor, um ihm auf die Schulter zu klopfen, wodurch ihm eine weitere Puderzucker-Wolke entgegenflog und er auch noch niesen musste. Remington stolperte ein paar Schritte zurück und schnappte nach Luft.

»Brauchst du ein Glas Wasser?«, fragte Millie, die diesmal glücklicherweise ein paar Schritte entfernt von ihm stehenblieb.

»Nein, alles gut«, krächzte er hervor, doch sie hörte nicht auf ihn.

»Ich hol dir lieber eins«, sagte sie, rückte ihre Brille zurecht und machte auf dem Absatz kehrt. Diese Bewegung ließ wieder Puderzucker regnen, aber diesmal war der Abstand zwischen ihnen groß genug.

Drinnen hörte er die Stimme der alten Eleanor, die ihre Enkelin anfuhr. »Hast du dem armen Jungen ein anzügliches Angebot gemacht, oder warum hustet er sich da draußen die Seele aus dem Leib?«

Remington hätte zu gerne gehört, was Millie darauf erwiderte, aber ihre Antwort ging im Gluckern des Wasserhahns unter. Als sie wieder auf die Stufen vor dem Häuschen trat, war eine leichte Röte über ihre Wangen gekrochen, aber vielleicht bildete er sich das auch nur ein. Er nahm das Glas entgegen und spülte damit die letzten Reste des Puderzuckers hinunter.

»Entschuldige noch mal«, sagte Millie, aber als ihre Blicke sich trafen, konnte er den Schalk in ihren Augen erkennen.

»Es gibt schlimmere Arten zu sterben, als von Puderzucker erstickt zu werden«, entgegnete Remington und gab ihr das Glas zurück. »Außerdem bin ich ein bisschen zu früh dran und das allein rechtfertigt schon diese Strafe.«

Millie hob die Schultern. »Wenn ich dich mit Puderzucker töten wollte, hätte ich es schon besser angestellt.« Damit machte sie auf dem Absatz kehrt und verschwand im Haus.

Remington folgte ihr kopfschüttelnd. Er erledigte für viele Menschen in Snickerford Botengänge und trug außerdem die Post aus. Das war sein Job geworden, als er sich mit siebzehn Jahren die kleine zerbeulte Vespa gekauft hatte, die er auch jetzt, zehn Jahre später, immer noch fuhr. Viele Straßen im Dorf waren so schmal und schief gewunden, dass sie mit Autos kaum befahrbar waren – und viel zu steil, um kreuz und quer mit einem Fahrrad dort hinaufzugurken. Also war ein Motorroller die einzig logische Anschaffung, aber vor ihm schien noch niemand in ganz

Snickerford darauf gekommen zu sein. Die Leute im Ort feierten ihn, als hätte er den Fahrzeugtyp Motorroller eigenhändig erfunden – und doch blieb seiner der einzige, der sich tagtäglich quer durch das Dorf schlängelte. »Motorroller passen nicht hierher«, hatte ihm der alte Earl erklärt, als er in der Kneipe von Remingtons Onkel saß. Und Bertie, der hinter ihm gerade beim Dart schummelte, hatte hinzugefügt, dass man in Snickerford ja schon froh sein müsse, dass nicht alle Menschen noch mit Pferdewagen über das Kopfsteinpflaster holperten. Die ganze Kneipe hatte in ihre Gläser gelacht, aber dem siebzehnjährigen Remington war hinter der Theke das Lachen in der Kehle steckengeblieben. Denn genauso wenig wie Motorroller passte er hierher. Er war ein Fremder in Snickerford, auch wenn er seit damals über dem Pub seines Onkels wohnte. Genauso wenig wie an Motorroller würden sich die Einwohner des Dorfes an ihn gewöhnen – egal, wie lang er schon hier lebte und egal wie oft er ihnen die Post, ihr Essen oder einmal in der Woche Millicent Batterseas Torten vorbeibrachte. Auch wenn er diese ja immer nur an fünf Häuser lieferte.

Auf dem Weg durch den Flur musste er sich zwischen den kleinen Kräutersträußen ducken, die von der Decke baumelten und einen angenehm würzigen Duft verströmten. Er fragte sich manchmal, was Eleanor Battersea damit wohl anfangen mochte: Er stellte sich vor, dass sie damit Tee kochte, der sie und ihre gebisslosen Freundinnen bei ihren Kartenspielrunden zum Kichern brachte. Oder dass sie damit Kissen füllte, die einem sanfte Träume bescherten. Wie auch immer: In Snickerford lebten so viele seltsame Gestalten, dass er sich um ein paar von der Decke hängende Kräuter wohl kaum Gedanken machen würde. Pamela Halifax aus dem Donnerblüten-Weg zum Beispiel trug nach Anbruch der Dunkelheit prinzipiell keine Klamotten, um jedes bisschen Mondlicht aufzusaugen. Sie lebte in einem umgebauten Gewächshaus, sodass sie sich auch im Winter von allen Seiten bescheinen lassen konnte. Das war einer der Gründe, warum er heute schon so früh bei Millicent und Eleanor aufgetaucht war: Es wurde allmählich Herbst in Südengland und der Mond stieg immer früher auf. Wenn er Pamela Halifax ihre samstägliche Torte vorbeibrachte, bevorzugte er es, sie zumindest noch in einem Bademantel vorzufinden.

Als Remington hinter Millie die Küche betrat, fand er Eleanor mit einer Spritztüte in der Hand vor, wie sie sich waghalsig über den Tisch lehnte, um die letzten Verzierungen an einer Torte zu vollenden. Währenddessen flatterte eine Fledermaus auf einem karierten Küchentuch neben dem Waschbecken matt mit den Flügeln.

»Hi, Eleanor«, sagte er, worauf er nur ein Grummeln als Antwort erhielt. »Ich dachte, du hast deine Enkelin aus London hergelockt, um beim Backen in Zukunft nicht mehr dein Leben riskieren zu müssen«, kommentierte er ihre waghalsigen Bemühungen.

»Ich hab niemanden hergelockt«, gab Eleanor schnippisch zurück, was Remington zu dem Schluss führte, dass er mit seiner Einschätzung ins Schwarze getroffen hatte. Was gab es auch sonst für einen Grund für eine erfolgreiche junge Anwältin, ihrem Leben in London den Rücken zu kehren und ins verschlafene Snickerford zurückzukehren?

Millie nahm Eleanor die Spritztüte aus der Hand. »Oma, wir haben darüber gesprochen: keine einbeinigen Übungen mehr, wenn ich nicht dabei bin.«

»Du lässt mich nie irgendwas machen, wenn du dabei bist«, murrte Eleanor.

»Eben«, erwiderte Millie mit einem engelshaften Grinsen und setzte ihre Großmutter mit zwei starken Armen zurück auf den Boden. »Und dafür liebst du mich.«

Ihre Großmutter sah in diesem Moment eher danach aus, als würde sie die Lebensentscheidungen, die zur Geburt ihrer Tochter und damit weiter gedacht auch zu Millies Existenz geführt hatten, aufs Kläglichste bereuen. Aber als sie sich mit einem Ächzen auf der Holzbank am Fenster niederließ, bemerkte Remington auch die Erleichterung, die Millies Anwesenheit für die alte Frau bedeutete. Er hatte Eleanor schon vor zwei Jahren angeboten, mit ihren Torten zu helfen, als sie sich bei einer ihrer waghalsigen Aktionen die Hüfte zum ersten Mal gebrochen hatte, aber sie hatte immer rundheraus abgelehnt. Es glich nahezu einem Wunder, dass sie ihre Enkelin an die Spritztüten ließ. Während Millie die Transportboxen für die Torten aus der Abstellkammer holte, sah Remington der kleinen Fledermaus dabei zu, wie sie sich aufrappelte, auf dem Küchentuch hin und her torkelte und dann zum Flug ansetzte. Er konnte gerade noch rechtzeitig nach vorne hechten, um das Tier aufzufangen, bevor es auf den Küchenboden plumpste.

»Nicht so hastig, Kleines.«

Die Fledermaus blinzelte ihn aus ihren Knopfaugen an, dann öffnete sie ihren Mund und zeigte ihm ihre spitzen Eckzähne.

»Wirklich äußerst beeindruckend«, stellte Remington fest.

»Das ist nichts Persönliches«, erklärte Millie, die mit

einem Stapel Boxen auf dem Arm wieder die Küche betrat. »Maus mag einfach keine Männer.«

»Wer tut das schon«, antwortete Remington und platzierte Maus wieder vorsichtig auf dem Küchentuch. Schon ein paar Mal hatte er Fledermäuse um das Haus der Batterseas fliegen sehen, aber das war das erste Mal, dass er einer von ihnen so nahekam. Aus den Augenwinkeln bemerkte er Millies Blick auf sich.

»Du kannst ihn mit ein bisschen Zucker bestechen«, raunte Eleanor ihm von ihrem Platz auf der Holzbank zu.

»Das hab ich gehört!«, warnte Millie. »Davon wird er high und das weißt du ganz genau.«

Eleanor schnaubte nur.

»Hier.« Millie klappte den Deckel der letzten Box zu und schob zwei davon zu ihm rüber. »Ich nehme den Rest.«

Er widersprach nicht, nahm die beiden Tortenboxen an sich und trat hinaus in den Flur. »Bis nächste Woche, Eleanor!«, rief er über die Schulter.

»Ja, ja«, murmelte sie, als könnte sie ihn nicht schnell genug loswerden.

Remington grinste. Er stellte die zwei Tortenboxen vorsichtig auf dem rissigen Ledersitz seiner Vespa ab und öffnete den Spezialkofferraum, den sein Onkel vor einigen Jahren für ihn gebaut hatte. Dort passten genau fünf Tortentransportboxen hinein, wie jede Woche. Er verschloss den Kofferraum und trat dann zurück, um sich auf seinen Motorroller zu schwingen. Millie stand immer noch neben ihm, eine Furche zwischen den dunkelblonden Augenbrauen, und beobachtete ihn.

»Du magst also keine Männer?«, fragte sie ihn.

Remington hob die Augenbrauen. »Ich verstehe, warum man sie nicht besonders gut findet, sagen wir es so.«

Der Blick aus ihren hellbraunen Augen bohrte sich in seine und er widerstand dem Drang, wegzusehen. Wie alles an Millie kam ihm auch ihr Blick intensiver vor als bei anderen Menschen. Immer wenn sie einen Raum betrat, bemerkte er erst dann, dass über der ganzen Welt zuvor ein grauer Schleier gelegen hatte.

»Ich mag Männer«, sagte sie, und dann verzog sie das Gesicht. »Also manche Männer zumindest.«

»Okay.« Remington saß auf seiner Vespa und wusste nicht, was er darauf sagen sollte. Sein Mund fühlte sich auf einmal ganz trocken an. »Gut zu wissen«, sagte er schließlich, weil ihm nichts Besseres einfiel. Dann ließ er die Vespa an und fuhr davon, den kurvigen Weg zurück ins Zentrum von Snickerford.

# MILLICENT

*Ich mag Männer.* Sie konnte nicht glauben, dass sie das gerade tatsächlich zu ihm gesagt hatte. War statt Mehl und Eiern vielleicht ihr Gehirn in einer der Torten gelandet? Sie hatte nicht einmal so recht gewusst, was sie damit eigentlich hatte bezwecken wollen, aber irgendwie hatte sie nach seinen Worten in der Küche den Drang verspürt, ihm zu versichern, dass es durchaus Männer gab, gegen die sie nichts einzuwenden hatte. Wenn diese nicht gerade Scott hießen und in der Surrey Street in London in einer Kanzlei für Steuerrecht arbeiteten. Oder ihre Mitmenschen mit dem vielseitigen Instrumentarium des Patriarchats unterdrückten. Okay, es gab tatsächlich viele Männer, die Millicent nicht mochte, aber das hieß ja nicht, dass sie gar keine Männer mochte.

Es wurde nicht besser, je länger sie darüber nachdachte, an der Innenseite der Eingangstür lehnte und ihren Kopf gegen das Milchglasfenster schlug. Immer wenn sie während ihrer Zeit in London einen peinlichen Moment erlebt hatte, hatte sie sich ausgemalt, wie sie zurück in ihr Heimatdorf fliehen und dort ein neues Leben anfangen könnte. Nun hatte sie diese Exit-Strategie schon verpulvert. Es gab keinen Ort, an den sie noch hätte fliehen können. Zurück nach London würden sie keine zehn Pferde mehr bekommen (und auch kein Motorroller, um das klarzustellen) und es gab schließlich nicht noch ein zweites Snickerford, in dem zufällig ihre andere Großmutter ihre Hilfe beim Backen von magischen Torten gebrauchen konnte. Schließlich gab es genau zwei Dinge, die Millicent gut konnte: reden und backen. Und ob Ersteres noch zutraf, wagte sie in diesem Augenblick ernsthaft zu bezweifeln. Vielleicht hatte ihre Großmutter doch recht gehabt und sie sollte mal wieder ihre Fingerspitzen ein bisschen in die Magie tauchen, nur ein kleines bisschen. Gerade genug, um Remington mit einem Vergessensfluch zu belegen vielleicht. Auch wenn das wahrscheinlich mehr als ein bisschen Magie verbrauchen würde. Mit einem Kopfschütteln löste Millicent sich von der Tür und schlurfte zurück in die Küche. Sie war inzwischen schon sechs Monate einigermaßen stark geblieben und hatte sich von der Magie ferngehalten, in den Jahren davor sowieso. Ein gewisser Remington Holcroft würde sie nicht dazu bringen, auf einmal ihre Grundsätze über Bord zu werfen. Es gab ja auch noch andere Optionen, um ihr peinliches Gerede zu verarbeiten, Wut zum Beispiel. Das klappte eigentlich meistens auch ganz gut. Wie hatte dieser langgliedrige Rotschopf es wagen können, sie in eine so peinliche Situation zu bringen? *Unmöglich*, dachte Millicent und spürte schon ein bisschen Wut in sich aufsteigen. Nein, noch viel besser: Die Männer waren schuld. *Typisch, oder?* Man musste sie einfach hassen.

Als Millicent in die Küche zurückkam, saß ihre Großmutter immer noch auf der Holzbank vor dem Fenster. Auf ihren knochigen Knien hatte sich Maus genüsslich ausgestreckt, während sie ihn unter dem Kinn kraulte. Kopfschüttelnd schlurfte Millicent zum Kühlschrank und holte die gläserne Platte hervor, auf der eine weitere Torte thronte, viel kleiner als die anderen, hellblau mit rosafarbenen Buttercreme-Schnörkeln. Sie stellte sie auf dem Tisch vor ihrer Großmutter ab und legte noch eine Silbergabel dazu. Dann kochte sie Tee. Als der Kessel auf dem Herd zu pfeifen begann, versank die Sonne hinter den Hügeln und ein sanfter Regen setzte ein. Millie rührte sich eine ordentliche Portion Milch in den Tee und warf zwei Stückchen Kandis in die Tasse ihrer Großmutter, bevor sie diese auf dem Esstisch abstellte. Eleanor war immer noch damit beschäftigt, Maus zu kraulen, und Millie sah ihr dabei zu, bis der erste Blitz am Horizont niederging. Hoffentlich hatte es Remington schon nachhause geschafft. Das darauffolgende Donnergrollen nahm Eleanor als Anlass, Maus von ihren Knien zu verscheuchen und nach der Gabel zu greifen.

»Bist du sicher, dass du nicht mal probieren willst?«, fragte die alte Frau ihre Enkelin.

Millie hielt den Blick auf ihre Teetasse gesenkt, die sie unaufhörlich umrührte, bis in der Mitte ein Strudel entstand, der sie fast bis auf das Porzellan blicken ließ. Sie schüttelte den Kopf.

Ihre Großmutter zuckte die Achseln und stach mit ihrer Gabel ein Stück aus der Mini-Torte, das sie sich sogleich in ihren Mund schob. Dann schloss sie die Augen und kaute. »Kürbis!«, rief sie. »Mit Walnüssen und ein bisschen Zimt.«

Millie nickte. »Das ist dein Rezept, Oma, du musst nicht so tun, als würdest du erraten, was ich in den Teig gemischt habe.«

Ihre Großmutter schluckte und schnalzte dann missbilligend mit der Zunge. »Habe ich dir denn gar nichts beigebracht? Das Backen ist ein magischer Prozess, meine liebe Millicent, und der Teig einer jeden Bäckerin schmeckt anders.«

Millicent zuckte die Achseln, auch wenn sie ihrer Großmutter insgeheim zustimmte. Aber manchmal war es leichter, ihre Position durch eine Mauer aus Indifferenz zu schützen.

»Ich muss sagen, das Rezept ist nicht übel«, fuhr Eleanor jetzt mit blitzenden Augen fort. Millie konnte sich ein Grinsen nicht verkneifen. »Da hast du Glück, jetzt beginnt die Kürbis-Saison ja gerade erst.«

»Ich hätte nicht gedacht, dass ich noch einen weiteren Herbst erleben darf.«

Millie verdrehte die Augen und nippte an ihrem Tee. »Das sagst du jedes Jahr.«

»Und jedes Jahr bin ich überrascht!«

»Ich nicht«, entgegnete Millicent. »Du überlebst uns noch alle.«

Ihre Großmutter lachte und stach noch einen weiteren großen Bissen direkt aus der Torte. Mit jeder Sekunde, die verstrich, schien die alte Frau kräftiger und kräftiger zu werden, die Farbe kehrte in ihre Wangen zurück und ihre Haare sahen nicht mehr so schütter aus wie noch vor ein paar Minuten. Millie hätte nicht so ruhig dagesessen und dabei zugesehen, wie ihre Großmutter die Torte verspeiste, wenn sie gewusst hätte, was zur gleichen Zeit unten in Snickerford vor sich ging.

# REMINGTON

Wie vermutlich jedes andere kleine Dorf besaß Snickerford seine ganz eigenen, absonderlichen Traditionen. Manche davon brachten Menschen an bestimmten Tagen zusammen, andere waren entstanden, um einander vor Übel zu bewahren oder sich gegenseitig lustige Streiche zu spielen. Was genau es mit den Torten in Snickerford auf sich hatte, wollte Remington jedoch nicht aufgehen. Das Ganze funktionierte folgendermaßen: Erst Eleanor und jetzt ihre Enkelin Millicent backten für fünf Familien im Ort eine Torte, die Remington dann jede Woche zu ihnen brachte. Ob sie sich mit den Torten bewarfen oder sie verspeisten, konnte er nicht so recht sagen. Einmal hatte er versucht, zu beobachten, was mit den Zuckberbomben passierte, sich aber dummerweise ausgerechnet Pamela Halifaxes Gewächshaus für seine Nachforschungen ausgesucht. Schließlich verfügte ihr Häuschen über so viel Glas auf allen Seiten, dass er sich hier die besten Chancen ausrechnete, seine Frage beantworten zu können. Aber als Pamela Halifax zum Einbruch der Dämmerung dann alle

Hüllen hatte fallen lassen, war Remington aus seinem Versteck in ihrem Gartenhaus getürmt, so schnell ihn seine Füße tragen konnten. Er hatte dies als Zeichen gewertet, dass er seine Nase nicht in Angelegenheiten stecken sollte, die ihn nichts angingen. Genau das war es auch, was sein Onkel ihm erklärt hatte, als Remington zu seiner ersten Tortenauslieferung aufgebrochen war. Es gäbe manche Dinge, die man nicht verstehen müsse, sagte er, während Remington nur darüber nachdenken konnte, dass er nicht verstehen konnte, warum sein Onkel jedes der Gläser in seinem Pub so lange auf Hochglanz polierte, als käme der König höchstpersönlich zu Besuch. Im Pub seines Onkels mitten in Snickerford herrschte immer diese erwartungsvolle Stimmung. Erst wartete man auf Gäste und dann darauf, dass sie wieder gingen – und am nächsten Tag fing alles wieder von vorne an. Remington war froh, dass er mittlerweile nicht mehr jeden Abend hinter der Theke stehen und Earl und Bertie bei ihren Märchengeschichten zuhören musste. Nein, er brauste lieber auf seiner Vespa durch Snickerford und lieferte alle möglichen Dinge aus, aber wenn er ganz ehrlich zu sich selbst war, dann mochte er seine Tortentouren am liebsten.

*Ich mag Männer*, hallte Millies warme Stimme wieder durch seinen Kopf, wie schon zum fünften Mal auf der Strecke zwischen der *Quintrell Academy* und der Kürbisfarm der Robinsons. Ihre haselnussbraunen Augen hinter den violetten Brillengläsern und die mit Puderzucker bestäubte Nase tauchte vor seinem inneren Gesicht auf. *Ich mag Männer*, sprachen ihre Lippen und offenbarten dabei kurz einen Blick auf ihre vorderen Schneidezähne, die etwas länger waren als die anderen. Er wusste nicht, warum er sich genau das gemerkt hatte, aber vielleicht schaute er auch einfach zu oft Millies Mund an, wenn sie sprach.

Ein fernes Donnergrollen unterbrach seine Gedanken, als er vor dem Scheunentor der Robinsons hielt. Die Vorbereitungen für das Kürbisfest, das jeden Oktober hier auf dem Hof stattfand, waren schon im vollen Gange. Girlanden zogen sich von einem Gebäude zum nächsten und unter einer Plane ragten die Füße mehrere Tischgarnituren hervor. Hinter der Scheune konnte Remington die Kürbisfelder erkennen, wo die orangefarbenen Prachtexemplare gerade zu ihrer vollen Größe heranwuchsen. Er blickte in den wolkenverhangenen Himmel, als er an der Glocke neben dem Zaun zog, die wiederum im Haupthaus in einigen Dutzend Metern Entfernung ein Klingeln auslöste. Kurz darauf öffnete sich die Tür des Haupthauses und Mary Robinson öffnete die Tür, die kleine Lizzy auf der Hüfte.

Die Farmerin war eine großgewachsene blonde Frau, deren Wimpern so hell waren, dass es aussah, als hätte sie keine. Ihre Tochter Lizzy hatte dieses äußere Merkmal geerbt, wodurch er das Gefühl hatte, aus zwei Paar großen grünen Kuhaugen angeschaut zu werden. Die sorgsam verzierte Torte, die Millie gebacken hatte, passte ungefähr so schlecht in dieses große, bunte, chaotische Haus wie Remington nach Snickerford. Mary begrüßte ihn mit einem breiten Lächeln, während Lizzy aufgeregt mit einem ihrer Wurstfinger auf ihn zeigte.

»Ist es die Torte?«, drang die Stimme von Marys Ehefrau Rose aus dem Hintergrund, dann erklang ein Geräusch, als würde jemand Wasser aus einer Wasserpistole spritzen, darauf folgte ein lautes Kichern und Klatschen.

»Ja!«, rief Mary über die Schulter und drückte einen Knopf, wodurch sich das Eingangstor für Remington öffnete.

Er trat hindurch und ging den unregelmäßigen Plattenweg zum Haupthaus der Kürbisfarm hinauf. Er war sich nicht ganz sicher, ob er sich das nur einbildete, oder ob das Haus tatsächlich schief war, das Holz an vielen Stellen verwittert und an anderen frisch bunt gestrichen. Über dem langen struppigen Gras, das sich einmal um das Haus zog, hatten Kinder ihre Handabdrücke in verschiedenen Farben auf dem Holz hinterlassen. Das Klatschen und Lachen wurde lauter, als Remington näherkam, eine Kinderstimme schrie im Hintergrund begeistert auf, dann ging Mary blitzschnell in die Hocke und Remington wurde von dem Strahl aus einer Wasserpistole mitten ins Gesicht getroffen. Erst der Puderzucker, dann das Wasser, Remington fragte sich langsam, ob die Frauen von Snickerford ihn darauf vorbereiteten, im nächsten Tortenteig verarbeitet zu werden.

»Na endlich!«, rief Rose von hinten. Ihre Stimme klang mittlerweile so angestrengt, als würde sie in der Küche des Hauses einen Bären bezwingen.

Mary setzte Lizzy auf dem Boden ab, um die Torte entgegenzunehmen. »Du kommst gerade rechtzeitig, wie du siehst«, sagte sie und verzog das Gesicht. Lizzy streckte ihre Finger nach der Torte aus, aber Mary hielt sie so hoch, dass das kleine Mädchen sie nicht erreichen konnte. »Gleich, mein Schatz, gleich essen wir die Torte, okay?«

Remington nickte. »Dann bis nächsten Samstag also«, sagte er.

Mary lächelte. »Bis nächste Woche, Remington.«

»Grüß Rose und die Kinder von mir«, sagte er, bevor er sich umdrehte und zum Tor der Farm zurückkehrte. Als er sich auf die Vespa schwang, fielen die ersten Regentropfen vom Himmel herab und klatschten auf das Kopfsteinpflaster vor seinem Rad. Er beschleunigte seine Fahrt, aber innerhalb kürzester Zeit verdichteten sich die Tropfen zu Wasserfäden, die seine Sicht erheblich erschwerten. Als er den tiefsten Punkt von Snickerford erreichte, hielt Remington an und schob seine Vespa unter das kleine Bushäuschen. Es war nicht mehr weit zum Pub seines Onkels, aber er hatte die letzte Torte abgeliefert und es gab keinen Grund, sich zu beeilen. Eigentlich musste man sich in Snickerford nie beeilen. Das war einer der Gründe, warum er nie weggezogen war. Die anderen entfielen ihm im Moment, aber es musste sie geben, ganz bestimmt, er kam nur gerade nicht darauf. Aber Remington hasste Gewitter. Jeden Moment konnte ein Blitz vom Himmel schießen und ihn treffen. Da wollte er lieber keine Risiken eingehen.

Remington ließ sich auf der Bank im Bushäuschen nieder und zog das zerfledderte Buch aus seiner Jackentasche, das er gerade las. Manchmal ließen die Einwohner von Snickerford einfach Bücher im Pub liegen, die er dann fand, wenn er aufräumte. Er packte sie dann in die Kiste mit verlorenen Gegenständen, die auf einem Regalbrett auf halbem Weg zu den Toiletten stand. Manchmal wurden die Bücher wieder abgeholt, aber meistens nicht, was Remington das Gefühl gab, dass sie mit Absicht dort vergessen worden waren. Schließlich war der Pub so etwas wie Snickerfords öffentliche Bibliothek geworden und er hatte für die Bücher ein paar Regalbretter im Flur freigeräumt. So ging auch ihm der Lesestoff nie aus. Heute hatte er einen Band dabei, den ganz bestimmt Pamela Halifax im Pub vergessen hatte. Es war die Biografie einer Ärztin namens Prudence Pontilier aus dem achtzehnten Jahrhundert, die ebenfalls in Snickerford gelebt hatte und darüber schrieb, welche Kräuter sich hier besonders gut anbauen ließen. Remington überlegte gerade, ob sich der Balkon vor seinem Zimmer für ein Kräuterbeet eignete, da schoss vor ihm ein Blitz vom Himmel runter. Für einen Moment war alles um ihn in gleißend helles Licht getaucht, das die Regenfäden mühelos durchdrang. Eine Gänsehaut breitete sich auf seinen Armen aus. Da erregte etwas seine Aufmerksamkeit. Gegenüber von ihm, auf der anderen Straßenseite, stand das Haus der Bürgermeisterin von Snickerford: ein eindrucksvoller viktorianischer Bau, der gleichzeitig auch als das Rathaus des Dorfes fungierte, in dem regelmäßige Versammlungen stattfanden. Hatte er es sich nur eingebildet, oder hatten die Fenster im zweiten Stock gerade grün geleuchtet?

Remington stand auf, verstaute sein Buch wieder in der Innentasche seiner Jacke und machte einen Schritt in den Regen. Der Blitz hatte seine leuchtenden Finger wieder zurückgezogen und die mickrigen Straßenlaternen erhellten die Umgebung kaum. Auf einmal war ihm der Regen egal, er trat mitten auf die Straße hinaus und ging langsam auf das Rathaus zu. Das Donnergrollen ganz in der Nähe ließ ihn kurz zusammenzucken, dann stand er schon vor dem gusseisernen Tor und schob es auf. Anders als der Vorgarten der Robinson-Farm war der Weg hinauf zur Eingangstür sorgfältig gepflegt, kein einziges Unkraut wucherte zwischen den Pflastersteinen empor. Nicht, dass Remington darauf in diesem Moment achtete, aber so etwas wusste er einfach. Lucy

Solomon, die Bürgermeisterin von Snickerford, duldete kein Unkraut, genauso wenig wie eine nächtliche Ruhestörung oder verpasste Fristen jeglicher Art. In Snickerford gab es zwar keine Polizeistation, aber Remington nahm an, dass das daran lag, dass alle im Ort viel zu viel Angst vor der Bürgermeisterin hatten, um irgendwelche Verbrechen zu begehen.

Remington legte den Kopf in den Nacken und blinzelte gegen die Regentropfen an – und da sah er es wieder. Die Fenster im zweiten Stock leuchteten grün auf, dann ertönte ein Krachen, gefolgt von einem Splittern – und dann flog etwas von innen gegen die Scheibe. Instinktiv zuckte er zurück und sah dabei zu, wie Millies Buttercreme-Verzierungen langsam über das Glas nach unten tropften. Dann ertönte wieder ein Krachen, sowie ein spitzer Schrei – das reichte, um ihn aus seiner Starre zu befreien. Mit einem Satz sprang er die Stufen zur Tür des Rathauses empor und betrat den Innenbereich. Vor ihm führte eine Holztreppe ins Obergeschoss, rechts lag die Versammlungshalle und links Lucy Solomons Büro, in das man nur beordert wurde, wenn man etwas getan hatte, was ihr ganz und gar nicht gefiel. Remington hatte sich schon das ein oder andere Mal dort wiedergefunden und jedes Mal beschlossen, dass es das letzte Mal sein würde. Der grüne Schein fiel die Treppenstufen hinab, zuckte über die verzierte Tapete und bekleckerte Remingtons Turnschuhe. Er nahm zwei Stufen auf einmal, aber als er den Treppenabsatz erreichte, hielt er kurz inne.

»Lucy?«, rief er, aber das Geräusch des Regenprasselns auf dem Dach verschluckte seine Stimme. Nicht aber den Schrei, der kurz darauf aus einem der Zimmer über ihm erklang. Schnell erklomm er auch die zweite Treppe, nur um seine Frage dort zu wiederholen. »Lucy?«

Vielleicht hatte er sich ja getäuscht, und die Bürgermeisterin von Snickerford veranstaltete hier irgendeine Party. Nicht, dass er ihr das nicht zugetraut hätte. Wer den ganzen Tag mit so einer strengen Miene durch die Straßen marschierte, hatte bestimmt auch seine Wege, sich zu entspannen. Beziehungsweise ihre, in diesem Fall. Trotzdem würde er sich darüber wundern – denn wenn es so wäre, hätte man sich im Pub von Snickerford ganz bestimmt schon das Maul darüber zerrissen. Grün leuchtende Scheiben und spitze Schreie waren nicht unauffällig, auch nicht wenn gerade ein Herbstgewitter über Südengland niederging.

»Lucy?«, fragte er noch ein drittes Mal, aber wieder kam keine Antwort. Es sei denn, er wertete das tiefe Knurren, das aus dem mittleren Raum des zweiten Obergeschosses drang, als eine solche. Aus dem Spalt unter der Tür sowie aus dem Schlüsselloch schoss jetzt wieder ein giftgrüner Schein, der den ganzen Flur erhellte. Remington musste die Augen schließen, so hell umfing ihn das giftgrüne Licht. Die Haare in seinem Nacken und auf seinen Armen stellten sich auf, aber er ging trotzdem auf die Tür zu und hämmerte mit der Faust dagegen.

»Lucy? Ist alles in Ordnung?«

Für einen Moment herrschte komplette Stille auf der anderen Seite, dann ertönte ein Schrei, der ihm die Ohren klingeln ließ, Glas splitterte – und was war das für ein matschiges Geräusch. Er drückte die Klinke runter und öffnete die Tür. Das grüne Licht erlosch augenblicklich und der Raum lag völlig im Dunkeln. Es dauerte ein paar Sekunden, bis Remington erkennen konnte, was sich da vor ihm abspielte. Das Zimmer, das offensichtlich so etwas wie ein Wohnzimmer gewesen war, lag in Trümmern. Die Vorhänge waren von den Stangen gerissen, zersplittertes Geschirr lag überall verstreut und mehrere Stühle sowie das Sofa waren umgeworfen worden. Zerfetzte Bücher sprenkelten die Szenerie wie Zuckerstreusel. Von Lucy Solomon war nichts zu sehen.

Remington betrat den Raum. Scherben knirschten unter seinen Schuhsohlen. Er öffnete die Tür komplett, um den ganzen Raum sehen zu können. Ein tiefes Knurren drang an sein Ohr, aber er konnte die Quelle des Geräusches nicht zuordnen. Saß da vielleicht ein wildes Tier hinter dem umgefallenen Sofa? Aber die Schatten rührten sich nicht, alles war still in dem Zimmer, bis Remington auf einmal eine Bewegung aus dem Augenwinkel wahrnahm – und zwar über ihm. Unter der Decke neben dem Kronleuchter, hockte eine Gestalt. Nein, sie schwebte! Es dauerte ein paar Sekunden, bis Remington erkannte, dass es sich dabei um Lucy Solomon handelte. Ihre sonst immer zu einem Knoten geschlungenen Braids hatten sich gelöst und fielen um ihre schmalen Schultern. Die junge Frau trug etwas, das einmal ein Kleid gewesen sein musste, jetzt aber von Brandflecken übersäht war. Ihre dunkle Haut war blass und ihre Augen wurden von roten Äderchen durchzogen. Nein, als Remington genau hinsah, bemerkte er, dass das Weiß ihrer Augen sich komplett rot gefärbt hatte. Und was war mit ihren Händen passiert? Ihre Fingernägel waren auf einmal länger und krallenartig. Remington schluckte. Eigentlich misstraute er seinen Augen nicht und er hatte in Snickerford schon die ein oder andere seltsame Begebenheit beobachtet, aber dass die Bürgermeisterin des Dorfes mit Krallenhänden und roten Augen unter der Decke ihres Wohnzimmers schwebte, war doch etwas Neues.

»Lucy?«, fragte er leise und ging einen Schritt auf sie zu. Vielleicht würde es helfen, wenn er sich ihr langsam näherte und sie erst einmal von ihrer Deckenposition herunterholte. Dann würde er Pamela Halifax anrufen, die einzige Ärztin in Snickerford, und die wüsste bestimmt, was als Nächstes zu tun wäre.

Ruckartig richteten sich Lucys Augen auf ihn und Remington blieb wie angewurzelt stehen. Lucy sah nicht so aus, als würde die Situation sie ängstigen. Sie machte eher den Eindruck, als würde sie Remington im nächsten Moment am liebsten verspeisen.

»Ich bin's, Remi«, sagte er und legte jedes Fitzelchen Ruhe in seine Stimme, das er noch übrig hatte. »Möchtest du mal runterkommen?«

Jetzt starrte ihn die Bürgermeisterin von Snickerford an, als wäre er derjenige, der verrückt geworden war. Dann verzogen sich ihre Lippen zu einem Lächeln.

»Remiiiington«, flüsterte sie, auch wenn ihre Stimme überhaupt nicht so klang, wie er sie in Erinnerung hatte, tief, kehlig und rau.

»Genau der«, bestätigte er, weil er diese Erkenntnis schon für einen guten Anfang hielt. »Ich hab dir vorhin eine Torte vorbeigebracht, erinnerst du dich?« Er deutete auf die Überreste von Millies Torte, die noch immer an einer der Fensterscheiben klebten.

»Tooorteee«, säuselte Lucy jetzt, und es klang irgendwie unmenschlich. Remington hatte nicht die leiseste Ahnung, was in der letzten Stunde, seit er Lucy diese Torte gebracht hatte, passiert war. Aber das letzte Mal, als er sie gesehen hatte, hatte eine Frau mit perfekt frisierten Haaren und einem geblümten Kleid vor ihm gestanden, das, wenn er sich richtig erinnerte, keinen einzigen Brandfleck aufgewiesen hatte.

Er streckte seine Hand nach Lucy aus, um sie von der Decke zu holen, und Lucy bewegte sich ebenfalls auf ihn zu, auch wenn ihre Finger immer noch aussahen wie die Krallen einer Krähe. Remington musste sich auf Zehenspitzen stellen, um die Frau unter der Decke zu erreichen.

»Remi, nicht!« Der Ruf von der Seite ließ ihn innehalten, aber Lucy streckte sich weiter nach ihm aus. Im nächsten Moment wurde die Luft aus seinen Lungen gepresst, als jemand gegen ihn prallte. Er landete seitlich auf dem Teppichboden, ein warmer Körper über seinem.

»Nicht anfassen!«, wiederholte die Stimme. »Die ist gefährlich!« Jetzt erkannte er auch, wem die Stimme gehörte. Ihr Duft nach Zimt und Gebäck umgab ihm, ihr weicher Körper drückte sich auf seinen, wie um ihn vor der Gefahr unter der Decke zu schützen.

Es war Millie.

Sie löste sich von ihm und zog ihn an seinem Ärmel nach oben, dann griffen ihre warmen Finger nach seinen. Der Regen vor den Fenstern war noch dichter geworden und Remington konnte kaum seine eigenen Füße erkennen, als Millie ihn hinter sich aus dem Raum zog.

# MILLICENT

Remington ließ sich von Millie davonziehen, ohne Fragen zu stellen, wofür sie ihm in diesem Moment sehr dankbar war. Sie hätte nämlich nicht gewusst, wie sie ihm die Situation hätte erklären sollen – verdammt, sie verstand ja selbst kaum, was hier passierte. Ein paar Minuten nach dem Tortenessen mit ihrer Großmutter war Millie in den ersten Stock des Hauses zurückgekehrt, der ihr ganz allein gehörte. Das Cottage lag ein bisschen erhöht über dem Dorf, sodass man einen guten Blick über die schiefen Giebeldächer hatte. Millie hatte sich an ihren Schreibtisch gesetzt, um die Torten für nächste Woche zu planen. In zwei Wochen war Halloween und dann würde sie endlich wieder in den Hexenzirkel von Snickerford aufgenommen. Sie war direkt nach ihrem Schulabschluss nach London geflohen, um dort Anwältin zu werden und nichts mehr mit den Hexen zu tun zu haben – und erst vor einem halben Jahr wieder zurückgekehrt, um ihrer Großmutter beim Kuchenbacken zu helfen, nachdem diese sich zum zweiten Mal beim Backen die Hüfte gebrochen hatte. Millie hatte mit dem Kugelschreiber nachdenklich gegen ihr Kinn getippt und den Blick nach draußen schweifen lassen. Dann hatte sie durch den Dunst des Regens die grünen Lichter gesehen, die überall im Dorf über den Häusern aufgestiegen waren. Nein, nicht überall im Dorf. Über fünf Dächern, um genau zu sein: über der Robinson Farm, dem Gewächshaus von Pamela Halifax, der Schule am anderen Ende des Dorfes und über dem Rathaus und der Tierarztpraxis. Millie hatte direkt gewusst, dass etwas ganz und gar nicht stimmte, denn schließlich waren das die Häuser, für die sie einmal in der Woche Torten backte. Häuser, in denen die Hexen von Snickerford lebten. Normalerweise hatte ihr Gebäck eine andere Wirkung. Manchmal ließen die Hexen übermütig das ein oder andere Feuerwerk über ihren Dächern aufsteigen. Manchmal hörte man Pamela Halifax aus ihrem Gewächshaus ein paar Arien trällern. Manchmal färbte sich auch die Fassade der Schule der Quintrells ein kleines bisschen rosa, was man nur sehen konnte, wenn man wusste, was dort passierte. Wenn man wusste, dass die Hexen feierten und ihre magischen Kräfte wieder komplett aufgefüllt waren.

Aber dass ein grünes Licht über den Dächern aufgestiegen war, hatte Millie beunruhigt. Es hatte zwar hell und kräftig geleuchtet, der Umgebung aber gleichzeitig auch Licht entzogen. Vielleicht waren die Eier schlecht gewesen, die Millie für ihren Teig verwendet hatte? Dabei hatte Mary Robinson ihr doch versichert, dass sie gerade erst heute Morgen von ihren Hühnern gelegt worden waren? Vielleicht waren die Kuchen zu lange im Ofen gewesen und die Hexen saßen jetzt alle mit Bauchschmerzen auf ihren Sofas herum und verströmten grünes Licht und Übelkeit?

Millie hatte den Knoten ihrer Backschürze gelöst und diese achtlos auf den Boden geworfen, dann war sie auch schon die Treppe runtergesprungen. Kurz bevor sie das Haus verlassen hatte, war ihr eingefallen, dass ja auch ihre Großmutter von der Torte gegessen hatte. Deshalb hatte Millie noch einen Blick auf Eleanor geworfen, die gerade auf dem Sofa gesessen hatte: Von grünem Licht war weit und breit nichts zu sehen gewesen, aber Millies Herz hatte trotzdem in ihrer Brust gerast.

»Alles okay bei dir, Grandma?«, hatte sie gefragt.

Eleanor hatte sich nicht einmal zu ihr umgedreht, sondern nur missbilligend geseufzt. »Du sollst nicht alle zehn Minuten nach mir schauen, wie oft muss ich dir das noch sagen.«

Millie hatte sich auf die Lippe gebissen. Sie hatte ihre Großmutter nicht unnötig beunruhigen wollen. »Also, fühlst du dich gut?«, hatte sie noch einmal nachgefragt, um ganz sicherzugehen.

Diesmal hatte Eleanor nur geschnaubt. »Ich habe mich nicht mehr gut gefühlt seit den Neunzigern, aber sonderlich viel schlimmer ist es auch nicht geworden.« Jetzt hatte auch Millicent sich ein Grinsen verbeißen müssen.

»Seit ich geboren bin, meinst du?« Eleanor hatte Millie den Kopf zugewandt und wie immer ausgesehen: gewitzt und ein bisschen fies, so wie Millie sie eben von ihr kannte.

»Du sagst es«, hatte ihre Großmutter erwidert und Millie zugezwinkert. Der Druck auf Millies Brust hatte ein bisschen nachgelassen.

»Ich geh nochmal raus, bin bald wieder da.«

»Triffst du dich mit dem Jungen?«

»Was?«

»Ach, eigentlich will ich es gar nicht so genau wissen.« Eleanor hatte eine wegwerfende Handbewegung gemacht. »Lass dir von Pamela ein magisches Verhütungsmittel verschreiben, damit du nicht den gleichen Fehler machst wie ich.«

Millie hatte gegrinst. »Ich geh jetzt, Grandma. Hab dich auch lieb.«

Millie hatte sich ihre Regenjacke überzogen und ihre Füße in Gummistiefel gestopft, bevor sie das Haus verlassen hatte.

Obwohl der Regen noch nicht abgeebbt war, hatte sie ihr Fahrrad aus dem Schuppen geholt. Sie hatte ihre komplette Konzentration darauf verwenden müssen, auf dem glitschigen Kopfsteinpflaster nicht auszurutschen, als sie den Weg hinab ins Dorf gesaust war. Das Rathaus lag am nächsten, also hatte sie direkt darauf zugesteuert. Gegenüber davon befand sich das kleine Bushaltestellenhäuschen – und darunter hatte Remingtons Vespa gestanden. Zu dem Druck in ihrer Brust hatte sich eine Übelkeit gesellt, die langsam ihre Speiseröhre emporgekrochen war. Hatte er vielleicht etwas mit diesem seltsamen grünen Licht zu tun?

Millie hatte ihr Fahrrad neben Remingtons Vespa abgestellt, das eiserne Tor geöffnet und das Rathaus betreten. Das grüne Licht war aus dem Obergeschoss gekommen, hatte aber bis auf ihre Füße herab geleuchtet. Millie hatte ein Knacken und ein Knarzen in den Holzbanken über ihrem Kopf gehört. So schnell wie möglich war sie erst eine, dann die zweite Treppe hinaufgerannt, immer den Geräuschen folgend. Die Tür zu Lucys Wohnzimmer hatte offen gestanden und grünes Licht war daraus hervor gekleckert. Mit klopfendem Herzen war Millie nähergetreten. Remington hatte mit dem Rücken zu ihr gestanden und seine Hand zur Decke ausgestreckt, nein, zu Lucy, die dort neben dem Kronleuchter geschwebt hatte. Millie hatte so etwas noch nie gesehen, zumindest nicht im echten Leben:

Lucys rote Augen, die Klauenhände, ihr von Brandflecken übersätes Kleid. Aber sie hatte dennoch instinktiv gewusst, dass Remington in Gefahr gewesen war. Als er nicht auf ihren Ruf reagiert hatte, hatte sie ihn mit ihrem eigenen Körpergewicht zur Seite geworfen, sodass er auf den Boden gefallen war und sie gleich hinterher. Dann hatte sie sich so schnell sie konnte wieder aufgerappelt und ihn hinter sich aus dem Raum gezogen, zurück die Treppe runter und hinaus auf die Straße.

Dort blieb sie jetzt jedoch nicht stehen, sondern zog ihn bis um die nächste Straßenecke, wo sie hinter einem Kirschlorbeerbusch in die Hocke ging.

»Hi«, sagte Remington, als wäre sie ihm einfach zufällig auf der Straße begegnet. Er wirkte kein bisschen aus der Ruhe gebracht, was Millie wiederum misstrauisch machte. Nur eine seiner roten Locken hatte sich auf seinem Haarschopf gelöst und fiel ihm in die Stirn. Vielleicht war sie aber auch nur neidisch, dass er trotz ihrer schnellen Flucht kein bisschen außer Atem war, anders als sie selbst.

Sie holte noch ein paar Mal tief Luft, bevor sie sprach. »Was ist passiert?«

Remington schnalzte mit der Zunge. »Ich dachte, du bist gekommen, um mir das zu erklären?«

Im Dunkel hinter dem Busch konnte sie sein Gesicht nicht erkennen, nur grob die Kontur seines Kinns und seiner Augenbrauen ausmachen. Sie hörte ihn nur neben sich, seinen leisen Atem und seine ruhige, tiefe Stimme, sie spürte seine Schulter, in der Enge hinter dem Busch an ihre gepresst, und sein Oberschenkel an ihren Oberschenkel. Und sie roch sein Parfüm oder sein Aftershave oder was auch immer er da benutzte. Es roch gut, befand sie, auch wenn sie nicht wusste, warum ihre Gedanken sich jetzt gerade damit beschäftigten, wenn sie doch eigentlich in einer ziemlich brenzligen Notsituation festsaßen.

»Ich? Ich bin doch gerade erst dazu gekommen.«

Sie spürte, wie Remington neben ihr die Schultern hob. »Naja, du hast mich gerettet, ich dachte, du weißt ein bisschen was über das, was da vor sich geht.«

Millie stieß einen leisen Fluch aus.

»Ich glaube, es liegt irgendwie an deiner Torte«, sagte er.

»Wie kommst du denn darauf?« Sie sah ihn scharf an, aber die Dunkelheit gab immer noch nicht mehr von ihm Preis.

»Naja, also Lucy hat nicht mal auf ihren eigenen Namen reagiert, aber bei dem Wort Torte wurde sie plötzlich hellhörig.«

Millie schüttelte den Kopf. »Ich fass das alles nicht.«

»Deiner Reaktion entnehme ich, dass deine Torten normalerweise nicht so etwas auslösen.«

»Nein, natürlich nicht!«, schnappte sie zurück, aber dann biss sie sich auf die Zunge. Remington durfte auf keinen Fall wissen, dass die Torten eigentlich dazu da waren, die Magie der Hexen von Snickerford wieder aufzufüllen.

»Naja, ich weiß ja nicht, was ihr Hexen sonst so damit macht.«

Sie starrte ihn an, ihr Hirn war auf einmal völlig blank. »Du … du weißt, dass wir Hexen sind?«, flüsterte sie.

»Aber natürlich«, gab er zurück. »Hast du Pamelas Gewächshaus mal gesehen?«

Millie wusste nicht, wieso, aber irgendwie fiel ihr bei dieser Aussage ein Stein vom Herzen. »Puh, das sollte mich eigentlich nicht erleichtern, aber irgendwie tut es das. Wie du dir sicher vorstellen kannst, ist es strengstens verboten, mit Nicht-Hexen über Magie zu reden«, plappert sie los.

»Aber wenn ich mit meiner Vermutung richtig liege, dann geht es den anderen Hexen in Snickerford gerade genauso bescheiden wie unserer lieben Bürgermeisterin. Ich muss ihnen irgendwie helfen, ich muss das wieder geradebiegen, vor allem, wenn es tatsächlich was mit meinen Torten zu tun hat. Aber meine Großmutter darf davon nichts erfahren, sonst fängt sie wieder an, selbst zu backen und dann muss ich zurück nach London und sie bricht sich dabei den Hals.«

Millie hielt kurz inne, um Luft zu holen. Das hatte verdammt gutgetan. Sie konnte ihre Gedanken ohnehin am besten ordnen, wenn sie sie aussprach, und Eleanor war nicht unbedingt die redseligste Person in ganz England. Insofern hatte sie in den letzten Monaten ziemlich viele ihrer Gedanken einfach für sich behalten müssen. Was vielleicht aber auch daran lag, dass sie die Anrufe ihrer Freunde aus London seit Monaten ignorierte … aber auch ihnen hätte sie nichts von ihrem Hexendasein erzählen können, das war schließlich streng geheim. Dementsprechend froh war sie, dass Remington das Geheimnis selbst schon entschlüsselt hatte, ohne dass sie ihm irgendwas davon mitteilen musste.

Aber er reagierte nicht auf ihre Worte, er starrte sie einfach nur an, mit offenem Mund vielleicht? Das konnte Millie nicht so genau sagen, weil sie sein Gesicht in der Dunkelheit immer noch nicht richtig erkennen konnte. Wie gut sie jetzt einen kleinen Lichtzauber gebrauchen könnte.

Remington räusperte sich. »Also eigentlich war das mit den Hexen nur ein Witz.«

»Was?«

»Na, ich habe einen Witz darüber gemacht, dass ihr bestimmt Hexen seid.«

Millie spürte förmlich, wie ihr das Herz in die Hose rutschte. »Das ist jetzt bestimmt der eigentliche Witz, oder?«, fragte sie mit erstickter Stimme.

»Worüber reden wir hier eigentlich?«, entgegnete Remington leise.

Millie schoss aus ihrer Position hoch, ohne auf die Gefahr aus dem Rathaus zu achten. »Scheiße, scheiße, scheiße!«, fluchte sie und schritt auf dem Weg vor dem Kirschlorbeer auf und ab.

Remington erhob sich ebenfalls und kam ihr auf einmal so viel größer vor als sonst. Da das mit dem Gedächtniszauber nicht in Frage kam, überlegte sie gerade ernsthaft, ihm einen Knüppel über die Rübe zu ziehen, um ihn dadurch die letzten fünf Minuten ihres Gesprächs vergessen zu lassen.

Sie hatte ihm gerade offenbart, dass sie, ihre Großmutter und die anderen fünf Familien in Snickerford, Hexen waren! Sie hatte nicht nur ihr Geheimnis verraten, sondern das aller Hexen in ganz Snickerford. Das war so ziemlich die erste Regel, die man als kleine Hexe lernte: *Erzähl niemandem davon. Die allgemeine Gesellschaft mag es nicht, wenn Frauen Kräfte haben, du würdest uns alle damit in Gefahr bringen.* Und sie hatte sich darangehalten. Achtundzwanzig Jahre ihres Lebens hatte sie keiner Menschenseele davon erzählt – und dann war es ihr gegenüber Remington einfach so rausgerutscht. Gegenüber Remington Holcroft, verdammt, sie hatte nicht einmal ihrem Ex davon erzählt!

»Okay, tief atmen, Millicent«, sprach sie sich selbst laut Mut zu.

»Wenn es dich beruhigt: Ich glaube dir nicht, dass du eine Hexe bist«, sagte Remington. Er hatte den Kopf zur Seite gelegt und bedachte sie mit einem schiefen Grinsen. Das blasse Mondlicht und der Schein der nächsten Straßenlaterne ließen sie jetzt zumindest seine groben Gesichtszüge erkennen.

»Was?«, fragte sie.

Er zuckte die Achseln. »Pamela, okay, bei deiner Oma ist es auch ziemlich offensichtlich, die Robinsons würden es ohne Magie wahrscheinlich nie schaffen, allein so eine große Farm zu bewirtschaften und die Darbietung von Lucy Solomon eben war auch ziemlich beeindruckend. Aber du? Was machst du denn bitte Magisches?«

Millie starrte ihn an. »Ich … backe Torten«, murmelte sie schwach.

Remington schnalzte mit der Zunge, als hätte sie damit seinen Punkt bestätigt.

Millie spürte Wut in sich aufsteigen. »Ich muss dir gar nichts beweisen!«, keifte sie.

»Na gut«, sagte er und zuckte die Achseln. »Dann halt nicht … Millie *Tortenhexe.*«

»Das ist kein Witz, Remi.«

»Dann beweis es mir.«

Millie verschränkte die Arme vor der Brust. »Das ist nicht so einfach.«

»Oh, für Lucy Solomon sah es aber ziemlich einfach aus.«
Sie starrte ihn wütend an. »Ich bin in einem … Sabbatical, sagen wir es so.«

»Also kannst du doch nicht zaubern?«

»Doch! Nein, also …« Sie widerstand nur mühsam dem Drang, wütend mit dem Fuß aufzustampfen. »So einfach ist es nicht.«

»Okay, Millie«, entgegnete er mit einem spöttischen Lächeln um die Mundwinkel.

Millie öffnete gerade den Mund, um etwas zu erwidern, da erklang ein ohrenbetäubendes Klirren und Splittern. Sie sprang zur Seite, um wieder einen Blick auf das Rathaus zu erhaschen und sah gerade noch, wie die letzten Splitter der Scheiben aus dem zweiten Stock vor dem Haus im Gras landeten.

»Wir müssen irgendwas machen!«, rief Millie.

»Ich stimme dir vollkommen zu«, erwiderte Remington, der, wieder die Ruhe selbst, auf einmal neben ihr stand. »Was macht ihr Hexen denn, wenn so etwas passiert?«

»So etwas passiert normalerweise nicht.«

»Nie?«

»Nein, ich hab das noch nie gesehen.«

»Und du glaubst, es geht allen anderen Hexen in Snickerford auch so wie Lucy?«

Sie nickte. »Allen bis auf Eleanor, schätze ich.«

»Dann sollen wir sie schleunigst um Rat fragen.«

Millie brachte einen Schritt Abstand zwischen sich und Remington. »Erstens gibt es keine *Wir*. Und zweitens werde ich den Teufel tun, bevor ich meiner Oma erzähle, dass meine Torten die anderen Hexen in den Wahnsinn getrieben haben.«

»Und was ist die Alternative? Du glaubst doch nicht ernsthaft, dass ich mich jetzt einfach auf meine Vespa schwinge und den Abend über im Pub Gläser poliere, oder?«

»Ich habe größere Probleme«, knurrte Millie zurück.

»Aber da ich jetzt die einzige Person in ganz Snickerford bin, die gerade in der Lage ist, dir zu helfen, würdest du es doch vorziehen, wenn du mit dieser misslichen Lage nicht allein wärst.«

»Wie willst du mir denn bitte helfen?«

Er hob die Achseln. »Ich kann dich mit meinem Roller

durch das Dorf kutschieren. Ich kann deine schrecklich dreckigen Brillengläser polieren, ich kann –«

»Okay, du kannst mich fahren«, erlaubte sie und rollte die Augen. »Aber bitte putz niemals meine Brillengläser, okay?«

Er legte sich eine Hand auf die Brust. »Verstanden.«

Sie blickte an der Fassade hinauf. »Ich habe keine Ahnung, was hier los ist oder was meine Torten angerichtet haben. Ich weiß auch nicht, was die Hexen von Snickerford als nächstes anstellen werden, wenn sie so neben sich stehen.«

»Du meinst *wohl* über sich? Schließling hing Lucy an der Decke.«

Millie rollte mit den Augen, konnte aber ein Grinsen nicht unterdrücken.

»Glaubst du, die sind high?«, fragte Remington.

Millie schnaubte. »Das wäre nichts Besonderes. Die werden manchmal schon von meinen normalen Torten ein bisschen betrunken wegen der wieder aufgeladenen Kräfte.«

»Deine Torte gibt ihnen Kräfte?«, fragte Remington.

Millie seufzte. Jetzt da sie ihm das größte Geheimnis des Dorfes verraten hatte, ihr größtes Geheimnis, würden ein paar andere Details auch keinen Unterschied mehr machen. »Ja, in den Torten steckt Magie.«

»Weil du irgendwelche ungewöhnliche Zutaten da rein machst?«

Sie schüttelte den Kopf. »Nein, die Magie entsteht beim Backen, durch den Prozess. Ich weiß auch nicht so genau, wieso. Aber ich weiß, dass meine Familie seit Generationen dafür zuständig ist, die Hexen im Ort mit Magie zu versorgen.«

»Und wenn sie keine bekommen?«

»Dann werden sie immer schwächer und können nur noch Babyzauber ausführen.«

»*Babyzauber*?« Remington schnaubte belustigt.

Millie hob die Achseln. »Teetassen fliegen lassen, den Rasen mähen, so was eben. Langweiligen Kram.«

»Gläser polieren?«, fragte er. Sie sah ihn neugierig von der Seite an. »Ja, bestimmt auch, warum fragst du?«

»Du willst mir also erzählen, dass Pamela Halifax und Rose Robinson seit Jahren mehrfach die Woche bei uns im Pub sitzen, Karten spielen und mir dabei zusehen, wie ich an den Gläsern verzweifle, bis mein Onkel damit zufrieden ist und eigentlich müssten sie nur mit den Fingern schnipsen?«

Millie warf ihm einen strengen Blick zu. »Deswegen erzählen wir euch Menschen nicht davon. Weil ihr alle nur neidisch werden würdet und uns dann wieder auf irgendwelche Scheiterhaufen werfen würdet, versteht sich. Außerdem macht dein Onkel das doch nur, um dich zu triezen.«

»Was meinst du damit?«

Millie gluckste. »Das ist ein Running Gag im ganzen Dorf, dass du die Gläser so lange putzen musst, bis dein Onkel an irgendeinem Punkt sagt, dass sie sauber genug sind.«

Remington starrte sie an. »Weißt du, wie demütigend das ist, mit siebenundzwanzig Jahren jeden Abend Gläser polieren zu müssen, bis mein Onkel zufrieden ist?«

Millie tätschelte ihm den Arm. »Ich wohne mit meiner Großmutter zusammen, ich weiß also, wovon du sprichst.«

Jetzt spürte sie Remingtons neugierigen Blick auf sich. »Und warum ist es so schlimm, wenn die Hexen ihre Magie verlieren?«, fragte er weiter.

»Wir benutzen unsere Kräfte, um dieses Dorf und die Umgebung zu schützen.«

»Wovor?«, fragte er.

In diesem Moment ertönte ein tiefes Knurren aus dem zweiten Stock. Bevor sie reagieren konnte, zog Remington sie wieder in den Schatten der Rosenbüsche zurück.

»Wir müssen das hier beenden, bevor irgendjemand ernsthaft verletzt wird«, sagte sie.

»Okay.« Remington fuhr sich durch die roten Haare, als würde er sich für einen Kampf vorbereiten. »Was macht ihr Hexen denn so, wenn ihr vergiftet worden seid?«

»Du glaubst wirklich, dass sie vergiftet worden sind?«

»Naja, wie gesagt, irgendwie hat Lucy auf die Torte reagiert. Und ich habe die Torten gerde eben alle ausgeliefert – dass sie jetzt durchdrehen, kann kein Zufall sein.«

Millie nickte. »Das könnte tatsächlich sein.«

Remington hob die Augenbrauen. »Ich glaube, ich hab eine Idee. Ich habe über so etwas gelesen.«

»Wie bitte?«

»Komm mit, ich zeig's dir.«

Widerwillig folgte Millie Remington zu seiner Vespa. Der Regen hatte nachgelassen, sodass das Kopfsteinpflaster wieder einigermaßen befahrbar war. Glücklicherweise blieben die Einwohner von Snickerford bei solcher Witterung trotzdem zuhause, was sollte man in einem kleinen Dorf wie diesem an einem verregneten Samstagabend auch anderes tun? Remington schwang sich auf seine Vespa und Millie setzte sich hinter ihn. Sie versuchte sich nicht darauf zu konzentrieren, dass er ihr auf einmal so nah war. Sie konnte seinen Geruch wahrnehmen und spürte seinen festen Körper unter ihren Händen. Remington lenkte die Vespa durch das Dorf, bis er neben dem Pub seines Onkels Halt machte. Der *Tipsy Teapot* bildete so etwas wie das Herz von Snickerford. Hinter der Fassade aus dunkelrotem Holz und Stein gab es ein wöchentliches Pub Quiz und

saisonale Gerichte, die Remingtons Onkel Arthur eigenhändig zubereitete. Aber der eigentliche Grund, warum sich das gesamte öffentliche Leben von Snickerford auf dieses Etablissement konzentrierte, war der Fakt, dass es hier sonst nicht sonderlich viel anderes zu tun gab.

»An diesem Ort hast du was über magische Vergiftung gelesen?«, fragte sie und blinkte an der Fassade mit der dunkelroten Holzvertäfelung empor. *Tipsy Teapot* stand dort in geschwungenen Lettern, auf mehreren Kreidetafeln wurden eigentlich Getränke und Mahlzeiten angepriesen, aber der plötzliche Regen hatte alles fortgewaschen.

»Vertrau mir doch mal ein bisschen«, sagte Remington und parkte seine Vespa an der Seite des Gebäudes. Millie stellte ihr Fahrrad daneben.

»Nachdem du mich mit einem fiesen Trick dazu gebracht hast, dir mein Hexengeheimnis zu verraten?«

»So lautet die Geschichte jetzt also?«, entgegnete er mit einem leicht amüsierten Gesichtsausdruck, den Millie ihm am liebsten mit einem Zauberspruch vom Gesicht gewischt hätte. In den letzten Stunden hatte sie sich öfter nach ihren magischen Kräften gesehnt als in den letzten fünf Jahren zusammen. Wenigstens dachte er so nicht mehr an ihr peinliches Gestotter, mit dem sie ihn vorhin an ihrem Haus verabschiedet hatte.

Remington betrat den Pub und hielt die Tür mit dem Fuß für Millie auf, sodass sie ebenfalls hindurchtreten konnte. Ihre Regenjacke hatte die Wassertropfen kaum abgehalten, die Haare klebten nass an ihrem Kopf und sie konnte durch ihre besprenkelte Brille kaum mehr etwas sehen. Also nahm Millie sie ab und polierte die Gläser an ihrem Pulloverärmel.

Im *Tipsy Teapot* war es warm und gemütlich, wie eigentlich immer, wenn sie hierherkam. Die Tische und Stühle waren wild zusammengewürfelt, genau wie die Dekoration an den Wänden, die aus alten Fotos, Plaketten und mehreren Aquarellen von Snickerford bestanden. Der Dielenboden hatte schon bessere Zeiten gesehen und war von Stuhlbeinen und tanzenden Schuhen mittlerweile übel zerkratzt. Hier und da hatte Arthur Teppiche über die besonders schlimmen Stellen gelegt, aber auch die waren längst ausgetreten und verblasst. Auf der einen Seite gab es eine Sitzecke mit gemütlichen Couches, die sich fast bis auf den Boden durchbogen, wenn man sich daraufsetzte. Auf Regalen überall and den Wänden standen Töpfe mit Zimmerpflanzen, aber das ließ sich eher auf Pamela Halifax zurückführen, vermutete Millie. Bis auf den alten Earl in der hinteren Ecke war niemand anwesend, außer Arthur, Remingtons Onkel, der hinter der Theke stand und, wie könnte es anders sein, Gläser polierte. Arthur sah aus wie ein Biker im Ruhestand, war vom Hals bis zu den Fingerspitzen tätowiert und vor allem für seine köstlichen Eintöpfe bekannt.

Millie zog ihre Brille gerade wieder rechtzeitig auf die Nase, um sehen zu können, wie das Gesicht des grauhaarigen Mannes aufleuchtete. »Oh, Remi und Millie, was für eine Überraschung. Hast du sie also endlich nach einem Date gefragt?«

Remington stand direkt vor ihr, sodass sie nur sah, wie seine Ohren puterrot anliefen. »Wir sind uns nur zufällig begegnet«, stellte Remington klar. »Außerdem muss man nicht direkt miteinander ausgehen, nur weil es fast keine anderen gleichaltrigen Menschen in diesem Dorf gibt.«

Dieser letzte Kommentar gefiel Millie überhaupt nicht, aber Arthur grinste nur. »Stimmt nicht, es gibt ja auch noch Lucy Solomon.«

»Eben«, sagte Remington und schob sich zwischen den eng bestuhlten Tischen hindurch zu dem Flur, über dem ein WC-Schild angebracht war. Millie wollte lieber nicht noch länger hier rumstehen und sich von Arthur ausfragen lassen, also folgte sie Remington. Sie spürte die Blicke des grauhaarigen Mannes auf sich, als sie mit seinem Neffen im dunklen Flur verschwand. Sie war sich sicher, dass er immer noch grinste.

# REMINGTON

Für manche Menschen war es schwer, die Klappe zu halten. Millie zählte offenbar zu dieser Sorte – und Remingtons Onkel Arthur sowieso. Eigentlich hatte Remington das nie gestört. Es war schwer für manche Menschen, die Klappe zu halten, aber für andere, wie ihn, war es wiederum schwerer, sie aufzumachen. Auch wenn davon in der letzten Stunde nicht viel zu spüren gewesen war. Millie hatte einfach eines dieser Gesichter, dem man alles erzählen wollte. Ja, es musste an ihrem Gesicht liegen, es gab doch solche Gesichter, oder? Jedenfalls fielen ihm in ihrer Gegenwart tausend Dinge ein, die er sagen wollte und noch mehr, die er fragen wollte. Warum war sie wirklich aus London zurückgekommen? Warum konnte sie nicht zaubern wie die anderen Hexen? Und durfte er sie auf einen Spaziergang einladen? Nein, das Letzte konnte er getrost streichen. Denn er musste sich selbst recht geben: Nur weil es so wenige ungebundene Menschen in ihrem Alter in Snickerford gab, hieß es noch lange nicht, dass sie deshalb miteinander ausgehen mussten. Wahrscheinlich interessierte er sich auch nur so sehr für Millie, weil er sie immer wieder sah und doch nicht schlau aus ihr wurde. Und andersherum ließ sich nicht das leiseste Interesse ablesen. Sie hätte es nicht deutlicher machen können, dass sie nur ungern mit ihm Zeit verbrachte. Und wie hatte er reagiert? Er hatte sich ihr geradezu aufgedrängt! Lucy Solomon war wohl nicht die einzige Person in Snickerford, die heute den Verstand verloren hatte.

Mit geübten Fingern fand er den Lichtschalter im dunklen Flur und die Glühbirne über seinem Kopf wurde surrend lebendig. Er strich die Rücken der vergessenen Bücher entlang, bis er fand, was er suchte.

*Die Hexenapotheke Band 2:*
*Cremes, Tinkturen und Tränke gegen magisches Burnout, Zauberbrand und vieles mehr*

Millie entwich ein schockiertes Quietschen, als er es ihr hinhielt. »Woher hast du das?«, fragte sie und riss es an sich.

»Offensichtlich gehen nicht alle in Snickerford so sorgsam mit eurem Geheimnis um wie du«, sagte er. »Ich glaube, Pamela hat es hier vergessen.«

»Wenn Lucy das hört«, sagte Millie missbilligend und schnalzte mit der Zunge.

»Ich glaube nicht, dass Lucy sich momentan sonderlich für irgendwelche Hexengeheimnisse interessiert.«

»Guter Punkt«, pflichtete Millie ihm bei. Sie verließ den Flur und ließ sich auf einem der hinteren Tische im Pub nieder, möglichst weit entfernt von der Bar. Remington setzte sich neben sie und zog ein Feuerzeug aus der Tasche, um die Kerze auf der Mitte des Tisches anzuzünden. Es war gerade hell genug, um die Schrift auf den Seiten des Buches entziffern zu können. Millie fuhr mit ihren lila angemalten Fingernägeln das Inhaltsverzeichnis entlang.

»Hexenschnupfen, verbrannte Haarspitzen, Nasenbluten durch Überhexung«, flüsterte sie leise. »Das hatte ich in der Schule immer.«

»Du warst auf einer Hexenschule?«

Millie warf ihm einen Blick zu, als wäre er schwer von Begriff. »Natürlich.« Dann fuhr sie mit dem Finger weiter Zeile um Zeile des Buches entlang. »Ich hätte im Unterricht vielleicht besser aufpassen sollen. Aber irgendwie vergisst man alles, sobald man seinen Abschluss gemacht hat, oder?«

»Ich habe wirklich keine Ahnung mehr, was eine Kurvendiskussion sein soll«, stimmte Remington ihr zu. »Was ist das Hexen-Äquivalent davon?«

Millie verzog angewidert das Gesicht. »Magische Form fand ich immer ganz schlimm. Da muss man die Ausführung einzelner Zauber perfektionieren.« Sie erreichte das Ende des Inhaltsverzeichnisses. »Mist, hier finde ich nichts.«

Remington beugte sich zu ihr hinüber, um ebenfalls in das Buch schauen zu können, wobei sich ihre Schultern berührten und ihre Haare seine Wange streiften. Es fühlte sich ein bisschen so an, als würde er einen Stromschlag bekommen. Er musste sich Mühe geben, nicht zurückzuzucken. Vielleicht fühlte es sich für alle Menschen so an, eine Hexe zu berühren? Aber er würde sich auch nicht wundern, wenn zwischen ihnen sichtbare Funken gesprüht hätten.

Remington hielt den Atem an, um von ihrem Geruch nicht überwältigt zu werden, und konzentrierte sich auf das Buch vor ihm. Das Inhaltsverzeichnis sah tatsächlich nicht vielversprechend aus, aber dann fiel ihm ein Hinweis auf der nächsten Seite auf. »Für Heilmittel gegen Schwarze Magie konsultieren Sie bitte den dritten Band dieser Reihe«, las er leise vor.

»Schwarze Magie?« Millie klang so alarmiert, dass er seine Augen vom Buch abwand und stattdessen ihr Gesicht beobachtete. Sie war ihm so nah, die Augen groß und haselnussbraun hinter ihren Brillengläsern, ihre Lippen standen ein bisschen offen, als hätte sie gerade den Schock ihres Lebens bekommen. »Du glaubst, hier ist Schwarze Magie am Werk?«

Remington lehnte sich ein bisschen zurück, um klarer denken zu können. »Ich habe nicht die leiseste Ahnung. Aber das mit den Klauen und den roten Augen sieht zumindest so aus, wie ich mir als Laie Schwarze Magie vorstelle. Meinst du nicht auch?«

Millie nahm ihre Brille ab und massierte sich die Nasenwurzel. »Schwarze Magie«, flüsterte sie. »Wie zur Hölle soll bitte Schwarze Magie nach Snickerford gekommen sein?« Sie klang ein bisschen vorwurfsvoll, was in ihm seltsamerweise den Drang zu grinsen hervorrief.

»Ich habe nicht die leiseste Ahnung, Tortenhexe. Ich hab sie jedenfalls nicht hierher gebracht.«

Sie öffnete die Augen und warf ihm einen anklagenden Blick zu. »Snickerford ist seit Jahrzehnten frei von Schwarzer Magie.«

»Wenn du das sagst?«

»Guck mich nicht so an«, forderte sie.

»Wie denn?«

Sie schüttelte den Kopf. »Hexen sind doch dazu da, die Schwarze Magie fernzuhalten. Deswegen veranstaltet der Zirkel von Snickerford einmal im Monat ein Schutzritual bei Vollmond.«

»Bei Vollmond, echt jetzt? Heult ihr dann auch den Himmel an?«

Millie verdrehte die Augen. »Ich schon mal gar nicht.«

»Was meinst du damit?«

Sie zog ihre Unterlippe zwischen die Zähne und wich seinem Blick aus. »Ich bin kein Mitglied des Hexenzirkels von Snickerford mehr.«

»Aber du backst ihnen magische Torten?«

Sie zuckte die Achseln. »Ich bin aus freien Stücken damals nach London gegangen. Dann hat Oma sich zum zweiten Mal die Hüfte gebrochen und ich habe gemerkt, dass sie mich braucht. Wenn alles glattläuft, werde ich an Halloween wieder in den Zirkel aufgenommen.«

Millie verzog das Gesicht und Remington verstand, dass an diesem Abend nichts glattzulaufen schien. Sie konzentrierte sich wieder auf das Buch, auch wenn sie ohne Brille wahrscheinlich nichts davon lesen konnte. »Schwarze Magie«, flüsterte sie leise. »Wir müssen in die Bibliothek von *Quintrell*.«

»Die Privatschule?«

Millie hob die Augenbrauen und dann dämmerte es ihm. Auch dem Ehepaar Quintrell hatte er vorhin eine Torte vorbeigebracht. »Das ist also deine Hexenschule?«

Sie nickte und sah damit gar nicht glücklich aus. »Und ich habe mir nach dem Abschluss geschworen, nie wieder einen Fuß über die Schwelle zu setzen.«

»Bist du deswegen nach London abgehauen?«

Sie sah ihn überrascht an. »Das hat damit überhaupt

nichts zu tun«, erwiderte Millie und überraschenderweise klang es tatsächlich wie das Letzte, was sie zu diesem Thema sagen würde.

Das fachte seine Neugierde zwar nur noch mehr an, aber er wollte sie auch nicht drängen, über etwas zu sprechen, was ihr unangenehm war. Er hatte nur immer stärker das Gefühl, dass er das Mysterium Millicent Battersea durchdringen musste, wenn er sie jemals wieder aus seinem Kopf bekommen wollte.

»Was könnte denn passieren, wenn wir keine Lösung gegen diese Schwarze Magie-Vergiftung finden?«, fragte Remington.

Millie hob die Schultern. »Ich habe nicht die leiseste Ahnung«, erwiderte sie, aber die Angst in ihrer Stimme ließ ihm einen eisigen Schauer über den Rücken laufen.

# MILLICENT

Es hatte aufgehört zu regnen und das Licht der Straßenlaternen spiegelte sich gelblich im nassen Kopfsteinpflaster. Aber zu diesem wohlbekannten Schein hatte sich ein anderes Licht gesellt. Millie legte den Kopf in den Nacken und sah, dass der Himmel über Snickerford mittlerweile grünlich leuchtete. Es war nur eine Frage der Zeit, bis die Schwarze Magie sich in den neu gewonnenen Hexenkörpern wohlfühlen und damit beginnen würde, Snickerford in Schutt und Asche zu legen. Millie war nämlich nicht ganz ehrlich zu Remington gewesen. Sie wusste sehr wohl, was passierte, wenn Schwarze Magie von Hexen Besitz ergriff, aber sie hatte ihn nicht beunruhigen wollen. Von der Existenz von Hexen allgemein zu erfahren war vielleicht genug an weltverändernden Eröffnungen in einer Nacht. Tatsächlich hatte es mehrere Unterrichtsfächer in der *Quintrell Academy* gegeben, die sich mit den Gefahren Schwarzer Magie auseinandersetzten. Das, was nach einer Attacke dieser Kraft übrigblieb, sah für Nicht-Hexen aus wie ein Brand, der außer Kontrolle geraten war: Schutt und Asche, die nicht selten die Bewohner ganzer Häuserblocks das Leben kosteten. Es stimmte allerdings, dass Millie Schwarze Magie noch nie mit eigenen Augen gesehen hatte, ja, dass sie nicht einmal auf die Idee gekommen wäre, dass es sich bei dem, was Lucy und vielleicht auch den anderen Hexen in Snickerford geschah, um Schwarze Magie handeln könnte. Snickerfords Hexen waren ziemlich stolz darauf, seit Ewigkeiten frei von jedem Fitzelchen Schwarzer Magie zu sein. Das Dorf hatte tatsächlich schon mehrere englandweite Preise dafür gewonnen, dass hier alles mit rechten Dingen zuging. Lucy Solomon konnte sie zwar nicht im Rathaus für alle Bewohner der Stadt sichtbar aushängen, aber Millie wusste, dass die Orden und Urkunden in ihrem Büro hinter dem Schreibtisch hingen, nur verdeckt durch einen geblümten Vorhang. Und jetzt war ausgerechnet Lucy Solomon Opfer von Schwarzer Magie geworden!

Wieder schwang Millie sich hinter Remington auf seinen Motorroller und legte die Arme um seine Taille, bevor sie sich darüber noch weitere Gedanken machen konnte. Dann ließ er den Motor an und sie brausten los. Millie fragte sich, ob die anderen Bewohner von Snickerford schon bemerkt hatten, dass etwas nicht stimmte. Glücklicherweise war es eine wirklich verregnete Nacht und die Straßen waren leer, aber Lucy würde sich als Bürgermeisterin etwas Außergewöhnliches einfallen lassen müssen, um die grünen Schleier über dem Dorf zu erklären. Wenn es denn dabeiblieb und Snickerford am Morgen nicht bis auf die Grundfesten niedergebrannt war. Millie zermarterte sich das Hirn darüber, was sie damals in der Schule über Schwarze Magie gelernt hatte. Magie floss durch die sogenannten Ley-Linien in ganz England und die Hexendörfer befanden sich darüber, um diese zu beschützen. Die Hexen nutzten ihre Kräfte, um diese Linien frei von Schwarzer Magie zu halten, frei von den Monstern, die aus den Ley-Linien hervorgekrochen kamen, wenn man die Schutzzauber nicht monatlich vollführte und an Halloween von Grund auf erneuerte. Millie musste so schnell wie möglich ein Gegenmittel finden, um die Hexen des Zirkels von der Schwarzen Magie zu befreien.

Die Hexenschule von Snickerford lag am Ende mehrerer verschlungener Wege in einer Sackgasse und war umgeben von einem kleinen Waldstück, sodass niemand sich aus Versehen dorthin verirrte. Es war ein alter Steinbau mit einer ausladenden Treppe und verhexten Wasserspeiern, die, wenn ihnen danach war, Seifenblasen durch ihre Nüstern pusteten. Hexen aus der ganzen Umgebung waren in einem Seitentrakt des Internats untergebracht, aber sie fuhren am Wochenende nachhause, weswegen das

Gebäude jetzt wie ausgestorben dalag. Bis auf den grünen Schimmer hinter den Fenstern und auf das Geschrei, das aus dem linken Turm kam.

»Das sieht gar nicht gut aus«, sagte Remington und parkte seine Vespa unter einer Eiche am Rand des Grundstücks.

Millie holte tief Luft. »Okay, da ich gerade nicht zaubern kann und du ... nun ja, auch nicht wirklich zu gebrauchen bist, müssen wir uns so schnell wie möglich in die Schulbibliothek schleichen, ohne entdeckt zu werden.«

Remington schnaubte. »Du unterschätzt meine Fähigkeiten. Ich bin in einem Haus aufgewachsen, das diesem hier nicht ganz unähnlich ist und bin unzählige Male aus dem Fenster abgehauen.«

»Du bist in einem Internat aufgewachsen?« Millie beäugte ihn neugierig. Sie wusste nicht warum, aber das hatte sie irgendwie nicht erwartet.

Remington verzog das Gesicht. »Nicht ganz.« Er zog seine noch regenfeuchte Jacke aus und hängte sie über den Lenker seiner Vespa. Darunter trug er ein langärmliges, etwas knittriges Hemd, dessen Ärmel er jetzt bis zu den Ellenbogen hochkrempelte. Dann trat er durch das gusseiserne Tor auf das Grundstück der Schule und Millie folgte ihm. Als es wieder ins Schloss fiel, verursachte das alte Tor ein quietschendes Geräusch, das sie beide zusammenfahren ließ. Millie hoffte einfach nur, dass Ms Quintrell zu sehr mit sich selbst beschäftigt war, um auf irgendwelche Geräusche zu achten. Während Millie an die schwere Eingangstür herantrat, inspizierte Remington die Trittfestigkeit einzelner Steine in der Fassade unter einem Fenster.

»Wo genau befindet sich die Bibliothek?«, fragte er.

»Zwei Fenster weiter, dritter Stock«, flüsterte Millie. Sie rüttelte vorsichtig an dem rabenförmigen Türknauf, aber der Eingang zur *Quintrell Academy* war verschlossen. Remington kletterte über einen Rosenbusch, um die Stelle unter dem Fenster zu erreichen.

»Remington!«, zischte Millie, die versuchte, hinter ihm her durch das Beet zu klettern, aber der Saum ihres Rockes verhedderte sich in irgendwelchen Ranken. »Du kannst da nicht hochklettern!«

Er zuckte die Achseln. »Mein Fenster lag im fünften Stock, das sollte kein Problem sein.«

Millie verdrehte die Augen. »Nein, ich meine, du kannst da nicht hochklettern, weil das ganze Gebäude mit Sicherheitszaubern belegt ist.«

Sie zerrte an ihrem Rock, an dem sich mittlerweile eine Ranke still und leise bis zu ihrer Hüfte hochgewunden hatte. »Siehst du?« Sie deutete darauf, bevor sie die Klette mit einem angewiderten Gesichtsausdruck von ihrem Rock pflückte. Das war noch einer der harmloseren Zauber, der so gestrickt war, dass er Nicht-Hexen nicht als solcher auffiel. Er sollte einen nur davon abhalten, sich der Hauswand zu nähern. Aber Millie wusste aus eigener Erfahrung, dass die Wasserspeier rund um das Grundstück gar keinen Spaß verstanden, wenn Unbefugte versuchten, das Haus zu verlassen oder es zu betreten.

Remington legte die Stirn in Falten und schüttelte den Kopf. »Ich muss mich wirklich noch an diesen ganzen Hexenkram gewöhnen.«

Millie zuckte die Achseln. »Wir belegen dich morgen früh mit einem Vergessenszauber, gib dir also keine Mühe.« Sie hatte es wie einen Witz klingeln lassen wollen, aber Remington wurde auf einmal ernst.

»Ehrlich jetzt? Ich werde all das hier wieder vergessen?« Er starrte sie auf einmal so intensiv an, dass sie unwillkürlich rot wurde.

Sie hob die Schultern. »Das war nur ein Witz«, sagte sie, aber es kam krächzender heraus als beabsichtigt. »Ich kann momentan ohnehin nicht zaubern.«

Sie hörte, wie Remington erleichtert aufatmete, und dann saß sein schiefes Grinsen wieder auf seinem Gesicht wie eh und je, was wiederum sie erleichterte. »Ich muss lernen zu kapieren, wann du einen Witz machst.«

Millie gluckste, aber es kam immer noch ziemlich erstickt aus ihr heraus. Wenn Lucy oder eine der anderen Hexen davon erfuhr, was sie Remington alles erzählt hatte, würde ein Vergessenszauber ihr kleinstes Problem sein.

Remington kratzte sich am Hinterkopf. »Und du als Hexe hast keinen Weg, die Sicherheitszauber außer Kraft zu setzen?«

Millie hob die Schultern. »Ich hab dir doch gesagt, dass ich gerade nicht zaubern kann.«

»Ja, das sagst du immer wieder.« Remington legte den Kopf schief und durchbohrte sie mit Blicken. »Aber da stellt sich mir die Frage: Was können wir machen, damit du wieder zaubern kannst?«

Millie öffnete den Mund – und schloss ihn wieder, dann öffnete sie ihn noch einmal. »Ich …«

Erneut drang ein Schrei aus dem Inneren des alten Hauses, gefolgt von einem Geräusch, das verdächtig nach dem Rasseln von Ketten klang.

Remington beugte sich zu ihr herunter, um leiser sprechen zu können. »Wir müssen irgendwie dort hineinkommen, um das Buch mit den Heilmitteln gegen Schwarze Magie zu finden, oder? Entweder wir schlagen uns mit den Sicherheitszaubern herum oder du findest einen Weg, sie auszuschalten.«

»Oder ich bringe euch rein.«

Millie erschrak so sehr, dass sie das Gewicht verlor und hinterrücks im Blumenbeet gelandet wäre, wenn Remington sie nicht aufgefangen hätte. Seine starken Arme, die er gerade noch fürs Klettern gelockert hatten, bekamen also letztendlich doch noch eine sinnvolle Aufgabe. Er schlang sie ihr geistesgegenwärtig um die Hüfte und stabilisiert sie, bevor er sich zu der Person umdrehte, die diese Worte gesprochen hatte.

In den Brillengläsern des hageren Mannes spiegelte sich der grüne Schein, der über dem Internat hing. Seine Haare waren in den letzten Jahren noch dünner geworden, aber sie waren immer noch tiefschwarz, und er trug noch die gleichen karierten Pullunder, in denen er Millie damals auch schon mit ihrer ersten Zigarette auf der Dachschräge über dem Zaubertrankzimmer erwischt hatte.

»Mr Quintrell?«, fragte Millie. Dieser hielt eine kleine Laterne in die Höhe, um ihre Gesichter besser sehen zu können.

»Ms Battersea«, sagte er und klang nicht sehr begeistert darüber, sie zu sehen. »Und Mr Holcroft, das ist ja eine Überraschung.«

Mr Quintrell führte mit seiner Gattin seit Jahrzehnten die Hexenschule von Snickerford, auch wenn er selbst kein Magier war. Das kam ihm in dieser Situation jedoch zugute, weil er dann zumindest auch nichts von Millies Torte gegessen und sich mit Schwarzer Magie vergiftet hatte.

»Sind Sie gekommen, um mir zu erklären, was mit meiner Frau passiert ist?« So wie er es aussprach, klang es fast so, als wäre Millie persönlich für Ms Quintrells Unpässlichkeit verantwortlich. Naja, vielleicht war sie das ja auch. Aber dies war nicht der Moment, um dieses Thema zu erörtern.

»Ich habe nicht die leiseste Ahnung, was passiert ist«, sagte Millie und versuchte, möglichst nicht defensiv zu klingen. »Aber wir glauben, dass es etwas mit Schwarzer

Magie zu tun hat. Die anderen Hexen von Snickerford sind ebenfalls betroffen.«

Mr Quintrell blickte mit seinen wässrigen Augen zwischen Remington und Millie hin und her, als hätte er die beiden bei einem verbotenen Mondscheinspaziergang erwischt und würde ihnen gleich Nachsitzen aufbrummen.

»Wir?«, fragte er.

In Millies Kopf schrillten alle Alarmglocken los, doch Remington blieb ganz ruhig. »Wenn ich das richtig erkenne, sind Sie auch keine Hexe und wissen dennoch, wovon wir reden, nicht wahr, Mr Quintrell?« Er beugte sich ein bisschen vor, sodass sein Gesicht jetzt über dem des Schulleiters schwebte.

»Ja, aber ich …«

Das schien Mr Quintrell die Sprache verschlagen zu haben, was in Millie wiederum den irrwitzigen Drang auslöste, Remington um den Hals zu fallen und ihm einen Kuss auf die Lippen zu drücken. Nein, auf die Wange natürlich, pff!

Sie beugte sich ein bisschen zu ihm rüber, sodass nur er es hören könnte: »Wo warst du, als ich eine Teenager-Hexe war und heimlich auf den Dächern der Schule rumgeklettert bin?«

Er wandte seinen Blick von Mr Quintrell ab, als würde ihn dessen Anwesenheit gar nicht beeindrucken, und blickte mit einem schiefen Grinsen auf Millicent hinab. »Ich bin damals wahrscheinlich im selben Moment allein auf einem Dach nicht allzu weit entfernt von hier herumgeklettert.«

In diesem Moment fiel Millie zum ersten Mal auf, dass er sehr dunkle Augen hatte, fast schwarz, die einen starken Kontrast zu seinen roten Haaren bildeten. Die Haare saßen auf seinem Kopf, als würden sie sein wahres Ich darunter verbergen. Sie spürte, wie ihr Herzschlag sich beschleunigte.

Mr Quintrell räusperte sich. »Ich habe meine Frau in den Nachsitzen-Kerker gesteckt.«

»Den Nachsitzen-Kerker?«, fragte Remington und löste seinen Blick widerwillig von Millie.

»Sie würden sich wundern, wenn Sie wüssten, was es alles braucht, um eine ungezogene junge Hexe zu bändigen.«

»Ich hätte nie gedacht, dass ich das mal sagen würde, aber ich bin froh, dass es diesen verdammten Kerker gibt«, sagte Millicent. »Allerdings weiß ich auch nicht, wie lang der sie aufhalten wird, wenn es sich die Schwarze Magie erst mal vollends in ihrem Körper bequem gemacht hat.«

»Wir müssen so schnell wie möglich ein Heilmittel finden«, pflichtete Mr Quintrell ihr nickend bei und zum ersten Mal bemerkte sie die Unruhe in seiner Miene. Seine Augen huschten nervös durch die Gegend und als aus den Tiefen des Hauses ein weiterer Schrei erklang, fuhr er wie vor Schmerz zusammen. »Wir dürfen keine Zeit verlieren«, sagte er und zog einen schweren Schlüsselbund aus der Tasche.

Als er die Eingangstür zur *Quintrell Academy* aufschloss, hörte Millie die Mechaniken mehrere Schlösser leise klicken, bevor die Tür nach innen aufschwang. Unter den Schülerinnen der Academy hatte es immer Gerüchte gegeben, was für uralte Schutzzauber auf dem Gebäude lagen. Die Wasserspeier waren allen bekannt und hatten Edith Plumwickle in der siebten Klasse mal den Arm gebrochen, als sie sich während des Unterrichts vom Gelände schleichen wollte. Dann gab es natürlich noch die lebendigen Ranken, Türen, die sich zu Stein verwandelten und Treppen, die ins Nichts führten. Aber es gab auch die Theorie, dass in den Kellern der *Quintrell Academy* ein Drache hauste, der den ganz harten Fällen Angst einjagen sollte.

Allerdings hatte ihn noch nie jemand zu Gesicht bekommen, auch nicht die jungen Hexen, die immer wieder in den Kerker zum Nachsitzen gesteckt worden waren. Zu denen gehörte auch Millicent und das Einzige, was sie herausgefunden hatte, war, dass sich die Gitterstäbe des Kerkers, durch die man die Unterseite der Rosenbüsche sehen konnte, in brennend heißes flüssiges Metall verwandelten, wenn man an ihnen rüttelte oder kratzte. Sie hatte es am eigenen Leibe erfahren und hätte auch eine Narbe davongetragen, wenn Pamela Halifax nicht anschließend einen magischen Kräuterumschlag um die Wunde gebunden hätte.

In der Eingangshalle der Schule stand ein Brunnen, der leise vor sich hinplätscherte. Das Wasser kam aus dem Mund eines weiteren Wasserspeiers. Über ihnen, in die Glasfenster des Zwischenstockwerks, war das Wappen der Schule eingelassen, ein dreiäugiger Fuchs. Millie spürte seine drei Pupillen auf sich, als sie Mr Quintrell hinterher durch die Halle huschte. Die Scherben einer Vase lagen überall auf dem Boden verstreut; offenbar hatte sich Ms Quintrell hier schon ausgelebt, bevor ihr Gatte sie hatte einfangen können.

Mr Quintrell ließ die ausladende Marmortreppe links liegen und führte sie an der getäfelten Wand der Halle entlang. Sie wurde gesäumt von Regalen und Vitrinen, in denen Pokale standen und Fotos von verschiedenen Klassen hingen. Wie als hätte ein unsichtbarer Scheinwerfer darauf geleuchtet, blieb Remington vor einem ganz bestimmten Bild stehen. Es zeigte eine jugendliche Millie auf einem Besen, zwei weitere Hexen an ihrer Seite. Sie trugen Cheerleader-Kostüme und führten Kunststücke auf den Besen vor, die durch die Fotografie aber in einem seltsamen Moment eingefroren waren. Millie lächelte ein strahlendes

Zahnspangenlächeln in die Kamera. Remington deutete mit einem Zeigefinger auf sie, aber bevor er einen Kommentar abgeben konnte, zog sie ihn am Ärmel hinter sich her. »Du bist also tatsächlich eine Hexe«, flüsterte er, als sie hinter Mr Quintrell durch eine Tür traten, die soeben wie von Zauberhand in der Wand erschienen war. Dabei beugte er sich so nah zu ihr vor, dass sein Atem ihre Wange kitzelte.

»Was hast du denn gedacht«, antwortete sie schnippisch und schloss zu Mr Quintrell auf. Sie wusste nicht genau, warum sie so auf Remington reagierte. Vielleicht, weil er sie verunsicherte, oder weil sie sich fragte, was unter seinen roten Locken vorging und sie unbedingt wissen wollte, was er hinter diesen dunklen Augen dachte. Vielleicht, weil sein Körper ihr heute Abend zum ersten Mal aufgefallen war. Das klang vielleicht verrückt, aber bis dahin hatte sie nicht einmal so recht realisiert, dass er einen Körper hatte. Und jetzt … jetzt hatte er auf einmal einen. Einen, der nur ein paar Zentimeter hinter ihr herging und dessen Haut eine Wärme ausstrahlte, die sie sogar jetzt zu spüren glaubte.

Als Mr Quintrell sie eine verborgene Wendeltreppe nach oben führte, tat sie so, als hätte sie diese noch nie betreten. Sie machte große Augen, als der alte Mann sich mit der Laterne in der Hand zu ihr umdrehte. In Wahrheit wussten alle Schülerinnen der Academy ab ihrer ersten Woche über die Geheimgänge im ganzen Haus Bescheid. Denn scheinbar gab es Dinge, die auch die Lehrer tun wollten, ohne von den Wasserspeiern beobachtet zu werden. Und das wussten die Schülerinnen sich zunutze zu machen.

Sie betraten die Bibliothek durch eine Drehtür, die sich wieder in ein Regal verwandelte, sobald sie sich hinter ihnen geschlossen hatte. Zu dieser Stunde lag die Bibliothek dunkel und ausgestorben da. Mr Quintrell betätigte den

Lichtschalter und trieb damit den grünen Schleier, der über allem lag, zurück in die Schatten. Glücklicherweise schien Ms Quintrell die Bibliothek noch nicht aufgesucht zu haben, bevor ihr Mann sie hatte einsperren können. Die Bücher standen fein säuberlich in den Regalen und keiner der Lesesessel in den Ecken war umgeworfen worden.

»Wonach suchen Sie genau?«, fragte Mr Quintrell und stellte seine Laterne auf einem der Lesetisch ab.

»*Die Hexenapotheke Band drei* von Celandine Foxglove«, sagte Remington wie aus der Pistole geschossen.

Millie warf ihm einen Seitenblick zu. »Du hast das alles gelesen und trotzdem nicht kapiert, dass es Hexen gibt?«

Er steckte seine Hände in die Hosentaschen und zuckte mit den Achseln. »Es gibt ja auch unzählige Fantasy-Bücher über Drachen, aber trotzdem wissen wir ja alle, dass es keine Drachen gibt.«

Millie und Mr Quintrell wechselten einen kurzen Blick.

Remingtons Augen wurden groß; auf einmal sah er aus, wie ein Kind, dem man sagt, dass der Weihnachtsmann nicht existiert – nur eben andersherum. »Es gibt ernsthaft Drachen?«, fragte er.

Mr Quintrell schürzte die Lippen. »Zumindest gibt es gut belegte Studien, die ihre Existenz nahelegen. Und einige Sichtungen, aber die sind ungefähr so seriös wie bei Ufos.«

Remington schüttelte den Kopf. »Ich kann ehrlich nicht mehr sagen, ob das jetzt bedeuten soll, dass Ufos völliger Quatsch sind oder dass es selbstverständlicherweise auch Ufos gibt.«

Mr Quintrell ließ die Frage unbeantwortet und schritt an den Regalreihen entlang. »Foxglove, Foxglove, Foxglove…«, murmelte er vor sich hin. Er bog in eine der Regalreihen ab, Millie und Remington dicht auf den Fersen. Dann strich er mit dem Finger über einzelne Bände, ganz so, wie Remington es kurz zuvor im Pub seines Onkels getan hatte. »Ah, da haben wir es ja.«

Als er das Buch aus dem Regal zog, konnte Millie ihr Glück kaum fassen. Da war es, das Buch, das diese schrecklich schiefgegangene Nacht beenden würde. Sie streckte ihre Finger danach aus, doch Mr Quintrell hielt es außer Reichweite. »Millicent, Sie kennen doch die Regeln in unserer Bibliothek. Handschuhe, bitte.«

Millie erstarrte. »Ich kann nicht.«

»Wie, Sie können nicht?« Mr Quintrell starrte sie an, als wäre sie verrückt geworden. »Sie müssen sich einfach nur kurz ein paar Bibliothekshandschuhe herzaubern, das lernt man doch im ersten Jahr bei uns.«

Millie spürte, wie sie unter den Rändern ihrer Brille knallrot wurde. »Ich weiß«, sagte sie und die zwei Worte kamen unangenehm gepresst aus ihren Lippen hervor. »Aber ich … ich kann gerade nicht zaubern.«

Mr Quintrell starrte sie an, als hätte er so etwas noch nie gehört. »Sie können nicht zaubern?«, fragte er, die kleinen hellblauen Augen wurden auf einmal fast normal groß, was einen bedeutenden Umfangszuwachs darstellte. »Sind Sie etwa auch krank? Dann kann ich dir das Buch auf keinen Fall geben.«

Seine Stimme klang so streng wie früher, als Millicent im Geschichtsunterricht nicht wusste, wie die Namen der fünf Hexengeneräle der Schlacht von East Sussex lauteten.

Ihr Hirn hatte sich damals angefühlt wie mit Watte gefüllt – genauso ging es ihr auch jetzt.

»Ich … ich …«

»Jetzt stellen Sie sich nicht so an.«

Remington machte einen Schritt nach vorne und nahm dem Schulleiter kurzerhand das Buch aus den Händen. »Das geht Sie ja wohl überhaupt nichts an.« Damit machte er kehrt und ging zum Eingangsbereich der Bibliothek zurück. Er legte das Buch auf den Lesetisch, auf dem Mr Quintrell seine Laterne abgestellt hatte und klappte es auf.

Millie folgte ihm langsam, wie in Trance. Was war da eben passiert? Sie hatte noch nie jemanden gehört, der es gewagt hatte, mit Mr Quintrell so zu sprechen. Er war der Herr über die Strafen in der Academy gewesen – und dabei hatte er ein gehöriges Level an Kreativität an den Tag gelegt. Eleanor hatte immer gesagt, dass er die Schülerinnen nur bestrafte, weil er selbst keine Magie ausüben konnte und neidisch war. Wie der kleine Mann hier vor ihr stand, mit zitterndem Kinn und die Augen noch wässriger als sonst, glaubte Millie ihrer Großmutter. Sie selbst war ebenfalls nicht mehr siebzehn und Mr Quintrell hatte keine Macht mehr über sie. Trotzdem war sie eben eingefroren, als hätte sie ihre Hausaufgaben nicht gemacht. Remington hatte sie verteidigt, obwohl er nicht das kleinste bisschen über sie und ihre magischen Fähigkeiten wusste. Ja, er hatte recht, das ging tatsächlich niemanden etwas an, aber allein der Umstand, dass er das klargestellt hatte, löste in ihr nun den Wunsch aus, ihm alles zu erzählen.

Er war schon wieder völlig in das Buch vertieft, lehnte über den Tisch, die Ellenbogen aufgestützt und blätterte durch die vergilbten Seiten, während seine Augen in Windeseile über die Zeilen huschten.

»Nach dem Berühren schwarzmagischer Objekte … schwarzmagische Verbrennungen … dunkle Flüche … hier! Eine Vergiftung mit Schwarzer Magie lässt sich durch folgende Tinktur bekämpfen.« Er tippte auf die Seite und schob Millie das Buch hin.

»Eine Vergiftung mit Schwarzer Magie ist in jedem Fall zu vermeiden und kann schwere Folgeschäden nach sich ziehen«, las Millie vor. Sie konnte nicht verhindern, dass ihre Stimme zitterte. »So können zum Beispiel schwere Entzugserscheinungen auftreten, wie man sie von Opioiden kennt, andere Hexen erleiden zudem regelmäßige Wahnzustände.« Millie schluckte.

»Lies weiter«, sagte Remington ruhig.

»Wenn jedoch in den ersten Stunden nach der Vergiftung ein Gegenmittel verabreicht wird, können die Folgen meist vollständig behoben werden.«

»Das ist gut, oder?«, flüsterte Remington. »Wir befinden uns doch noch in diesen ersten Stunden.«

Millie nickte. Sie spürte auf einmal einen dicken Kloß im Hals, der das Atmen erschwerte. Wie war dieser Samstagabend so völlig aus dem Ruder gelaufen?

»Hier steht das Rezept für die Tinktur, die wir den Hexen verabreichen müssen«, fuhr Remington fort. »Wir brauchen dafür Schwarzen Nachtschatten, Belladonna und Mondrankenwurzeln. Salbei, Holunderblütensirup und Wermut haben wir im Pub.«

Millie sah überrascht auf. »Wieso das denn?«

Remington machte eine wegwerfende Handbewegung. »Frag nicht. Das hat irgendwas mit meinem Onkel und seiner Affäre zu tun.«

Doch das ließ Millies Neugierde nur noch wachsen. »Hat er etwa was mit einer Hexe?«

Remington schüttelte den Kopf. »Ich habe nicht die leiseste Ahnung und will es ehrlich gesagt auch nicht wissen.«

Millie spürte, wie ein Grinsen an ihren Mundwinkeln zog. »Wir werden dieses Gespräch zu einem anderen Zeitpunkt fortsetzen.«

»Mondrankenwurzeln, Belladonna und Schwarzer Nachtschatten«, flüsterte Mr Quintrell, der in diesem Moment wie aus dem Nichts zwischen ihnen auftauchte. »Das kriegen wir nur im Gewächshaus von Pamela Halifax.«

»Wenn das mittlerweile noch steht«, warf Remington ein.

Millie wiegte den Kopf hin und her. »Schwarzer Nachtschatten hat vielleicht meine Großmutter in ihrem Vorrat, aber Mondrankenwurzeln habe ich bei ihr noch nie gesehen.«

Remington richtete sich auf. »Dann gehen wir erst zum Pub, holen dann Belladonna und Mondrankenwurzeln bei Pamela ab und klauen als letztes ein bisschen Nachtschatten von deiner Großmutter.«

Beim Wort »klauen« verzog Mr Quintrell das Gesicht.

»Keine Sorge«, sagte Millie zu ihm, wandte dabei aber nicht den Blick von Remington ab, »niemand hat Sie gebeten, mit uns zu kommen.«

In diesem Moment ertönte ein Scheppern vor der Geheimtür der Bibliothek, durch die sie soeben gekommen waren. Die drei fuhren herum und sahen, wie das Bücherregal, hinter dem sich die Tür versteckte, erzitterte. Es wackelte tatsächlich so sehr, dass im nächsten Moment ein paar Bücher im hohen Bogen aus den Regalbrettern flogen und auf dem Parkett vor ihre Füße klatschten, als würde es Frösche regnen. (Millicent hatte es tatsächlich einmal erlebt, dass ein Experiment im Alchemie-Unterricht schiefgegangen war und es auf dem Innenhof der Academy Frösche geregnet hatte. Das hatte sich ziemlich ähnlich angehört.)

»Was war das?«, fragte Millie.

»Ist da einer Ihrer Wasserspeier durchgedreht?«, fügte Remington hinzu.

Mr Quintrell schüttelte nur langsam den Kopf. »Die Wasserspeier haben keinen Zugang zu den Geheimgängen. Deswegen haben wir auch diesen Weg genommen, sie sind etwas ... sagen wir, durcheinander von dem Chaos des heutigen Abends.«

»Mr Quintrell«, fragte Millie leise, »wie wirkungsvoll ist Ihr Kerker gegen Schwarze Magie?«

Hinter der Bücherwand erklang ein Scharren, als würde jemand mit Fingernägeln über eine Tafel kratzen, dann ein wütendes Knurren.

»Meredith?«, fragte Mr Quintrell leise. Die Laterne, die er wie einen Schutzschild vor sich hielt, zitterte so sehr in seinen Händen, dass der Lichtkegel wie Gewitterblitze über die umliegenden Regale zuckte.

»Ich glaube nicht, dass Ihre Frau Sie gerade verstehen kann«, flüsterte Remington.

Sie traten alle drei Schritt für Schritt rückwärts, zwischen den Regalreihen entlang bis zur großen geschwungenen Eingangstür der Bibliothek.

»Wenn Sie den Wasserspeiern begegnen«, sagte Mr Quintrell mit leiser Stimme, »dann schauen Sie ihnen nicht in die Augen. Das macht sie wütend.«

Bei diesen Worten drehte sich Millies Magen um. »Remi?«, flüsterte sie, ohne ihren Blick von der zitternden Regalwand am anderen Ende der Bibliothek zu lösen.

»Ich bin hier«, flüsterte er und auf einmal spürte sie kühle Finger, die sich mit ihren verschränkten. »Wir sollten weg hier, bevor sie durch die Wand bricht.«

Millie wirbelte herum und zog Remington hinter sich her.

Mr Quintrell folgte ihnen auf dem Fuße und steckte mit zitternden Fingern einen Schlüssel in das Schloss, um die Tür zu öffnen. »Folgen Sie mir!«, rief er. »Es gibt noch einen Geheimgang durch die alten Bäder nach draußen!«

Sie rannten los und hörten im nächsten Moment, wie die Bücherwand hinter ihnen zersplitterte. Ein kalter Luftzug fuhr unter Millies Rock und jagte ihr eine Gänsehaut über den Rücken. Sie rannten eine Wendeltreppe hinab, auf der normalerweise Wasserspeier die Stellung hielten, aber ihr Posten war leer. Mr Quintrell wackelte mit seiner Laterne beim Laufen so schnell hin und her, dass ihr Licht erlosch. Jede andere Hexe hätte ihm das Licht in diesem Moment mit einem Schnipsen wieder anschalten können. Millie blieb hingegen nichts anderes übrig, als im Halbdunkeln hinter den anderen herzustolpern. Ihr Atem ging schneller, aber sie ließ Remingtons Hand nicht los. Er zog sie hinter sich her, als sie den Kopf drehte, weil hinter ihnen ein erneutes Splittern ertönte, dann ein tiefes kehliges Lachen. Es klang überhaupt nicht mehr nach der Schulleiterin der *Quintrell Academy*, sondern eher nach einem Monster, das Kinder (und die erwachsene Millie) in ihren Alpträumen heimsuchte. Millie war sich nicht sicher, aber sie glaubte, gerade noch eine Klauenhand zu sehen, die sich um eine Säule schloss, bevor Remington sie um die nächste Ecke zog. Ms Quintrell schien es nicht eilig haben, sie zu jagen, und dem Keckern hinter ihnen zu urteilen, hatte sie auch großen Spaß daran. Mr Quintrell führte sie durch den Speisesaal und die Küchen des Internats hinab und die alten Bäder, in denen früher rituelle Hexentaufen stattgefunden hatten, ein Brauch, der nicht mehr nötig war, seit überall in Snickerford fließendes Wasser aus den Leitungen kam. Ihre Schritte hallten von den Fliesenwänden wider, aber sie hörten trotzdem, dass die Zerstörung, die Ms Quintrell hinter ihnen anrichtete, immer näher kam. Vor einer unscheinbaren Tür am Ende der Halle fummelte Mr Quintrell mit seinen Schlüsseln herum, während Millie nervöse Blicke über die Schulter zurückwarf. Der grüne Schein, der durch den Eingang der Schwimmhalle fiel, wurde von Sekunde zu Sekunde stärker, als würde Ms Quintrell schon ihre Klauen nach ihnen ausstrecken, bevor ihr Körper das Schwimmbecken überhaupt erreicht hatte. Endlich fand Mr Quintrell den richtigen Schlüssel und öffnete die Tür. Doch er trat nicht hindurch, sondern zur Seite und überließ Millie und Remington den Vortritt. Die beiden schlüpften nach draußen und drehten sich noch einmal nach dem Schulleiter um.

»Kommen Sie schon, Mr Quintrell«, japste Millie, von ihrer Flucht durch das Schulgebäude noch ganz außer Atem.

Aber Mr Quintrell schüttelte den Kopf. »Ich kann Meredith nicht verlassen.«

»Wenn Sie heute Nacht verletzt werden, könnte sich das Ihre Frau bestimmt niemals verzeihen«, widersprach Remington mit drängender Stimme.

Aber Mr Quintrell blieb standhaft. »Ich werde Meredith nicht allein lassen, nicht in dieser Situation. Jetzt gehen Sie schon, damit ich mich verstecken kann.«

Millie und Remington wechselten einen schnellen Blick. Der grüne Schein schwappte schon über Mr Quintrells Schultern, leckte an seinen Ohren. Millie merkte, dass sie am ganzen Körper zitterte.

»Okay, Mr Quintrell, wir kommen mit dem Gegengift wieder«, versprach sie. »Passen Sie auf sich auf.«

Der alte Schulleiter nickte einfach nur, dann schloss er die Tür vor ihren Nasen und es blieb ihnen nichts anderes übrig, als das Beste zu hoffen. Als im Inneren des Schwimmbades ein Lachen erklang, das Millie das Blut in den Adern gefrieren ließ.

# REMINGTON

Kühle Nachtluft umgab ihn. Mr Quintrell hatte sie irgendwo in den Gärten der Schule rausgelassen. Erleichterung überkam Remington. Sie waren vorerst in Sicherheit, trotzdem machte er keine Anstalten, Millies Finger loszulassen und sie tat es ebenso wenig. Er kam gar nicht mehr hinterher, die vielen verrückten Dinge, die er in kürzester Zeit über die Welt erfahren hatte, zu verarbeiten. Erst erfuhr er, dass es Hexen gab, dann dass es Schwarze Magie gab und schließlich auch noch, wie schön es sich anfühlte, Millicent Batterseas Hand zu halten. Und das alles an einem Abend! Gemeinsam setzten sie sich in Bewegung und kletterten die kleine Böschung empor, bis sie mitten im Gemüsebeet landeten. Der Boden unter ihren Füßen war noch matschig vom Regen. Die Kürbisse, die hier wuchsen, waren zwar keineswegs so prall wie die auf der Robinson Farm, aber dafür gab es sie in allen Farben, pink und giftgrün und er entdeckte sogar einen mit einem Regenbogenmuster. Er spürte, wie Millie zusammenzuckte, als hinter ihnen ein Poltern und Krachen ertönte.

»Mr Quintrell kann auf sich selbst aufpassen«, flüsterte sie, als müsste sie sich selbst vom Wahrheitsgehalt dieser Worte überzeugen. »Wir müssen jetzt einfach so schnell wie möglich zum Pub und dann die fehlenden Kräuter im Gewächshaus von Pamela Halifax finden. Dann ist dieser Spuk ganz schnell vorbei.«

Remington drückte ihre Hand und wünschte im nächsten Moment, dass er das nicht getan hätte. Millies Augen huschten zu der Stelle, an der ihre Körper verbunden waren, und sie ließ ihn abrupt los, als hätte sie sich an seiner Haut verbrannt. Dann wandte sie sich ab und er hätte schwören können, dass ihr Gesicht rot anlief, aber im blassen grünstichigen Mondlicht dieser Nacht konnte er sich nicht sicher sein.

»Dann nichts wie raus hier«, sagte er und stieg ihr voran über die Kürbisse hinweg. Bald tauchte vor ihnen eine Mauer auf, die einmal rund um das Grundstück führte. Sie reichte etwas höher als Remingtons Kopf, war aber aus unregelmäßigen Steinen gefertigt, auf denen man beim Klettern gut Halt fand. Er hoffte nur, dass sie vom Regen nicht noch komplett glitschig war. Er marschierte geradewegs darauf zu, bis Millie an seinem Ärmel zupfte.

»Remi«, flüsterte sie. Er wusste nicht, wann sie angefangen hatte, seinen Spitznamen zu verwenden, aber es gefiel ihm. »Kommt dir irgendwas an der Mauer komisch vor?«

Er ließ seinen Blick noch einmal über die unregelmäßigen Steine gleiten, das glatte Sims – und die dekorativen Steinfiguren, die dort obendrauf saßen und an denen man sich bestimmt vorzüglich hochziehen konnte …

Eine der Steinfiguren blinzelte.

Remington schreckte zurück und wäre fast über einen der Kürbisse gestolpert. Jetzt erst bemerkte er, dass es sich

bei den Steinfiguren auf dem Sims der Mauer um Wasserspeier handelte.

Wasserspeier, die normalerweise überall auf dem Schulgelände verteilt waren.

Wasserspeier, die sie mit ihren kleinen marmornen Augen beobachteten und jede ihrer Regungen bemerkten.

»Ich glaube, wir sollten an einer anderen Stelle über die Mauer klettern«, flüsterte Millie, als könnten die Wasserspeier sie so nicht hören.

Tatsächlich wusste Remington gar nicht, ob Wasserspeier überhaupt hören konnten, aber ihre großen Ohren ließen schon darauf schließen, dass ihnen kein Laut auf dem ganzen Schulgelände entging. Sein Blick huschte die Mauer entlang, bis die Reihe an Wasserspeiern durch die Äste einer Weide unterbrochen wurde, die von außen über die Mauer hingen. Ohne sich sonst zu rühren, beugte Remington sich zu Millie hinunter, um ihr ins Ohr zu flüstern.

»Siehst du die Weide dort drüben? Wir schwingen uns an den Ästen hoch und sind schneller draußen, als diese Steinklopse blinzeln können.«

Er hörte, wie Millie schluckte, aber dann nickte sie. »Eins, zwei … drei!«, rief Millie und rannte los.

Die Wasserspeier blieben sitzen, aber sie drehten ihre Köpfe mit einem Knirschen hinter ihnen her, das Remington den Magen umdrehte.

»Du zuerst!«, rief er Millie nach, als sie die Mauer erreichte.

Sie zögerte und drehte sich zu ihm um.

»Los, Millie, wir haben keine Zeit zu verlieren.«

Sie sprang nach oben, um die Äste zu erreichen, schaffte es aber nicht ganz. Remington machte einen Satz auf sie zu, schlang seine Arme um ihre Taille und schob sie nach oben, bis sie den Ast ergriff und ihre Füße Halt auf den Mauern fanden. Sie sprang schnell über die Mauer, um den Klauen der Wasserspeier zu entgehen.

»Remi, schnell!«, drang ihre Stimme dumpf von der anderen Seite der Mauer.

Er wollte sich gerade an dem Ast hochziehen, da hörte er ein Flattern über sich, ein seltsam knirschendes Flattern, wie wenn Stein über Stein rieb. Er blickte auf und sah, dass sich einer der Wasserspeier in der Lücke niedergelassen hatte, über die Millie soeben noch geflohen war.

»Scheiße!«, hörte er sie von der anderen Seite rufen. »Ich werde ihn ablenken.«

»Bitte sei vorsichtig!«, rief er zurück und konnte nicht verhindern, dass seine Stimme auf einmal panisch klang. Die kleinen Steinaugen des Wasserspeiers fixierten ihn und ihm wurde in diesem Moment klar, dass sie ihn nicht entkommen lassen würden. Zumindest nicht ohne einen Kampf.

Es war schon viele Jahre her, dass Remington in einem Kampf hatte bestehen müssen. Normalerweise hatte sein Vater ihn einmal durch das Untergeschoss ihres Hauses geprügelt und das als sportliche Herausforderung kategorisiert. Immerhin hatte er dabei die ein oder andere Taktik gelernt, die ihm jetzt zugutekommen könnte, zum Beispiel, wie man Faustschlägen auswich. Aber die Wasserspeier vor ihm besaßen keine Fäuste, sondern Klauen, die denen von Ms Quintrell und Lucy Solomon Konkurrenz machten. Wie auch damals bei den Kämpfen mit seinem Vater wusste er aber auch jetzt, dass eine Flucht sinnlos war: Wenn er von diesem Grundstück entkommen wollte, musste er an den Wasserspeiern vorbei, auf die eine oder andere Art.

Aus den Augenwinkeln scannte er seine Umgebung, dann ging er blitzschnell in die Knie und riss einen der bunten Kürbisse vom Boden hoch. So schnell er konnte, schleuderte er diesen gegen den Kopf des Wasserspeiers vor sich. Das hatte dieser offenbar nicht kommen sehen, denn er fiel mit einem dumpfen *Plonk* nach hinten zurück.

Millicent klatschte auf der anderen Seite der Mauer begeistert in die Hände und er nahm das als Aufforderung, sich schnellstmöglich am Ast nach oben zu schwingen und auf die Mauer zu setzen. Er wollte sich gerade auf die andere Seite fallen lassen, da erledigte einer der Wasserspeier das schon für ihn – und zwar, indem er ihm mit seiner steinernen Schnauze eine Kopfnuss gab.

Kurz wurde Remington schwarz vor Augen, dann spürte er feuchtes Moos, Blätter und ein paar spitze Äste unter sich und wusste, dass er auf der anderen Seite der Mauer gelandet war. Für einen Moment blieb er liegen und sah den Sternen dabei zu, wie sie vor seinen Augen tanzten.

Dann spürte er Millies warme Hände an seiner Schulter,

die ihn umdrehten und dann sah er auf einmal ihre vor Angst geweiteten Augen.

»Mir geht's gut«, murmelte er, aber er schmeckte eine metallische Flüssigkeit auf seiner Zunge und der Schmerz, der durch die Mitte seines Gesichts schoss, ließ die Ränder seines Sichtfelds schwarz werden.

»Oh verdammt.« Millie wischte ihm mit dem Ärmel ihres Pullovers das Blut aus dem Gesicht. »Ich glaube, der hat deine Nase erwischt.«

Remington blinzelte. Es war nicht das erste Mal, dass er sich die Nase gebrochen hatte und es würde wahrscheinlich auch nicht das Letzte mal sein, wenn er seinen Vater eines Tages wiedersehen würde.

Vorsichtig setzte er sich auf und lehnte sich mit dem Rücken an den Stamm der Weide, die ihnen bei der Flucht geholfen hatten. Um sie herum lag zersplitterter Stein, so als wären die Wasserspeier außerhalb des Schulgeländes direkt wieder zu einem leblosen Objekt erstarrt. Ein Glück, denn Remington wusste nicht, wie sie eine ganze Horde davon abschütteln sollten.

»Hast du dich verletzt?«, fragte er Millie, die immer noch vor ihm kniete.

Sie schüttelte den Kopf.

Er zog die Brauen zusammen. Ihre Augen glitzerten feucht und sie hatte die Lippen so fest zusammengepresst, dass sie weiß wurden.

»Hey, was ist denn los?«, fragte er.

Ihr Kinn zitterte, sie fuhr sich mit dem Ärmel ihres Pullovers übers Gesicht, was sein Blut auf ihren Wangen verteilte. Er hätte es ihr am liebsten sofort aus dem Gesicht gewischt, aber er wollte ihr nicht einfach so ins Gesicht fassen.

»Was ist denn?«, fragte er stattdessen noch einmal.

Millie schnaubte, rollte auf den Fußballen zurück und stand auf. »Ich kann einfach nicht glauben, dass ich es habe so weit kommen lassen.«

»Was meinst du damit?«, fragte er und erhob sich ebenfalls. Ihm war immer noch ein bisschen schwindelig und sein Kopf brummte, aber immerhin war ihm nicht mehr schwarz vor Augen.

Millie schüttelte wieder den Kopf und ging vor ihm auf und ab, legte den Kopf in den Nacken, bevor sie stehenblieb und ihn ansah. »Jede erwachsene Hexe hätte diese Wasserspeier locker aus dem Weg räumen können«, seufzte sie. »Aber ich habe es zugelassen, dass dir einer davon die Nase gebrochen hat, einfach nur weil ich … weil ich …« Sie stockte und aus ihrer Kehle kam ein ersticktes Geräusch.

Remington schüttelte den Kopf. »Du musst es mir nicht erklären, Millie, es ist okay. Ich kann ja auch nicht zaubern, für mich ist das also nicht selbstverständlich.«

»Aber ich kann es!«, erwiderte sie scharf. »Ich hätte nicht zulassen dürfen, dass du verletzt wirst, nur weil ich mir geschworen habe, keine Magie zu verwenden.«

Er hob die Augenbrauen. »Also kannst du doch zaubern?«

Sie schlang die Arme um den Oberkörper, als wäre ihr auf einmal kalt geworden. Sie kickte mit der Schuhspitze ein Steinchen aus dem Weg. »Nein«, flüsterte sie leise, »aber daran bin ich selbst schuld, weil ich seit Jahren kein Stückchen Torte mehr gegessen habe, die unsere Magie auffüllt. Es war meine eigene Entscheidung, Remi.«

Er hob die Schultern. »Du hast bestimmt deine Gründe.«

Sie öffnete den Mund, und sah für einen Moment so aus, als würde sie ihm alles erzählen wollen, aber dann schüttelte sie den Kopf. Er spürte einen Stich, aber vielleicht war das auch nur seine gebrochene Nase. »Außerdem hättest du ja auch nicht damit rechnen können, dass wir heute Nacht von Wasserspeiern angegriffen werden.«

Sie schnalzte mit der Zunge und ein kleines Lächeln zog an ihren Mundwinkeln, was ihn zufriedener machte, als es sollte. »Das ist allerdings wahr. Komm, ich bring dich zu deinem Onkel, bevor ich zu Pamelas Gewächshaus aufbreche.«

Remington runzelte die Stirn, was bei der momentanen Verfassung seines Gesichts ziemlich schmerzhaft war. »Kommt nicht in Frage, ich lasse dich nicht allein dort hinauf. Außerdem kenne ich mich in Pamelas Gewächshaus ziemlich gut aus.«

Sie legte den Kopf schief. »Warum das denn?«, fragte sie, auf einmal glitzerte wieder diese Neugierde in ihren Augen, die ihn so beglückte.

Er zuckte die Achseln. »Ich helfe ihr manchmal beim Aussähen, wenn ihre Migräne zu schlimm wird.«

Millie schüttelte wieder den Kopf, aber diesmal wirkte sie nicht mehr so betroffen, sondern eher belustigt. »Remington Holcroft, du steckst voller Überraschungen«, sagte sie und begann, sich durch das feuchte Gebüsch den Weg zurück zu Remingtons Vespa zu schlagen.

»Und das sagt ausgerechnet eine Hexe«, entgegnete er und folgte ihr mit einem schiefen Grinsen auf den Lippen, das höllisch wehtat, aber das war ihm in diesem Augenblick völlig egal.

# REMINGTON

Das Blut trocknete allmählich auf Remingtons Nase, als er seine Vespa neben Pamela Halifax' Zaun abstellte und Millie vor ihm auf den Boden hüpfte. In der Tasche in seinem Kofferraum steckten jetzt die übrigen Trankzutaten, die er noch schnell im *Tipsy Teapot* besorgt hatte (zusätzlich zu ein paar Taschentüchern und einem frischen Pullover).

Zum Glück hatte Pamela Halifax keine direkten Nachbarn, denn der grüne Schein ließ ihr Gewächshaus wie eine Diskokugel erstrahlen. Die Ärztin von Snickerford lebte mit ihren Pflanzen zusammen in diesem Glashaus, und nur ein winziger Teil davon ganz im Inneren war aus Holz gebaut und schützte so vor fremden Blicken. Dort befanden sich ihr Schlafzimmer und ihr Badezimmer, überall sonst sorgten nur übermenschengroße Pflanzen für Sichtschutz. Damit sie auch all die Heilkräuter anbauen konnte, die im miesepetrigen südenglischen Wetter nicht von selbst wuchsen, war die Luft im Gewächshaus meist ziemlich tropisch. Remington hatte allerdings nie irgendeine Mechanik gesehen, die dafür zuständig

war, und jetzt ging ihm auf, dass sie wahrscheinlich durch ihre magischen Kräfte für diese Witterung sorgte.

»Belladonna wächst am liebsten im Schatten«, flüsterte Millie, als sie gemeinsam an den Zaun herantraten.

»Also wahrscheinlich mitten im Gewächshaus, oder?«, fragte er.

Sie nickte. »Hörst du schon irgendwas?«

Er sah sich um, aber außer dem grünen Schein, der das ganze Gewächshaus einnahm, war alles komplett still. »Glaubst du, sie hat vielleicht zu viel gegessen und liegt irgendwo bewusstlos rum?«

Millie hob die Achseln. »So wenig ich diese neuen bösen Hexen von Snickerford auch mag, so sehr würde ich ihr Chaos dieser seltsamen … Stille vorziehen.«

Genau wie Eleanors Cottage lag auch das Gewächshaus von Pamela Halifax etwas erhöht über den anderen Häusern des Örtchens, weswegen man von hier aus sehen konnte, dass Lucy Solomon mittlerweile auf der Hauptstraße ihr Unwesen trieb und dass über dem Dach von *Murphy's Pets* ein giftgrünes Feuerwerk explodierte.

»Wir müssen uns beeilen«, wiederholte Millie, vielleicht, um sich daran zu erinnern, vielleicht aber auch, um sich selbst Mut zuzusprechen.

»Dann nichts wie los«, sagte Remington und ging ihr voran auf das Gewächshaus zu. Dabei fühlte er sich nicht halb so mutig, wie es den Anschein machte. Pamela Halifax hatte es schon geschafft, ihn allein durch ihren nackten Körper in die Flucht zu schlagen, da hatte es noch nicht einmal Krallen oder blutroter Augen bedurft.

Vorsichtig drückte er die Klinke zum Gewächshaus runter. Die Scheiben waren von innen beschlagen, sodass er nicht erkennen konnte, was dahinter vor sich ging. Früher hatte er sich nie darüber Gedanken gemacht, aber nach den magischen Ranken, die sich heimlich um die Knöchel von Eindringlingen auf dem Gelände der *Quintrell Academy* schlangen, fragte er sich schon, ob ihn dort drinnen vielleicht fleischfressende Pflanzen oder Ähnliches erwarteten. Aus seiner Jacke kramte er das Taschenmesser, das er immer bei sich trug. Es war zwar nicht so hilfreich wie eine Rebschere, aber besser als nichts. Dann betrat er mit vorsichtigen Schritten Pamela Halifax' Gewächshaus.

Er hörte Millies leisen Atem hinter sich, denn in dem Gewächshaus war es vollkommen still. Die Luft war dick und schwer, aber es war nichts zu hören, kein Knurren, kein Splittern von Glas. Nirgends lagen umgefallene Blumentöpfe herum und das Glasdach über ihren Köpfen schien ebenfalls noch intakt.

Remington erschrak, als ein pinkfarbener Schmetterling lautlos an ihnen vorbei flatterte. Früher hätte er vielleicht versucht, ihn auf seinen Fingern landen zu lassen, aber seit dieser Nacht war er vorsichtiger geworden. Am Ende würde er ihn beißen und ihm sein gesamtes Blut aussagen oder so was.

Sie gingen den Gang entlang, der einmal im Kreis ganz außen durch das Gewächshaus führte, außer stillen Pflanzen und ein paar Schmetterlingen fanden sie nichts. Pamelas Gewächshaus war in mehreren konzentrischen Kreisen angelegt, in deren Mitte ihr kleines Häuschen stand. Auch die nächsten Ringe zeigten keinerlei ungewöhnliche Aktivitäten.

»Ich glaube, sie ist nicht hier«, flüsterte Millie.

Was eigentlich beruhigend hätte klingen sollen, warf in Remingtons Gehirn unzählige weitere Fragen auf. »Wo ist sie dann?«, fragte er.

Millie seufzte. »Ich habe nicht die leiseste Ahnung. Vielleicht sucht sie in irgendeinem Keller in Snickerford faulige Äpfel.«

Irritiert blieb Remington stehen und drehte sich zu ihr um. »Faulige Äpfel?«

Millie zuckte die Achseln. »Das habe ich mal in der Schule gelernt. Böse Hexen lieben alles Verfaulte.«

Remington legte den Kopf schief. »Das wirkt irgendwie wie ein Vorurteil, findest du nicht?«

Millie schürzte die Lippen. »Frag sie doch selbst in Ruhe, wenn wir sie treffen, bevor sie deine Kehle aufschlitzt.« Ein belustigtes Funkeln war in ihre Augen getreten. Die hohe Luftfeuchtigkeit ließ ihre dunkelblonden Haare um ihr Gesicht kringeln und sie hatte ihre beschlagene Brille abgenommen. Vielleicht lag es an der stickigen Luft, die sein Hirn vernebelte, aber wenn das ganze Blut auf seinem Gesicht nicht wäre, hätte er sie in diesem Moment am liebsten geküsst. Vielleicht hatte sein Onkel ja recht und er sollte anfangen, zu daten, aber dann wäre Millicent Battersea bestimmt keine geeignete Person dafür. Nicht weil er sie nicht gerne gedatet hätte, sondern weil sie mit ihm bestimmt nichts anfangen konnte. Nachdem all den wunderschönen und schlauen Menschen in London verliebte man sich nicht in den erstbesten und einzigen Mann in einem winzigen Dorf, der dafür in Frage kam. Das wusste auch Remington – aber wer hatte denn überhaupt was von Liebe gesagt? Ein Kuss bedeutete ja noch keine Liebe, Sex bedeutete noch keine Liebe, führte allerdings zu unglaublich unangenehmen Zusammentreffen danach an der Tankstelle oder im Pub. Hier in Snickerford konnte man sich wirklich nicht aus dem Weg gehen. Allein deswegen waren solche Gedanken völlig fehl am Platz – und weil sie gerade in einer ziemlich deftigen Gefahrenlage steckten.

Er blinzelte, um sich aus seinen eigenen Gedanken zu reißen und ging weiter, den nächsten Kreis entlang, und den nächsten, bis sie schließlich vor Pamelas kleinem Holzhäuschen standen.

»Sie ist wirklich nicht hier«, wiederholte Millie. »Oder sie wäre schon längst über uns hergefallen.« Sie umrundeten das Haus, bis sie einen kleinen metallenen Gartentisch fanden, auf dem noch ein paar Kerzen brannten und eine von Millies ziemlich zerstörten Torten aufgetischt worden war.

»Jetzt wissen wir zumindest, dass auch sie vergiftet worden ist«, sagte Remington und trat an die Torte heran. Es sah aus, als hätte sich Pamela Halifax erst ein Stückchen abgeschnitten und anschließend dann einfach nur noch mit der Gabel auf die komplette Torte eingestochen. Er beugte sich näher darüber. Waren das neben den Einstichlöchern ihrer Gabel etwa Fingernagelspuren? Scheinbar hatte die Hexe irgendwann die Gabel zur Seite geworfen und mit den Händen weiter gegessen. Und siehe da, unter dem dunkelgrünen Blatt einer Pflanze blitzte auf dem Boden eine silberne Gabel hervor.

»Was würde passieren, wenn ich etwas von der Torte esse?«, fragte Remington.

Millie hinter ihm war schon dabei, die Kräuterbeete nach den gesuchten Zutaten zu durchsuchen. Sie hob die Achseln. »Männer haben auch ein bisschen magische Energie in sich, ich würde es also lieber nicht drauf ankommen lassen.«

Er legte den Kopf schief. »Aber was ist dann mit Mr Quintrell?«

Ein kleines Grinsen schlich sich auf Millies Gesicht. »Sagen wir lieber: manche Männer.«

»Moment mal, sagst du mir gerade, dass der einzige Unterschied zwischen euch und anderen Menschen der Fakt ist, dass ihr magische Torten esst?«

Jetzt warf sie ihm einen strengen Blick zu. »Wenn du diese Frage jeder anderen Hexe stellen würdest, würdest du dafür einen Nesselfluch kassieren.«

»Ich habe keine Ahnung, was das ist, aber es klingt nicht sonderlich angenehm. Zum Glück habe ich die Frage dir gestellt.«

Sie grinste. »Zum Glück. Denn die Antwort lautet: Ja. Ich bin nicht anders geboren als du, nur eben in einer Familie, die seit Jahrhunderten als Hexen leben, alle Zauber und Bräuche kennen – und viel wichtiger als das: Wir haben unser Leben dem Schutz der Ley-Linien gewidmet, das ist so was wie Hexen-Ehrenkodex.«

»Und warum seid ihr dann alle weiblich in eurem Zirkel?«

»Das hat historische Gründe. Um das zu erklären, muss ich ein bisschen ausholen: Frauen haben schon seit Jahrhunderten Magie ausgeübt, um in den patriarchalen Strukturen unserer Gesellschaft zu überleben, aber ab dem Mittelalter wurde es richtig schwierig damit und sie konnten das nur noch heimlich tun.«

»Du sprichst von Hexenjagden?«

Millie nickte. »Irgendwann war es den mächtigen Männern wohl nicht mehr genug, einzelne Hexen auf dem Scheiterhaufen zu verbrennen. Sie kamen einfach nicht damit klar, dass diese Frauen eine Macht besaßen, die sie selbst nicht beherrschten. Also haben sie eigene Experimente gestartet, um die Magie der Hexen zu kontrollieren. So ist die Schwarze Magie entstanden, mit der wir uns heute immer noch rumschlagen müssen. Im 17. Jahrhundert ist es den Hexen von Südenglang zwar gelungen, die Schwarze Magie zurückzudrängen, aber wenn wir nicht jeden Monat die Schutzzauber erneuern, kriecht sie wieder hervor.«

»Und woher kommt diese Schwarze Magie?«

Millie schluckte und er merkte, dass es ihr nicht leichtfiel, über dieses Thema zu reden. »Sie entsteht dort, wo Hexen brutal gestorben sind.«

Er holte tief Luft. »Ein Grund mehr, Männer nicht zu mögen«, sagte er.

Sie hob die Schultern. »Zumindest ein Grund, sie nicht in unsere Zirkel zu lassen.«

Remington konnte seine nächste Frage nicht zurückhalten. »Aber warum entsteht dann Magie, wenn du backst?«

Sie zuckte mit den Achseln und wandte sich ab. »Es gibt da so einige Theorien zu, aber ich weiß nicht, ob ich die glauben soll.«

»Was für Theorien?«

»Dass Magie vor allem durch Tätigkeiten entsteht, die Frauen über Jahrhunderte machen mussten. Kochen, waschen, putzen … oder eben auch backen. Eine kleine Wiedergutmachung sozusagen.«

»Dann hasst du es eigentlich, Torten zu backen?«

Sie hob die Achseln. »Nicht wirklich, nein, eigentlich gar nicht. Aber ich habe es mal gehasst, genug, um nach London abzuhauen. Unter anderem.«

Er wollte ihr noch eine weitere Frage stellen, aber da deutete sie auf ein kleines Pflänzchen mit scharfen dunklen Blättern und tiefschwarzen Beeren. »Belladonna, auch genannt Tollkirsche. Da haben wir es.«

Remington reichte ihr sein Messer und sie schnitt vorsichtig ein paar Stängel und Beeren von der Pflanze ab. Zu seiner großen Erleichterung fanden sie auch schnell die Mondranken, die auf der anderen Seite des Hauses wuchsen.

Millie wickelte die bleichen Wurzeln in karierte Tücher, die sie auf einer Bank neben dem Häuschen fand. »Ich sollte gründlich meine Hände waschen«, sagte sie, »ich habe nämlich keine Ahnung, wie giftig dieses Zeug ist.«

Sie verschwand im Inneren und Remington blieb nichts anderes übrig, als ungeduldig vor der Eingangstür auf- und abzugehen. Jetzt da er allein war und seine Aufmerksamkeit nicht von Millies purer Präsenz verschluckt wurde, hörte er, dass es um ihn herum doch nicht ganz still war.

Durch die stickige Luft des Gewächshauses drangen ferne Geräusche an seine Ohren. Es klang nach einer kleinen Explosion und als würde jemand Stühle aus einem Fenster werfen. Er hoffte, dass sie nicht mehr allzu lang brauchen würden, um das Heilmittel herzustellen. Sonst würden sie die nächsten Wochen damit zubringen, Snickerford wieder aufzubauen und Verletzte zu pflegen – und vielleicht würden manche der Hexen für immer in den Kerker unter Quintrell einziehen müssen, was er sich auch ziemlich ungemütlich vorstellte. Erst jetzt fiel ihm auf, wie wichtig die Hexen von Snickerford für die Infrastruktur des kleinen Örtchens waren. Lucy Solomon war die Bürgermeisterin, Ms Quintrell leitete die Hexenschule, Pamela Halifax war die einzige Ärztin in der Umgebung. Die Robinson Farm füllte den Wochenmarkt und die Murphys kümmerten sich um alle Tiere in den umliegenden fünf Dörfern. Allein der Pub seines Onkels schien eine hexenfreie Institution zu sein.

Gerade als er an seinen Onkel dachte, bemerkte er das Hemd, das neben den karierten Tüchern auf der Bank lag. Es war ihm zunächst nicht aufgefallen, weil es ebenfalls kariert war, dunkelrot und schwarz. Das war doch eines der Lieblingshemden seines Onkels! Remington hob es hoch und betrachtete das Schild im Kragen. Ganz eindeutig die Lieblingsmarke von Arthur Holcroft. Was machte denn ein Hemd seines Onkels auf der Bank mitten in Pamela Halifax' Gewächshaus?

»Alles gut?« Millie war wieder aus dem Häuschen aufgetaucht.

Sie hatte ihren Pullover ausgezogen und in Pamelas Waschbecken offenbar notdürftig gewaschen, denn er tropfte auf den steinernen Boden. Ihr Kleid war puffärmelig und tief ausgeschnitten, sodass sein Blick nicht anders konnte als über ihren Körper zu wandern. Doch, natürlich konnte er anders, aber es fiel ihm in diesem Augenblick schon ziemlich schwer. Er räusperte sich und wandte den Blick ab. »Wir haben alles, oder?«

Sie nickte. »Ich glaube schon.«

»Dann statten wir als nächstes deiner Großmutter einen Besuch ab.«

Millie knirschte hörbar mit den Zähnen. »Ich gebe es nur ungern zu, aber ich glaube, da führt kein Weg dran vorbei.«

Sie verließ das Gewächshaus und Remington folgte ihr. Er sah, wie sie in der nächtlichen Herbstluft zitterte und zog seine Jacke aus. »Hier, nimm meine«, sagte er und fühlte sich auf einmal unangenehm wie ein Held in einem amerikanischen Liebesfilm.

Als hätte sie diese Schwingungen ebenfalls aufgegriffen, schüttelte sie den Kopf. »Ich kann mich gleich zuhause umziehen.«

»Dann kannst du mir die Jacke ja auch wieder zurückgeben, aber du hast nur kurze Ärmel und du frierst.«

Sie schnalzte mit der Zunge, aber er schien ihr genug Argumente geliefert zu haben, damit sie die Jacke anziehen konnte. Remington fragte sich, ob sie nach ihr riechen würde, wenn Millie ihm die Jacke nachher zurückgab.

# MILLICENT

Remingtons Jacke roch nach ihm, nicht nur nach Aftershave, sondern auch wirklich nach ihm, wie sie feststellte, und das gefiel Millie besonders. Sie musste die Ärmel weit den Arm hochschieben, bis sie ihre Finger durch die Öffnung stecken konnte, was sie wunderte. Sie war sich gar nicht so viel kleiner als Remington vorgekommen, aber er hatte scheinbar um einiges längere Arme als sie. Sie konnte den Reißverschluss zwar nicht über die Brüste zuziehen, aber das bot ihr immerhin eine Ausrede, ihre Vorderseite bei der Fahrt auf seiner Vespa an seinen Rücken zu pressen, damit kein Windhauch mehr zwischen sie passte. Sie schlang ihre Arme um ihn und legte wie automatisch ihr Kinn auf seine Schulter. Sie war ihm so nah, dass sein köstlicher Geruch sie komplett umschloss, während sie sich an seinen festen Körper klammerte. Millie schloss die Augen und überlegte, wie zur Hölle sie ihrer Großmutter diese ganze Situation erklären sollte.

Als sie das Cottage erreichten, stand Eleanor allerdings schon davor und starrte mit einem Fernglas vor den Augen auf das Dorf hinab. Sie trug mittlerweile ihr weißes Nachthemd, was sie ein bisschen wie einen Geist aussehen ließ.

Millie hatte mal einen gesehen, als sie Scott in seiner kleinen Wohnung in London besucht hatte. Da hatte einfach ein verdammter Geist in seiner Badewanne gelegen und sich die Zehennägel lackiert. Scott war drauf und dran gewesen, eine Überwachungskamera in seinem Badezimmer zu installieren, weil er keine Ahnung gehabt hatte, welcher seiner verrückten Nachbarn immer in seine Wohnung einbrach und sich ein Schaumbad einließ. Dass ihn dabei lediglich die hohen Wasserkosten interessiert hatten, hätte bei Millie alle Alarmglocken schrillen lassen müssen. Zum Glück konnten die meisten Menschen Geister nicht sehen, aber Millie war froh über die Abwechslung gewesen. In Snickerford hätten wieder alle Hexen ein Riesendrama gemacht und den Geist zum Teetrinken eingeladen. Aber Millie hatte es genossen, dass sie jetzt einfach manchmal, wenn sie pinkelte, mit einer Schauspielerin, die in den fünfziger Jahren an einer Überdosis gestorben war, über die Welt philosophieren konnte, als wäre eine von ihnen nicht längst tot. Der Name des Geistes hatte Violet gelautet und sie war ziemlich lustig gewesen, wenn auch im toten Zustand noch ziemlich drogenabhängig.

Wie auch immer; Millie stellte erleichtert fest, dass ihre Großmutter noch nicht gestorben war, denn auch Remington konnte sie dort stehen sehen und winkte ihr zu. »Hi, Eleanor.«

»Remington«, knurrte sie durch zusammengebissene Zähne hervor, als würde es sich dabei um ihren Erzfeind handeln. »Was ist da unten los, Kind?«, fragte sie ihre Enkelin, ohne diese ebenfalls zu begrüßen.

»Willst du nicht mit uns nach drinnen gehen und wir

besprechen das bei einer Tasse Tee?«, fragte Millie, um Zeit zu schinden.

»Willst du nur Zeit schinden, Millicent? Rück schon mit der Sprache heraus.«

Millie musste sich zwingen, nicht wieder mit den Zähnen zu knirschen. »Ich glaube, irgendwie wurden meine Torten vergiftet«, presste sie mühevoll hervor. »Und jetzt sind alle Hexen in Snickerford durchgedreht.«

Eleanor ließ das Fernglas sinken und beäugte erst Millie, dann Remington. »Und er weiß davon, oder was?«

»Das ist eine lange Geschichte«, wich Millie aus.

Eleanor schnaubte. »Ich bin ohnehin keine Freundin von dieser Geheimniskrämerei. Als ob nicht ohnehin alle Bewohner von Snickerford wissen, dass hier Hexen leben.«

»Ich wusste es bis zu dieser Nacht nicht«, merkte Remington an und Millie warf ihm einen bösen Blick zu.

»Danke für deine Unterstützung«, zischte sie, aber er grinste nur ein bisschen.

»Ein Tässchen Tee kann trotzdem nicht schaden«, entschied Eleanor jetzt und humpelte auf ihren Stock gestützt zurück ins Haus. »So wie es aussieht, werden wir die Energie heute Nacht noch brauchen.«

Und damit verschwand sie im Flur auf dem Weg zur Küche und Millie konnte ihr Glück kaum fassen. Ihre Großmutter hatte sie nicht anklagend angeguckt und auch keinen abfälligen Kommentar über ihre Backkünste gemacht. Das war wirklich eine wundersame Nacht. Sie gab Remington seine Jacke zurück, bevor sie das Haus betrat.

»Ich hab dir doch gesagt, dass du mich hättest backen lassen sollen«, rief Eleanor über die Schulter. Millie verdrehte die Augen. Das wäre auch zu schön gewesen.

Mit einem Ächzen ließ ihre Großmutter sich an dem

Tisch in der Ecke nieder. Millie stellte überrascht fest, dass schon eine dampfende Kanne Tee auf der Tischdecke stand, daneben drei Tassen. Ganz so, als hätte Eleanor Battersea geahnt, dass Remington und Millie kommen würden.

Millie spürte den Blick ihrer Großmutter auf sich und starrte betreten auf ihre Teetasse. »Wie gesagt, wir glauben, dass die Torten irgendwie vergiftet wurden und die Hexen mit Schwarzer Magie infiziert haben«, fasste Millie die Situation schnell zusammen. »Und die drehen alle völlig durch. Mr Quintrell musste seine Frau in den Kerker sperren, während Lucy irgendwo im Dorfzentrum ihr Unwesen treibt. Pamela war nicht zuhause, keine Ahnung, was sie gerade anrichtet.« Millicent seufzte und spürte, wie die Schuld in Wellen über sie schwappte. Sie schluckte. »Ich weiß nicht, was ich falsch gemacht habe. Ich habe die Torten wie immer gebacken.«

Als ihre Großmutter schnaubte, hob sie den Kopf. »Woher willst du denn wissen, dass du es warst?« Sie deutete mit einer Bewegung ihres Kinns auf Remington. »Woher weißt du denn, dass er es nicht war, der die Torten vergiftet hat?«

Millies Blick sprang zu Remingtons Gesicht, der kopfschüttelnd die Augenbrauen hob. »Ich wusste bis heute

Abend nicht einmal, dass es Hexen gibt.«

»Das macht mich nur umso misstrauischer«, sagte Millies Großmutter mit zusammengezogenen Augen. »Ich meine, schau dich hier doch mal um, Junge. Wie kannst du hier seit Jahren ein und ausgehen und nicht kapieren, dass hier eine Hexe wohnt?«

Jetzt verschwanden Remingtons Augenbrauen fast in seinem Haaransatz und Millie verspürte den plötzlichen Drang, ihn zu verteidigen.

»Solche Anschuldigungen bringen doch jetzt auch nichts«, sagte sie und bedachte ihre Großmutter mit einem strengen Blick, den sie von ebendieser gelernt hatte. »Wir müssen möglichst schnell ein Heilmittel herstellen, damit die Hexen nicht noch größeren Schaden anrichten und heil wieder aus dieser ganzen Sache rauskommen. Remington hat sich bereiterklärt, uns zu helfen – und da wir gerade jede Hilfe der Welt gebrauchen können, werde ich das nicht ausschlagen.«

Ihre Großmutter rümpfte die Nase. »Warum bekomme ich dann den Eindruck, dass du zu mir gekrochen kommst wie eine nasse Katze?«

Jetzt war es an Millie, zu schnauben. »Entschuldige mal bitte. Genau aus diesem Grund. Weil du mich immer anguckst, als wäre ich eine Schmach für diese ehrwürdige Linie an Tortenbäckerinnen.«

Die Worte stolperten einfach aus Millie heraus, sie hatte nicht einmal beabsichtigt, so scharf zu klingen. Das schien ihrer Großmutter für einen Moment den Atem zu verschlagen.

Sie sah auf einmal ganz blass um die Nase aus und Millie bereute ihre Worte sofort. »Ich …«, setzte sie an, weil sie noch nicht wusste, was sie sagen sollte, »wir sollten möglichst schnell dieses Heilmittel zubereiten.«

Ihre Großmutter sprang mit überraschender Agilität von ihrem Platz auf. »Ja«, sagte sie, »ja, du hast recht.«

Sie versuchte sich nicht einmal an einem beißenden Kommentar, was Millie das Herz brach. Sie hätte nichts sagen sollen, dachte sie und biss sich auf die Lippe, aber als sie Remingtons Blick begegnete, lag etwas Warmes in seinen Augen, etwas Beruhigendes … etwas Bewunderndes?

Eleanor Battersea fand schnell in ihre alte Rolle zurück und bellte Befehle durch die Küche, die Remington und Millie sorgfältig befolgten. Die Tortenbäckerei verwandelte sich in Windeseile in ein Zaubertranklabor. So sehr Millie das Backen auch lag, so sehr hatte sie es in der Schule verabscheut, Zaubertränke zu kochen. Dieses ewige Umrühren und dann verpasste man doch den perfekten Moment, wann das Gebräu fertig war. Ihre Großmutter beherrschte natürlich auch diese Hexenkunst selbst im Schlaf. Sie setzte eine Brühe aus Mondwasser und Eisenkraut auf, während sie Millie und Remington haargenaue Instruktionen gab, wie sie die Kräuter und Stängel zu schneiden hatten. Remington pflückte weitere Zutaten aus den hängenden Kräuterbündeln im Flur, auf die Eleanor mit ihrem Gehstock zeigte. Nacheinander fand alles seinen Weg in den Topf, der auf dem Herd köchelte.

»Jetzt müssen wir nur noch etwa eine halbe Stunde warten und stetig umrühren«, las Millie aus dem Rezept vor.

»Seht ihr? Das ist genau das, was ich an Zaubertränken hasse. Etwa eine halbe Stunde – was soll das denn heißen? Ist es jetzt eine halbe Stunde oder nicht?«

Eleanor schnalzte missbilligend mit der Zunge und Millie war froh, dass sie in ihre alte Form zurückgefunden hatte. »Eine Hexe hat das im Gefühl«, behauptete ihre Großmutter.

Millie verdrehte die Augen. »Dann bin ich wohl wirklich keine Hexe.«

»Ach, rede keinen Unsinn!«, erwiderte ihre Großmutter, was für ihre Verhältnisse einem Lob erstaunlich nahekam.

Remington wurde dazu beordert, immer, wenn Eleanor mit der Zunge schnalzte, einmal im Topf umzurühren und Millie ließ sich auf einen Stuhl fallen. Auf einmal merkte sie, wie müde sie war. Wie spät war es eigentlich? Die Uhr über dem Kühlschrank behauptete, dass es schon fast Mitternacht war, aber Uhren in Hexenhaushalten konnte man nie vertrauen. Es passierte so schnell, dass man unterbewusst durch Magie die Zeiger verdrehte, einfach nur, weil man wollte, dass die Zeit gern langsamer oder schneller verstrich – zumindest, wenn man zaubern konnte.

»Ich geh mir mal schnell was anderes anziehen«, verkündete sie und verließ die Küche. Wenn sie heute Morgen gewusst hätte, dass sie vor mehreren Monsterhexen und Wasserspeiern würde fliehen müssen, hätte sie sich definitiv etwas Praktischeres angezogen. Aber sie konnte ja nicht ahnen, was sie in dieser Nacht noch erwartete.

# REMINGTON

Kaum war Millie aus der Küche verschwunden, fixierten Eleanors Augen Remington. Das konnte er sogar spüren, obwohl er ihr den Rücken zugedreht hatte. Die Flüssigkeit, die er alle paar Sekunden umrührte, hatte sich mittlerweile leuchtend orange verfärbt, fast so, als wollte sie den grünen Schleier über Snickerford durch den Farbkontrast ausgleichen.

Die alte Frau trat neben ihn und musste sich auf Zehenspitzen stellen, um einen Blick in den Kochtopf zu erhaschen. Dann murmelte sie etwas vor sich, das er nicht verstehen konnte, aber sie klang recht zufrieden.

»Du siehst erbärmlich aus«, raspelte sie schließlich ohne Vorwarnung.

»Wie bitte?«, fragte Remington. Er hatte schnell gelernt, dass Eleanor Battersea keine Charmekanone war, aber diese Beleidigung erschien ihm in diesem Moment ziemlich überflüssig.

Sie deutete mit einem knochigen Finger auf sein Gesicht. »Deine Nase.«

Die hatte er selbst ganz vergessen. »Oh, ja«, sagte er, »die Wasserspeier der *Quintrell Academy* mochten mich nicht besonders.«

Eleanor Battersea hustete, oder war das etwa ein kleines Kichern, das die alte Frau in einem Hüsteln zu verstecken versuchte? »Komm«, sagte sie und umgriff sein Handgelenk überraschend fest.

»Aber der Trank ...?«, fragte er, bevor er sich von ihr wegziehen ließ. »Muss ich den nicht ständig umrühren?«

Eleanor schnalzte belustigt mit der Zunge, was ihm das Gefühl gab, sie hatte ihn das nur die ganze Zeit machen lassen, um ihn zu ärgern.

Sie zog ihn quer durch die Küche und pflanzte ihn auf einen der Stühle um den Holztisch. Manchmal war es schwer, die Regungen der alten Frau richtig zu deuten, weil ihr ganzes Gesicht in tiefen Falten verborgen war, aber jetzt glaubte er sogar so etwas wie Mitgefühl über ihre Züge huschen zu sehen.

»Die ist nicht zum ersten Mal gebrochen«, stellte sie fest.

Er nickte nur, wusste nicht, was er darauf sagen sollte.

»Ich kann das Blut wegmachen und den Schmerz, aber Pamela sollte sich das morgen noch mal ansehen.«

»Das wäre nett.«

Eleanor nickte und lehnte sich zurück. »Aber bevor ich das mache«, sagte sie und auf einmal war die Schärfe in ihrer Stimme zurück, »sagst du mir, was du mit meiner Enkelin vorhast.«

»Was?« Remington starrte die alte Frau an, völlig überrumpelt.

Sie hob nur unbeeindruckt eine Augenbraue. »Tu nicht so, ich habe doch gesehen, wie du sie anschaust.«

Er räusperte sich und war auf einmal froh über das ganze

Blut und die Schwellungen, weil sie vielleicht die Röte in seinen Wangen verbargen. »Ihre Enkelin ist eine sehr … beeindruckende Persönlichkeit«, brachte er hervor.

Jetzt zog Eleanor auch die zweite Augenbraue hoch. »Beeindruckende Persönlichkeit also, mh?«

Remington wusste nicht, wann er sich das letzte Mal so unwohl gefühlt hatte. Er würde jetzt lieber noch ein zweites Mal von einem Wasserspeier ins Gesicht geschlagen werden, vielen Dank.

Er nickte und räusperte sich noch einmal. »Durchaus.« Warum klang er auf einmal wie eine Figur aus einem Jane Austen-Roman? Allerdings nicht wie der romantische Held, so viel war sicher.

»Wenn du dieser … *beeindruckenden Persönlichkeit* auch nur ein Haar krümmst, musst du dir um mehr Sorgen machen als um deine Nase.«

Remington hatte selten so viel Angst gehabt. Er schluckte. »Meinen Sie das wörtlich?«

Eleanor blinzelte verwirrt. »Wie bitte?«

»Ich meine nur, das mit dem Haare krümmen. Ich kann nicht versprechen, dass ich ihr tatsächlich nie ein Haar krümmen werde, also es könnte schon vorkommen, dass ich ihre Haare berühre … ich …« Er war sich mittlerweile sicher, dass sein Kopf in Flammen stand, aber er musste sichergehen, dass nicht irgendein Hexenfluch ausgelöst wurde, wenn er Millie das nächste Mal zufällig berührte. Nur zufällig natürlich.

Doch bevor die alte Frau antworten konnte, betrat Millie hinter ihr die Küche. Sie warf ihm einen fragenden Blick zu und sah zwischen ihm und ihrer Großmutter hin und her.

»Eleanor hilft mir nur schnell mit meiner Nase«, sagte er und merkte, dass er die ganze Zeit den Atem angehalten hatte. Er musste wirklich herausfinden, ob die alte Frau ihn soeben mit einem Fluch belegt hatte.

»Tut es noch arg weh?«, fragte Millie.

Im nächsten Moment spürte er die rauen Finger der alten Frau auf seinem Gesicht, wie sie langsam über seine Nase fuhren. Der Schmerz in seinem Kopf ebbte augenblicklich ab und er konnte wieder klarer denken. »Jetzt nicht mehr«, sagte er. »Danke.«

Eleanor warf ihm noch einen strengen Blick zu, dann lehnte sie sich zurück und stieg ächzend von ihrem Hocker.

Millie rührte in dem blubbernden Gebräu auf dem Herd. »Das sieht gut aus, was meinst du, Oma?«

Die alte Frau stellte sich auf Zehenspitzen, um in den Topf zu lugen. Dann machte sie ein zufriedenes Geräusch. »Der Trank ist fertig«, sagte sie und zog den Topf vom Herd.

Jetzt erst bemerkte Remington die Phiolen, die in einer Halterung fein säuberlich neben dem Herd aufgereiht waren.

»So wie ich das Rezept verstanden habe, beinhaltet der Zaubertrank eine Komponente, die die Hexen automatisch anlocken wird. Das heißt, wir müssen sie nicht zwingen, das Zeug zu trinken. Allerdings heißt das auch …« Millie machte eine Pause.

»Dass sie uns jagen werden, sobald sie das Zeug in unseren Taschen erschnüffeln«, vollendete Remington ihren Satz.

Dann huschte sein Blick zu Eleanor. »Aber was, wenn sie hier vorbeikommen und die Überreste in diesem Haus riechen?«

Eleanor schnaubte. »Mach dir um mich mal keine Sorgen. Ich bin zwar nicht mehr so flink auf den Beinen, aber verteidigen kann ich mich schon noch selbst.« Und Remington glaubte ihr. Es fühlte sich trotzdem falsch an, die alte Frau hier zurückzulassen. Aber es fühlte sich auch mindestens genauso falsch an, Millie allein zu den durchgedrehten Hexen fahren zu lassen.

Er sah dabei zu, wie Millie die orangefarbene Flüssigkeit nacheinander in die Phiolen goss und diese dann mit einem Korken verschloss. Es waren insgesamt zehn kleine Behältnisse, hoffentlich genug, um die Schwarze Magie aus den Hexen zu vertreiben. Sie hatten extra ein paar Ersatz-Phiolen, weil sie keine Ahnung hatten, ob alle bei der Befreiung der Hexen heil bleiben würden.

»Sobald wir die erste Hexe befreit haben, kann sie uns vielleicht dabei helfen, die anderen zu retten«, sagte Millie, die ebenfalls die kleinen Glasfläschchen anstarrte. »Wir müssen sie nur in deren Nähe bringen und sie darauf aufmerksam machen.«

»Wie bei einem Versteckspiel«, sagte Remington.

Millie verzog das Gesicht. »Wenn wir Pech haben, spielen wir auch Fangen.«

Sie verstaute fünf der Phiolen in einem Beutel, den sie sich um den Hals hängte und überreichte ihm ein zweites Täschchen mit den restlichen Phiolen.

»Alles klar«, sagte er. »Mit wem fangen wir an?«

Millie warf ihm einen eigenartigen Blick zu. Sie trug mittlerweile Jeans und einen anderen Strickpullover und hatte ihre Haare zu einem Zopf gebunden, sodass er zumindest in nächster Zeit nicht Gefahr lief, ihr ein Haar zu krümmen. Dann beugte sie sich zu ihm vor, stellte sich auf Zehenspitzen und brachte ihren Mund an sein Ohr. »Danke«, flüstert sie einfach nur und war aus der Küche verschwunden, bevor er fragen konnte, was sie damit meinte.

# MILLICENT

Sie begannen mit Lucy Solomon. Als Millie und Remington das Bushäuschen erreichten, wo sie früher am Abend noch untergestanden hatten, existierte dieses nicht mehr. Das Holzdach war abgerissen worden und lag zersplittert ein paar Meter weiter. Laub und Äste sprenkelten die Straße und ein Flügel des Eingangstors zum Rathaus hing schief in den Angeln. Einige Schindeln waren vom Dach getragen worden und die Scherben der Fenster bestäubten die Blumenbeete ringsum wie Puderzucker. Es roch verbrannt, als wäre irgendetwas hier in der Gegend kürzlich erst explodiert.

»Sieht ja aus, als wäre ein Wirbelsturm hier durchgerast«, murmelte Millie.

Remington trat neben sie, Glasscherben knackten unter den Sohlen seiner Stiefel. »Da habt ihr eure Geschichte, falls jemand morgen fragt«, sagte er mit einem schiefen Grinsen. Sie wussten beide, dass das niemand glauben würde.

Millie umfasste mit einer Hand den Beutel mit den kleinen Phiolen um ihre Brust, nur um sicherzugehen, dass er noch da war. Sie wusste nicht, wie weit die Hexen das Gebräu darin riechen konnten. Und was sie machen würden, wenn eine von ihnen über sie herfiel. Sie mussten Lucy so schnell wie möglich befreien, um sie an ihrer Seite zu haben. Millie hatte sich selten in ihrem Leben so hilflos gefühlt, so ungenügend. Das war doch einer der Gründe, warum sie der Hexerei den Rücken gekehrt hatte: Um sich nie wieder so hilflos zu fühlen wie damals als jugendliche Hexe, als all ihre Kräfte kein bisschen geholfen hatten. Und jetzt hatte genau diese Tatsache sie erst in dieses Schlamassel gebracht. Sie hätte sich längst einen Besen schnappen und die infizierten Hexen einfach mit dem Heilmittel bewerfen können. Sie hätte sich hinter einem Busch verstecken und die Phiole zu ihnen schweben lassen können. Jetzt blieb ihr nichts anderes übrig, als sich und Remington in Gefahr zu bringen, indem sie sich den Hexen näherten.

Sie schüttelte unmerklich den Kopf, aber Remington bemerkte es doch, so als hätte er sie die ganze letzte Minute über betrachtet. »Was?«, fragte er und legte den Kopf schief.

Sie schluckte. »Ich hasse das alles.«

Er nickte. »Ich weiß«, sagte er und in seinen Augen las sie, dass er das tatsächlich wusste. Dass er sie verstand, auch wenn ihr nicht klar war, warum.

Sie griff nach seiner Hand und drückte sie kurz, bevor sie sie wieder losließ. »Lass uns das hinter uns bringen«, sagte sie.

Remington warf einen Blick über ihre Schulter. »Ich glaube, so viel müssen wir gar nicht tun«, sagte er und zog Millie hinter sich, als könnte er sie dadurch beschützen.

Eine Gestalt schwebte über die Straße entlang. Ihre Klamotten hingen in Fetzen und sie wurde von einem grünen

Schleier eingehüllt, aber Millie erkannte trotzdem, dass es sich dabei um Lucy Solomon handelte. Sie wusste nicht, warum, denn wenig an dieser Gestalt erinnerte noch an die Bürgermeisterin von Snickerford. Inzwischen waren ihre Klauen länger und ihre Gesichtszüge immer verzerrter geworden, sie sah mittlerweile mehr wie ein Monster als wie ein Mensch aus. Ihre Augen glühten rot und waren auf sie fixiert.

»Tooorteeee«, hauchte Lucy, die jetzt immer näher flog und Millie hätte wirklich nicht gedacht, dass dieses Wort einmal so gruselig klingen könnte.

»Hi Lucy«, sagte sie, weil sie nicht wusste, wie sie sonst mit dieser verhexten Hexe reden sollte. »Wir haben hier was für dich«, fuhr sie fort und zog eine der Phiolen aus dem Beutel um ihren Hals.

Lucy schwebte näher und alle Instinkte in Millie schrien sie in ihrem Kopf an, so schnell wie möglich wegzulaufen. Aber sie blieb stattdessen wie angewurzelt stehen, und auch Remington rührte sich nicht von der Stelle.

»Ich … rieche es«, wisperte die Gestalt, die einmal Lucy Solomon gewesen war und streckte ihre Klauenhand nach der Phiole aus. Millie warf sie kurzerhand in die Luft. Lucy schnellte nach vorne und fing das kleine leuchtende Gefäß auf. Millie konnte ihr Glück kaum fassen. So einfach sollte das gewesen sein?

Lucy biss mit ihren übernatürlich langen Zähnen grob den Korken aus der Phiole und leerte sie mit einem Schluck.

Millie sah ihr gebannt zu und wagte es nicht einmal, zu blinzeln. Sie wartete auf den Moment, da das Gegengift Wirkung zeigen würde … aber er kam nicht.

Lucy Solomon ließ die Phiole achtlos fallen. Sie zersprang vor Millies Füßen in tausend kleine Splitter.

Millie hielt die Luft an. Sie war der Gestalt jetzt so nah, dass sie ebenfalls von dem grünen Schimmer umschlungen wurde. Sie fragte sich in diesem Moment zum ersten Mal, ob diese Schwarze Magie vielleicht ansteckend war. Wenn das der Fall sein sollte, dann saß sie jetzt so richtig in der Patsche. Sie konnte sich nicht bewegen, etwas an der Gestalt oder dem grünen Schleier oder dem starren Blick aus diesen feurig-roten Augen hielt Millie gefangen.

»Remi«, flüsterte sie, als Lucy Stück für Stück näher auf sie zuflog.

»Ich bin hier«, flüsterte er zurück. Er stand immer noch ganz nah bei ihr. »Ich würde vorschlagen, dass du rennst. Bring die Phiolen zu den anderen, ich …«

Er schüttelte den Kopf. Sie konnte es nicht sehen, aber sie spürte die Bewegung seines Kinns an ihrem Zopf. »Kommt nicht in Frage, ich …«

Millie stieß ihn kurzerhand mit dem Ellenbogen in die Rippen. Das überraschte ihn so sehr, dass er das Gleichgewicht verlor und tatsächlich zur Seite stolperte, aus dem grünen Schleier hinaus.

»Lauf!«, brüllte Millie, genau in dem Moment als Lucy Solomon einen langen klauenartigen Finger auf Millies Brust setzte. Erst jetzt merkte sie, wie schnell ihr Herz darunter schlug, so schnell, dass Millie sich sicher war, dass es schon längst über alle Berge gerannt wäre, würden ihre Rippen es nicht einsperren.

Irgendetwas an der Energie, die Lucy umgab, machte sie schwindelig, hielt sie an Ort und Stelle gefangen. Lucy schnippte mit ihren Fingern gegen Millies Brust und sie wurde von einer Druckwelle nach hinten geworfen. Sie landete mit ihrem Hintern auf der Straße und konnte sich gerade noch rechtzeitig fangen, bevor auch ihr Kopf auf dem Asphalt aufschlug. Lucy stieß ein Kreischen aus, das ihr die Haare zu Berge stehen ließ, dann stürzte sie sich auf Millie hinab.

Millie schloss die Augen und wartete darauf, dass Lucy mit ihren Krallen ihr Gesicht zerkratzte, ihren Hals aufschlitzte und was man sonst eben noch alles mit diesen scharfen Fingernägeln anfangen konnte.

Aber sie spürte zunächst nur einen Ruck um ihren Hals und als sie die Augen öffnete, warf sich Lucy gerade alle vier Phiolen auf einmal in den Mund, mitsamt Glas und Korken. Millie sah hilflos dabei zu, wie sie kaute, schluckte und dann einen weiteren ekstatischen Schrei ausstieß. Sie blickte mit ihren brennenden Augen auf Millie hinab und sie wusste, dass sie dieses Mal nicht so leicht davonkommen würde. Sie sah die Mordlust in Lucys Pupillen und das hungrige Grinsen, das ihre Mundwinkel verzerrte. Millie erinnerte sich nicht genau daran, was die Geschichtsbücher gesagt hatten, aber sie würde sich nicht wundern, wenn böse Hexen gelegentlich Menschen fraßen. Es sah nämlich ziemlich danach aus, dass genau das im nächsten Moment geschehen würde. Millie fragte sich noch, ob Lucy ihr erst den Kopf abreißen oder sie an einem Stück verspeisen würde, da schwebte deren aufgerissener Mund auch schon Millimeter vor ihrem Gesicht. Millie spürte ihren heißen Atem auf den Wangen. Sie presste die Augen zusammen. Waren das etwa Zähne, die sich in ihre Wange bohrten? Alle Muskeln in Millies Körper spannten sich an, als die darauf wartete, verschlungen zu werden.

Doch dann … passierte nichts.

Lucy atmete einen Moment lang weiter vor ihrem Gesicht, aber dann mischte sich ein Wimmern dazu, das eindeutig nach der Stimme jener Lucy klang, die Millie kannte.

Millie riss genau in dem Moment die Augen auf, als Lucys Stimme sagte: »Was zur Hölle!«

Millie sah nur noch, wie die Bürgermeisterin von Snickerford hintenüberkippte und mit geschlossenen Augen auf dem Asphalt liegeblieb.

Millies Hirn fühlte sich an wie aus Kaugummi, aber es gelang ihr trotzdem zu verstehen, dass sie nur minimal dem Tod entronnen war. Die Frau, die vor ihr auf dem Asphalt lag, hatte Hände statt Klauen und ihre Gesichtszüge waren wieder als die der Bürgermeisterin erkennbar.

»Es … es hat gewirkt«, stotterte Millie.

Im nächsten Moment schlossen sich Arme um ihre Schultern und sie wurde hochgezogen, fand sich auf einmal an eine starke Brust gepresst wieder.

»Das war verdammt knapp«, murmelte Remington in ihr Ohr. Millies Hirn arbeitete immer noch zu langsam, um zu kapieren, dass er sie gerade eng umschlungen hielt, also gab sie nach und ließ ihren Kopf erschöpft gegen seine Brust sinken.

Ein tiefes Seufzen ließ die beiden auseinanderfahren. Auf dem Asphalt unter ihnen kam Lucy allmählich zu sich. Noch bevor sie ihre Augen öffnete, war die Strenge in ihre Stimme zurückgekehrt: »Will mir mal jemand erklären, was zur Hölle hier vor sich geht?« Sie setzte sich auf und tastete ihr Gesicht ab. »Wurde ich überfallen? Hat jemand unsere Urkunde für den größten Kürbis Südenglands geklaut?«

Millie und Remington wechselten Blicke. »Nicht wirklich«, sagte Millie langsam. »Komm, wir bringen dich kurz rein, kochen dir eine große Tasse starken Tee und erklären dir alles.«

Lucy Solomon schüttelte den Kopf, als hätte sie immer noch Probleme, sich in der Realität zurechtzufinden. »Ich muss über meinen Akten eingeschlafen sein, ich … ich hatte den seltsamsten Traum, den ihr euch vorstellen könnt.«

Trotzdem protestierte sie nicht, als Millie und Remington je eine ihrer Hände nahmen, sie hochzogen und durch das schief hängende Gartentor in Richtung Rathaus zogen. »Was … was ist mit meinen Fenstern passiert?«, fragte Lucy matt.

»Wir erklären es dir gleich«, versprach Millie und schob sie die Treppe hinauf in die Küche im ersten Stock. Dort platzierte sie Millie auf dem kleinen Sofa in der Ecke, während Remington den Wasserkessel aufsetzte und die Hängeschränke nach Teebeuteln durchsuchte.

Millie setzte sich neben Lucy und wusste nicht, wie sie mit ihrer Erklärung anfangen sollte. Obwohl die beiden Frauen ungefähr gleich alt waren, hatten sie nie sonderlich viel miteinander anfangen können. Nachdem Lucy Ms Quintrell in der sechsten Klasse erzählt hatte, dass Millie bei ihr abgeschrieben hatte, war jede Chance auf eine Freundschaft verpufft. Millie mochte Lucy also nicht besonders, aber sie fühlte sich auch schuldig für das, was Lucy passiert war, weil höchstwahrscheinlich ihre Torte für all das Chaos verantwortlich gewesen war. »Ich … ich glaube, jemand oder etwas hat meine Torten mit Schwarzer Magie vergiftet«, kam Millie direkt zum Punkt.

Die letzten Schleier der Verwirrung verschwanden sofort aus Lucys Miene. »Wie bitte? Aber es gibt doch gar keine Schwarze Magie in Snickerford!«

Millie presste bei ihrem Tonfall die Zähne zusammen. Warum hatte sie immer das Gefühl, dass Lucy ihr so sehr misstraute? Dass sie ihr von vorneherein schon einmal eher nicht glaubte, wenn sie ihr etwas erzählte?

»Überzeug dich selbst«, sagte sie und zog Lucy von ihrem

Sitzplatz hoch. Die Knie der Bürgermeisterin zitterten noch ein wenig, aber trotzdem folgte sie Millie zum Küchenfenster. »Siehst du den grünen Schleier über den Häusern? Wonach sieht das für dich aus?«

In diesem Moment explodierte wieder eine grüne Rakete über dem Dach von *Murphy's Pets*.

Lucys Mund stand tatsächlich offen, als sie dem Flug des Feuerwerks folgte. »Das ist unmöglich«, flüsterte sie.

Hinter ihnen erklang ein Klirren, als Remington Zucker, Tassen und eine Milchtüte aus dem Kühlschrank auf den Tisch stellte. »Für die Präsenz dunkler Magie würde auch sprechen, dass das Heilmittel dagegen geholfen hat.«

»Glücklicherweise«, schnaubte Millie, »du hast mir fast den Kopf abgerissen.«

»Ich habe *was*?« Lucy verschränkte die Arme vor der Brust. »Das ist unmöglich.«

Millie nahm die volle Tasse entgegen, die Remington ihr hinstreckte. Sie hinterfragte nicht, woher er wusste, dass sie ihren Tee mit besonders viel Milch trank.

»Milch und Zucker bitte«, sagte Lucy, die offenbar immer noch um Fassung rang.

»Du hast mich angegriffen«, erklärte Millie sacht. »Und schau noch mal aus dem Fenster. Siehst du das Bushäuschen gegenüber?«

Lucy kniff die Augen zusammen und schüttelte den Kopf. »Nein.«

»Eben«, stimmte Millie zu. »Wir glauben, dass du es in deinem Rausch abgerissen hast.«

»Was für ein Rausch?«, fragte Lucy scharf.

»Und vielleicht hast du auch gemerkt, dass alle Scheiben aus dem zweiten Stock rausgeflogen sind, das warst auch du.«

Lucy schüttelte den Kopf, dann ließ sie sich wieder auf das Sofa in der Ecke sinken. »Ich ... ich habe mich tatsächlich ein bisschen wie in Trance gefühlt die letzten Stunden. Aber es hat sich eher angefühlt wie ein Traum ... ein mächtiger Traum.« Sie fing Millies Blick mit ihren Augen auf, die auf einmal kugelrund waren. »Das war Schwarze Magie«, flüsterte sie.

»Wir waren genauso überrascht wie du«, sagte Millie leise.

Lucys Augen huschten zwischen Millie und Remington hin und her. Millie hatte schon gehofft, dass sie seine Anwesenheit in all dem Trubel vergessen würde, aber das war anscheinend nicht der Fall.

»Er weiß Bescheid?«, fragte Lucy scharf.

Doch bevor Millie gestehen konnte, dass sie ihm von der Existenz von Hexen erzählt hatte, räusperte sich Remington. »Es ist ja wohl ein offenes Geheimnis, dass ihr Hexen seid«, sagte er.

Lucy hob ihr Kinn. »Wer sagt das?«

Remington hob im Gegenzug die Augenbrauen. »Ich sage das.«

»Aber du bist ein Fremder«, gab Lucy zurück.

Millie spürte wieder den Drang, einzuschreiten und ihn zu verteidigen, aber Remington hob nur die Achseln. »Wenn sogar ein Fremder hinter euer Geheimnis kommt, ist es nicht besonders gut geschützt, würde ich sagen.«

Lucy schnaubte und Millie vermutete, dass Remington sich mit dieser Aussage gerade keine Freundin gemacht hatte. Aber das schien ihn nicht weiter zu stören. Er rührte seinen Tee um, den er selbst zuckerfrei und schwarz trank. *Widerlich*, dachte Millie, aber sie versuchte nicht, sich davon weiter ablenken zu lassen. Alles, was Remington tat, war so furchtbar ablenkend, und wenn es nur die Art war, wie er mit seinen langen Fingern den Löffel hielt und damit seinen Tee umrührte.

Abrupt stand Lucy auf. »Wenn du sagst, dass die Torten vergiftet worden sind, dann sind die anderen Hexen der Stadt ebenfalls betroffen?«

»Alle außer mir und meiner Großmutter, ja.«

Lucy schürzte die Lippen. »Wir müssen sie retten.«

»Was denkst du, was wir die ganze Zeit machen?«, fragte Millie, die auf einmal Wut in sich aufsteigen spürte. »Und wenn du nicht meine vier übrigen Phiolen zerstört hättest, hätten wir jetzt auch noch mehr als genug für alle. Jetzt müssen wir mit dem Rest des Heiltranks sehr vorsichtig umgehen.«

»Warum hast du dann nicht mehr von diesem Gegenmittel gemacht?«, fragte Lucy scharf zurück.

»Ich glaube, es wird für alle reichen«, schaltete sich Remington beschwichtigend ein. Millie wusste nicht, woher er diese Gewissheit nahm, aber zumindest schien es Lucy davon abzuhalten, weiter auf ihr herumzuhacken.

»Ich könnte auch noch mehr kochen, wenn nötig«, sagte sie einsichtig.

»Du kennst das Rezept?«, fragte Millie mit großen Augen. Lucy schnaubte. »Was denkst du denn? Mein Job ist es immerhin, Snickerford zu bewachen.«

»Und du kamst nie auf die Idee, es uns anderen beizubringen?«

Zu Millies großer Überraschung lachte Lucy jetzt. Sie lachte so laut, dass sie sogar den Nacken in den Kopf legen musste, um Luft zu holen.

Millie spürte, wie ihre Wangen rot vor Wut wurden.

Vielleicht hätten sie doch nicht damit anfangen sollen, Lucy Solomon zu retten. Sie hätte ruhig noch ein bisschen in der Schwarzen Magie schmoren können, wenn es nach Millie gegangen wäre.

»Du bist köstlich«, sagte Lucy und wischte sich die Tränen aus den Augen. »Natürlich kennen alle anderen Hexen das Rezept gegen Schwarze Magie. Aber du warst einfach ein bisschen zu beschäftigt damit, dein großartiges Leben in London zu genießen, als dich mit deiner eigenen Verantwortung auseinanderzusetzen und dein Dorf zu beschützen.«

In diesem Moment hörten sie draußen in einiger Entfernung ein Krachen und ein Poltern. »Was war das?«, fragte Lucy alarmiert, jede Belustigung war plötzlich aus ihrem Gesicht gewischt.

»Das könnte die verschollene Pamela Halifax sein«, schlug Remington vor. »In ihrem Gewächshaus war sie nämlich nicht, als wir ihre Kräuter geerntet haben.«

Lucys Augen wurden größer. Sie wussten alle, wo sich Pamela Halifax in Snickerford am liebsten aufhielt. Dort, wo auch alle anderen Einwohner des Dorfes außerhalb ihres eigenen Hauses ihre Zeit verbrachten.

»Der *Tipsy Teapot*«, flüsterte sie.

»Mein Onkel!«, stieß Remington hervor.

Und dann rannten die drei auch schon die Treppen hinunter und aus dem Rathaus und ließen ihre dampfenden Teetassen auf dem Küchentisch zurück.

# REMINGTON

Remington hörte Pamela schon aus einiger Entfernung im Pub ihr Unwesen treiben. Als sie die Tür zum *Tipsy Teapot* aufrissen, erwartete sie ein Chaos aus Holzspänen und umgeworfenen Stühlen. Die Reihe an Gläsern hinter der Bar, die Remingtons Onkel Arthur immer auf Hochglanz polierte, waren zerschmettert. Von Arthur war nichts zu sehen, aber Pamela war offensichtlich noch nicht fertig. Sie fanden sie hinten in der Ecke, wie sie mit Stühlen statt mit Pfeilen auf die Dartscheibe warf.

Millie und Remington gingen hinter der Bar in die Hocke, während Lucy eine der Phiolen mit ihrer Magie schweben ließ. Millie lugte hinter der Bar hervor, um die Geschehnisse zu beobachten, aber Remington konnte sich noch nicht ganz von den Splittern seiner Arbeit, den zerbrochenen Gläsern auf dem Boden, losreißen.

»Psst, Remi«, erklang in diesem Moment eine Stimme und er bemerkte, dass sie hinter der Bar nicht allein waren.

»Arthur?« Er konnte seinen Onkel nur schemenhaft erkennen, aber er kauerte wie sie im Schutz der Bar. »Wie lang hockst du hier schon?«

»Seit Pamela aufgekreuzt ist«, flüsterte sein Onkel zurück. »Sie wirkt ein bisschen … außer sich.«

Remington schnaubte. Er hatte den trockenen Humor seines Onkels schon immer gemocht. »So kann man es nennen.« Er konnte Arthurs Augen im Dunkeln nicht richtig erkennen, aber er glaubte, ein Funkeln in ihnen zu erkennen.

»Hexen, oder?« Verdrehte er die Augen? Und deutete er etwa auf Millies Rücken?

»Ich … ich weiß nicht … was du meinst«, stotterte Remington hervor. Er war eigentlich kein besonders schlechter Lügner, aber die Aussage seines Onkels hatte ihn einfach umgehauen. Dieser gluckste. Remington leckte sich über die Lippen, aber er konnte seine Neugierde nicht länger im Zaum halten. »Du weißt davon?«, fragte er leise.

Sein Onkel lachte. »Auch Hexen werden nach ein paar Pints betrunken«, sagte er. »Natürlich weiß ich davon.«

»Oh«, sagte Remington. »Ich arbeite hier auch seit Jahren und hatte keine Ahnung davon.«

Arthur legte ihm eine Hand auf die Schulter. »Warum denkst du, dass ich dich immer habe Gläser polieren lassen, wenn Pamela und Rose betrunken waren?«

Erwähnte Hexe stieß auf der anderen Seite der Bar einen wütenden Schrei aus und Remington hoffte, dass das Gegenmittel schnell wirken würde.

»Millie meint, dass du das machst, um mich zu ärgern«, erwiderte er, aber der Stich in seiner Brust rührte von etwas anderem her. Warum hatte sein Onkel ihm nicht genug vertraut, um ihn in das Geheimnis der Hexen von Snickerford einzuweihen? Warum hatte er alles darangesetzt, dieses Geheimnis vor ihm zu verbergen? Hielt sogar sein Onkel ihn, nachdem er fast zehn Jahre bei ihm gelebt hatte, immer noch für einen Fremden?

In diesem Moment erklang ein gurgelndes Geräusch von der anderen Seite der Bar, dann ein Würgen, dann ein Wimmern – und dann war es mit einem Mal still. Remington sah, wie Millie sich neben ihm aus ihrer Deckung begab und er erhob sich ebenfalls. Pamela Halifax saß zusammengesunken an einem der Tische, als hätte sie nur einen über den Durst getrunken. Doch ihre langen roten Haare waren völlig durcheinander und kleine Rauchwölkchen stiegen von ihrem rosafarbenen Morgenmantel auf. Sie hatte ihren Kopf in ihre Arme gestützt, aber trotzdem konnte Remington ihre nächsten Worte deutlich verstehen: »Habe ich jemanden getötet?«, fragte sie.

»Soweit wir es bis jetzt abschätzen können, ist niemand körperlich zu Schaden gekommen«, erwiderte Lucy steif.

Pamela fluchte leise. »Schade, ich hätte so eine Attacke Schwarzer Magie mal nutzen können, um diesen alten-Scheißkerlen vom Schrottplatz den Garaus zu machen. Die wissen nicht mal, dass wir Hexen sind, und hassen uns trotzdem schon, einfach nur, weil wir unverheiratet sind, Lucy.«

Lucy zog die Nase hoch. »Das habe ich jetzt nicht gehört.«

Aber Millie glitt auf den Stuhl neben Pamela und legte ihr die Hand auf die Schulter. »Du wusstest also, dass es Schwarze Magie war?«

Pamela hob das Gesicht und blickte Millie aus rot geäderten Augen an. »Natürlich wusste ich das, ich bin schließlich eine Heilerin. Zumindest, bis mich diese Kraft überwältigt hat.«

»Aber es gibt doch gar keine Schwarze Magie hier in der Gegend«, protestierte Millie.

Pamela schnaubte. Remington konnte förmlich dabei zusehen, wie von Sekunde zu Sekunde mehr Farbe in ihre

Wangen zurückkehrte. »Hat Lucy dir das erzählt, oder was?«

Entgeistert blickte Millie zwischen den Frauen hin und her.

»Es gibt keine Schwarze Magie in Snickerford«, bekräftigte Lucy noch einmal.

»Ja, weil du mich dazu zwingst, die erkrankten Fälle außerhalb des Dorfes zu behandeln«, murmelte Pamela kaum hörbar.

Millie starrte Lucy entgeistert an. »Deswegen gewinnen wir also ständig Preise für Schwarze-Magie-Freiheit? Weil wir sie einfach unter den Tisch kehren?«

Lucy reckte das Kinn. »Pamela stellt den Sachverhalt völlig falsch dar.«

Pamela lachte und machte eine wegwerfende Handbewegung. »Ganz bestimmt tu ich das. Ich habe verdammt Kopfschmerzen.« Ihre Augen huschten über das Chaos, das sie angerichtet hatte. »Immerhin hat Arthur jetzt mal eine Gelegenheit, hier ein bisschen zu renovieren.«

Bei diesem Stichwort erhob sich Remingtons Onkel hinter der Bar hervor. »Hast du deswegen hier randaliert?« Zu Remingtons Überraschung wirkte er kein bisschen wütend.

Ein Lächeln umspielte Pamelas Lippen. »Ich dachte, ich könnte diese ganze düstere Energie in mir drin auf diese Weise immerhin positiv nutzen.«

»Also konntest du die Schwarze Magie kontrollieren?«, fragte Millie mit großen Augen.

Pamela schüttelte den Kopf und Remington sah, wie förmlich ein Schauer über ihren Rücken ging, der verriet, dass sie doch nicht so abgeklärt war, wie sie vorgab zu sein. »Es war eher wie in einem Traum, in dem du weißt, dass du schläfst, aber trotzdem nicht aufwachen kannst.«

»Das klingt furchtbar«, sagte Millie und drückte Pamelas Finger.

Lucy klatschte in die Hände. »Ja, allerdings, das klingt alles ganz furchtbar. Noch furchtbarer ist allerdings, dass es noch drei andere Hexenfamilien gibt, die gerade in Snickerford ihr Unwesen treiben. Pamela, fühlst dich schon bereit, ihnen ein Gegengift zu verabreichen?«

»Ich bin eine Heilerin«, sagte sie und stand auf, »beleidige mich nicht, Lucy.«

»Heilerinnen sollten vielleicht auch nicht darauf hoffen, ehrwürdige Bürger unseres Städtchens im Rausch umzubringen, meinst du nicht?«

Pamela schnaubte. »Was immer du sagst, Lucy.«

Unwillkürlich schlich sich ein Grinsen auf Remingtons Gesicht. Er mochte Pamela. Und als er seinem Onkel einen Blick zuwarf, starrte dieser sie geradezu verzückt an und polierte in seinen Händen geistesabwesend ein halb zerbrochenes Pintglas.

»Dann schlage ich vor, dass ich die Murphys übernehme«, sagte Lucy. »Und du die Robinsons, Pamela, ich kann mir nie merken, wie viele Kinder sie haben und wer davon eine Hexe ist.« Dann wandte sie sich an Millie. »Und du übernimmst Ms Quintrell. Ich gehe davon aus, dass ihr Ehemann sie erfolgreich im Kerker eingesperrt hat, dann solltest auch du dem gewachsen sein.«

Remington sah, wie Millie ihre Lippen aufeinanderpresste. »Danach treffen wir uns alle im Rathaus zu einer Versammlung«, fuhr Lucy fort. »Wir müssen dieser Sache auf den Grund gehen.«

Millie nickte, aber dann huschte ihr Blick zu ihm und sein Herz machte einen kleinen Hüpfer. In ihren Augen lag eine Frage. Er schluckte – und dann nickt er. Natürlich würde er sie begleiten.

Noch vor ein paar Stunden hätte er nicht gedacht, dass es die leichteste Übung der Nacht werden würde, einem rasenden Monster in Ketten in einem dubiosen Kerker ein Gegengift zu verabreichen. Aber so war es tatsächlich. Mr Quintrell, der zu Remingtons Erleichterung immer noch lebte, auch wenn er ein paar Kratzer an den Armen und im Gesicht abbekommen hatte, führte sie die Stufen in den feuchten Keller der Schule hinab.

»Dieses Mal habe ich es geschafft, ihr die Ketten anzulegen«, sagte Mr Quintrell mit einem kleinen Quietschen, das beinahe wie ein Kichern klang und Remington fragte sich, ob diese Information nicht vielleicht zwischen ihm und seiner Frau bleiben sollte. Und warum zur Hölle verfügte diese Schule über einen Kerker? Mr Quintrell benutzte verschiedene Schlüssel für mehrere Türen, bis sie schließlich vor einer letzten standen, hinter der seine Gattin gerade tobte.

»Die Ketten halten noch«, sagte Mr Quintrell stolz.

Millie und Remington tauschten Blicke.

»Das ist wunderbar, schätze ich«, sagte Millie, die sich offensichtlich nicht sonderlich darüber freute, in einer Nacht schon zum zweiten Mal einen ungeliebten Schauplatz ihrer Jugend aufsuchen zu müssen.

»Sind Sie bereit, Ms Battersea?«, fragte er.

Millie nickte und warf Remington einen Blick zu, der ihm ganz warm ums Herz werden ließ. Warum auch immer sie glaubte, dass er ihr helfen konnte – es gefiel ihm.

Dann öffnete Mr Quintrell die Tür zum Kerker und Millie wollte gerade das Gegengift hineinwerfen, als ein Buch daraus hervorgeflogen kam, dann ein zweites. Millie ging gerade noch rechtzeitig in die Hocke, bevor sie davon getroffen wurde. Anscheinend hatte Ms Quintrell die

Schulbücher verzaubert. Mit einem Kreischen näherte sich eine monsterähnliche Kreatur der Kerkertür, aber Millie riss geistesgegenwärtig ihren Arm hoch und schleuderte der Schulleiterin das Gegengift entgegen. Beherzt warf Mr Quintrell die Tür wieder ins Schloss.

Millie holte tief Luft und schickte Remington ein kleines Lächeln. Er wäre in diesem Moment nirgends lieber als in einem Kerker mit einem rasenden Biest, das sich soeben anhörte, als würde es seine eigene Kehle aufschlitzen. Noch ein paar Minuten rasselten die Ketten, dann wurde es still hinter der Tür.

»Edgar?«, klang auf einmal Ms Quintrells zitternde Stimme aus dem Kerker hervor.

»Ich bin hier, mein Schatz.« Mr Quintrell öffnete die Tür und schloss seine Frau in die Arme, was Millie und Remington als Stichwort nahmen, um sich zu verabschieden.

Sie ließen die Vespa vor der Schule stehen, deren Tank durch das nächtliche Abenteuer mittlerweile komplett geleert worden waren, und gingen durch die Straßen von Snickerford zurück. Der grüne Schein über den Häusern verschwand und machte dem gelblichen Licht der Straßenlaternen Platz. Am Horizont färbte der Morgen den Himmel schon rosa. Ein leichter Wind ging durch die Straßen, wirbelte das Laub auf, und Remington musste sich zu zurückhalten, Millicent nicht schon wieder seine Jacke anzubieten. Sie sah nicht aus, als würde sie frieren, stattdessen wirkte sie tief in Gedanken versunken und kaute auf ihrer Unterlippe. Remington wollte sie nicht stören und schwieg deswegen ebenfalls, bis sie das Rathaus erreichten und sich auf die Stufen davorsetzten, Seite an Seite, zwischen Laub und zersplitterten Fensterscheiben. Jetzt roch es zum ersten Mal so richtig nach Herbst. Remington liebte den Geruch, liebte die Jahreszeit, in der alles bunt und vergänglich wurde. Wenn man seit Ewigkeiten in einem Dorf lebte, in dem sich nicht viel veränderte, lernte man Frühling und Herbst besonders zu schätzen. Der würzige Duft neuer Möglichkeiten lag in der Luft.

»Millie?«, sagte er irgendwann. Sie saßen nicht so nah beieinander, dass ihre Knie sich berührten. Es wäre ihm jetzt seltsam vorgekommen, näher zu ihr zu rücken, also ließ er es bleiben.

»Mmh?«

»Ich möchte nicht vergessen, was heute Nacht passiert ist.« Jetzt sah sie ihn an, aber auf einmal konnte er ihren Blick nicht halten und fixierte sich stattdessen auf die Glasscherben zu seinen Füßen. »Kannst du mir versprechen, dass ich es nicht vergessen muss?«

»Warum willst du es denn nicht vergessen?«, fragte sie leise. »Das ganze Chaos, die Zerstörung, Schwarze Magie. Willst du nicht lieber einfach weiter in glückseliger Unwissenheit leben?«

Seine Augen sprangen wieder zu ihr hoch, ohne dass er es ihnen befohlen hatten, zu ihren haselnussbraunen Augen und den Sommersprossen auf ihren Wangen. Am liebsten hätte er ihr in diesem Moment gesagt, dass ihm das alles egal war, dass sie es war, die er nicht vergessen wollte.

»Ich glaube, ich kann nicht mehr zurück«, sagte er stattdessen und sie nickte, als würde sie es verstehen.

»Ich werde versuchen, die anderen zu überzeugen«, sagte sie, aber es klang nicht so, als wäre sie sich sonderlich sicher, dass sie sich gegen Lucy und die anderen Hexen würde durchsetzen können.

Auf einmal begann Remingtons Herz schneller zu schlagen. Was würde er alles vergessen, wenn die Hexen ihn mit einem Zauber belegten? Den ganzen Abend oder nur die letzten Stunden? Er musste daran denken, wie sie ihm geholfen hatte, die Torten zu seiner Vespa zu tragen, als alles noch seinen geregelten Gang gegangen war. Würde er ihren Blick vergessen und ihre gestotterten Worte, die vielleicht irgendetwas bedeutet hatten, auch wenn er nicht wusste, was es war?

Plötzlich wurde ihm bewusst, dass dies hier vielleicht der letzte Moment war, in dem Millie und er sich auf Augenhöhe begegnen konnten. Danach würde sie immer mehr wissen als er und das würde sie bestimmt nicht dazu ermutigen, auf ihn zuzugehen. Ihm wurde mit erschreckender Klarheit bewusst, dass sie sich von ihm fernhalten würde, wenn die Hexen ihn alles vergessen lassen würden. Sie wären für immer durch dieses Geheimnis getrennt, doch jetzt, in diesem Moment auf den Stufen des Rathauses von Snickerford, waren sie zwei Verschworene, zwei Wissende und zwischen ihnen lag nichts als ein paar Zentimeter.

Er sah sie an und sie sah ihn an und er wusste, was er im nächsten Moment tun würde. Er beugte sich ein bisschen vor, langsam genug, um jede ihrer Bewegungen zu registrieren und ihr Raum zu geben, sich zurückzuziehen. Aber sie sah ihn einfach nur an, ihre Pupillen sprangen zwischen seinen Augen hin und her und sein Blick fiel zu ihren Lippen, die so weich aussahen, dass er am liebsten –

»Es ist vollbracht«, erklang eine Stimme über ihnen und er fuhr so schnell zurück, dass er sich den Kopf an einem Steinpfeiler des Rathauses schlug.

Lucy stand vor ihnen, die Hände in die Hüften gestemmt, die Wangen voll frischem Ruß. Hinter ihr tauchte Pamela auf, mit Rose und Mary Robinson im Schlepptau. Das Auto von Mr Quintrell hielt mit quietschenden Reifen vor dem Tor.

»Die Murphys fangen noch ein paar entlaufene Hasen ein, und deine Großmutter ist schon auf dem Weg«, sagte Lucy, an Millie gerichtet. »Und dann werden wir dieser Sache auf den Grund gehen.«

# MILLICENT

Millie war überrascht, dass Lucy von Remington nicht verlangte, draußen zu warten. Einerseits gab ihr das Sicherheit, weil er ihre Version der Ereignisse bestätigen konnte, andererseits verunsicherte sie die Tatsache auch, dass Lucy ihn offenbar als elementaren Teil der Geschehnisse begriff. Was bedeutete das für ihn, seine Erinnerungen – und für Millie, die ihn in diese ganze Sache reingezogen hatte? Sie hatte keine Zeit, darüber nachzudenken, was da gerade auf den Stufen vor dem Rathaus passiert war, denn kurz darauf fand sie sich in der Sitzecke in Lucys Büro wieder, umgeben von den Hexen von Snickerford und einem Remington, der mit den Händen in den Taschen am Kamin stand und so aussah, als würde er jede Woche ganz casual zu einem Hexenzirkel eingeladen. Ihre Finger dagegen waren so schweißnass, dass sie Angst hatte, die Teetasse könnte ihr entgleiten. Sie balancierte sie deswegen auf ihrem Knie, während Lucy die anderen Hexen darüber informierte, was heute Nacht mit ihnen geschehen war.

Die Murphys saßen Millie auf der Couch direkt gegenüber, eine ältere Frau mit mausbraunem, von grauen Strähnen durchzogenem Haar sowie ihre drei erwachsenen Töchter. Wie immer unterschieden sich die Murphy-Drillinge nur durch die Farben ihrer Outfits. Katie trug meist etwas Fliederfarbenes, während Nancy zu Blassgrün griff und Dorothy in Babyblau auftauchte. Ansonsten hatten die Murphy-Drillinge alle drei die gleichen runden Gesichter mit geraden Wimpern und braune schulterlange Haare. Sie waren ungefähr fünfzehn Jahre älter als Millie, auch wenn sie das Kindliche an ihrem Aussehen nie so recht abgelegt hatten. Der erste Eindruck konnte aber durchaus täuschen, denn Millie wusste, dass die Haut der Schwestern unter ihren langärmligen Blusen eng mit kleinen magischen Tattoos bedeckt war.

Pamela Halifax paffte mit ihrer Pfeife in den Abzug des Kamins und ignorierte vehement Lucys pikierten Blick.

Ms Quintrell hatte auf einem Stuhl platzgenommen, der ungefähr so unbequem aussah wie die Bänke in ihrer Hexenschule.

Millie war froh, dass ihre Großmutter neben ihr auf der Couch saß, die Hände auf ihren Stock gestützt. Auch wenn Eleanor mittlerweile ziemlich gebrechlich war, wusste Millie doch, dass sich unter ihren Falten eine mächtige Hexe verbarg.

Neben ihrer Großmutter saßen Rose und Mary Robinson, die die Kürbisfarm am Rand des Dorfes betrieben und dort so viele Kinder aufzogen, dass Millie manchmal den Überblick verlor.

»Wir gehen davon aus, dass jemand Millies Torten vergiftet hat.« So, wie Lucy es formulierte, klang es nicht danach, als würde Lucy an ein Versehen glauben.

Millies Blick huschte zu Remington, der ihn aus ruhigen, dunklen Augen erwiderte.

»Um ausschließen zu können, dass das in Zukunft wieder passiert, müssen wir so schnell wie möglich herausfinden, wer das war.« Lucy blickte durch die Runde versammelter Hexen und blieb an Millies Gesicht hängen.

»Du meinst doch nicht etwa, dass ich was damit zu tun habe?«, fragte Millie schockiert. Sie war nicht einmal auf die Idee gekommen, dass Lucy so etwas glauben könnte.

»Naja, es waren deine Torten, oder? Und du bist die Einzige, die nicht davon gegessen hat.«

Millie sprang auf, um auf einer Augenhöhe mit Lucy zu sein. »Ich würde so etwas niemals tun, Lucy. Woher sollte ich denn überhaupt die Schwarze Magie haben?«

Die Bürgermeisterin wandte sich Remington zu. »Du bist nicht die einzige Verdächtige.«

Remington legte eine Hand auf seine Brust. »Du denkst, dass ich was damit zu tun habe?«

»Das ist doch vollkommen absurd!«, warf Millie ein. »Er liefert die Torten seit Jahren aus, warum sollte er plötzlich damit anfangen, sie zu vergiften?«

Lucy sah nicht überzeugt aus. Sie musterte Remington mit steinerner Miene.

»Außerdem wusste er bis heute Abend noch nicht einmal, dass es Hexen wirklich gibt«, fuhr Millie fort.

Bei diesen Worten fuhr Lucy zu ihr herum. »Ach ja, um diese Tatsache müssen wir uns ja auch noch kümmern, Millicent.«

Millie spürte, wie sie unwillkürlich einen Schritt auf Lucy zumachte.

»Wir sollten alle mal kurz durchatmen und die Situation ruhig betrachten«, fuhr Mary Robinson dazwischen. Mit einer freundlichen aber nachdrücklichen Geste schob die Hexe Millie zurück aufs Sofa. »Niemand wirft hier irgendjemandem etwas vor.«

Lucy und Millie schnaubten gleichzeitig.

»Es gibt viele Wege, wie die Torten vergiftet werden konnten«, warf jetzt auch Pamela Halifax ein, die mittlerweile einen anderen Morgenmantel trug und ihre langen roten Haare zu einem Flechtzopf gebunden hatte. Während sie sprach, gestikulierte sie mit der Pfeife in ihrer Hand.

»Aber es sind immer noch Millies Torten«, beharrte Lucy.

Millie sprang auf, wurde aber sogleich von Mary wieder aufs Sofa gezogen. »Ich werde dir … ich werde euch allen beweisen, dass weder ich noch Remington irgendetwas mit der Schwarzen Magie zu tun haben.«

»Wie kannst du dir da so sicher sein, Millicent?«, fragte Ms Quintrell und nippte an ihrem Tee. Die Schulleiterin beäugte Remington misstrauisch. »Er ist schließlich ein Fremder.«

Millie verdrehte die Augen. »Remington lebt seit einer Ewigkeit hier in Snickerford, wann werdet ihr ihn endlich akzeptieren?« Sie rückte ihre Brille gerade. »Außerdem vertraue ich ihm.«

»Na, wenn du ihm vertraust, dann können wir die Sache ja zu den Akten legen«, sagte Lucy spitz.

»Warum bist du eigentlich immer so zynisch, Lucy?«, schoss es aus Millie hervor, bevor sie sich zurückhalten konnte.

Lucy lachte scharf auf. »*Ich* bin zynisch? Wer von uns beiden hat die letzten Jahre so getan, als könnte man seine komplette Identität als Hexe einfach wegwerfen und hinter sich lassen? Jetzt willst du zurück in den Zirkel, bist dir aber immer noch zu fein dafür, Magie zu benutzen?«

Jetzt rutschte sogar Ms Murphy unruhig auf dem Sofa hin und her.

»Wir sollten auf jeden Fall alle die Finger von Millicents Torten lassen, bis wir wissen, was geschehen ist«, verkündete Lucy.

Schlagartig war es still im Raum.

»Das können wir nicht machen«, meldete sich irgendwann Millies Großmutter aus der Ecke des Raumes. »Wenn wir die Torten nicht essen, schwinden auch unsere Kräfte und das weißt du ganz genau.«

Millie schluckte.

»Und außerdem hat meine Enkelin nichts damit zu tun«, fügte Eleanor noch an. »Das wissen wir doch alle.«

Millie spürte eine Welle der Erleichterung über sich schwappen. Die Menschen, auf die es ankam, vertrauten ihr, alle anderen konnten ihr gestohlen bleiben. Sie spürte, wie sich die knochigen Finger ihrer Großmutter um ihre eigene wanden und sie sanft drückten.

»Trotzdem«, wiederholte Lucy, »wir können uns so etwas nicht noch einmal leisten. Ich muss mir jetzt erst mal eine Geschichte für das Dorf überlegen. So was darf nicht noch mal passieren.«

»Von den gesundheitlichen Folgen, die wir noch gar nicht absehen können, ganz zu schweigen«, warf auch Pamela jetzt ein.

»Aber was, wenn das ein Angriff von außen war?«, fragte Ms Quintrell jetzt. »Um uns zu schwächen und uns danach anzugreifen?«

Lucy biss sich auf die Unterlippe und Millie merkte in diesem Moment, dass sie gar nicht so selbstsicher war, wie sie tat.

»Wer sollte uns denn angreifen wollen?«, fragte Nancy Murphy jetzt von der Seite.

Lucy strich mit den Fingern ihren Dutt glatt, den sie aus ihren Braids in ihrem Nacken gebunden hatte. »Darum müsst ihr euch jetzt keine Sorgen machen, Snickerford wird nicht bedroht. Zumindest nicht mehr als sonst.«

»Aber warum sollte man uns dann vergiften? Und wer hätte einen Grund dazu?«, sprach Rose Robinson die Frage aus, die ihnen allen im Kopf rumschwirrten.

»Es muss ja jemand sein, der von Magie weiß«, warf Pamela ein.

Millie schüttelte den Kopf. »Vielleicht ist die Verunreinigung auch zufällig entstanden.«

»Wie soll das denn gehen?«, fragte Ms Murphy stirnrunzelnd.

Millie schüttelte den Kopf. »Ich weiß es nicht, ich will einfach nicht, dass wir vorschnelle Urteile fällen und dann in die völlig falsche Richtung rennen.«

»Gut«, sagte Lucy und straffte ihren Rücken. »Da es deine Torten sind, ist es nur fair, wenn du uns Beweise vorlegst, dass du nichts damit zu tun hast. Und zwar schleunigst. Sonst …«

Millie spürte, wie ihr Mund trocken wurde. »Sonst *was*, Lucy?«

Die Bürgermeisterin reckte ihr Kinn. »Sonst musst du dich gar nicht mehr in Snickerford blicken lassen.«

Millie fiel die Kinnlade herunter.

Lucy schenkte ihr ein schmallippiges Lächeln. »Nicht, dass dich das in den letzten Jahren sonderlich gestört hätte.«

Millie wusste nicht, was sie darauf sagen sollte. Ihre Gedanken schwirrten. Das würden Lucy und die anderen Hexen doch nicht wagen, oder? Millie hatte ein halbes Jahr dafür gearbeitet, in zwei Wochen, an Halloween, wieder offiziell in den Zirkel der Snickerforder Hexen aufgenommen zu werden, nachdem sie jahrelang in London gelebt hatte. Würde Lucy ihr das wirklich verweigern und sie aus dem Dorf jagen?

Millie blickte sich im Kreis der Hexen um, die sie ihr Leben lang gekannt hatte. Auf ihren Gesichtern las sie Unsicherheit und Angst – und Angst war die größte Motivation für harsche Entscheidungen.

Sie schluckte. »Ich werde es euch beweisen.«

»Bis dahin isst niemand auch nur einen Bissen von Millicents Torten, ist das klar?« Lucy blickte streng in die Runde.

»Ich werde die Tortenreste in meinem Labor untersuchen«, bot Pamela an.

»Das ist eine vorzügliche Idee.« Lucy faltete ihre Hände, wie um die Versammlung zu beenden, da stellte Ms Quintrell ihre Tasse auf dem Sofatisch ab und räusperte sich. »Aber was ist mit ihm?« Sie nickte mit dem Kopf in Richtung Remington.

Alle Muskeln in Millies Körper spannten sich an, bereit, ihn zu verteidigen, wie sie überrascht feststellte. Natürlich hätte sie nicht die leiseste Chance gegen einen ganzen Hexenzirkel, egal wie geschwächt die Mitglieder von den Ereignissen der Nacht auch sein mochten.

»Wir brauchen ihn noch«, sagte Lucy zu Millies Überraschung. »Vielleicht hat er was gesehen. Wir sollten nicht vorschnell einen Gedächtniszauber ausüben, bevor wir wissen, was hier eigentlich passiert.« Damit wandte sie sich an Remington. »Aber wenn du irgendjemandem davon erzählst, dann werden wir dafür sorgen, dass du den Rest deines Lebens als brabbelnder Pflegefall verbringen wirst, kapiert?«

Remington nickte knapp. Millie konnte nicht sehen, ob Lucys Worte ihm Angst einjagten. Sie schluckte. Immerhin würden sie nicht direkt sein Gedächtnis löschen.

»In zwei Wochen ist Halloween«, meldete sich Millies Großmutter aus ihrem Ohrensessel.

Lucy tippte sich mit dem Finger gegen ihr spitzes Kinn. »Das ist allerdings wahr. Bis dahin muss diese Angelegenheit geklärt sein, oder wir müssen uns nach einer neuen Magiequelle umsehen.«

Mary Robinson räusperte sich. »Wir müssten an Halloween doch genug Kräfte haben, um mit einem Zauber den Schuldigen zu finden, oder? Wenn ich mich recht erinnere, hat unser Zirkel so ein Ritual schon einmal in den Sechzigern durchgeführt, als Kürbisse auf unserer Farm durch Schwarze Magie verfault sind. Aber das war vor meiner Zeit.«

Lucy nickte. »Es gibt tatsächlich ein solches Ritual, mit dem wir die Quelle der Schwarzen Magie zurückverfolgen könnten. Aber wenn wir Millies torten nicht essen können, dann haben wir an Halloween keine Kräfte mehr. Keine Kräfte, um das Dorf zu beschützen, keine Kräfte, um diesen Zauber zu wirken. Überhaupt keine Kräfte mehr.«

Bei diesen Worten zog sich Millies Herz zusammen. Halloween war für die Hexen die wichtigste Nacht des Jahres, in der die Bindung des Hexenzirkels erneuert und Kraft für das ganze kommende Jahr geschöpft wurde. Wenn sie bis dahin nicht beweisen konnte, dass sie mit der Schwarzen Magie nichts zu tun hatte, würde sie eine zirkellose Hexe bleiben – und zwar nicht freiwillig. Millie wäre eine Ausgestoßene. Sie wollte nicht zurück nach London gehen, auf gar keinen Fall! Tränen drückten von innen gegen ihre Augäpfel und sie blinzelte heftig.

»Jetzt seht zu, dass ihr alle ein bisschen Schlaf bekommt«, befahl Lucy. »Und wenn jemandem von euch etwas einfällt, meldet euch auf der Stelle bei mir.«

Die Hexen rund um Millie herum nickten, während Millie immer noch damit beschäftig war, nicht in Tränen auszubrechen. Ms Quintrell machte sich zum Gehen bereit und die Murphys folgten ihrem Beispiel.

Doch bevor die Hexen Lucys Büro verlassen konnten, brach es aus Millie heraus. »Ihr glaubt wirklich, dass ich so etwas tun würde? Dass ich euch mit Schwarzer Magie vergiften würde?«

Ms Murphy und ihre Töchter liefen wie auf Knopfdruck rot an, aber Ms Quintrell blieb kühl. »Ich bin eine Frau der Wissenschaft, liebe Millicent«, sagte sie, »und ich glaube gar nichts, bis ich keine Beweise habe. Weder in die eine, noch in die andere Richtung.« Damit verließ sie das Zimmer und die Murphys folgten ihr. Auch Rose und Mary standen auf, aber sie drückten Millie immerhin noch den Arm, bevor sie gingen.

Pamela schüttelte den Kopf. »Ich mache gleich eine Runde und sammele Beweismaterial«, sagte sie, aber Millie konnte sehen, wie erschöpft die Hexe war. Sie biss sich auf die Lippen. Egal, was hier passiert war, sie wurde die Schuldgefühle nicht los.

»Bringst du mich jetzt nachhause?« Eleanor tippte ihre Enkelin mit ihrem Gehstock an.

»Natürlich«, sagte Millie schnell und fasste sich. Ohne ein weiteres Wort in Lucys Richtung nickte sie Remington zu, der ihr und ihrer Großmutter aus dem Büro folgte.

Während Eleanor auf der Bank des demolierten Bushäuschens wartete, begleitete Millie Remington die Straße hinab, um ihr Fahrrad zu holen, das bei Lucys Eskapaden durch die Luft geflogen war und jetzt in einem Graben lag.

Für einen Moment gingen sie schweigend nebeneinanderher, dann drehten sie sich gleichzeitig zueinander um.

»Es tut mir leid«, sagte Millie.

Und Remington gleichzeitig: »Entschuldigung.«

»Wofür entschuldigst du dich denn jetzt?«, fragte sie.

»Wofür entschuldigst du dich?«

»Das ist ja wohl offensichtlich«, sagte Millie. »Ich habe dich in diese ganze Sache reingezogen.«

»Aber die Torten habe ich doch auch schon ausgeliefert, bevor du zurück nach Snickerford gekommen bist – das hat nichts mit dir zu tun.«

Millie seufzte. »Guter Punkt.«

Mit gemeinsamen Kräften zerrten sie Millies Rad aus dem Graben, das glücklicherweise nur leicht verbogen war. »Dann vielleicht eher: *Danke*«, sagte sie mit einem müden Lächeln.

Remington lächelte zurück, auch wenn es aussah, als würde seine Nase bei dieser Bewegung wieder ziemlich schmerzen.

»Gute Nacht, Remington«, sagte Millie und schwang sich auf ihr Fahrrad.

»Gute Nacht, Millie«, entgegnete er und sah ihr mit in die Hosentaschen geschobenen Händen dabei zu, wie sie davonsauste.

# MILLICENT

Millie wachte am nächsten Morgen auf, als die Sonne schon tief über dem Himmel stand und ihren Garten rot, orange und gelb tünchte. Eigentlich konnte man es gar nicht mehr so recht Morgen nennen.

Für einen Moment lag sie einfach da, alle Viere von sich gestreckt, und starrte an die Maserung ihrer steinernen Zimmerdecke. Ihr Kopf dröhnte und sie fühlte sich, als hätte sie ebenfalls eine Dosis Schwarze Magie abbekommen. Außerdem schmerzte ihr Hintern, mit dem sie gestern auf den Asphalt gefallen war, bei jeder Bewegung.

Sie musste erst mal ihre Gedanken ordnen und sich einen Plan überlegen, aber ohne mehrere Tassen Tee würde ihr Gehirn heute gar nicht mehr in die Gänge kommen. Also schwang sie sich ächzend aus dem Bett, steckte ihre Füße in Hausschuhe und band sich einen Morgenmantel um. Als sie im Untergeschoss in die Küche schlurfte, stand ihre Großmutter bereits am Herd.

»Hast du überhaupt geschlafen?«, fragte Millie gähnend und übergoss einen Teebeutel mit heißem Wasser.

Eleanor schnaubte. »In meinem Alter braucht man keinen Schlaf mehr.«

Millie ließ sich auf die Bank in der Ecke fallen. »Ich habe das Gefühl, dass ich immer mehr Schlaf brauche, je älter ich werde.«

»Das liegt daran, dass du deine Hexenkräfte so verkümmern lässt.«

Millie vergrub das Gesicht in den Händen. *Nicht das schon wieder.* Sie beschloss trotz des kühlen Herbstwetters ihren Tee draußen im Garten zu sich zu nehmen. Also goss sie sich einen guten Schuss Milch in die Tasse, wechselte ihre Hausschuhe gegen Gummistiefel und schlurfte nach draußen.

Der Wind fegte durch die bunten Kronen und ließ die Blätter nur für Millie tanzen. Sie stapfte durch ihren Gemüsegarten und die Ranken der Kürbispflanzen strichen ihr liebevoll über den Streifen nackter Haut zwischen Gummistiefel und Morgenmantel. Die Herbst-Anemonen und der Mönchspfeffer wackelten mit ihren Blüten, als Millie an ihnen vorbeikam und die Brombeer-Büsche präsentierten stolz ihre letzten Früchte. Millie zupfte sie sorgfältig von den Stängeln und stapfte zum Ende des Gartens, wo eine Holzbank unter einem Rosenbogen stand, der jetzt ziemlich verdorrt aussah. Sie setzte sich darauf, zog ihre Beine an und atmete tief durch. Von ihrer Position aus hatte sie einen guten Blick über das Dorf. Rauch stieg aus den steinernen Schornsteinen auf und die Dächer glänzten von frisch getautem Reif. Die giftgrünen Schleier der letzten Nacht hatten sich vollkommen aufgelöst und von hier aus konnte sie keine Überbleibsel des Chaos‘ mehr sehen. Wahrscheinlich hatte Lucy gestern Nacht noch all ihre verbleibende Energie verbraucht, um das Gröbste zu beseitigen. Aber Millie hatte wirklich keine Lust gehabt, ihr zu helfen, nicht nach alldem, was Lucy ihr vorgeworfen hatte.

Millie kam der Gedanke, dass genauso gut Lucy das alles hätte inszeniert haben können, um sie aus Snickerford zu vertreiben. Millies Rückkehr in den Zirkel war ihr von Anfang an ein Dorn im Auge gewesen. Sie hatte Millie immer noch nicht verziehen, Snickerford damals verlassen zu haben und misstraute ihr umso mehr, weil Millie sich weigerte, Magie zu benutzen.

Millie kippte den letzten Schluck aus ihrer Tasse runter und stapfte quer durch den Garten zum Briefkasten, der vor dem Cottage stand. Der rotgestreifte Kater, dessen Namen Millie nicht kannte, kam aus einem Busch gesprungen und strich Millie maunzend um die Beine. »Du weißt doch, was wir ausgemacht haben«, schalt sie den Kater. »Unser Grundstück ist Katzensperrgebiet. Sonst traut sich Maus nie mehr aus seinen Löchern.« Maus hieß nämlich nicht nur so, weil er für eine Fledermaus ziemlich schlecht fliegen konnte, sondern auch, weil alle Katzen in Snickerford sich einen Spaß damit erlaubten, ihn zu jagen.

Der Kater zog mit einem unzufriedenen Maunzen ab und Millie öffnete den Briefkasten. Darin lagen ein paar Briefe mit Stromabrechnungen und dergleichen, was hieß, dass Remington heute tatsächlich schon unterwegs gewesen war. Denn der Bote für alles in Snickerford lieferte selbstverständlich auch die Post aus. Sein Gesicht tauchte vor ihr auf, seine ruhigen dunklen Augen, die etwas krumme Nase und das scharf geschnittene Kinn. Wie er sie im ersten bleichen Licht des Morgens angesehen hatte, auf den Stufen vor dem Rathaus sitzend.

In einer Hinsicht musste sie Lucy vielleicht recht geben, auch wenn sie das natürlich nie offen eingestanden hätte: Vielleicht hatte Remington doch etwas mit diesem Vorfall zu tun. Schließlich hatte auch sein Onkel Arthur nicht im Mindesten überrascht auf die Geschehnisse in seinem Pub gestern Abend reagiert. Auch wenn Millie vermutete, dass es dafür einen anderen Grund geben könnte. Ein Grund mit langen roten Haaren, einem Faible für seidene Morgenmäntel und dem schlausten Gehirn, das man sich nur vorstellen konnte. Wie dem auch sei: Sie durfte sich von ihren Gefühlen jedenfalls nicht den Kopf vernebeln lassen. Wenn es dort überhaupt Gefühle gab, was Millie stark bezweifelte. So stark, dass sie zusammenzuckte, als auf einmal ein kleines flatteriges Etwas auf ihrer Schulter landete. Millie sprang zurück, was Maus wiederum so erschreckte, dass er auf der Stelle in Ohnmacht fiel und von ihrer Schulter plumpste. Sie konnte ihn gerade noch mit ihren geöffneten Händen auffangen.

»Tut mir leid, Kleiner«, flüsterte sie und streichelte seinen felligen Bauch. »Wenn du reden könntest, könntest du mir bestimmt erzählen, was passiert ist, ich wette, du hast alles ganz genau mitbekommen.«

Maus schlug ein kleines Knopfauge auf und starrte sie wortlos an. Millie schüttelte den Kopf. »Trotzdem schaffst du es irgendwie immer, mir zu verstehen zu geben, dass du unbedingt einen Snack brauchst und sonst hier und jetzt und auf der Stelle verhungerst.«

Maus flatterte zustimmend mit den Flügen. »Nun gut«, seufzte Millie, »ich könnte auch eine kleine Stärkung vertragen.«

Nachdem sie sich und Maus ein paar Crumpets getoastet und diese dick mit Butter bestrichen hatte, zog sich Millie ins obere Stockwerk zurück. Dort setzte sie Maus auf ein weiches Kissen in ihrem Regal, ungefähr auf Augenhöhe, und begann vor ihm auf und abzugehen. Ob ihr ein Mensch oder eine Fledermaus beim Gedanken-Ordnen zuhörte, war eigentlich nicht so wichtig.

»Wir wissen, dass die Torten vergiftet wurden«, begann Millie, »auch wenn wir nicht wissen von wem und ob absichtlich oder nicht.«

Maus blinzelte ermutigend, also sprach sie weiter. »Die Torte meiner Oma jedoch war nicht betroffen, ich war ja selbst dabei und habe mitbekommen, wie sie sie gegessen hat. Also muss die Vergiftung draußen passiert sein. Ich habe gesehen, wie Remington die Torten in den Kofferraum seiner Vespa gepackt hat und damit davongefahren ist, aber dann … dann habe ich nur den grünen Schein bemerkt und das Chaos, das Lucy angerichtet hat. Was dazwischen passiert ist, weiß ich tatsächlich nicht.« Millie legte den Kopf schief und starrte die kleine Fledermaus auf ihrem Regalbrett an. Dann seufzte sie tief. »Du hast recht, Maus, es führt kein Weg darum herum: Ich muss ihm noch einen Besuch abstatten.«

# REMINGTON

Remington polierte Gläser. Nach allem, was in der zurückliegenden Nacht geschehen war, war er es seinem Onkel zumindest schuldig, dass dem Pub nicht die Gläser ausgingen. Denn obwohl alles um sie herum noch ziemlich chaotisch aussah, versammelten sich die Snickerforder im *Tipsy Teapot*, sobald es dunkel wurde. Immerhin hatte Lucy die kaputten Stühle einigermaßen repariert und die Brandlöcher in der Tapete verschwinden lassen, aber Pamela hatte schon recht gehabt: Der Pub musste dringend renoviert werden. Bevor die ersten Gäste gekommen waren, hatte Remington sich das Regal im Flur zu den Toiletten vorgenommen und ganze sieben Bücher darin gefunden, die so aussahen, als würden sie von den Hexen stammen – sieben! Rückblickend war es eher ein Wunder, dass er nicht früher hinter das Geheimnis von Snickerford gekommen war. Aber wieso sollte man ein Hexenbuch auch für ein Sachbuch halten? Jetzt ließ er seinen Blick über die Anwesenden streifen. Die Hexen okkupierten heute nicht ihren typischen Tisch im Erkerfenster, aber stattdessen waren mehr Nicht-Hexen als sonst an einem Sonntagabend anwesend. Alle sprachen über den Sturm, der über Snickerford hinweggefegt war. Das war also Lucys geniale Ausrede gewesen, ein Sturm. Aber ehrlich gesagt wäre Remington auch nichts Besseres eingefallen.

Der alte Earl hing über der Theke und schüttelte immer wieder den Kopf. »Ich sag's euch, das war kein Sturm. Das war der Teufel.«

Remington musste grinsen, als ihm auffiel, dass der alte Griesgram damit gar nicht so weit von der Wahrheit entfernt lag. »Der Teufel also, mh?«, fragte er, als er Earl ein weiteres Glas Bier hinstellte.

Der alte Mann schnaubte und zog die Augenbrauen zusammen, die so buschig waren, dass sie aussahen, als würden zwei Ratten in seinem Gesicht leben. »Glaubt mir halt alle nicht, ich weiß, dass ich recht habe. Wie erklärt ihr euch denn den grünen Schimmer, der gestern Nacht über den Häusern hing?«

»Ich habe keinen grünen Schimmer gesehen!«, erwiderte Agnes Wilson kopfschüttelnd, die mit ihrem Blog so ungefähr das war, was einer Tageszeitung in Snickerford am nächsten kam. Hinsichtlich der journalistischen Kompetenzen war es um Snickerford nicht sonderlich gut bestellt, also mussten sich die Hexen zumindest in nächster Zeit keine Sorgen machen, entdeckt zu werden.

Remington drehte wandte sich ab, um das glänzend polierte Glas ins Regal hinter sich zu stellen, da ging die Tür ein weiteres Mal auf.

»Hi, Millie!«, rief Arthur, der gerade eine Bierpfütze von einem Tisch an der anderen Seite des Raumes wischte.

Remington spürte, dass er rot anlief, noch bevor er sich umgedreht hatte. Also atmete er erst einmal tief durch und

versuchte, seinem Körper gut zuzureden. Es gab keinen Grund, dass ihn Millies pure Anwesenheit so in Alarmbereitschaft versetzte. Sie war wahrscheinlich nur hier, um eine Portion Pfifferlingseintopf für ihre Großmutter abzuholen, so wie sie es schon tausendmal getan hatte.

»Hi, Remi«, drang ihre Stimme über das Geschnatter der anderen Gäste an seine Ohren.

Ihm blieb also nichts anderes übrig, als sich umzudrehen. Er kratzte sich hinterm Ohr. »Hi, Millie.«

Sie hatte sich auf einem der Barstühle niedergelassen und sich auf den Tresen gelehnt, sodass er all seine Konzentration darauf verwenden musste, nicht in ihren Ausschnitt zu glotzen. Leider blieb dadurch allerdings nicht viel Hirnkapazität für irgendetwas anderes übrig, also konnte er nichts anderes tun, als sie einfach geradeheraus anzustarren.

»Kann man hier ein Getränk bekommen?«, fragte sie ihn mit einem schiefen Grinsen, das sein Herz flattern ließ. Meine Güte, er musste sich wirklich zusammenreißen.

»Ja, ja natürlich.« Er löste sich aus seiner Starre. »Was möchtest du? Ein Bier?«

Sie schüttelte den Kopf. »Ich bin auf einer Mission hier«, sagte sie und zog ein kleines dunkelviolettes Notizbuch aus ihrer Tasche. »Ich hätte gerne eine Heiße Zitrone.«

Remington warf das Geschirrtuch über die Schulter und ging in den Hinterraum, um heißes Wasser aus der Siebträgermaschine zu lassen. Als er mit einem dampfenden Glas und einem kleinen Schälchen mit Honig zurückkam, fand er Millie tief über ihr Notizbuch gebeugt. Er stellte die Heiße Zitrone vor ihr ab und erhaschte dabei einen Blick auf das, was sie schon in ihr Büchlein geschrieben, beziehungsweise gezeichnet hatte.

»Soll das eine Skizze von Snickerford sein?«, fragte er und drehte seinen Kopf von der einen auf die andere Seite.

Millie verdeckte ihm mit der Hand den Blick auf ihr Notizbuch. »Das *ist* eine Skizze von Snickerford«, berichtigte sie ihn. »Hier würde ich gerne die Strecke einzeichnen, die du auf deiner Tortenrunde zurückgelegt hast.«

Er lehnte sich auf den Tresen, um ihrem Gesicht etwas näher zu sein und zählte dann die einzelnen Stationen an seinen Fingern ab. »Ich war erst bei Pamela.«

»Warum verziehst du das Gesicht so?«, fragte Millie, die ihn mit Argusaugen beobachtete.

Er zuckte die Achseln. »Kein besonderer Grund.«

Sie schürzte die Lippen. »Remington«, sagt sie scharf.

Er konnte ein Lächeln nicht unterdrücken. »Jetzt also *Remington*, mh?«

»Warum verziehst du das Gesicht so?«, beharrte sie.

Remington seufzte, schaute sich in beide Richtungen um und beugte sich dann noch ein bisschen weiter zu Millie vor. »Ich fahr immer erst zu Pamela, damit ich sie nicht nackt erwische.«

Zu seiner Überraschung schien diese Information über die Dorfärztin Millie kein bisschen zu beeindrucken. »Ja, das ist ein Hexenritual«, sagte sie und malte eine kleine Eins neben das kleine Häuschen, das wohl Pamelas Gewächshaus symbolisieren sollte.

Er beobachtete den Stift in ihren Händen. »Ein Hexenritual? Das heißt, du machst so was auch manchmal?«

Mit gespielter Ernsthaftigkeit hob Millie ihren Blick und fixierte ihn. »Ja, Remington, auch ich bin hin und wieder nackt.«

Er räusperte sich. »So habe ich das nicht gemeint.«

»Doch, genauso hast du es gemeint«, sagte sie mit belustigter Stimme und er widersprach nicht, weil sie nun einmal recht hatte und sie beide es wussten. Stattdessen zapfte er Bertie ein neues Bier und versuchte das Bild von Millie bei irgendeinem nackten Hexenritual aus dem Kopf zu bekommen. Bestimmt tanzte sie bei Vollmond auch nackt über irgendwelche Felder und –

»Wohin bist du als Nächstes gefahren?«, fragte Millie und holte ihn schnell auf den Boden der Tatsachen zurück. Er hatte wirklich zu wenig geschlafen, um heute auch nur noch einen zurechnungsfähigen Gedanken zu fassen.

»Zu Lucy, dann zu dem Murphys, zur *Quintrell Academy* und als letztes zur Robinson Farm.«

Millie verengte die Augen zu Schlitzen und er hatte das Gefühl, dass sie sich in der Rolle der strengen Ermittlerin ziemlich gut gefiel. »Warum diesen Weg? Ist es nicht viel kürzer, von den Murphys zur Robinson Farm zu fahren und als letztes zu den Quintrells?«

Remington zuckte mit den Achseln. »Ich beende meine Tour gern mit einem Lichtblick. Außerdem packen mir Rose und Mary manchmal den ganzen Kofferraum mit Kürbiskompott voll, dafür muss ich Raum schaffen. Ach ja, und Ms Quintrell ist immer sauer, wenn ich später komme.«

Millie nickte zufrieden. »Das ist als Grund völlig ausreichend, ich würde auch alles dafür tun, die Quintrell nicht auf dem falschen Fuß zu erwischen.«

Sie nummerierte Remingtons weitere Stationen, dann blätterte sie durch ihr Notizbuch bis zu einem Fragenkatalog. Sie legte ihre Hand flach auf die linke Seite des Notizbuches, aber er hatte trotzdem einen Blick auf das erhascht, was sich darunter befand.

»Ist das eine Zeichnung von mir?«, fragte er.

Millie erstarrte. »Nein, natürlich nicht.«

»Das ist eine Zeichnung von mir!«, rief er und schnappte nach dem Buch.

Millie riss es geistesgegenwärtig an sich und drückte es sich an die Brust. »Finger weg!«

Remington lachte. »Ich habe ein Recht das zu sehen, schließlich hast du mich gemalt.«

Sie lief von Sekunde zu Sekunde röter an und Remington war sich in diesem Moment sicher, dass er noch nie etwas Schöneres gesehen hatte. Sie hatte ihn tatsächlich in ihr kleines süßes violettes Skizzenbuch gemalt? Millicent Battersea steckte wirklich voller Überraschungen.

Sie räusperte sich und strich mit der freien Hand ihre Haare glatt. »Ich habe alle Verdächtigen in dieser Angelegenheit gezeichnet, also bilde dir bloß nichts ein.« Dann legte sie das Notizbuch zögernd zurück auf den Tresen.

Er schnappte sofort danach und hielt es ins Licht der

Deckenlampen, die in einigem Abstand über dem Tresen baumelten. Ein paar davon hatten durch Pamelas Feldzug gestern Nacht ihre Schirme verloren, aber alle bis auf eine Glühbirne funktionierten noch.

Millie hatte ihn gemalt, als wäre er eine Spielfigur bei *Cluedo* und als würde sie ihn verdächtigen, einen Mord mit einem Heizungsrohr begangen zu haben. Er sah auch ein bisschen aus wie ein altmodischer Geheimagent, aber ihm fiel auf, dass sie besonders viel Zeit darauf verwendet hatte, seine Augen und seine Lippen zu malen. Er fand die Zeichnung einfach nur entzückend.

Dann blätterte er ein bisschen weiter und fand eine sehr viel weniger schmeichelhafte Zeichnung von Lucy, die ihm ein Grinsen aufs Gesicht lockte. Millie konnte mit ihren Gefühlen nicht hinter dem Berg halten, selbst wenn sie es versucht hätte. Warum war er sich also trotzdem nicht sicher, ob sie ihn mochte? Er spürte ein Zögern in ihr, eine Zurückhaltung, die er nicht genau zuordnen konnte. Vielleicht gab es eine andere Person in ihrem Leben, vielleicht hätte sie ihn mögen können, wenn sie sich unter anderen Umständen kennengelernt hätten, vielleicht …

»Gib das zurück«, befahl Millie und schnappte nach dem Buch. Sie blätterte wieder zu der Seite mit seinem Porträt und rückte ihre Brille zurück. »Ich würde dir gern noch ein paar Fragen stellen.«

»Selbstverständlich, Inspektor.«

Sie warf ihm einen scharfen Blick zu. »Wenn du das hier nicht ernst nimmst, komme ich möglicherweise noch auf die Idee, dass du tatsächlich etwas mit der Tortenvergiftung zu tun hast.«

»Wie kommst du auf die Idee, dass ich das alles nicht ernst nehme? Stell mir doch deine Fragen.« Er drehte sich um und nahm eines der Gläser aus dem Regal, die er vorhin schon bis zur Perfektion poliert hatte. Normalerweise kam er damit kaum hinterher, aber jetzt, da über die Hälfte der Gläser zerschmettert worden waren, griff er immer wieder nach den gleichen. Fast so, als würde er diese verhasste Aufgabe mittlerweile gern machen. Remington erschauderte. Er wurde wirklich immer mehr zu seinem Onkel.

»Ist dir auf deiner Route irgendetwas Seltsames aufgefallen?«, fragte Millie.

»Nein.«

»Du hast überhaupt nicht nachgedacht, bitte versuch es nochmal.«

»Was glaubst du denn, was ich seit letzter Nacht mache? Glaubst du wirklich, ich würde mich nicht fragen, was da gestern passiert ist?«

Millie biss sich auf die Unterlippe. »Ich dachte nur, naja also … das wäre mein Problem und nicht deins.«

Remington schüttelte den Kopf. »Du bist unglaublich.«

»Was meinst du?«

Er stellte das polierte Glas ins Regal zurück, um besser gestikulieren zu können. Irgendetwas an der Art, wie sie so tat, als würde ihn das alles nichts angehen, verletzte ihn. »Naja, ich erfahre gestern Nacht, dass es …« Er senkte die Stimme verschwörerisch. »Hexen gibt und dass jemand versucht, sie zu vergiften und du denkst, ich kehre einfach in mein normales Leben zurück, als wäre nichts gewesen?«

Millie schluckte. »Ich … ich dachte nur …«

»Was dachtest du?«

»Ich will dein Leben nicht noch mehr durcheinanderbringen.«

Remington breitete die Hände aus. »Was gibt es da denn bitte, das du durcheinander bringen könntest? Ich bin der Lieferbote von *fucking* Snickerford und stehe abends im Pub meines Onkels hinter der Theke. Ist ja nicht so, dass ich ein Krankenhaus leite und mich um meine fünf Kinder kümmern muss.«

Daraufhin starrte sie ihn einfach nur an und er merkte, dass er mit jedem Wort lauter geworden war. »Ich meine, du störst mich nicht und wenn es so wäre, dann würde ich es dir sagen.«

»Wenn du es hier so langweilig findest, warum gehst du dann nicht weg?«, fragte sie leise.

Remington stützte seine Hände wieder auf den Tresen und seufzte. »Ich weiß auch nicht. Warum gehst du nicht weg?«

Sie hob einen Mundwinkel. »Ich hab's ja versucht. Aber irgendwie lande ich immer wieder hier.«

»So geht's mir auch.«

Sie sah ihn neugierig an. »Was meinst du damit?«

»Naja, eigentlich sollte ich gar nicht zu meinem Onkel ziehen damals. Ich hatte gerade meinen Schulabschluss in der Tasche und wollte nach London gehen, so wie ungefähr alle jungen Menschen in dieser Gegend. Ich wollte dort studieren.«

»Und was ist dann passiert?«

»Es gab einen Fehler bei der Zulassung und ich habe doch keinen Platz bekommen.«

»Was wolltest du studieren?«

»Geschichte.«

»Warum hast du es dann nicht ein Jahr später probiert?«

Er hob die Schultern und wich ihrem Blick aus. »Irgendwie … irgendwie hatte ich immer das Gefühl, dass Snickerford mich brauchen würde.«

»Wofür?«, fragte sie.

In ihrer Stimme lag keine Geringschätzung, keine Abwertung, aber trotzdem spürte er einen Kloß im Hals. »Ich weiß es auch nicht. Jedenfalls ist es nie dazu gekommen, dass ich irgendwas Großartiges für diesen Ort tun konnte. Ich bin einfach … hier, seit zehn Jahren, und immer noch ein Fremder.«

Er wollte sich gerade abwenden, da spürte er mit einem Mal ihre Finger auf seiner Hand. »Vielleicht ist das der Moment, auf den du gewartet hast.«

Er blieb ganz ruhig stehen und rührte sich nicht, aus Angst, dass sie ihre Finger dann wieder von seinen ziehen konnte. Wärme strömte durch diese Berührung in ihn hinein und wenn er es nicht besser gewusst hätte, hätte er geglaubt, dass Millie ihn gerade aktiv verzauberte.

Dann zog Millie auf einmal ihre Hand wieder weg und riss eine kleines Stück Papier aus ihrem Notizbuch. »Bitte schreib mir, wenn dir noch was einfällt«, sagte sie und kritzelte ihre Handynummer darauf.

Remington nahm den Zettel entgegen. »Nur wenn mir was einfällt?«, fragte er.

Sie klappte ihr Notizbuch zu. »Dir könnten ja alle möglichen Dinge einfallen«, sagte sie, dann leerte sie ihre Heiße Zitrone mit einem Schluck und legte einen Geldschein auf den Tresen.

# MILLICENT

Remingtons erste Nachricht erreichte Millie am nächsten Morgen. Sie hatte den Rest des Abends damit zugebracht, über das nachzugrübeln, was er ihr gesagt hatte, über seine Verbindung zu Snickerford und darüber, was sie davon hielt, dass er Geschichte hatte studieren wollen. Sie konnte sich Remington eigentlich ziemlich gut als Geschichtsprofessor vorstellen oder auch als Lehrer. Er war einer dieser Menschen, denen ein Tweed-Jackett gut stehen würde und davon gab es nicht viele!

All diese Gedanken hatten natürlich herzlich wenig mit den vergifteten Torten zu tun, aber an dieser Front kam Millicent gerade einfach nicht weiter. Wenn die Schwarze Magie nicht während Remingtons Liefertour in die Buttercreme gelangt war, dann musste es davor oder danach passiert sein. Davor würde bedeuten, dass es in ihrem Haus geschehen war, womöglich sogar vor ihren eigenen Augen, und allein bei dem Gedanken daran wurde Millie übel.

Danach würde bedeuten, dass jemand Remingtons Route kannte. Aber wenn er die Torten allesamt persönlich übergeben hatte, wäre es schon sehr umständlich gewesen, wenn anschließend jemand an vier unterschiedlichen Orten eine Dosis Schwarze Magie zwischen die Biscuit-Schichten gespritzt hätte. Das klang – so schwer es auch war, sich das einzugestehen – ziemlich unwahrscheinlich.

Es blieben also drei Optionen: Entweder Remington log, jemand hatte ihn auf seiner Liefertour ausgetrickst, oder sie musste sich an die eigene Nase fassen.

Als hätte er ihren Namen in seinen Gedanken gehört, ploppte in diesem Moment eine Nachricht von ihm auf ihrem Handy auf.

Remington: Mir ist tatsächlich noch was eingefallen. Sag deiner Großmutter bitte, dass sie endlich ihren Gehstock reparieren soll, das Ding fliegt bald auseinander.

Millie musste grinsen und verdrehte die Augen, um das wieder auszugleichen.

Millie: Und was hat das mit unserem »Fall« zu tun?

Remington: Nichts, aber du sagtest, ich soll dir schreiben, wenn mir was einfällt.

Millie seufzte. Ein Teil von ihr hatte zumindest auf eine kleine zweideutige Anspielung gehofft. Sie verwarf den Gedanken aber schnell wieder. Schließlich ging es hier um ein Verbrechen, das aufgeklärt werden musste – oder eben um den Gehstock ihrer Großmutter. Im nächsten Moment klingelte ihr Handy und sie nahm ab, ohne noch einmal auf das

Display zu schauen. »Das kannst du Eleanor schön selbst sagen.«

Kurz war es am anderen Ende der Leitung still. »Hey, Millie.«

Millie setzte sich abrupt im Bett auf. »Scott?«

»Hey, ich hab schon ein paar Mal versucht, dich zu erreichen, ich —«

Die Worte purzelten schneller über Millies Zunge, als sie darüber nachdenken konnte. »Sie sind offenbar falsch verbunden«, sagte sie und legte auf.

Ihr Herz raste so schnell, dass sie sich erst mal wieder zurück in die Kissen sinken lassen und tief durchatmen musste. Sie hatte es immer noch nicht geschafft, ihre Handynummer zu ändern. Normalerweise ging sie nicht ran, wenn eine Londoner Nummer sie anrief, aber in diesem Moment hatte sie gar nicht damit gerechnet. Er rief sie immer wieder von verschiedenen Nummern an, sodass sie ihn nicht einfach blockieren konnte. Sie musste sich dringend eine neue SIM-Karte besorgen.

»Millicent?« Die Stimme ihrer Großmutter klang gedämpft durch die Steinwände zu ihr hoch.

Seufzend setzte sie sich auf. »Ich komme gleich.« Sie zog wieder ihren Morgenmantel über. Inzwischen besaß sie dieses Modell sogar zweimal, damit immer einer einigermaßen frisch gewaschen war, und schlurfte die Treppe runter. In London hatte sie keine Verwendung für so ein Kleidungsstück gehabt. Morgenmäntel drückten so viel Langsamkeit aus, sie implizierten, dass man nach dem Aufstehen erstmal Zeit dafür hatte, ein Tässchen Tee zu trinken. Und das war in London nie so gewesen. Jetzt hatte sie den ganzen Tag Zeit, Tee zu trinken und sah es auch nicht mehr ein, dabei ein anderes Kleidungsstück als einen Morgenmantel zu tragen.

Als sie in die Küche kam, balancierte Eleanor gerade auf ihrem Hocker und versuchte, das oberste Regal in ihrem Hängeschrank zu erreichen.

»Grandma, wir haben doch oft genug darüber geredet!« Millie schlitterte durch die Küche, um ihre Großmutter an der Taille zu fassen und wieder auf den sicheren Boden zu setzen.

»Wir reden viel, den lieben langen Tag, aber dann brauche ich auf einmal ein bisschen Mehl und du bist nicht da. Was soll ich denn dann machen, mh?«

»Wozu brauchst du denn Mehl?«, fragte Millie, die das oberste Regalbrett auch nur auf ihren Zehenspitzen erreichen konnte. Es gab schon einen Grund dafür, dass die Backutensilien so weit oben standen. Ihre Großmutter lief beim Backen zu Hochtouren auf und das hatte sie schon zwei Hüftgelenke gekostet.

Eleanor schürzte die Lippen. »Das geht dich überhaupt nichts an.«

»Grandma, backst du etwa?«

Eleanor wich ihrem Blick aus. »Und wenn ich dir sagen würde, dass ich Pancakes mache? Darf man seiner lieben Enkelin jetzt nicht mal mehr Frühstück zubereiten?«

»Ich wohne seit sechs Monaten wieder hier und du hast mir in dieser Zeit kein einziges Mal Pancakes gemacht«, wandte Millie ein.

Eleanor zuckte die Achseln. »Ich dachte, du könntest nach diesem Wochenende vielleicht eine Stärkung vertragen.«

Millie spürte, wie die Anspannung in ihren Schultern nachließ. Aber Eleanor war ein gewiefter Fuchs und sie durfte sich nicht von ihrer Unschuldsmiene täuschen lassen.

Ihre Großmutter erwiderte Millies Blick aus zusammengezogenen Augen. »Ich soll dir von Remi sagen, dass du einen neuen Gehstock brauchst.«

Eleanor schnaubte und ließ sich ächzend auf der Eckbank nieder. »Das soll er mir schön selbst sagen.«

Millies Herz zog sich zusammen, wenn sie daran dachte, wann Remi das nächste Mal hier auftauchen würde: Am Samstag, um die Torten abzuholen. Aber das würde wohl nicht stattfinden, es sei denn sie fand noch in den nächsten Tagen die Ursache für die Schwarze Magie. Ihr lief die Zeit davon. Sie musste diese Angelegenheit vor Halloween klären, oder sie würde niemals ihren Platz im Zirkel einnehmen können! Von ihren Geldsorgen ganz zu schweigen. Die Lebenshaltungskosten von Millie und ihrer Großmutter waren in Snickerford zwar nicht sonderlich hoch, aber wenn der Hexenzirkel sie nicht mehr für das Herstellen magischer Torten bezahlen würde, müsste sie sich schleunigst eine Alternative suchen.

»Was ist jetzt mit den Pancakes?«, wechselte Millie das Thema.

Eleanor hatte sich schon wieder ihrem Kreuzworträtsel zugewandt, bei dem sie ohnehin immer mit Magie mogelte. »Jetzt bist du ja da«, sagte ihre Großmutter und ihre Mundwinkel zuckten schelmisch.

»Ich dachte, die Pancakes wären für mich gewesen«, erinnerte Millicent ihre Großmutter.

Aber die schnaufte nur und Millie blieb nichts anderes übrig, als sich selbst ihr Frühstück zu machen.

Die nächsten Tage bracht Millie damit zu, auf Pamelas Untersuchungsergebnisse zu warten. Sie beobachtete von ihrem Balkon aus, wie über dem Gewächshaus der Hexe orangener Rauch aufstieg, dann seltsame Klänge zu ihr herüberschwebten und sich schließlich so etwas wie eine kleine Explosion ereignete. Doch mit jedem Tag, der verstrich, kam der Samstag näher, was Millicent ungefähr so nervös machte, wie als sie als Jugendliche zum ersten Mal beim Tortenessen dabei sein durfte.

Sie erwischte ihre Großmutter zumindest nicht noch einmal bei einem heimlichen Backversuch, was zumindest eine kleine Beruhigung war. Das lag aber vielleicht auch daran, dass sie selbst in der Küche stand und am laufenden Band irgendwelche Gerichte produzierte, um sich so von der Wartezeit abzulenken. Natürlich konnte sie nichts backen, weil sie nicht Gefahr laufen durfte, dass irgendwie vielleicht wieder Schwarze Magie in das Essen hineinschlüpfte, aber es gab keinen Grund, den Kochtopf nicht zu benutzen.

Sie war gerade dabei, einen Bohneneintopf umzurühren, als das typische Poltern und Knarzen in den Rohren über ihrem Kopf ertönte, das das Eintreffen von Maus ankündigte. Millie sprang zur Seite und stellte sich mit ausgestreckten Armen vor das Loch, da schoss das kleine schwarze Wesen auch schon aus dem Rohr und direkt in ihre Hände hinein. Der kleine Fledermauskörper zitterte und atmete schwer. Er war wirklich jämmerlich schlecht im Fliegen!

Millie streichelte Maus, bis er sich wieder ein bisschen beruhigt hatte. »Na, hast du den Bohneneintopf gerochen?«, fragte Millie und Maus blinzelte, was sie als Zustimmung auffasste. »Gleich fertig, du kannst dich so lang noch ein bisschen ausruhen.«

Ihre Großmutter schnalzte von ihrem Platz am Fenster

mit der Zunge. »Du verhätschelst das Tier, als wäre es eine Katze.«

Millie zuckte die Achseln. »Und wäre Maus eine Katze, dann würdest du mir vorwerfen, dass ich ihn wie ein Kind behandle. Man kann es euch Tierhassern nie recht machen.«

Jetzt schnaufte Eleanor empört. »Ich bin doch keine Tierhasserin.«

»Ich weiß«, sagte Millie seufzend und setzte Maus auf der Kücheninsel ab. »Aber du tust gerne so.«

»Wenn du häufiger auf mich hören würdest, wäre jetzt bestimmt keine Schwarze Magie in deinen Torten.«

Millie hielt mitten in der Bewegung inne. »Wie bitte? Was hat das denn damit zu tun?«

Eleanor sah sich nicht einmal zu ihr um, sondern deutete einfach mit der Spitze ihres Gehstocks auf Maus. »Na, wir sind uns doch wohl alle einig, dass er der Hauptverdächtige ist.«

Millie klappte die Kinnlade herunter. »Was, *Maus*?«

Eleanor bedachte ihre Enkelin mit einem Blick, als könnte sie es nicht fassen, dass eine so begriffsstutzige Person von ihr abstammte. »Denk doch mal nach, Kind«, knurrte sie. »Er ist hier reingeschneit, kurz bevor Remington die Torten abgeholt hat.«

»Aber … aber«, stotterte Millie. Bis zu diesem Moment war ihr nicht klar gewesen war, dass es jemanden auf der Welt gab, der Maus für den Hauptverdächtigen bei irgendetwas hielt, wenn es nicht gerade darum ging, irgendwo Buttercreme zu stibitzen.

»Und die einzige Torte, die nicht vergiftet war, stand in diesem Moment noch im Kühlschrank, war also von seinem Angriff nicht betroffen«, fuhr Eleanor selbstzufrieden fort und füllte mit einem beherzten Strich die letzte Lücke in ihrem Kreuzworträtsel aus.

»Moment, Moment, Moment.« Millicent ließ sich ihrer Großmutter gegenüber auf dem freien Platz nieder und massierte ihre Schläfen. Eleanor hatte einen Punkt. Die einzigen vergifteten Torten waren jene, über die Maus hinweggeflogen war. Sie bedachte die kleine Fledermaus mit einem misstrauischen Blick, aber Maus blinzelte einfach nur erschöpft zurück. »Können Fledermäuse etwa Schwarze Magie in sich tragen?«, fragte Millie leise.

»Woher soll ich das wissen, du bist doch die Einzige mit Uni-Abschluss in dieser Familie.«

Millie schüttelte den Kopf. »Ich habe Jura studiert, nicht Tiermagie.«

Eleanor machte eine wegwerfende Handbewegung, als käme das im Endeffekt doch aufs Gleiche raus.

»Aber wie stellst du dir das vor? Hat jemand erst Maus mit Schwarzer Magie infiziert, ihn losgeschickt und anschließend hat er dann wiederum die Torten angesteckt?«

Eleanor zuckte die Achseln und warf ihr einen durchdringenden Blick zu. »Wenn wir nur jemand in diesem Dorf hätten, der sich mit Tieren auskennt.«

Millie sprang auf. »Die Murphys! Du hast recht! Die werden mir bestimmt sagen können, was Fledermäuse mit Schwarzer Magie zu tun haben.« Sie hob Maus von der Tischplatte und setzte ihn auf ihre Schulter. »Komm, mein Kleiner, wir machen einen Ausflug.« Maus hielt sich brav an ihrer Haarsträhne fest. Wenn irgendjemand es gewagt haben sollte, ihren kleinen Freund mit Schwarzer

Magie zu infizieren, würde sie diese Person das Fürchten lehren.

»Ach ja, kannst du mir von dem Murphys noch ein bisschen frischen Froschlaich mitbringen, Millicent?«, fragte Eleanor vom Tisch.

Millie schüttelte den Kopf. »Wenn du dir diese ganze Geschichte nur ausgedacht hast, damit ich dir Froschlaich mitbringe, werde ich echt sauer.«

»Die machen in einer halben Stunde zu, ich würde mich an deiner Stelle beeilen«, erwiderte Eleanor ungerührt.

Millie brauste auf ihrem Fahrrad ins Dorf hinab und trug Maus dabei in der Brusttasche ihrer Jacke, damit er durch den Fahrtwind nicht von ihrer Schulter geweht wurde. Sie fragte sich, warum sie selbst nicht früher auf die Idee gekommen war, dass die Fledermaus etwas mit dem Schwarze-Magie-Vorfall zu tun hatte. Sie war immer davon ausgegangen, dass irgendein menschlicher Akteur die Schwarze Magie in den Torten versteckt haben musste, sodass sie den Zwischenfall mit Maus am letzten Samstag ganz vergessen hatte. Maus flog schon seit Jahren bei ihnen ein und aus, seit Millie ein Kind war, um genau zu sein. Manchmal schauten auch andere Fledermäuse bei ihnen vorbei, aber diese fuhren nicht halb so sehr auf Buttercreme und Bohneneintopf ab wie Maus. So war er zu ihrer Hausfledermaus geworden und verbrachte nicht selten ganze Tage unter Millies Zimmerdecke hängend und leise schnarchend.

Das Gebäude von *Murphy's Pets* war in zwei Hälften geteilt. In der vorderen, für alle zugänglichen, verkauften die

Murphys Hundefutter und Zierfische, im hinteren Bereich kümmerten sie sich um Hexen, die sich aus Versehen in Katzen verwandelt hatten oder deren magische Fell- und Federgefährten. Dort sammelten sie auch Mondlichtfroschlaich und ausgefallene Phönix-Federn. Die normalen Bewohner Snickerfords glaubten allerdings, dass die Murphy-Schwestern eine besondere Vorliebe für bestialische Horrorfilme pflegten, denn anders waren die Geräusche, die aus dem weitläufigen Anwesen drangen, ja kaum zu erklären.

Ein helles Froschquaken ertönte, als Millie das Geschäft betrat; das war die Ladenglocke. Hinter dem Tresen stand Katie Murphy, jedenfalls glaubte Millie das. Wer trug nochmal Flieder, wer Blassgrün und wer Babyblau?

»Millie!«, rief Katie so laut, als müsste sie die anderen Anwesenden im hinteren Bereich des Ladens unbedingt auf ihren neuen Gast aufmerksam machen.

Millie blinzelte einmal und schon waren auch Nancy und Dorothy aufgetaucht. »Kommt eure Mutter auch noch?«, fragte Millie und lachte nervös.

Die drei Murphy-Schwestern lachten nicht. »Sie hat einen Termin mit Lucy«, erklärte Nancy Murphy.

Millie nickte. »Ihr könnt mir bestimmt auch weiterhelfen. Es geht um Maus.« Sie hob die den Kleinen sorgfältig aus ihrer Jackentasche.

Bei diesem Anblick wurde Katie Murphy auf einmal kreidebleich. »Ist das eine Fl-fledermaus?«, krächzte sie.

»Äh, ja?«, fragte Millie. »Hast du ein Problem damit?«

Katie sank hinter dem Tresen in die Knie, während Nancy und Dorothy Millie böse anschauten. »Du weißt doch, dass sie eine Fledermaus-Phobie hat«, warf Dorothy Millie vor.

»Ich … äh, nein? Das tut mir leid, ich wollte nicht –«

»Alle wissen das«, unterbrach Nancy sie unwirsch.

»Katie hasst Fledermäuse, ich hasse Raben und Nancy hasst Katzen«, fügte Dorothy hinzu, als würde sie Millie gerade erklären, dass Hexen gelegentlich auf Besen flogen.

Wenn noch irgendein Zweifel bestanden hatte, ob die Murphys bei der Tortenaffäre auf Millies Seite standen oder nicht, war die Angelegenheit hiermit wohl ein für alle Mal entschieden. »Ich … ich wusste das nicht«, stotterte Millie. »Müssen wir irgendwas machen?« Sie deutete auf Katies Schuhspitze, die hinter dem Tresen hervorguckte.

»Sie erholt sich gleich wieder.« Nancy machte eine wegwerfende Handbewegung in Richtung ihrer Schwester, der Ärger loderte allerdings weiter in ihren Augen.

»Komm mit. Die Fledermaus muss verschwunden sein, wenn Katie aufwacht.« Damit drehte Dorothy sich um und verschwand durch einen Perlenvorhang im hinteren Bereich des Ladens. Ihre Schwester folgte ihr. Millie machte einen großen Schritt über Katies Körper hinweg und trat ebenfalls durch den Perlenvorhang hindurch. Hier roch es nach Heu, Tierdung und Gewürzen. Maus flatterte nervös mit den Flügeln. Seine Begegnungen mit anderen Tierarten, insbesondere von der felinen Sorte, waren bislang nicht sonderlich gut für ihn ausgegangen.

»Schsch«, beruhigte Millie die kleine Fledermaus. »Ich pass auf dich auf.«

Nancy und Dorothy führten Millie an Tierkäfigen und Reagenzgläsern vorbei, in denen bunte Flüssigkeiten blubberten. Aus der einen Ecke miaute es, aus einer anderen quakte es und aus einem verdunkelten Käfig in der dritten Ecke ertönte ein lautes Knurren.

Nancy, die sich nach Millie umdrehte und ihren Blick bemerkte, deutete auf den Käfig. »Das ist ein Werwolf, der bei uns ausnüchtern soll. Bleibt hier bis nach dem Vollmond.«

Millie blieb stehen. »Stecken Werwölfe nicht voller Schwarzer Magie?«, fragte sie.

»Keine Sorge«, sagte Dorothy von vorne, »wir halten immer Sicherheitsabstand und nähern uns nur mit Gasmasken.«

Millie schüttelte den Kopf. »Nein, ich meine, in Snickerford gibt es keine Schwarze Magie.«

Sie folgte den Schwestern weiter durch den Laden bis in einen Raum, der wie eine Mischung aus Büro, Labor und Behandlungszimmer aussah.

»Die meisten Werwölfe ziehen durchs ganze Land«, erklärte Dorothy. »Wir haben keine Ahnung, woher er genug Schwarze Magie hat, um sich auch ohne Vollmond zu verwandeln.«

»Deswegen«, sagte Nancy und deutete auf eine Urkunde an der Wand, »gehört Murphy‘s Pets ja auch offiziell nicht zu Snickerford. So können wir alle trotzdem alle möglichen Wesen behandeln, die von Schwarzer Magie befallen sind.«

»Was? Aber ihr befindet euch mitten im Dorf.«

Dorothy zuckte mit den Achseln und ließ sich hinter einen der drei Sessel hinter dem Schreibtisch fallen. »Von unserem Eingangstor bis zur hinteren Zaunspitze gehört unser Grundstück zu Whimsington.«

Millie schüttelt den Kopf. »Warum das denn?«

»Wir haben häufiger mit Werwölfen und dergleichen zu tun, wenn du verstehst, was ich meine«, sagte Nancy verschwörerisch.

Und da Millies Gesicht offensichtlich verriet, dass sie keinen blassen Schimmer hatten, wovon die Schwestern redeten, fügte Dorothy noch hinzu: »So kann Lucy jedes Jahr den Preis für ein Schwarze-Magie-freies Dorf gewinnen.«

»Ist das euer Ernst?«

Jetzt schlich sich ein synchrones Grinsen auf die Gesichter der Schwestern, die dabei aussahen wie zwei Kinder, die ihr gerade einen Streich spielten.

»Deswegen müssen wir auch nur in Whimsington Gewerbesteuer zahlen und die ist viel niedriger. Vielleicht kannst du Lucy auch mal fragen, ob sie euer Cottage auslagern kann, das könnte sich wirklich lohnen.«

Millie blinzelte. »Das heißt, diese ganze Geschichte vom Schwarze-Magie-freien Snickerford ist nur ein Märchen?«

Die Schwestern schüttelten vehement den Kopf. »Lucy würde nie lügen«, sagte Dorothy. »Sie hält sich an alle Regeln.«

»Superkorrekt«, bestätigte Nancy und deutete dann auf Maus, den Millie immer noch in der Hand hielt. »Jetzt kommen wir mal zu deinem kleinen Patienten, wir haben ja nicht den ganzen Tag Zeit.«

»Ja, richtig. Ihr müsst mir sagen, ob an ihm irgendetwas Schwarzmagisches klebt.«

Sofort sprangen die Schwestern auf und pressten sich gegen die Rückwand des Büros. »Du bringst ein schwarzmagisches Tier hier rein, ohne es vorher anzukündigen?«, bellte Nancy. »Er könnt hier schon alles kontaminiert haben.«

Millie verzog das Gesicht. »Ups. Aber ich glaube nicht, dass er ansteckend ist, schließlich fühle ich mich noch genau wie vorher.«

Die beiden Schwestern warfen ihr Blicke zu, die ganz eindeutig sagten, dass sie in Millies Einschätzung der Lage relativ wenig Vertrauen legten. »Bleib hier und rühr dich nicht vom Fleck«, befahl Nancy.

Dann rannte sie aus dem Raum, ein Ärmel schützend vor dem Gesicht und ihre Schwester direkt auf den Fersen.

»Du würdest nie jemandem etwas zuleide tun, oder, Maus?«, fragte Millie und hielt sich die kleine Fledermaus vors Gesicht.

Maus antwortete jedoch nicht, denn er war vor lauter Erschöpfung in ihren Händen eingeschlafen.

Kurze Zeit später erschienen die Schwestern wieder im Türrahmen, aber diesmal waren sie in weiße Schutzanzüge gekleidet und trugen Gasmasken über dem Kopf.

»Bitte hier entlang«, sagte Nancy und geleitete Millie aus dem Raum. Ihre Stimme klang ganz dumpf durch die Maske.

Millie folgte ihnen und wurde in einen komplett gefliesten Raum gebracht, in dem jeder Schritt hallte. Maus wachte von diesen Geräuschen wieder auf und blickte panisch hin und her. Der Anblick von Nancy und Dorothy in den Schutzanzügen schien ihm gar nicht zu gefallen.

»Bitte leg ihn hier drauf«, sagte Nancy und deutete auf ein kleines goldenes Tablett, das über einem Becken schwebte. Die Flüssigkeit darin war milchigweiß.

Millie zögerte. »Was macht ihr mit ihm? Wird das wehtun?«

Nancy schüttelte den Kopf. »Wir geben ihm nur ein Beruhigungsmittel, damit er stillhält.«

Millie zögerte kurz, dann bettete sie Maus auf die metallene Platte. Das gefiel ihm gar nicht, und er flatterte einmal quer durch den Raum. Dorothy holte ihn mit einer Bewegung ihres Handgelenks aus der Luft und ließ ihn sanft wieder auf dem Tablett zur Ruhe kommen. Offensichtlich hatte sie ihn durch einen Zauber betäubt.

»Warum schützt ihr euch eigentlich nicht durch einen Zauber?«, fragte Millie und deutete auf die Schutzanzüge der beiden Hexen.

»Unsere Kraft bringt nichts gegen Schwarze Magie«, erklärte Nancy.

»Und warum bekomme ich dann keinen Schutzanzug?«

Nancy und Dorothy wechselten einen Blick. »Daran haben wir gar nicht gedacht«, gestand Nancy schließlich zähneknirschend.

Millie zuckte die Achseln. »Für mich wäre es ohnehin zu spät, richtig?«

»Das werden wir gleich erfahren«, sagte Dorothy und warf ihrer Schwester einen beunruhigten Blick zu. Diese machte einen Schritt von Millie weg, die gerade noch ein Augendrehen verhindern konnte. Die beiden Schwestern stellten sich auf gegenüberliegenden Seiten des Beckens auf. Sie hoben die Hände, dann nickte Nancy und das Tablett mit Maus darauf wurde langsam in das Becken hinabgesenkt, bis das kleine Tier komplett von der milchig-weißen Flüssigkeit bedeckt war.

Millie machte ein paar Schritte auf das Becken zu, um mehr zu erkennen. »Und was passiert jetzt?«, fragte sie.

»Jetzt warten wir«, sagten Nancy und Dorothy wie aus einem Munde.

Sie mussten allerdings nicht sonderlich lang warten, sodass Millie immerhin keine Angst hatte, dass Maus in dieser seltsamen Flüssigkeit ertrank. Diese färbte sich nämlich bereits pfirsichfarben und wechselte dann ins Orangene.

»Ui«, sagte Nancy.

»Ah«, sagte Dorothy.

»Was bedeutet das?«, fragte Millie und sah von einer Schwester zur anderen. Dann begann die Flüssigkeit in dem Becken sich zu bewegen, einen Strudel zu bilden, zu kochen und Blasen zu werfen, sodass Millie sich ducken musste, um nichts davon ins Gesicht gespritzt zu kriegen. Die Schutzanzüge der Murphy-Schwestern waren wohl auch in dieser Hinsicht überaus nützlich. Als sie sich wieder aufrichtete, sah es aus, als wäre die Hälfte der Flüssigkeit aus dem Becken verdrängt worden und zwar von einem wild um sich strampelnden Etwas, das keinerlei Ähnlichkeiten mehr mit Maus hatte.

»Ist das …« Nancy wurde auf einmal kreidebleich, dann ging sie in die Knie und lag mit einem Mal bewusstlos auf dem Boden.

»Was ist passiert?«, rief Millie und beugte sich über Nancy.

»Die wacht gleich wieder auf«, beruhigte sie Dorothy. »Aber du hättest uns ruhig sagen können, dass deine Fledermaus ein Gestaltwandler ist.«

»Ein *was*?« Millie schoss wieder nach oben und sah jetzt, dass es sich bei der Kreatur in dem Becken keineswegs mehr um eine Fledermaus handelte. Maus hatte auf einmal ein zotteliges rotes Fell, spitze Ohren und vier Tatzen. Er war der namenlose Kater, der immer wieder um ihr Cottage strich! Millie blickte auf Nancy hinab, die immer noch bewusstlos am Boden lag, und erinnerte sich an Dorothys Worte vorhin im Verkaufsbereich des Ladens. Nancy hatte eine Katzenphobie. Perfekt für jemanden, der in einem Tiergeschäft arbeitete. Millie starrte die Katze mit offenem Mund an, die gerade noch ihre Fledermaus gewesen war. »Ich … ich fasse es nicht. Du bist eigentlich ein Kater?«

»Das würde ich so nicht sagen«, wandte Dorothy ein und notierte sich etwas auf einem Klemmbrett. »Er ist weder Katze noch Fledermaus, aber das sind seine häufigsten Formen.«

Millie schüttelte den Kopf. »Jetzt verstehe ich endlich auch, warum du so eine miese Fledermaus bist.« Sie verspürte auf einmal den Drang zu lachen, aber der Kater mauzte sie empört an. Sie hob ihn aus dem Becken und drückte ihn an sich. »Damit habe ich jetzt gar nicht gerechnet.«

Maus maunzte noch einmal.

»Das ist doch keine Schwarze Magie, oder?«

Nancy schüttelte den Kopf. »Das Tier ist fast ganz sauber.«

Millie hielt inne. »Was heißt hier fast?«

Nancy holte eine Pipette aus der Tasche ihres Mantels und zog damit etwas von der Flüssigkeit auf. »Die Farbe hier gefällt mir nicht ganz. Vielleicht ist er in einem schwarzmagischen Gebiet herumgestreift und kann uns so zu der Quelle des Unheils führen. Ich werde das sofort untersuchen.«

Ein lautes Quaken über ihren Köpfen ließ Millie zusammenzucken.

»Jedenfalls, wenn du dich dafür um den nächsten Kunden kümmerst, nachdem du meine beiden Schwestern erfolgreich außer Gefecht gesetzt hast.«

Bei dem nächsten Kunden handelte es sich um niemand Geringeres als Remington Holcroft. Er stand mit dem Rücken zu Millie und drehte sich um, als sie gerade über Katies ausgestreckten Fuß stolperte, die immer noch bewusstlos hinter dem Tresen lag. »Oh, Millie! Was machst du denn hier?«, fragte er.

Sie hob die Augenbrauen. »Die Frage ist doch eher, was *du* hier machst. Womit kann ich behilflich sein?«

Er hob eine Packung Vogelfutter hoch, die er gerade aus dem Regal hinter sich gezogen hatte. »Ich möchte mich schon mal eindecken für den Winter.«

Millie betrachtete ihn aus zusammengezogenen Augen. »Soso.«

Er kam zu ihr und stützte die Arme auf den Verkaufstresen, so wie er es auch getan hatte, als sie ihn vor ein paar Tagen im Pub seines Onkels besucht hatte. Seine Augen blitzten und eine rote Locke fiel ihm in die Stirn.

»Du bist also ganz zufällig hier?«, fragte sie, als sie die Packung Vogelfutter einscannte. Sie hatte zwar keine Ahnung, wie genau das Kassensystem der Murphys funktionierte, tat aber ihr Bestes.

Er hob die Schultern. »Wenn ich mich recht entsinne, bist du diejenige, die ich normalerweise nicht hier treffe.«

»Du kommst also öfter her?«

Er hob die Schultern. »Ich bin überall, schließlich liefere ich ständig irgendwelche Dinge aus.«

Millie legte den Kopf zur Seite. Sein Gesicht war ausdruckslos, aber die dunklen Augen funkelten und sie bemerkte, dass sich auf seinem Kinn in den letzten Tagen Stoppeln gebildet hatten, als wäre er nicht dazu gekommen, sich zu rasieren. Sie konnte es ihm nicht verdenken: Über die Existenz von Magie zu erfahren, konnte einen ganz schön durcheinanderbringen. Es stand ihm, befand sie, auch wenn sie ihm das natürlich nicht mitteilen würde. Sie wusste nicht, ob er sie verspottete, oder ob er tatsächlich zufällig auf die Idee gekommen war, ausgerechnet heute seinen Vorrat an Vogelfutter aufzufüllen.

»Wie viel macht das?«

»Oh, äh, ja, sieben neunundneunzig, bitte.« Sie tat so, als würde sie auf der Kasse etwas eintippen, auch wenn diese offensichtlich nicht kapierte, was sie ihr zu verstehen geben wollte.

In diesem Moment ertönte ein Maunzen und Maus sprang von unten auf die Theke.

Remington schreckte zurück. »Was macht der denn hier?«

»Du kennst ihn?«

»Ja, ich sehe ihn immer wieder durchs Dorf streunen, aber ich habe keine Ahnung, zu wem er gehört. Er mag mich nicht besonders.«

Millie lächelte wissend. »Darf ich vorstellen: Das ist Maus und er gehört zu mir.«

Remington hob eine Augenbraue. »Du gibst einfach all deinen Haustieren den gleichen Namen?«

Sie schüttelte den Kopf. »Maus ist ein Gestaltwandler«, sagte sie mit einer Selbstverständlichkeit, als ob sie sich nicht selbst noch vom Schock dieser Nachricht erholen würde.

Irgendetwas in ihr hatte einen Heidenspaß daran, Remington vor den Kopf zu stoßen. Aber er schien das zu merken und zuckte nur mit den Achseln. »Man kennt's.«

Millie schürzte die Lippen und war nicht sonderlich zufrieden mit seiner Reaktion. Hinter ihr klirrten die Perlen aneinander und Dorothy betrat den Verkaufsbereich. »Ich habe die Flüssigkeit untersucht. Maus scheint in letzter Zeit tatsächlich öfter ein bisschen Schwarze Magie abbekommen zu haben. Weißt du, wo er sich sonst so herumtreibt?«

Millie schüttelte den Kopf. »Ich wusste ja noch nicht einmal, dass er auch eine Katze ist.«

Sie spürte Remingtons Blick auf sich und ihre Wangen wurden heiß.

»Vielleicht in der Höhle hinter der alten Mühle?«, fragte Remington jetzt. »Soweit ich weiß, leben dort ziemlich viele Fledermäuse. Vielleicht stammt die Schwarze Magie von dort.«

Dorothy warf Remington einen durchdringenden Blick zu, als hätte sie noch nicht vollständig verarbeitet, dass er jetzt ebenfalls um die Existenz der Hexen wusste.

»Ich muss dorthin«, entschied Millie in diesem Moment.

Maus maunzte, was Millie als Bestätigung auffasste.

Dorothy warf ihr einen pikierten Seitenblick zu. »Aber du hast doch gar keine Kräfte. Wer weiß, was dort auf dich wartet!«

»Ich begleite dich gern«, warf Remington ein.

»Du hast auch keine Kräfte, wenn ich dich daran erinnern darf«, sagte Millie.

Er hob die Schultern. »Ich war schon ziemlich oft bei den Höhlen da oben.«

»Warum das denn?«, fragte Dorothy misstrauisch.

»Schaut euch mal in diesem Dorf um, was gibt es denn sonst zu tun?«

Millie wusste nicht, ob sie ihm das abnahm.

Dorothy tippte mit ihren Fingern auf ihr Kinn. »Das ist vielleicht gar keine schlechte Idee.«

»Was?«

»Naja, falls es dort tatsächlich zu einer Vergiftung mit

Schwarzer Magie kommen sollte, habt ihr immerhin direkt das Gegenmittel parat.«

Auf Remingtons Gesicht breitete sich ein triumphierendes Lächeln aus. »Klingt nach einem Plan.«

Millie verdrehte die Augen. »Gut, dann gehen wir morgen dorthin.«

Dorothy öffnete eine Schublade und holte zwei schlanke Phiolen mit orangefarbener Flüssigkeit hervor, die sie Millie hinhielt. Doch bevor Millie danach greifen konnte, schüttelte Dorothy den Kopf. »Das macht dann fünfzig Pfund.«

Millie zog die Augenbrauen zusammen. »Dorothy, ich tue hier was für die Allgemeinheit.«

Aber Dorothy zuckte nur mit den Achseln. »Wenn ich mich recht erinnere, haben uns deine Torten auch erst in dieses Schlamassel gebracht. Und für die haben wir ja auch bezahlt.«

Millie seufzte und kramte ihre Geldbörse aus der Tasche. »Ist ja gut.«

»Dazu bräuchte ich noch eine Portion Froschlaich für meine Großmutter.«

»Das macht dann neunundfünfzig Pfund.«

Ein Stöhnen vom Boden erinnerte sie daran, dass Katie dort immer noch lag. »Siebenundsechzig«, ächzte sie und schlug ihre Augen auf.

»Hättest du nicht noch ein bisschen bewusstlos bleiben können?«, fragte Millie kopfschüttelnd.

# REMINGTON

Remington hatte die Eingänge zu den Fledermaushöhlen schon vor ein paar Jahren entdeckt. Er hatte beobachtet, wie die kleinen Tiere in Scharen aus den dunklen Löchern flatterten und dabei nicht unbedingt das Bedürfnis gehabt, dort hinabzusteigen.

Jetzt lehnte er sich gegen seine Vespa und umgriff mit den Fingern den kleinen Beutel mit dem Gegengift, während er darauf wartete, dass Millie aus dem Cottage kam. Er war bereits einige Stunden wach und hatte schon Briefe und Pakete an die Einwohner von Snickerford ausgetragen. Millie war zu spät dran, aber davon würde er sich nicht aus der Ruhe bringen lassen. Alles in Snickerford war so langsam, dass man sich irgendwann wohl oder übel an diese ruhigen Momente gewöhnte, in denen ganz und gar nichts passierte.

Er war fast überrascht, als sich im nächsten Moment die Tür zum Cottage mit einem Knarren öffnete und Millie heraustrat. Zu ihren Wanderstiefeln trug sie Leggins und einen grauen Fleece-Pullover und an ihrem Gürtel baumelte eine Taschenlampe. Sie hatte ihre Haare zu einem Pferdeschwanz gebunden und trug ein gestreiftes Tuch um ihren Hals. Sie sah aus, als sei wandern ihr größtes Hobby. Offensichtlich war Millie eine Person, die, wenn sie sich einmal dafür entschieden hatte, etwas zu tun, auch alles mit Hingabe ausführte.

»Bereit?«, fragte sie und warf sich einen dunkelbraunen Rucksack über die Schulter.

Er nickte. »Nicht so bereit wie du, scheint mir.«

Sie musterte ihn von oben bis unten, sodass er ebenfalls eine Ausrede hatte, mit seinen Augen die Kurven ihrer Beine in den engen Leggins entlangzufahren.

»Du hast recht«, sagte sie mit einem Blick auf seine Turnschuhe. »Ich werde dich retten, falls du abstürzt, habe extra ein Seil eingepackt.«

Remington hob die Augenbrauen. »Dann kann ja nichts mehr schiefgehen.«

Er schwang sich auf seine Vespa und sie setzte sich hinter ihn und legte die Arme um seine Taille. Allein dafür lohnte sich dieser Ausflug schon, dachte er. Dann knackte es in den Büschen vor ihnen und ein roter schwarzäugiger Kater kam maunzend hervorgesprungen. Mitten im Schritt verwandelte sich die Farbe seines Fells von Rot zu dunkelbraun und seine Vorderpfoten wurden zu Flügeln. Nachdem sie nun um seine geheime Identität wussten, musste Maus diese offensichtlich nicht mehr vor ihnen geheimhalten.

»Da bist du ja!«, rief Millie. »Ich habe dich schon überall gesucht. Zeigst du uns dein Zuhause?«

Maus nahm flatternd auf Millies Schulter Platz, aber als Remington die Vespa anließ, spürte er, wie die Fledermaus in den kleinen Raum zwischen seiner Schulter und

Millies Halsbeuge kroch und es sich dort schnurrend bequem machte. Sie fuhren über die Grenze von Snickerford hinaus und durch ein kleines Waldstück, dessen Wipfel sich allmählich lichteten. Die Räder von Remingtons Vespa wirbelten bunte Blätter auf und ließen sie in der Luft tanzen. In regelmäßigen Abständen schien die Sonne zu ihnen hinab und verwandelte das Gelb und Rot der Blätter in Gold und Bronze.

Remington parkte seinen Motorroller hinter der alten Mühle, die früher unter anderem auch das Mehl für die Torten der Batterseas gemahlen hatte, aber schon seit Jahrzehnten leer stand. Einer der Mühlenflügel war abgebrochen und Maus sprang sofort aus Millies Armen, um in seiner Katzenform ein paar Ratten zu jagen.

»Wir müssen ungefähr eine halbe Stunde diesem Weg folgen, dann kommen wir zur Fledermaushöhle«, erklärte Remington und deutete in den Wald.

Millie nickte. Sie trat von einem Fuß auf den anderen, als könnte sie es nicht erwarten, endlich loszulegen. »Maus!«, rief sie. »Wir gehen!«

Als der Kater nicht wieder auftauchte, zuckte sie mit den Achseln. »Der wird uns schon finden.«

Dann trat sie ihm voran unter das Blätterdach. Hier roch es feucht und ein bisschen modrig, aber Remington genoss es. Als er damals nach Snickerford gezogen war, hatte er erstmal die gesamte Umgebung erkundet. Irgendwann hatte er immer kleinere Kreise gezogen und sich eher um die Angelegenheiten im Dorf gekümmert. Er hatte es vermisst, nach draußen zu kommen und nur für sich zu sein. Was er jetzt natürlich nicht war, denn er war ja mit Millie unterwegs. Aber das fühlte sich, wenn er ganz ehrlich war, fast noch besser anfühlte. Sie ging ihm voran und er folgte ihrem hüpfenden Pferdeschwanz den Waldweg entlang. Es sah nicht danach aus, als würden oft Wanderer hier vorbeikommen, denn manchmal war die Blätterschicht über dem Weg so dicht, dass Remington und Millie nicht wussten, wo sie weiterlaufen mussten. Aber sie fanden immer wieder auf den Trampelpfad zurück, kletterten über umgefallene Bäume und zogen Äste aus dem Weg, die ein Sturm in den Pfad geweht hatte. Der Weg führte stetig nach oben, bis sie irgendwann den höchsten Hügel rund um Snickerford erklommen hatten.

Millie kletterte auf die vermoderte Bank, die dort stand, und überschirmte ihre Augen mit den Händen. »Schau mal, von hier kann man unser Cottage sehen!« Er musste nicht auf die Bank klettern, um ein Blick auf das Dach und den rauchenden Schornstein zu erhaschen, aber er tat es trotzdem. »Warst du als Kind nie hier?«, fragte er.

Sie zuckte die Achseln. »Die Natur hat mich irgendwie früher nicht besonders interessiert. Erst als mich der Beton in London erstickt hat, bin ich auf den Geschmack gekommen.«

»Also erst seit ungefähr sechs Monaten«, neckte er sie.

Seine Taktik funktionierte, denn sie warf ihm einen feurigen Blick zu, der ihm irgendwie gut gefiel. Sie deutete über seine Schulter in die andere Richtung. »Schau mal, dahinten kann man auch Whimsington sehen. Und den Ort daneben, wie hieß der noch mal?«

»Holcroft«, sagte er und hoffte, dass sie sein Unbehagen nicht bemerkte.

»Stimmt!«, rief sie. »Der Ort heißt ja wie du.«

Jetzt verzog er unwillkürlich das Gesicht. »Ich bin dort aufgewachsen. Jeder Zweite heißt dort so.«

Sie sah ihn überrascht an. »Ich wusste gar nicht, dass du

hier aus der Gegend kommst.«

»Fühlt sich auch nicht so an.«

Sie musterte ihn eindringlich. »Fährst du oft dorthin zurück?«

Er schüttelte den Kopf. »Kein einziges Mal, seit ich hierhergekommen bin.«

Er wusste, dass dieser Satz dazu einlud, nachzufragen, also wechselte er schnell das Thema: »Und was ist mit deinen Eltern?«

Sie blinzelte und er merkte, dass sie ebenfalls panisch versuchte, das Thema zu wechseln.

Für einen Moment starrten sie sich beide an und er sah, dass sie hinter ihre Stirn mit sich kämpfte.

Als sie nicht antwortete, entschied er, selbst etwas zu sagen. »Ich spreche nicht mehr mit meinen Eltern«, rang er sich schließlich durch, während sie im gleichen Moment sagte: »Meine Eltern sind tot.«

*Oh, scheiße.* Remington spürte, wie er rot wurde – verflucht sei seine durchscheinende Haut!

»Das tut mir leid«, sagte er schnell, während sie ihn mit großen Augen anstarrte.

Dann zuckten auf einmal ihre Mundwinkel. »Da hab ich dich wohl übertrumpft mit der Tragik meines Lebens.« Aber ihre Augen blieben ernst.

»Das tut mir leid«, wiederholte er.

Sie sprang von der Bank und kickte ein Steinchen beiseite. »Es ist lange her.« Sie deutete in Richtung Himmel. »Und es sieht aus, als wäre ein Gewitter im Anmarsch, wir sollten uns beeilen.«

Er nahm den Ausweg, den sie ihm aus diesem Gespräch bot, dankend an und folgte ihr von der Lichtung hinunter in den Wald. Sie liefen den Hügel auf der anderen Seite wieder hinab, bis sie an eine Stelle tief im Wald kamen, zu der fast kein Sonnenlicht vordrang. Remington konnte den Ausdruck auf Millies Gesicht nicht richtig erkennen und spielte ihr Gespräch immer und immer wieder in seinem Kopf ab. Er hatte eine wichtige Information aus ihrem Leben erhalten, die die sonst so gesprächige Millicent offensichtlich nicht mit vielen Menschen teilte. Und gleichzeitig hatte er es geschafft, das Gespräch so unangenehm wie möglich zu gestalten, indem er sich selbst in den Vordergrund gedrängt hatte. Dabei wünschte er sich, dass sie ihm viel mehr von sich erzählte, dass sie ihm alles erzählte. Seine Chancen standen in diesem Moment nicht besonders gut.

Er war so sehr in Gedanken versunken, dass sie zunächst an der Höhle vorbeiliefen. Es dauerte eine Weile, bis sie den Eingang fanden, denn er war unter dem aufgefächerten Nadelrock einer Tanne verborgen. Sie hockten nebeneinander im modrigen Laub und starrten in das schwarze Loch, das sich vor ihnen auftat.

»Wer kam noch mal auf die Idee, hier reinzugehen?«, fragte Millie.

»Keine Sorge, uns erwartet nur eine Horde Fledermäuse und vielleicht ein Schwarzer Magier, der uns töten will«, entgegnete er.

Sie warf ihm einen bösen Blick zu. »Wenn es hart auf hart kommt, flieh aus der Höhle und renn davon, okay?«

»Das werde ich definitiv nicht tun.«

»Remington.« Er spürte selbst im Dunkeln, dass sie ihn mit ihren Augen hinter ihren Brillengläsern fixierte. »Ich muss mich auf dich verlassen können.«

»Und genau deswegen werde ich dich auch nicht im Stich lassen, wenn du von Schwarzer Magie übergossen wirst oder wie auch immer das dann passiert.«

Sie seufzte. »Dann hoffen wir mal, dass es nicht dazu kommt.«

Er hoffte es wirklich, denn er kam sich mit den zwei kleinen Gläschen voller Flüssigkeit ziemlich schlecht gegen Monster jeglicher Art bewaffnet vor.

»Warum kann ich das Gegengift nicht einfach auch auf diesen bösen Zauberer werfen?«, fragte Remington.

Millie verzog bei dem Wort »*Zauberer*« das Gesicht, als wäre es eine Beleidigung. »Das wirkt nur, wenn man die Schwarze Magie noch nicht im Griff hat und gegen sie ankämpft, verstehst du?«

»Also kann man diese Magie auch beherrschen?«

»Ja, aber gegen einen hohen Preis. Angeblich kostet einen das nach und nach alle Beziehungen mit anderen Menschen.«

Remington nickte, auch wenn er nicht wirklich das Gefühl hatte, irgendetwas von diesen verrückten Ereignissen wirklich zu verstehen. Erst Hexen, jetzt ein böser Schwarzer Zauberer … äh *Magier*? Wenn er zu lange über all das nachdachte, brummte ihm der Schädel.

»Ich habe im Internet gelesen, dass Fledermäuse Winterschlaf halten«, sagte Millie. »Maus hat das irgendwie nie gemacht.«

»Wahrscheinlich, weil er eigentlich keine Fledermaus ist.«

Sie schüttelte den Kopf. »Diesen Fakt habe ich auch noch nicht verarbeitet.«

»Das heißt, wir sollten vorsichtig reingucken und die Fledermäuse auf keinen Fall stören«, schlug Remington vor.

Millie nickte und wollte gerade einen Schritt ins Dunkel machen, da flatterte Maus über ihre Schulter und flog

mitten ins Schwarz der Höhlenöffnung hinein.

»Ich schätze, er setzt schon mal Teewasser auf«, sagte sie und folgte ihrer Fledermaus mutig in die Höhle hinein.

Remington konnte ein Glucksen nicht unterdrücken, das direkt von den Felswänden widerhallte. In der Höhle war es still bis auf das Tropfen von Wasser in der Ferne und dem Flattern von Flügeln.

»Ich sehe noch keinen grünen Schimmer«, stellte Millie fest. Sie stolperte und kickte einen kleinen Stein zur Seite, der schräg den Höhleneingang hinab hüpfte. Wenn irgendjemand noch nicht mitgekriegt haben sollte, dass sie hier waren, hatte sich das jetzt geändert.

»Tut mir leid, ihr Süßen, schlaft ruhig weiter«, flüsterte Millie und schaltete ihre Taschenlampe an.

Das grelle Licht zuckte über die Risse in den steinernen Wänden und Felskanten, an denen man sich böse verletzen konnte.

»Lass uns langsam gehen«, flüsterte Remington und Millie nickte zur Antwort.

Sie übernahm mit der Taschenlampe die Führung, während er darauf achtete, sie im Falle eines Sturzes schnell auffangen zu können. Zunächst konnten sie noch aufrecht gehen, aber die Höhle schloss sich schnell enger um sie. Remington kam sich vor, als hätte er den Körper eines Monsters durch dessen Mund betreten und marschierte jetzt freiwillig die Speiseröhre hinab, nur um sich dann im Magen der Bestie verdauen zu lassen.

Hier unten war es kalt und nass und er war froh, dass er seine Regenjacke angezogen hatte. Sie folgten den

Windungen der Höhle tiefer in den Berg hinein. Zumindest gab es hier keine Abzweigungen, in denen sie sich verlaufen konnten. Millie schaltete die Taschenlampe immer wieder aus, sodass sie im Falle eines Falles jeden grünen Glanz rechtzeitig entdecken würden. Doch bislang verhielt sich die Höhle um sie herum wie eine ganze normale Höhle und wies keinerlei Anzeichen von magischer Fremdeinwirkung auf.

Sie bogen um eine Ecke und auf einmal fiel das Licht aus Millies Taschenlampe in eine große Öffnung. Der Strahl reichte nicht einmal bis ganz unter die Decke, so hoch war die Höhle, die sie jetzt betreten hatten. In ihrer Mitte hatte sich ein kleiner See gebildet, der glatt wie ein Spiegel vor ihnen lag. Ein Flattern ließ Remington zusammenzucken, dann noch eins, und dann flog auf einmal ein Schwarm aus Fledermäusen über ihren Kopf hinweg. Millie ging in die Hocke und er tat es ihr gleich. Sie stand jedoch ein paar Meter vor ihm und verlor auf dem glatten Stein das Gleichgewicht. Der Schein ihrer Taschenlampe zuckte noch einmal wild über die Wände der Höhle, dann vernahm er ein Platschen und das Licht erlosch. Die Fledermäuse flogen durch die Öffnung hinter ihnen nach draußen und plötzlich schien es, als seien Millie und Remington in der Höhle völlig allein.

»Millie?«, rief Remington und seine Stimme hallte von den Höhlenwänden wider.

Erneut ertönte ein Platschen.

Remington schob sich in der Dunkelheit nach vorne, bis er das Wasser erreichte. Vor ihm ertönte ein Fluchen, was zumindest nicht danach klang, als hätte sich Millie ernsthaft verletzt. »Geht's dir gut?«, fragte er.

»Mir schon«, sagte sie ächzend und dann spürte er, wie sie sich neben ihm auf dem Felsen fallenließ. »Der

Taschenlampe weniger. Ich habe sie irgendwo dadrin verloren.«

»Wie tief ist das Wasser denn?«

Er hörte, wie sie neben ihm ihre Haare auswrang und das Wasser auf den Felsboden zwischen ihnen tropfte. »Zu tief, um sie wiederzufinden«, seufzte sie.

Remington blinzelte und allmählich gewöhnten sich seine Augen an die Dunkelheit. Er konnte zwar nicht sonderlich viel erkennen, aber immerhin schälten sich allmählich Millies Umrisse aus der Dunkelheit. Ein goldener Schein lag über ihnen und über dem Wasser, als hätten die Fledermäuse durch ihr Wegfliegen eine sanfte Lichtquelle offenbart. Er drehte den Kopf und sah auf einmal ein Glitzern am Felsen über ihnen. Eine goldene Linie zog sich an der Höhlenwand entlang, an manchen Stellen gingen kleine Verästelungen ab, aber sie durchschnitt die Höhle in sanften Kurven. Die Linie war ungefähr so dick wie sein Unterarm und leuchtete sanft zu ihnen herab.

»Was ist das?«, fragte er und seine Stimme hallte von den Höhlenwänden wider.

Er hörte am Plätschern, dass Millie sich bewegte und dann nach Luft schnappte. »Ich hätte nie gedacht, dass ich so was mal mit eigenen Augen sehe.«

»Was ist das?«, fragte er wieder.

Millie schob sich neben ihm aus dem Wasser. Remington richtete sich auf und kletterte auf einen flachen Felsen, von dem aus er die Linie fast erreichen konnte.

»Das ist eine Ley-Linie«, flüsterte Millie und kletterte neben ihn. »Sie durchziehen ganz England und sind die Quellen unserer Magie.«

»So sieht also reine Magie aus?«, fragte Remington leise.

»Es ist wunderschön«, seufzte Millie. »Ich habe in der

Schule alles über Ley-Linien gelernt, aber noch nie selbst eine gesehen. Aber ich wusste natürlich, dass es hier in der Gegend eine geben muss, deswegen ist ja auch unser Hexenzirkel hier in Snickerford angesiedelt. Wir Hexen sind da, um die Ley-Linien zu beschützen. Ich kann es gar nicht erwarten, den anderen davon zu erzählen.«

Remington sah sie von der Seite an, aber er konnte ihren Gesichtsausdruck nicht sehen.

Millie schnaubte. »Was rede ich da, die glauben mir doch ohnehin momentan gar nichts.«

»Warum misstrauen die anderen Hexen dir eigentlich so?«, fragte Remington jetzt. »Ich meine, von den Torten einmal abgesehen. Warum denken sie direkt, dass du etwas mit der Schwarzen Magie zu tun hast?«

»Weil ich sie verlassen habe. Sie haben nie verstanden, dass ich es hier nicht mehr ausgehalten habe. Ich bin nach London geflohen und hatte eigentlich auch nie mehr vor, zurückzukommen und …«

Er wartete, dass sie noch mehr sagte, aber sie schwieg. »Und dann?«, fragte er leise nach und hielt den Atem und hoffte, dass er sie damit nicht zu sehr gedrängt hatte.

»Dann saß ich da in irgendeinem Hochhaus in einem grauen Büro, in das nie Licht fällt, und hatte einen Freund, dem es am meisten Spaß gemacht hat, seinen Freunden zu erzählen, wie weird ich bin.«

»Das klingt abgefucked.«

Er hörte, wie sie schluckte. »Ich dachte lange, dass ich nur keinen Humor verstehe. Scott, er … er hat es ziemlich genossen, mich aufzuziehen und vor anderen lächerlich zu machen, weißt du? Aber irgendwie habe ich die Demütigung sogar genossen, weil er sich dann zumindest mit mir beschäftigt hat. Das hat er nicht gemacht, wenn wir allein waren.«

Remington öffnete gerade den Mund, um etwas zu erwidern, da schnaubte Millie noch einmal. »Ist auch egal. Immerhin scheint es hier keine Schwarze Magie zu geben«, sagte sie.

Er überlegte, was er darauf erwidern sollte. Er wollte sie nicht in eine unangenehme Situation bringen, indem er weiter bohrte – schließlich hatte sie ihm gerade mehr über sich erzählt als in den vergangenen Tagen zusammen und er nahm an, dass sie das nur getan hatte, weil es um sie herum dunkel war. »Das tut mir leid, Millie.«

»Kann man jetzt auch nicht mehr ändern«, seufzte sie.

Er verzog das Gesicht. »Manchmal hilft es aber durchaus, ein Arschloch auch als solches zu bezeichnen.«

Sie schnaubte, aber er glaubte, ein kleines Lachen darin mitschwingen zu hören.

»Hättest du dir gewünscht, dass wir hier Schwarze Magie finden?«, fragte er dann.

Sie bewegte sich neben ihm und ihr nasser Ärmel streifte seinen Unterarm. »Ich … ich weiß nicht«, sagte sie dann schließlich. »Ja, ich glaube schon. Es ist jetzt schon fast eine Woche vergangen und wir sind kein bisschen weiter gekommen.«

»Pamela ist ja auch noch nicht fertig mit ihrer Untersuchung, oder?«, fragte er, um etwas von dem Druck von ihr zu nehmen.

Millie schnaubte nur und darin steckte so viel Frustration, dass seine Brust ganz eng wurde. »Aber morgen ist Samstag, und was machen wir dann? Wenn ich bis dahin nicht rausfinde, was es mit der Schwarzen Magie auf sich hat, wird keine der Hexen meine Torten essen.«

»Und was passiert dann?«, fragte er leise.

Millie zögerte. »Sie werden schwächer, nehme ich an. So wie ich. Und dann werden die Schutzzauber um Snickerford schwächer und dann bricht hier die Hölle los.«

Jetzt hörte er ihre Stiefel über den Stein scharren, sie stand offensichtlich auf. »Hier finden wir nichts«, sagte sie plötzlich und wandte sich zum Gehen.

Remington erhob sich ebenfalls und stieß sich direkt das Knie an einem Felsvorsprung. Er fluchte.

»Es ist alles meine Schuld«, flüsterte Millie mit einem Mal. Sie sprach so leise, dass er es kaum hörte und das Echo der Wände ließ ihre Wörter miteinander verschwimmen.

»Wovon redest du?« Er wünschte, er könnte ihr Gesicht sehen, aber es war viel zu dunkel in der Höhle. Er streckte die Hand aus, um zu fühlen, wie weit sie von ihm entfernt stand, und streifte ihren Arm. Statt seine Finger zurückzunehmen, ließ er sie auf ihrem Oberarm ruhen. Er musste wissen, dass sie noch da war.

»Wäre ich keine so erbärmliche Hexe, hätte ich schon lang herausgefunden, was es mit alledem auf sich hat.«

»Das ist doch Quatsch«, widersprach er.

»Und wir würden jetzt nicht im Dunkeln in einer verdammten Höhle feststecken.«

»Wie du dich vielleicht erinnerst, konnte ich noch nie zaubern. Und ich habe mein Leben trotzdem auf die Reihe bekommen.«

Er hörte, wie sie schluckte, aber vielleicht war das auch nur ein Wassertropfen und er bildete es sich ein. »Tut mir leid, so habe ich das nicht gemeint.«

»Es ist doch deine eigene Entscheidung, was du mit deinen Kräften machst«, sagte Remington. »Ich meine, du backst seit Monaten für die anderen Hexen in Snickerford, das müsstet du doch auch nicht tun. Alles andere geht doch niemanden was an.«

Daraufhin schwieg sie. Unter seinen Fingern fühlte er ihre Schulter; der einzige Beweis dafür, dass sie überhaupt noch da war. »Manchmal wünschte ich, dass es jemanden etwas anginge«, flüsterte sie leise.

»Was meint du damit?«, fragte er und irgendetwas an ihrer Stimme ließ sein Herz schneller pochen. Er schluckte. »Millie«, sagte er langsam, als sie nichts sagte, »warum zauberst du nicht mehr?«

Wieder zog sich die Stille zwischen ihnen in die Länge.

»Weil es meine Eltern umgebracht hat. Sie waren Wissenschaftler, weißt du? Sie haben Magie erforscht und bei einem ihrer Experimente sind sie gestorben.«

»Das tut mir leid«, sagte er, auch wenn ihm das völlig unzureichend vorkam.

»Ich habe seit damals kein Stückchen Torte mehr gegessen«, sagte sie leise. »Ich kann es einfach nicht.«

»Das verstehe ich total«, flüsterte er.

»Tust du wirklich?«, fragte sie.

»Ich glaube schon«, sagte er. »Es fühlt sich wahrscheinlich so an, als würdest du Spaß an dem haben, was sie getötet hat, oder?«

»Nachdem es passiert ist, habe ich aufgehört, Magie zu benutzen, selbst für die kleinsten alltäglichen Dinge. Mein Körper hat den Entzug am Anfang kaum verkraftet, aber irgendwann … ging es.«

Er nickte und vergaß, dass sie das ja gar nicht sehen konnte. »Du hast in dem Moment ja nicht nur deine Eltern verloren, sondern auch deine Magie.«

»Ich … ich dachte jahrelang, dass der einzige Weg ist, mich davon fernzuhalten. Aber ich fand es schrecklich in London, ich habe meine Großmutter und dieses Dorf vermisst. Ich habe es vermisst, eine Hexe zu sein, ob ich jetzt

Magie benutze oder nicht, ist für mich da fast zweitrangig. Aber ich habe es vermisst, mich nicht dafür zu entschuldigen müssen, wer ich bin, weißt du?«

Er erschrak, als sie auf einmal ein ersticktes Lachen ausstieß. »Ich hab das noch nie jemandem erzählt.«

»Warum nicht?«

»Wer könnte das schon verstehen? Für die Hexen ist ihre Magie nicht wegzudenken und ich darf keinem Menschen etwas davon erzählen.«

»Ich freue mich, dass du es mir erzählt hast.«

»Weißt du was, Remi?«

»Nein, was?«

»Mich freut es auch.«

Für einen Moment standen sie einander im Dunkeln gegenüber.

Remingtons Herz pochte bis zum Hals. »Komm, lass uns einen Weg aus dieser Höhle finden, bevor du dir noch eine Erkältung holst«, sagte er. »Ich weiß ja nicht, ob dein schwacher magieloser Körper das jetzt überstehen würde.«

Sie schlug im Dunkeln nach ihm, aber das kleine Glucksen, das sie ausstieß, fand durch das Echo den Weg an sein Ohr und brachte ihn zum Grinsen.

# MILLICENT

Millie wusste nicht, ob sie enttäuscht oder erleichtert war. Sie hatte zwar die Ley-Linie entdeckt, aber leider half das nicht dabei weiter, ihre Unschuld zu beweisen. Als sie ihrer Großmutter von dieser Entdeckung berichtete, war diese außerdem kein bisschen überrascht und erzählte Millie, dass diese Magie-Ader auch schon in anderen Höhlen rund um Snickerford gefunden worden war. Einerseits war Millie froh, dass sie herausgefunden hatte, dass es in der Höhle von Maus und seiner Familie keinerlei Schwarze Magie gab – andererseits war sie bei ihrer Suche nach deren Quelle keinen Schritt weitergekommen – und woher stammte dann die leichte grüne Aura, die Dorothy und Nancy bei Maus festgestellt hatten? Vielleicht sollte sie darüber nachdenken, Maus ein GPS-Gerät umzuhängen, um seine Flugroute nachzuverfolgen. Aber sie war sich nicht sicher, ob dieses seine Verwandlungen von Fledermaus zu Katze überstehen würde. Außerdem hatte sie ja keine Ahnung, welche Formen er noch im Repertoire hatte. In der Hexenschule hatte sie einst gelernt, dass besonders begabte Gestaltwandler in bis zu zehn verschiedene tierische Formen zu schlüpfen vermochten. Es gab zwar auch Menschen, die ihre Gestalt verändern konnten, aber so begabt wie Tiere waren sie in keinem Fall. Sie hatte extra noch einmal in ihrem Schulbuch nachgeschlagen, um sicherzugehen, dass in Maus' Haut nicht eigentlich irgendein gruseliger Typ steckte, bevor sie ihn wieder unter ihrer Zimmerdecke hatte schlafen lassen.

Normalerweise verbrachte sie den ganzen Samstag damit, die Torten für die Hexenfamilien von Snickerford zu backen, aber sie wurde an diesem Samstagmorgen von einem Knistern der Kristallkugel auf ihrem Schreibtisch geweckt. Nur wenige Lichtstrahlen fanden ihren Weg durch das samtene Tuch, das sie über die Kugel geworfen hatte, aber allein die reichten schon aus, um Millies Zimmer trotz zugezogener Vorhänge in grelles Licht zu tauchen. Fluchend warf sie ihre Decke zurück und schlurfte durchs Zimmer.

Als sie das Tuch abnahm, sah sie das spitznasige Gesicht von Lucy Solomon, das auf der Kristalloberfläche aufgetaucht war. »Wie schön, dass du dich ebenfalls zu uns gesellst, Millicent«, sagte sie mit einem falschen Lächeln. »Dann sind wir jetzt ja vollzählig.«

»Hab ich irgendwas verpasst?«, fragte Millie verschlafen.

Lucy sah sie durch die Kristallkugel hindurch pikiert an. »Heute ist Samstag«, sagte sie, als wäre das Erklärung genug.

Millie unterdrückte ein Seufzen und ließ sich auf ihren Schreibtischstuhl fallen. »Ich bin ganz Ohr.«

Lucy überging ihren Kommentar. »Pamela hat mir mitgeteilt, dass sie in ungefähr einer Stunde fertig mit ihren

Untersuchungen sein wird. Ich schlage vor, dass wir uns dann alle in ihrem Gewächshaus einfinden, um die Ergebnisse zu besprechen.«

Bei diesen Worten machte Millies Magen einen Salto. »Hat sie denn schon eine Vermutung?«, fragte sie, bevor sie sich zurückhalten konnte.

Lucy warf ihr einen strengen Blick zu, als wollte sie Millie mitteilen, dass sie selbst genug Vermutungen für alle Anwesenden zusammen hatte. Aber dann schüttelte sie den Kopf. »Das wird sie uns später selbst erklären.« Lucy machte eine kurze Pause. »Außerdem findet heute Abend das Kürbisfest auf der Robinson Farm statt. Und um die Bürger von Snickerford zu besänftigen, verteilt die Stadtverwaltung dort kostenlosen Kürbispunsch.«

Eine andere Stimme schnaubte und Millie erkannte ihre Großmutter. Die saß wahrscheinlich gerade unten in der Küche und starrte ebenfalls in ihre Glaskugel. »Will heißen, du bestichst die Menschen von Snickerford mit Alkohol.«

Lucy reckte das Kinn. »Nicht ganz. Die Kosten für den Kürbispunsch werden zur Hälfte von den Robinsons getragen und zur anderen Hälfte … aus dem Kapital unseres Zirkels gestellt.«

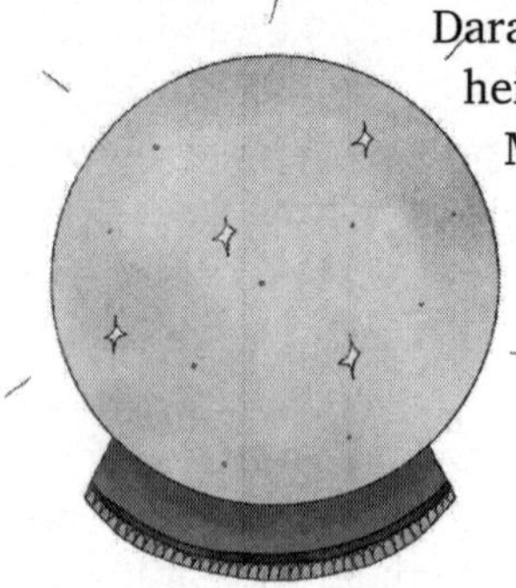

Daraufhin brach in der Leitung ein heilloses Durcheinander aus, was Millie die Chance gab, unbemerkt zu verschwinden. Sie griff ihr Handy vom Nachttisch, zögerte kurz und schickte Remington dann eine Nachricht.

Millie: In einer Stunde verkündet Pamela die Ergebnisse ihrer Untersuchung.

Seine Antwort ließ nicht einmal eine Minute auf sich warten und kam in Form eines Fotos, das ihn in einem grünen Pullover zeigte.

Remington: Glaubst du, in diesem Outfit könnte ich mich zwischen ihren Pflanzen verstecken und lauschen?

Millie schickte ihm ein Herz, bevor sie darüber nachdenken konnte.

Remington: Kommst du heute Abend aufs Kürbisfest? Ich muss dort ohnehin Getränke ausschenken, dann kannst du mir alles erzählen.

Eine Stunde später hatte sich der komplette Hexenzirkel von Snickerford in Pamelas stickigem Gewächshaus versammelt. Die Luft stand und fühlte sich geradezu zäh an auf Millies Haut. Pamela war mit ihrem luftigen weißen Kleid als einzige angemessen für diese Temperaturen gekleidet. Alle anderen schwitzten unter ihren langen Hosen, Jacken und Kleidern. Millie warf ihrer Großmutter einen heimlichen Seitenblick zu. Ein solch plötzlicher Temperaturwechsel konnte für eine alte Frau nicht gesund sein, aber Eleanor ließ sich nichts anmerken. Kühlungszauber waren in Pamelas Gewächshaus strengstens verboten, um das Wachstum der Pflanzen nicht zu stören, aber Millie fragte sich, ob zehn herumstampfende Hexen nicht eigentlich viel schlimmer für die Pflanzen waren als ein bisschen Frischluft. Pamela hatte vor ihnen einen Tisch mit fünf goldberandeten Tellern aufgebaut, auf denen jeweils Überreste von Millies Torten lagen.

»Das sind die Proben, die ich von den verschiedenen Torten genommen habe«, sagte Pamela und deutete auf die bunte Buttercreme-Matsche.

Millie hielt die Luft an.

»Ich habe sie allen sämtlichen Untersuchungen unterzogen, die mir bekannt sind, aber leider hat sich das Ergebnis meines ersten Schnelltests bestätigt: Die Schwarze Magie stammt tatsächlich aus den Torten.«

Millie konnte nicht anders. Die Luft entwich ihr hörbar und alle anwesenden Hexen drehten sich zu ihr um. Die Murphy-Schwestern waren kreidebleich und auch Ms Quintrell war ziemlich blass um die Nase. Millie fragte sich, ob das Auswirkungen des Schwarze-Magie-Befalls von letzter Woche waren oder ob ihnen dieses Mysterium einfach genauso viel Angst machte wie ihr.

»Wir können andere Quellen für die Vergiftung also ausschließen«, schlussfolgerte Pamela.

Millie öffnete gerade den Mund, um eine Frage zu stellen und sah, dass es Lucy ihr gleichtat. Doch Pamela kam ihnen zuvor: »Außerdem konnte ich in Erfahrung bringen, dass die Torten nicht etwa durch eine zufällige Berührung mit Schwarzer Magie kontaminiert wurden.«

Millies Herz setzte einen Schlag aus. »Was?«

Pamelas Blick fand ihren und Millie sah ihr an, dass die nächsten Worte der Hexe nicht leicht über die Lippen kamen: »Die Schwarze Magie befindet sich in allen Zutaten, die benutzt wurden, in der Buttercreme, im Biscuit-Teig und den Dekoperlen. Sie muss durch jeden einzelnen Handgriff in die Torte gelangt sein.«

Wieder wandten sich alle Gesichter Millie zu. Aber sie wusste nicht, was sie darauf antworten sollte, es fühlte sich an, als hätte jemand ihr den Boden unter den Füßen weggezogen. »Ich weiß nicht, wie …«, stotterte sie. »Ich hab nicht … ihr müsst mir glauben, ich hab nicht …« Tränen drängten in ihre Augen und ließen ihr Sichtfeld verschwimmen.

Lucy klatschte in die Hände, was Millie zusammenzucken ließ. »Das reicht mir jetzt. Niemand isst jemals wieder etwas, das Millie gebacken hat!«

»Aber dann schwindet unsere Magie«, wandte Eleanor ein.

»Und nächste Woche ist Halloween«, fügte Ms Quintrell noch hinzu. »Wenn wir unsere Magie da nicht benutzen können, sind wir das ganze kommende Jahr über geschwächt und können die Schutzzauber nicht richtig aufrechterhalten.«

Das alles fühlte sich für Millie an wie ein Schlag in die Magengrube. Sie blinzelte, um die Tränen zu vertreiben. Eigentlich wollte sie sich doch verteidigen und nicht heulen, verdammt noch mal.

»Wir können das nicht riskieren«, entschied Lucy. »Weder für unsere eigene Sicherheit noch die von ganz Snickerford.« Sie durchbohrte Millie mit einem stechenden Blick. »Wenn wir die Herkunft der Schwarzen Magie nicht schleunigst klären, werde ich die Geschehnisse an die Zaubereibehörden melden und die Dinge in deren Hände übergeben. Ich habe mich bei den anderen Hexendörfern in der Umgebung umgehört, aber die wollen mir natürlich nicht sagen, ob sie ebenfalls mehr Fälle von Schwarzer Magie verzeichnen.«

Millie starrte sie an. Die Zaubereibehörde war das letzte Register, das Lucy freiwillig ziehen würde. Sie würde dadurch nicht nur ihre Preise für das Schwarze-Magie-freie Dorf verlieren, sondern es könnte sie auch ihren Posten als Zirkelleiterin kosten. Millie würde wahrscheinlich in Gewahrsam genommen und die Hexen von Snickerford wären auf die Almosen anderer Hexenzirkel angewiesen, um ihre magischen Vorräte aufzufüllen.

»Das ist doch völlig verrückt«, meldete sich in diesem Moment Eleanor. Millies Großmutter hatte sich erhoben und stützte sich auf ihren Gehstock, um ein bisschen größer auszusehen. »Millicent hat damit nichts zu tun.«

Lucy hob eine Augenbraue. »Ich schätze dein Vertrauen in deine Enkelin sehr, Eleanor, aber die Situation lässt mir keine andere Wahl.«

Waren das etwa Tränen in den Augen ihrer Großmutter? Millie hatte Eleanor nicht mehr weinen gesehen, seit ihre Eltern gestorben waren. Irgendwie machte dieser Anblick ihr erst das ganze Ausmaß der Katastrophe deutlich, in der sie steckte.

Ms Quintrell rückte nachdenklich ihre runden Brillengläser zurecht. »Soweit ich weiß, gibt es noch andere Möglichkeiten für uns, an Magie zu kommen.«

Überrascht wanden sich alle Hexen ihr zu.

Eleanor schnaufte empört. »Meredith, ich bitte dich. Seit Jahrhunderten sind die Batterseas in Snickerford dafür zuständig, die anderen Hexen mit Magie zu versorgen.«

Meredith Quintrell legte den Kopf zur Seite. »Ja, vielleicht ist es Zeit, das zu ändern«, sagte sie bedächtig.

Millie starrte sie mit großen Augen an. Zum ersten Mal kam sie auf den Gedanken, dass es hier im Zirkel auch andere Hexen gab, die davon profitieren würden, wenn man Millie aus dem Zirkel warf. Es war ein absolut schockierender Gedanke, aber was war, wenn die Täterin aus ihren eigenen Reihen kam? Millicent wurde speiübel, so sehr, dass sie sich fast in einen der Blumenkübel neben ihr übergeben hätte, hätte Lucy in diesem Moment nicht die Stimme erhoben. »Was meinst du damit, Meredith? Erkläre uns das.«

Ms Quintrell faltete ihre Hände im Schoß. Wie immer (vorausgesetzt sie war gerade kein vor Schwarzer Magie rasendes Monster) sprach Ms Quintrell mit einer bedächtigen Ruhe, die es vermochte, einen ganzen Raum junger Hexen an ihrer Academy in Schach zu halten. Sie musste nicht schreien, um sich Gehör zu verschaffen, sondern verfügte über eine subtile Autorität, die allem, was aus ihrem Mund kam, einen glaubwürdigen Anstrich verlieh. »Naja, in anderen Hexenzirkeln wird Magie doch auch anders hergestellt. Zum Beispiel durch das Schneidern von Gewändern oder dem klassischen Kochen von Zaubertränken. Wenn wir ganz weit zurückgehen an den Ursprung der Magie in Südengland, dann gab es damals ganz viele unterschiedliche Wege, um Magie zu erzeugen. Erst im Laufe der Zeit wurden diese Bemühungen in bestimmte Bahnen gelenkt und die meisten Hexenzirkel haben heute ganz eigene Taktiken, um die magischen Kräfte ihrer Gruppe aufrecht zu halten.«

»Dann sind wir eigentlich gar nicht auf Millicent angewiesen?», fragte die alte Ms Murphy und verbarg ihre Begeisterung kaum. Das Erschaffen von Magie war innerhalb eines Hexenzirkels eine Position, die Ruhm und Respekt mit sich brachte. Millies Familie war dafür schon seit Generationen zuständig und genoss deswegen auch große Anerkennung weit über die Grenzen ihres kleinen Dörfchens hinaus.

»Das ist ja wohl eine Frechheit«, schaltete sich Eleanor ein. »Ich bin die Älteste in dieser Runde und wir haben das immer so gemacht.«

Ms Quintrell bedachte Millies Großmutter mit einem ruhigen Blick. »Vielleicht ist es nicht schlau, immer alles fortzuführen, nur weil man es früher so gemacht hat«, gab sie zu bedenken.

Millie musste ein hysterisches Kichern unterdrücken, denn schließlich fußten die Taktiken, die die *Quintrell Academy* zur Erziehung und Bildung junger Hexen anwandte, allesamt auf völlig veralteten Methoden.

Aber Ms Quintrell lag eigentlich nicht falsch. Manchmal war es wirklich an der Zeit, alte Traditionen zu überdenken – Millie hätte sich nur mehr darüber gefreut, wenn im Zentrum dieses ganzen Schlamassels nicht der Vorwurf gestanden hätte, dass sie die anderen Hexen mit Schwarzer Magie vergiftet hätte.

»Dann besorge mir bitte alle Informationen, die du in eurer Bibliothek zu diesem Thema finden kannst«, wies Lucy Ms Quintrell an.

Diese nickte, während Eleanor sich schnaubend wieder auf ihren Platz fallen ließ. Millie hörte sie etwas murmeln, was verdächtig nach »lächerliche Feiglinge« klang. Sie wischte sich über die Wangen und zog die Nase hoch.

»Macht, was ihr wollt«, sagte sie und ihre Stimme zitterte viel mehr, als es ihr lieb war. »Ich kann nur noch mal betonen, dass ich mit der Schwarzen Magie nichts zu tun habe. Und das werde ich euch beweisen.« Millie hatte zwar keine Ahnung, wie sie das anstellen sollte, aber ihr blieb ohnehin keine andere Möglichkeit. »Grandma, komm, wir gehen.« Sie reichte ihrer Großmutter ihren Arm.

»Ihr solltet euch schämen«, warf die alte Frau den anderen Hexen entgegen, bevor sie an Millies Arm aus dem Gewächshaus spazierte.

»Eine Sache noch, Millicent«, sagte Lucy. Millie drehte sich seufzend um, aber Eleanor machte sich nicht einmal die Mühe. »Ich hoffe, ich sehe dich heute Abend auf dem Kürbisfest. Du willst uns ja schließlich zeigen, dass dir was an diesem Dorf hier liegt.«

Millie schürzte die Lippen und trat aus dem Gewächshaus nach draußen. »Ach ja, und eine zweite Sache.«

Millie wandte sich um und konnte ein Augenverdrehen nur schwer unterdrücken. »Übrigens habe ich auch deinen Freund Remington nicht vergessen. Wir müssen hier Ordnung schaffen und nach Halloween geht alles hier in Snickerford wieder seinen geregelten Gang, ist das klar? Wir können hier keine Außenseiter gebrauchen, die mit unseren Geheimnissen rumlaufen. Spätestens nach Halloween werden wir den Gedächtniszauber auf ihn anwenden, so wie es unsere Regeln verlangen.«

Millie spürte, wie die Wut in ihrem Inneren zu kochen begann. »Und wenn ich ihm einfach wieder davon erzähle? Immer und immer wieder?«

Lucy funkelte sie an. »Das würde einem Verrat deines Zirkels gleichkommen und damit willst du mir wohl kaum drohen, wenn du noch nicht mal wieder Mitglied bist.«

Millie presste die Lippen zusammen und schwieg, aber ihr Blick traf den von Pamela, die auf einmal auch ziemlich blass um die Nase aussah.

# REMINGTON

Das Kürbisfest, das im Herbst immer auf der Robinson Farm stattfand, gehörte genau so sehr zu Snickerford wie dessen Abneigung gegenüber jeglicher Art von Veränderung. Immerhin fragte Remington seit ein paar Jahren niemand mehr, warum er immer noch da war, wenn er hinter der Bar stand, die Mary und Rose Robinson auf ihrem Hof aufgebaut hatten. Die Einwohner von Snickerford gewöhnten sich langsam an seine Anwesenheit, aber vielleicht interessierte sich an diesem Abend niemand für ihn, weil es weitaus spannendere Geschichten gab als einen rothaariger Junge, der vor zehn Jahren in die Bar seines Onkels gezogen war und über den es sonst eigentlich nicht viel zu erzählen gab. Das Chaos, das Snickerford letzte Woche heimgesucht hatte, war noch in aller Munde und es würde wahrscheinlich auch noch für ein paar Jahre so bleiben, egal wie viel Kürbispunsch Lucy Solomon und die Robinsons auch kostenlos an die Einwohner von Snickerford ausschenkten. Ganz im Gegenteil: Remington hatte sogar den Eindruck, dass die Theorien kruder wurden, je tiefer seine Gäste heute Abend ins Glas schauten. Keiner glaubte so recht an Lucys Erklärung eines Wirbelsturms. Stattdessen vermuteten sie dahinter eine Ufo-Landung oder die Einmischung ihrer fiesen Nachbarn aus Whimsington.

Dieser Geschichte zufolge kamen die Whimsingter einfach nicht damit zurecht, dass auf der Robinson-Farm die größeren Kürbisse wuchsen als in ihrem eigenen Dorf. Das würde zumindest erklären, warum am Samstag vor einer Woche das Dach von der Scheune geflogen war und sich mehrere Brandschneisen durch das Kürbisfeld der Robinsons pflügten. Remington wusste es zwar besser, aber er schwieg und schenkte Kürbispunsch nach. Es gab natürlich auch eine alkoholfreie Variante und an die hielt er sich den Abend über, während er nach Millie Ausschau hielt. Sie hatte sich nicht mehr gemeldet, um ihm ein Update über Pamelas Untersuchungsergebnisse zu geben und das machte ihn nervös. Alle anderen Hexen waren schon da und tummelten sich unter den nicht-magischen Einwohnern des Dorfes, auch wenn Remington der nervöse Gesichtsausdruck auf Katie Murphys Gesicht oder das erstickte Lachen von Mary Robinson nicht entging. Er hielt sich aber lieber bedeckt und fragte nicht, was Pamelas Forschungen ergeben hatten, weil er die Hexen nicht daran erinnern wollte, dass er über ihr Geheimnis Bescheid wusste. Am Ende würde Ms Quintrell noch der Geduldsfaden reißen und sie würde sein Gedächtnis hier und jetzt löschen.

Als hätte sie seine Gedanken erraten, tauchte mit einem Mal Pamela Halifax vor der Bar auf. Die Hexe trug diesmal einen langen Mantel, der nur entfernt an einen Morgenrock erinnerte, und hatte ihre langen roten Haare zu einem seitlichen Zopf gebunden. »Ich habe gehört, hier gibt es kostenlosen Kürbispunsch«, sagte sie und grinste ihn an, aber

ihr Lächeln wirkte gezwungen. Das gefiel ihm überhaupt nicht. Er zapfte trotzdem ein Glas und stellte es ihr hin.

»Hast du Arthur gesehen?«, fragte sie, und er gleichzeitig: »Hast du Millie gesehen?« Für einen Moment grinsten die beiden sich verlegen an, dann schnellte Pamelas Hand vor und umfasste seine. »Sei vorsichtig, Remi«, sagte sie leise.

Er zog die Augenbrauen zusammen. »Was meinst du damit?« Sie musterte ihn für einen Moment. »Ich möchte einfach nur sichergehen, dass du dich nicht in Gefahr bringst.«

»In was für eine Gefahr denn?«, fragte er. Sie biss sich auf die Lippe und warf einen Blick über die Schulter. »Die Hexen sehen es nicht gern, wenn wir uns mit Nicht-Magiern verbünden.«

»Und ich dachte, es geht nur darum, dass ich ein Fremder bin«, sagte er und grinste schief, aber Pamela blieb ernst.

»Irgendjemand spielt hier mit uns«, sagte sie, »und ich will nicht, dass du zwischen die Fronten gerätst.« Sie senkte ihre Stimme noch tiefer. »Genauso wenig wie dein Onkel.«

Er sah sie überrascht an und sie nickte ihm zu, nahm ihr Glas und verschwand in der Menge. Was sollte er mit dieser

Warnung anfangen? Er hätte sie fragen sollen, was ihre Untersuchungen ergeben hatten, aber sie war so schnell wieder verschwunden, dass er nicht dazu gekommen war.

Die Sonne versank blutrot hinter den Wipfeln der Bäume und er musste daran denken, dass er um diese Zeit normalerweise die Torten ausfuhr. Aber nicht an diesem Samstag; heute waren die Hexen einfach nur auf die Kraft angewiesen, die ohnehin schon in ihnen steckte. Er fragte sich, was für Auswirkungen es haben würde, wenn die Hexen ihre Magie verlören. Es würde keine Riesenkürbisse mehr in Snickerford geben, mit denen man irgendwelche Preise gewinnen konnte, das stand fest. Millie hatte von Monstern gesprochen, die aus den Ley-Linien klettern würden und von Schwarzer Magie, die sich überall ausbreiten würde. Er ließ seinen Blick über die Bewohner des Dorfes gleiten, die auf Bierbänken saßen und Würstchen und Marshmallows über mehreren Feuerstellen rösteten. Musik drang aus dem Haupthaus der Robinson Farm, auch wenn die Lautsprecher nicht ganz bis zu ihm reichten. Normalerweise könnte eine Hexe dafür bestimmt ihre Magie verwenden, aber er nahm an, dass die Hexen von Snickerford damit jetzt sparsam umgingen.

Er wurde aus den Gedanken gerissen, als eine weitere Person an seinen Stand herantrat. »Hey«, sagte eine leise Stimme.

Er blinzelte und sah, dass auf einmal Millie vor ihm stand. Sie hatte die Hände in ihrem Mantel vergraben und trug eine rosafarbene Mütze auf den Haaren, als wäre es schon mitten im Winter. Sie lächelte ihm matt zu, aber er spürte ihre Nervosität, als würde ihm diese ins Gesicht schreien.

»Rück den Kürbispunsch raus«, raspelte eine zweite Stimme und Remington musste sich ein bisschen weiter über die Bar lehnen, um einen Blick auf Eleanor zu erhaschen, die neben ihrer Enkelin stand.

»Auch dir einen schönen Abend«, sagte er und zapfte ihr eine Tasse.

»Für dich wieder ohne Alkohol?«, fragte er an Millie gewandt, aber sie schüttelte vehement den Kopf. Er hob die Augenbrauen. »So schlimm?«, flüsterte er, sodass Eleanor es nicht hören konnte.

Millie nickte unauffällig. »Schlimmer, als du denkst.«

Er sah sich nach beiden Seiten um. Hinter Millie und Eleanor hatte sich schon eine Schlange mit durstigen Einwohnern gebildet. »Ich kann hier erst mal nicht weg, bis mein Onkel kommt.«

Sie nickte. Und was sie dann sagte, überraschte ihn zutiefst: »Dann kann ich dir ja zumindest Gesellschaft leisten.«

Zu seiner Verblüffung tat sie noch mehr als das. Sie kletterte zu ihm hinter die Bar und händigte die Tassen mit Kürbispunsch aus, die er zapfte und spülte die zurückgebrachten Tassen im notdürftigen Becken unter der Theke. Am Anfang wirkte sie noch angespannt und sah sich die ganze Zeit unruhig um, aber je länger sie hier neben ihm stand und ihm half, desto mehr lockerten sich ihre Schultern. Die repetitive Arbeit schien sie zu entspannen, aber er bildete sich auch ein, dass es die Witze waren, mit denen er sich zwischendrin große Mühe gab, sie aufzuheitern. Irgendwann senkte sich die Dunkelheit komplett über das Dorf, aber Rose und Mary hatten in einigen Abständen Fackeln aufgestellt, die das Kürbisfest erleuchteten. Irgendwann wurde das Geschrei der Kinder leiser und das Gezeter Betrunkener lauter, aber das war er ja gewöhnt. Und er hatte selten so viel Spaß bei der Arbeit gehabt. Millie und er ergänzten sich perfekt, als würden sie beide den nächsten Handgriff des anderen jeweils immer schon Sekunden vorher vorausahnen. Irgendwann tauchte sogar Arthur auf, um ihn abzulösen, aber Remington winkte schon aus der Ferne ab.

»Wir haben hier alles unter Kontrolle«, sagte er und deutete mit einem Nicken zu Millie. Arthur blitzte ihn mit einem schiefen Grinsen an. »Ich seh schon.« Dann ließ er sich von Pamela zurück in die Menge ziehen.

Der Abend schien sich insgesamt zum Positiven zu wenden, bis Lucy Solomon auftauchte und ihre Tasse mit dem alkoholfreien Kürbispunsch zurückbrachte. »Millie«, sagte sie zu Begrüßung und ihre Stimme klang noch eisiger als sonst.

»Lucy«, gab Millie nicht weniger frostig zurück und nahm die Tasse entgegen.

Mit einem Achselzucken deutete die Bürgermeisterin von Snickerford in Remingtons Richtung. »Na, hast du es ihm schon gesagt?«

Millie presste die Lippen aufeinander.

»Was gesagt?«, fragte Remington alarmiert.

Millie schleuderte ihr Geschirrhandtuch mit mehr Nachdruck als nötig auf die Holzplatte der Bar. »Lucy, das geht dich gar nichts an.«

Lucy hob eine dünne Augenbraue und fixierte dann Remington mit ihrem strengen Blick, der ihm sofort das Gefühl gab, irgendetwas falsch gemacht zu haben, auch wenn er sich beim besten Willen nicht daran erinnern konnte, was das gewesen sein sollte. »Doch, das geht mich sehr wohl was an. Denn ein Nicht-Magier, der unser Geheimnis kennt, ist für mich ein nicht unerhebliches Sicherheitsrisiko.«

Millie schnaubte. »Dir geht es doch nur darum, mir eins reinzuwürgen.«

Lucy ließ sich davon nicht aus der Ruhe bringen. »Du hast dir sehr schön selbst eins reingewürgt mit deinen

Chaos-Torten.«

Remington hob beschwichtigend die Hände. »Wie wär's, wenn wir alle mal kurz tief durchatmen.«

Millie warf ihm einen brennenden Seitenblick zu und auch Lucy schien über seine Einmischung kein bisschen erfreut zu sein. »Ich bin gleich wieder weg«, sagte sie. »Ich möchte dir nur mitteilen, dass dieser ganze Spuk nach Halloween für dich vorbei sein wird, auf die eine oder andere Art.«

Er hob die Augenbrauen. »Und das heißt?«

Sie beugte sich vor. »Du wirst alles vergessen, was hier passiert ist und wir werden diesen ganzen Stress in Zukunft aus deinem Leben fernhalten, dafür werde ich sorgen.« Bei dem Wort »Stress« warf sie Millie einen scharfen Seitenblick zu.

Remington öffnete den Mund und schloss ihn dann wieder. Das klang ja fast so, als sollte er sich bei Lucy dafür bedanken? »Und falls ich das nicht will?«, brachte er schließlich hervor.

»Es ist besser für alle Beteiligten, glaub mir. Für dich ganz besonders. Du wirst dir um all das hier keine Gedanken mehr machen müssen.« Zum Abschied klopfte sie zwei Mal mit der flachen Hand auf die Bar, dann drehte sie sich um und verschwand.

Remington blinzelte. »Wovon redet sie da?«, fragte er.

Millie presste die Lippen aufeinander. »Sie hat mir ein Ultimatum gestellt. Nächste Woche ist Halloween und das ist der wichtigste Tag des Jahres für uns Hexen. Wenn wir unsere Rituale da nicht durchführen können, sind wir fürs ganze nächste Jahr geschwächt, vom Schutzzauber ganz zu schweigen Und diese Rituale können wir wiederum nur durchführen, wenn wir genug Magie zur Verfügung haben. Das heißt, ich muss bis nächste Woche beweisen, dass ich nichts mit der Schwarzen Magie zu tun habe.«

Er sah sie an, aber sie wich seinem Blick aus. Ihre Schultern hingen nach vorne. »Das heißt, wir haben noch eine Woche Zeit, um der Sache auf den Grund zu gehen«, sagte er.

Bei diesen Wochen hob sie den Kopf und runzelte die Stirn. »Wir?«, fragte sie.

Er hob die Achseln. »Wann kannst du endlich akzeptieren, dass ich dir helfen möchte, Millie?«

Sie schluckte. »Aber warum?«

Sein Blick huschte kurz zu ihren Lippen, dann zwang er ihn schnell wieder hoch zu ihren Augen. »Weil ich glaube, dass du unschuldig bist.«

Für einen Moment starrte sie ihn an. Dann beugte sie sich vor. »Und es liegt nicht nur daran, dass du mich küssen willst?«, fragte sie leise, so nah an seinem Ohr, dass er das Kitzeln ihres Atems auf seiner Haut spürte.

Remington erstarrte. Sie war ihm so nah, dass er sie riechen konnte, ihr Duft hüllte ihn von allen Seiten ein, so wie der grüne Schimmer es mit Snickerford letzte Woche getan hatte. Nur dass Millies Schimmer golden war, golden und strahlend und warm. »Ist es so offensichtlich?«, flüsterte er zurück in ihr Ohr.

Sie schüttelte den Kopf, sodass ihre weichen Haare seine Wange streiften. Er hörte die Belustigung in ihrer Stimme, als sie sprach. »Soll ich lügen?«

»Zu meiner Ehrenrettung?«, fragte er. »Da ist glaube ich schon alles verloren.«

Ihr Atem stockte, er spürte es ganz genau, während das Herz in seiner Brust galoppierte.

Sie strich sich das Haar hinter die Ohren und berührte dabei seine Wange. Ihre Finger schossen elektrische Impulse durch seinen ganzen Körper. »Aber wenn wir beweisen können, dass ich unschuldig bin, dann werden die anderen Hexen dein Gedächtnis löschen«, flüsterte sie. Ihr Blick sprang zwischen seinen Augen hin und her.

Er schluckte. Ihre Nähe führte nicht gerade dazu, dass er klar denken konnte. »Dann werde ich all das hier vergessen, und du nicht?«, sprudelte es aus ihm hervor, bevor er sich zurückhalten konnte. Im nächsten Moment bereute er es.

Sie löste sich ein Stückchen von ihm, aber seine Hände bewegten sich wie automatisch. Um den neugierigen Blicken der Dorfbewohner auszuweichen, zog Remington Millie nach unten, bis sie hinter der Theke verschwunden waren. Sie saßen hinter der Bar in der Hocke, so wie sie es auch schon letzte Woche im *Tipsy Teapot* getan hatten, als Pamela den Laden in Schutt und Asche gelegt hatte. Er hatte keine Ahnung, wie lang die Schlange war, die auf der anderen Seite auf ihren Kürbispunsch wartete, aber in diesem Moment konnte ihm nichts egaler sein. Ihr Gesicht war seinem so nah, dass ihre Brillengläser sich für ihn anfühlten, als würde er selbst eine Brille tragen. Die großen haselnussbraunen Augen auf der anderen Seite des Glases fixierten ihn, so fest sie konnte. »Umso besser«, sagte sie. »Dann müssen wir uns auch keine Sorgen machen, dass jemand verletzt wird.«

Er runzelte die Stirn. »Aber was ist mir dir? *Du* könntest verletzt werden.«

Sie schüttelte den Kopf. »Mach dir um mich keine Sorgen.« Sein Herz schlug immer noch rasend schnell, aber das trug nicht unbedingt dazu bei, dass sein Hirn ihre Worte schneller verarbeiten konnte.

»Vielleicht könnten die anderen Hexen auf dich auch einen Vergessenszauber anwenden, dann hätten wir immerhin denselben Stand.«

Er meinte es als Scherz, aber sie schüttelte ernst den Kopf. »Solche Zauber funktionieren bei anderen Hexen nicht.«

Dann stand sie abrupt auf und zog ihn mit sich hoch. Auf einmal sah er sich der halben Dorfgemeinschaft gegenüber und seine Wangen glühten.

»Na endlich«, sagte Agnes Wilson. »Einmal nachfüllen bitte.«

Sie drückte Remington eine Tasse in die Hand. Er blinzelte, starrte von Millie auf die Tasse und wieder zurück. »Kürbispunsch, ja richtig«, sagte er.

Millie bedachte ihn mit einem schiefen Grinsen, ließ ihn aber nicht aus den Augen. »Wie lang geht deine Schicht noch?«

Er zuckte die Achseln. »Bis Arthur mich ablöst.«

Millie nickte langsam und ihre wunderschönen Augen hielten ihn gefangen. »Ich gehe mal im Kürbisfeld spazieren. Habe gehört, dass es dort nachts besonders schön sein soll. Vielleicht begegnen wir uns ja gleich dort.« Damit drehte sie sich um und war verschwunden.

Remington hatte keine Zeit, ihr hinterher zu schauen, weil die Schlange vor ihm jetzt ungeduldig zu murren begann. »Kürbispunsch«, flüsterte er vor sich, als könnte er sich durch dieses magische Wort wieder in die Realität zurückversetzen, aber es schien, als hätte Millie bei ihrem plötzlich Verschwinden alles mitgenommen, was noch von seinem Verstand übriggeblieben war.

# MILLICENT

Mit klopfendem Herzen lief Millie durch das Kürbisfeld. Hier, fernab von den Fackeln um das Haupthaus und die Scheune der Robinson Farm war es dunkel und kalt, aber sie fror nicht, ganz im Gegenteil. Sie riss sich die Mütze vom Kopf und schüttelte ihre Haare aus, während sie mit großen Schritten durch das Labyrinth aus Riesenkürbissen lief. Nicht wenige überragten Millie um einige Köpfe. Sie streifte ziellos umher und wartete darauf, dass ihr Herzschlag sich beruhigen würde, aber das geschah nicht. Vielleicht war es die Verrücktheit dieses ganzen Tages, die Millie dazu getrieben hatte, Remington ein solches Angebot zu machen. Aber dann geisterten die Worte ihrer Großmutter durch ihren den Kopf, die erst eine Woche her waren, was ihr aber vorkam wie eine Ewigkeit.

*Hast du dem armen Jungen ein anzügliches Angebot gemacht, oder warum hustet er sich da draußen die Seele aus dem Leib?*

Das war gewesen, bevor alles aus dem Ruder gelaufen war, oder? Vielleicht hatte ihre Großmutter doch hellseherische

Fähigkeiten, so wie sie es immer behauptete.

Millie wusste nicht mehr, was stimmte oder nicht, aber sie wusste, dass das Einzige, was jetzt gegen das Durcheinander in ihrem Kopf helfen würde, Remingtons dunkle Augen waren. Seine Hände auf ihrem Körper, seine Lippen auf ihren. Es fühlte sich ein bisschen an, als würde sie verrückt werden, aber das konnte auch daran liegen, dass es als Hexe manchmal ganz schön schwer war, einzuschätzen, was Realität und was Magie war. Dabei war Magie ja wiederum auch eine Realität in ihrem Leben, was das Ganze wiederum nur noch komplizierter gestaltete.

Ein paar Hasen hoppelten vor ihr über den Weg und Millie hielt inne, legte ihre Stirn gegen die vernarbte Haut eines Kürbisses und schloss die Augen. Vielleicht würde er ja gar nicht kommen. Vielleicht war sie viel zu voreilig gewesen und er wollte sie zwar küssen, aber nicht so. Sie dachte an den Ernst in seiner Stimme, als er sie gefragt hatte, ob sie keine Angst hatte, verletzt zu werden. Daran hatte sie noch nicht einmal gedacht – nur an die Scham, ihm in ihrem kleinen Dorf über den Weg zu laufen, wenn alles zwischen ihn explodierte. Darüber musste sie sich jetzt ja keine Sorgen mehr machen, denn in einer Woche würde der Spuk vorüber sein, so wie Lucy es gesagt hatte. Dieser Gedanke sollte sie eigentlich beruhigen, aber irgendwie wurde ihr übel davon.

Das Knacken von Zweigen kündigte die Gegenwart einer anderen Person an und ein Lächeln schlich sich auf Millies Gesicht. »Da bist du ja«, sagte sie, drehte sich um – und ihr Lächeln erstarb.

Statt Remington stand dort die Leiterin der Hexenschule, die Hände vor dem Schoß gefaltet, als würde sie gleich ein Gebet anstimmen.

»Ms Quintrell?«, fragte Millie. Ihr Herzschlag beschleunigte sich noch mehr, aber diesmal aus einem anderen Grund.

Die Hexe starrte sie an, ohne zu blinzeln.

»Haben Sie sich verlaufen?«, fragte Millie, obwohl sie wusste, dass jede Hexe im Schlaf den Weg durch ein Labyrinth finden würde.

Ms Quintrell machte einen Schritt auf sie zu und Millie wich nur nicht zurück, weil sie mit den Fersen schon gegen den Kürbis trat.

»Ich muss mit dir reden, Millicent«, sagte sie ruhig und voller Autorität, so wie immer, aber diesmal stellten sich die Härchen auf Millies Armen auf.

»W-worüber?«, fragte sie.

»Über Schwarze Magie«, sagte Ms Quintrell, als wäre das selbstverständlich.

»Okay, haben Sie etwas Wichtiges herausgefunden?«

Ms Quintrell kam noch näher. »Du denkst, du kannst uns hier an der Nase herumführen, oder?«

Millie schluckte. »Bitte was?«

»Die Hexe, die ihre eigenen Kräfte ablehnt und verkümmern lässt, soll nur das Beste unseres Zirkels im Sinn haben?« Millie fragte sich, wie Ms Quintrell es schaffte, die ganze Zeit nicht zu blinzeln. »Ich weiß genau, dass du es warst, Millicent.«

Millie schüttelte vehement den Kopf. »Sie müssen mir glauben, Ms Quintrell, ich habe damit nichts zu tun.«

Die Schulleiterin der *Quintrell Academy* schüttelte langsam den Kopf, fast unmerklich, eine winzige, abschätzige Bewegung, die Millie an unzählige Male aus ihrer Schulzeit erinnerte, bei denen sie versagt hatte. »Eigentlich kein Wunder, bei solchen Eltern«, sagte Ms Quintrell jetzt.

»Was? Wovon reden Sie?« Millie spürte, dass sich ein

Kloß in ihrem Hals bildete. Sie dachte daran, wie sie es geschafft hatte, gegen Mr Quintrell zu bestehen, aber seine Frau war ein ganz anderes Kaliber. Seine Versuche, durch das Androhen von Strafen Macht über die Schülerinnen auszuüben waren plump und vorhersehbar gewesen, aber Ms Quintrell … war schlau. Sie wusste auch meistens, wovon sie sprach, was diese Situation keinen Deut besser machte.

»Menschen haben seltsame Vorstellungen von Schwarzer Magie«, fuhr Ms Quintrell jetzt fort. »Du denkst vielleicht, dass du sie in deine Buttercreme träufeln musst wie Vanilleextrakt, aber so ist es nicht. Nein, die meiste Schwarze Magie steckt viel zu tief in dir selbst drinnen. Sie ist nicht im Teig, Millie, sie ist in *dir*, verstehst du das nicht? Sie verpestet alles, was du berührst. Du hast sie bestimmt schon als Kind in dich aufgesogen.«

Millie schloss die Augen, um die Tränen zu unterdrücken, die auf einmal hinter ihrer Nasenwurzel brannten. Sie kannte die Gerüchte über ihre Eltern, hatte sie in ihrer Jugend oft genug von anderen Schülerinnen der *Quintrell Academy* gehört. Demnach waren ihre Eltern Schwarze Magier und hatten Millie als Kind bei Eleanor sitzenlassen, um die düstere Macht voll auszuschöpfen. Es hieß nämlich, dass einem Schwarze Magie bei häufigerer Verwendung jegliche Fähigkeit zu lieben raubte. Dabei wusste Millie es besser. Ihre Eltern waren bei einem Experiment gestorben, einem von vielen, das sie durchgeführt hatten, um die Schwarze Magie aufzuhalten.

Millie zog die Nase hoch und beschloss, nicht auf Ms Quintrells verletzenden Kommentar einzugehen. »Aber … aber ich habe doch schon monatelang Torten gebacken, was soll sich jetzt verändert haben?«, stotterte Millie. Ihre Gedanken rasten. Konnte es sein, dass sie voll von Schwarzer Magie war, ohne es zu wissen?

»Manchmal brauchen diese schmutzigen Kräfte einen emotionalen Auslöser, um ans Tageslicht zu kommen.«

»Millie?« In diesem Moment schwebte Remingtons Stimme über das Kürbisfeld.

Ihr Herz machte einen Hüpfer, aber alles in ihr gefror, als Ms Quintrell die Lippen verzog. »Wenn man vom Teufel spricht«, sagte sie, dann trat sie abrupt von Millie zurück, genau in jenem Moment, in dem Remington um die Ecke bog.

Er blieb nicht stehen, als er Millie und Ms Quintrell erblickte, sondern kam mit großen Schritten auf sie zu. »Ist hier alles in Ordnung?«, fragte er, von der einen Frau zur anderen blickend.

Ms Quintrell löste ihren kalten Blick jedoch keine Sekunde von Millie. »Ich habe Millicent hier gerade nur den Weg aus dem Labyrinth erklärt«, sagte sie und lächelte schmallippig. Dann nickte sie kurz und verschwand zwischen den Kürbissen.

Millie sah ihr hinterher, bis kein Geräusch mehr zu hören war.

»Was –«, setzte Remington an, aber Millie unterbrach ihn. Sie griff nach seiner Hand und zog ihn in die entgegengesetzte Richtung durch das Labyrinth davon. Ihr Herz klopfte bis zum Hals und ihre Gedanken rasten. Noch vor ein paar Minuten hatte sie sich ausgemalt, wie sie genau so

Remis Hand ergreifen und ihn in den Schatten des nächsten Kürbisses ziehen würde. Doch jetzt ließ sie ihn los, als sie den Rand des Kürbisfelds erreicht hatten, und fuhr sich mit der Hand übers Gesicht. »Ich … ich brauche deine Hilfe.«

Es war zu dunkel, um den Ausdruck in seinen Augen zu erkennen, aber Millie war ohnehin zu sehr damit beschäftigt, vor ihm auf und abzugehen und zu versuchen, ihren eigenen Atem zu beruhigen.

»Was hat Ms Quintrell gesagt?«

Millie schüttelte den Kopf. »Ich muss eine Torte backen«, sagte sie, ohne auf seine Frage einzugehen.

»Okay?«, fragte er. Seine Augen huschten über ihr Gesicht, als könnte er dort Ms Quintrells Worte von ihrer Haut ablesen.

»Jetzt sofort«, fügte Millie hinzu.

»Okay«, wiederholte Remington.

»*Okay*?«, hakte Millie nach. »Du willst mich nicht fragen, warum zur Hölle ich mitten in der Nacht eine Torte backen muss?«

Er schüttelte den Kopf. »Du siehst aus, als hättest du einen guten Grund.«

Millie presste die Lippen aufeinander. »Den hab ich allerdings.«

Sie warf einen Blick in den wolkenverhangenen Himmel. »Komm, wenn wir uns beeilen, können wir fertig sein, bevor jemand bemerkt hat, dass wir weg sind.«

Remington nickte. Er fragte nicht, wofür sie seine Hilfe brauchte. Er ließ sich von ihr einfach vom Kürbisfeld der Robinsons in den Wald hineinziehen.

# REMINGTON

Remington hatte sich Millicent schon öfter beim Backen vorgestellt. Ja, er hatte schon das ein oder andere Mal davon geträumt und jetzt fand er sich auf einmal in ihrer Küche wieder, auf einen Tritthocker verbannt und mit einer Tasse Tee in der Hand, die längst kalt geworden war. Und er hatte nichts anderes zu tun, als sie dabei zu betrachten, wie sie durch die Küche wirbelte. Millie hatte ihm schnell zu verstehen gegeben, dass seine Hilfe nicht darin bestehen würde, Mehl abzumessen oder Teig zu kneten, sondern sie nahm ihm das Versprechen ab, alles ganz genau zu beobachten und darauf zu achten, ob ihm etwas Besonders auffiel. Das ließ Remington sich nicht zwei Mal sagen, auch wenn er wahrscheinlich nicht der objektive Beobachter war, den Millie in diesem Moment brauchte. Denn er fand so vieles an ihr besonders. Die Sicherheit, mit der sie die einzelnen Zutaten in die Schüssel gab, ohne sie vorher abzuwiegen. Wie sie sich die mehlbestäubten Strähnen aus der Stirn pustete und ihre Brille auf die Haare schob, um sie vor dem Puderzucker zu retten. Jetzt konnte er auch die Falte beobachten, die die Konzentration zwischen ihren Augenbrauen bildete. Millie schien alles um sie herum vergessen zu haben, bis sie den Teig in eine Form goss und ihn in den Ofen stellte. Sie wischte sich den Staub von der Stirn und lehnte sich gegen die Küchentheke.

»Wie geht's jetzt weiter?«, fragte er. Millie zuckte zusammen und fuhr herum, als hätte sie seine Anwesenheit vollkommen vergessen. Sie blinzelte und er realisierte in diesem Moment, dass sie ihn ohne Brille wahrscheinlich nur als verwischten Schatten ausmachen konnte. Also genoss er die Gelegenheit, sie noch länger ungeniert zu betrachten. Millie hatte sich in ihrer Eile nicht einmal eine Backschürze umgebunden. Sie trug eine kurzärmelige Bluse über einem leicht durchsichtigen Shirt, dass es so aussehen ließ, als wären ihre Arme mit kleinen Halbmonden und Sternen tätowiert. Darunter schwang ein ausgestellter Rock um ihre Waden. Wenn sie sich bewegte, konnte er die kleine Kuhle über ihrem Ellenbogenknochen ausmachen, an die er am liebsten seinen Mund gedrückt hätte. Ihre Lippen waren rot und leicht geschwollen, weil sie beim Backen immer wieder angestrengt ihre Vorderzähne darin versenkt hatte. Er konnte ganz leicht die Form ihrer Brüste unter der Bluse ausmachen, aber er zwang sich, seinen Blick auf ihrem Gesicht zu lassen – oder auf ihren Ellenbogen, das schien ihm sicheres Terrain zu sein.

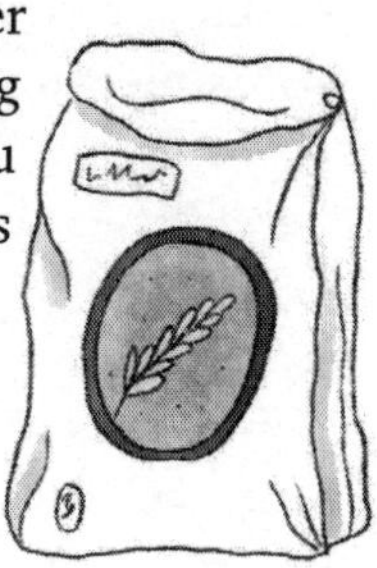

»Jetzt warten wir, bis der Teig fertig gebacken ist«, sagte Millie und zog ihre Brille von den Haaren, um sie an ihrer Bluse zu säubern. Als sie die Brille wieder auf die Nase schob, fokussierten ihre braunen Augen ihn und er sah, dass sie immer noch genauso nervös war wie als er sie mit Ms Quintrell gefunden hatte. Was zur Hölle hatte die Schulleiterin zu ihr gesagt?

»Das dauert zum Glück nicht so lang«, sagte sie mit einem schmallippigen Lächeln. »Die Vorzüge eines magischen Backofens.« Ihre Augen sprangen hoch zu seinem Gesicht. Von der selbstbewussten Millie auf dem Kürbisfest war kaum mehr etwas übriggeblieben und Remington zog es bei diesem Anblick das Herz zusammen. »Warum nutzt du diese Zeit nicht, um mir zu erzählen, was Ms Quintrell zu dir gesagt hat?«

Ein kleines Lächeln breitete sich auf ihrem Gesicht aus, aber es verschwand wieder, noch bevor es ihre Augen erreicht hatte. Seufzend ließ Millie sich auf der Bank hinter dem Küchentisch nieder. Remington stand auf, goss ihr einen Tee aus dem Kessel ein und stellte diese vor ihr ab, bevor er sich gegenüber von ihr setzte.

»Sie meinte, dass ich gar nicht absichtlich Schwarze Magie in die Torten gesteckt haben müsste, damit diese dort gelandet sein kann … sondern dass sie einfach … *in mir ist.*«

»Ohne dass du es bemerken würdest?«

Sie hob die Schultern. »Scheinbar. Meine Eltern … bevor meine Eltern gestorben sind, haben sie viel mit Magie experimentiert und ihnen wurde immer vorgeworfen, auch den Kontakt mit Schwarzer Magie gesucht zu haben. Und jetzt glaubt sie, dass ich was davon abgekriegt habe.«

Sie fixierte ihn mit ihren großen braunen Augen und er hätte am liebsten zu ihr gesagt, dass Ms Quintrell eine fiese alte Schlange war, was ja auch stimmte. Aber er hatte keine Ahnung, wie Schwarze Magie funktionierte. Wie *irgendeine* Magie funktionierte, um genau zu sein.

»Wenn Magie aus dir in die Torten fließt, dann kann ich mir nicht vorstellen, dass sie böse ist«, sagte er stattdessen.

Ihre Augen schossen von ihrer Teetasse zu ihm hoch. »Du kennst mich doch gar nicht.«

Er zuckte die Achseln. »Ich glaube es einfach nicht.« Jetzt bildete sich wieder diese Furche zwischen ihren Augenbrauen, so tief, dass er es über dem Nasenbügel ihrer Brille sehen konnte. »So was kannst du doch gar nicht wissen, Remi.«

»Wieso nicht?«

»Niemand von uns ist nur eine Sache. Niemand von uns ist gut oder böse. Du hast doch keine Ahnung, was in mir steckt. Das weiß ich doch selbst nicht einmal.«

Er zuckte die Achseln. »Ich glaube einfach nicht, dass Schwarze Magie von dir in die Torten übergeht. Tu ich einfach nicht.«

Sie starrte ihn an und auf einmal hatte er das Gefühl, dass er sie mit seinen Worten wütend machte. Er sah, wie ihr Kiefer malte, und irgendwie gefiel ihm das viel besser als die Verunsicherung, die er eben noch in ihrem Blick gesehen hatte.

»Warum macht es dich so sauer, dass ich dich für einen guten Menschen halte, Millie?«

Sie starrte ihn an, als hätte er sie beleidigt. Sie öffnete ihren Mund, schloss ihn wieder und öffnete ihn dann erneut. »Ich halte dich auch für einen guten Menschen, Remington.«

Sein kompletter Name auf ihren Lippen ließ ihm eine Gänsehaut den Rücken runterlaufen. Jetzt war es an ihm, die Zähne aufeinanderzupressen. »Darum geht es hier doch gar nicht«, sagte er leise, aber er spürte, dass seine Ohren rot wurden, seine verräterischen dünnhäutigen Ohren.

Millie hob das Kinn. »Ach, nicht?«

Er schüttelte den Kopf. »Ganz und gar nicht.« Sie hielt ihn mit ihren Augen in Schach, als wäre er ein kleines Tier, das sie jeden Moment fressen wollte. »Was, wenn ich dir sagen würde, dass ich dich für einen selbstlosen Menschen halte, der sein ganzes Leben damit zubringt, dieses Dorf am Laufen zu halten?«

Remington erschauerte. »Hör auf, mir wird schlecht.« Doch Millie dachte gar nicht daran, aufzuhören, denn auf ihrem Gesicht erschien jetzt ein kleines fieses Grinsen, das durch seinen ganzen Körper lief wie ein Blitzschlag. »Was will ein junger Typ wie du in einem verschlafenen Dorf wie Snickerford? Klar, das Dorf wäre ohne dich und deinen Motorroller aufgeschmissen – aber wieso kümmert dich das so sehr?«

Remington hob eine Augenbraue. »Du hast gut reden. Du hast dein ganzes Leben in London stehen und liegen gelassen, nur um deiner alten Großmutter beim Tortenbacken zu helfen.«

Millie öffnete den Mund, um etwas zu erwidern, aber er hob den Finger. »Ich bin noch nicht fertig«, sagte er und beobachtete, wie ihre Augen sich weiteten. »Dann gibt es einen Unfall mit deinen Torten, für den du rein gar nichts kannst. Du benutzt ja nicht mal selbst Magie, Millie. Und trotzdem tust du seit einer Woche nichts anderes als herauszufinden, was es damit auf sich hat, um die Hexen in deinem Dorf zu retten.«

Sie öffnete den Mund, als hätte er etwas wahrlich Schockierendes gesagt und ein Keuchen entrang sich ihrer Kehle, das das ganze Blut aus seinem Kopf nach unten fließen ließ. »Du hast recht … vielleicht sollten wir mal was anderes machen, als die ganze Zeit anderen zu helfen«, sagte sie.

Er starrte sie an, und sie starrte ihn an – und dann klingelte der Küchenwecker.

Millie sprang auf, strich sich die Haare aus dem erröteten Gesicht und beugte sich runter, um den Kuchen aus dem Ofen zu holen. Remington sah ihr dabei zu – er konnte nicht anders – seine Augen klebten an der Form ihres Hintern in der Hose, als sie sich nach vorne beugte. Sie stellte den Kuchen auf dem Herd ab.

»Das muss jetzt auskühlen«, sagte sie und er war sich nicht ganz sicher, ob sie damit den Kuchen oder sich selbst und ihn meinte. »Als nächstes ist die Buttercreme an der Reihe.«

Remington, der noch nie in den Genuss von Millies Torten gekommen war und in seinem ganzen Leben noch keine selbst gebacken hatte, konnte sich darunter nicht wirklich etwas vorstellen. Er nahm brav wieder seinen Beobachtungsposten auf dem Hocker ein, um Millie bei der Arbeit zuzusehen. Er lernte schnell, dass Buttercreme alles tat, um ihrem Namen gerecht zu werden. Sie bestand fast ausschließlich aus Butter und Zucker. Sie benutzte auch diesmal keine Küchenmaschine, um ihre Zutaten zu verrühren. Wahrscheinlich hatte auch das etwas damit zu tun, den natürlichen Prozess der Magie auf die Torte wirken zu lassen. Remington war sich sicher, dass kein Fitzelchen Schwarzer Magie auf diesem Weg in den Kuchen gelangen würde. Das war einfach unmöglich. Man musste Millie nur dabei betrachten und wusste, dass sie mit dem Ganzen nichts zu tun hatte.

Millie stellte die Buttercreme in die Gefriertruhe, um sie noch ein bisschen runterzukühlen. Sie trug den Kuchen nach draußen auf die Terrasse, um den Prozess ebenfalls zu verschnellern. Dann erlaubte sie Remington, gemeinsam mit ihr aufzuräumen. Die Küche der Batterseas war nicht sonderlich groß, weshalb sie ein paar Mal aneinander stießen, als er mit dem Lappen über die Theke fuhr und sie Wasser in die benutzten Schüsseln laufen ließ. Millie holte ihre Lebensmittelfarben aus dem Schrank und rührte die Pasten in kleinen Schälchen an. Sie mischte verschiedene Farben von Buttercreme: rosa, violett und tiefrot. Remington kam sich dabei ein bisschen so vor, als würde er einer Alchemistin bei der Arbeit zusehen, aber vielleicht tat er ja auch genau das war das, nur dass statt Gold hier eben Magie entstand. Er fühlte in den Raum hinein und spürte ein elektrisches Flirren, als würde jeden Moment ein Blitz das Zimmer spalten. War das die Magie, die durch diesen Prozess entstand? Oder war es einfach diese seltsame Anziehungskraft, die zwischen ihm und Millie herrschte?

Schließlich holte Millie den Kuchen wieder von der Terrasse. Sie schnitt den dicken Tortenboden mithilfe eines scharfen Drahts in drei gleich dicke Scheibe und legte eine davon auf eine Drehscheibe. Sie deckte den fluffigen Boden mit Buttercreme, bevor sie mit vorsichtigen Fingern die nächste Schicht darauf bettete. Sie wiederholte den Prozess noch einmal, bis schließlich der dritte Tortenboden auf einem Bett aus Buttercreme lag. Dann nahm sie einen großen Spatel zur Hand und strich die komplette Torte mit Buttercreme ein, sodass der dunklere Teig nur noch hier und da durch die helle Masse hervorblitzte.

»Das ist ein sogenannter *Crumb Coat*«, erklärte Millie. »Der muss jetzt noch einmal kühlen und schön fest werden, bevor ich ans Verzieren gehen kann.«

Sie stellte die Torte samt Drehscheibe in die Gefriertruhe. Dann leckte sie sich ein bisschen Buttercreme von den Fingern. Remington konnte nicht anders, als ihr dabei ganz genau zu zusehen, aber immerhin war er ja dafür auch hier – als Beobachter.

»Wie lange dauert das?«, fragte er.

Millie setzte sich ihm gegenüber auf die Kücheninsel und ließ ihre Füße baumeln. »Ein paar Minuten sollten wir schon warten.«

»Und dann?«

»Dann kommst du ins Spiel«, sagte Millie. »Also wenn das für dich in Ordnung ist.«

»Was soll ich machen?«, fragte er und versuchte durch seinen Tonfall zu verschleiern, dass er in diesem Moment so ziemlich alles gemacht hätte, worum sie ihn bitten würde.

»Du musst mir das Gegengift geben, wenn es nötig ist.«

Er hob die Augenbrauen. »Du willst die Torte essen?«

Millie hob die Schultern. »Ich kann die Torte nicht einfach Pamela zum Testen geben, ich halte es nicht noch mal aus, tagelang auf ihre Ergebnisse zu warten.«

»Und woran merke ich, ob du das Gegenmittel brauchst?«

Sie starrte ihn an. »Wie meinst du das?«

»Ich meine, woher weiß ich, ob du von Schwarzer Magie oder … naja, nur von normaler Magie befallen bist?«

Im warmen Licht der Küche sah er sie schlucken. »Das merkst du schon. Bitte gib mir das Zeug einfach früh genug, bevor ich deine Kehle aufschlitze oder so was.« Sie lachte, aber es klang schrill und er spürte, dass sie Angst hatte.

»Das wird nicht passieren«, sagte er.

Millie legte den Kopf schief. »Weißt du, ich würde mir weniger Sorgen um dich machen, wenn du nicht so ein seltsam unerschütterliches Vertrauen in mich hättest.«

Jetzt legte er den Kopf schief. »Ich werde dir das Gegenmittel in die Kehle rammen, bevor du mir zu Nahe kommst, keine Sorge.«

Ein kleines Grinsen huschte über ihr Gesicht. »Gut, genau das will ich hören.«

»Aber das wird nicht passieren.«

»Das kannst du nicht wissen, Remi.«

»Du hast doch gesagt, ich soll aufpassen, ob ich irgendwo Schwarze Magie bemerken würde, und ich habe während des gesamten Backvorgangs nichts davon bemerkt, rein gar nichts.«

»Hast du andere Magie bemerkt?«

Remi schwieg für einen Moment. Er wusste nicht, was er darauf sagen sollte, weil er ja tatsächlich nicht wusste, ob es sich bei dem, was er gesehen hatte, um hexenartige Magie oder einfach die wundersame Magie von Millicent als Menschen handelte.

Doch sie wertete sein Schweigen als Antwort. »Siehst du«, sagte sie leise, »ich habe es auch nicht gesehen.«

Für einen Moment betrachtete er sie, wie sie dort saß, noch ein bisschen Mehlstaub auf der Nase, und ganz offensichtlich versuchte, vor Angst nicht zu zittern.

»Du willst das nicht tun«, stellte er fest.

Sie schüttelte den Kopf. »Ich habe mir vor langer Zeit geschworen, nichts mehr mit Magie zu tun zu haben.«

Er beobachtete sie weiter, wie ihre Brust sich hob und senkte, wie alles in ihrem Körper wie unter Strom stand. »Aber das ist es nicht, was dir so viel Angst macht.«

»Ich bin keine besonders gute Hexe«, sagte sie leise. »Ich war nie gut in der Schule, obwohl alle dachten, dass ich nach meinen Eltern kommen würde, die zwei talentiertesten Magier, die England seit Jahrhunderten gesehen hatte. Aber weißt du was?«

Sie ließ ihren Kopf wieder sinken und ihre Blicke verhakten sich. »Es hat sie trotzdem umgebracht, weißt du? Nicht

einmal sie waren stark genug.«

»Und warum sollte dir das passieren?« Sie lachte leise. »Weißt du, was Hexen beigebracht wird, bevor sie überhaupt auch nur einen magischen Befehl kennenlernen?« Sie wartete seine Antwort nicht ab, denn sie wussten ja beide, dass er keine Ahnung hatte. »Grenzen. Magie ist eine Kunst des Maßhaltens. Man muss eine ständige Balance finden, zwischen allem, und sich auf diesem schmalen Grat bewegen. Das beginnt schon bei ganz simplen Angelegenheiten, wie zum Beispiel bei der Frage: Wie viel Torte esse ich, um meine Magie aufzuladen?« Sie zögerte. »Wie du dir vorstellen kannst, war ich nie gut darin Maß zu halten. Ich war immer schon übermütig, neugierig, zu viel, zu laut, zu unbeherrscht. Das kann ganz schön nach hinten losgehen, wenn man eine Hexe ist. Wenn man die Tochter meiner Eltern ist, ganz besonders.«

»Dann hast du also gar keine Angst vor der Magie«, sagte Remington leise. »Sondern du hast Angst vor dir?«

Sie hob die Schultern und seufzte. »Scheint so, oder?« Sie starrte ihn mit einem Blick an, der ihm ganz eindeutig sagte, dass sie kein Mitleid von ihm haben wollte.

»Ich wette, du könntest die ganze Torte essen und wärst einfach nur großartig«, sagte er stattdessen.

Ein kleines Lächeln zuckte an ihren Mundwinkeln. »Ich glaube, sie ist jetzt bereit zum Verzieren.« Millie sprang von der Küchentheke herunter und öffnete die Gefriertruhe hinter der Tür, um die verschiedenen Buttercremebehältnisse und die Torten-Drehplatte wieder herauszuholen. Dann begann sie damit, die Torte mit einer zweiten, babyrosafarbenen Schicht zu ummanteln, bevor sie rote

Buttercreme in eine Spritztüte füllte und sich an die Verzierungen machte. Remington schaute ihr fasziniert dabei zu. Jeder Handgriff, jede kreative Entscheidung wirkte so, als würde Millie einer lang eingeübten Choreografie folgen – aber Remington hatte schon viele ihrer Torten gesehen und keine davon sah gleich aus. Sie waren allesamt ganz individuelle, über und über verzierte Buttercreme-Kunstwerke. Die Torten, die Millies Großmutter Eleanor zuvor gebacken hatte, sahen vollkommen anders aus, viel blasser und zurückgenommener, sie streckten sich wie schlanke Türme mit mindestens fünf Böden in den Himmel. Er hatte immer darauf achten müssen, dass er sie während des Transports nicht aus Versehen umwarf. Millies Torten dagegen waren breit und bunt und zogen die Aufmerksamkeit des gesamten Raumes auf sich. Sie sahen nicht gerade nach Balance und Ausgewogenheit aus, was für Hexen angeblich ja so wichtig war. Trotzdem versorgte Millie seit einem halben Jahr das ganze Dorf dadurch mit Magie – so falsch konnte sie mit ihren Kreationen also nicht liegen, oder? Vielleicht sah ihre Magie einfach anders aus als die der anderen Hexen?

Schließlich trat Millie von ihrem Kunstwerk zurück und blinzelte, als würde sie aus einem Traum erwachen. Remington stand auf, um die Torte näher zu begutachten.

»Und du bist dir sicher, dass das hier nicht einfach nur eine elaborierte Foltermethode von dir ist?«

Sie sah ihn erschrocken an. »Was meinst du?«

»Naja, erst muss ich dir eine Ewigkeit dabei zusehen, wie du eine Torte backst, und dann darf ich nicht mal was davon essen?«

»Wenn du nachher high und sabbernd auf dem Boden liegen willst, kannst du gerne probieren.«

Er hob die Augenbrauen. »Echt jetzt?«

Sie stieß ein kleines Lachen aus, das ihn mitten in der Brust traf. »So war es zumindest bei mir, als ich zum ersten Mal beim Tortenessen dabei war. Anfänger vertragen das nicht sonderlich gut.«

Remington ließ seinen Blick über Millies Kunstwerk schweifen. »Du hast die Torte einfach nur für dich gemacht«, sagte er leise.

Sie hob die Schultern. »Sieht ganz danach aus.«

Remington sah sich im Raum um. »Und was müssen wir jetzt machen? Ein Blutritual oder irgendwelche Sprüche sprechen?«

Jetzt grinste sie. »Nein«, sagte sie. »Jetzt muss man einfach nur genießen.« Auch wenn Millie nicht gerade danach aussah, als hätte sie Lust darauf, das Stück Torte zu essen. Als sie vorsichtig ein Stück aus dem Kunstwerk schnitt, sah sie im Licht der Deckenlampe fast ein bisschen grün aus und ihre Finger zitterten. Sie platzierte ihr Stück vorsichtig auf einem Teller, den sie dann neben die Torte auf den Küchentisch stellte. Sie setzte sich auf die Bank vor dem Fenster und bedeutete Remington, sich ihr gegenüber niederzulassen.

Dann streckte sie ihm das kleine Reagenzglas mit der orangefarbenen Flüssigkeit hin. »Warte, bis du dir sicher bist, dass es sich um Schwarze Magie handelt, aber keine Sekunde länger«, sagte sie.

Er nickte.

»Ich meine es ernst, Remi, ich könnte nicht damit leben, wenn ich dich verletze.«

»Wirst du nicht«, sagte er, aber sein Herz raste. Vielleicht war es ihre Aufregung, die auf ihn abfärbte, aber vielleicht auch nur die Vorfreude darauf, Millie ihre Hexenkraft ausüben zu sehen.

»Okay«, sagte sie und hob ihre Kuchengabel. Sie schaute das Stück Kuchen mit einer roten Buttercreme-Rose darauf an, als müsste sie schleimigen Matsch bei einer Mutprobe herunterwürgen. Dann schob sie sich die Gabel mit einer schnellen Bewegung in den Mund. Remington sah dabei zu, wie die rote Buttercreme zwischen ihren Lippen verschwand und hielt angespannt den Atem an. Millie schloss die Augen und kaute, schluckte, und öffnete sie dann wieder.

»Und?«, fragte er.

»Soweit ich weiß, dauert das ein bisschen.« Sie starrte den Kuchen auf ihrem Teller an. »Aber die Torte schmeckt verdammt gut.«

Ein kleines Grinsen schlich sich auf ihr Gesicht, als sie sich den zweiten Bissen in den Mund schob. Nach jedem Bisschen schloss sie die Augen und ihre Lider flatterten vor Genuss. »Ich habe seit Jahren kein Stück Torte mehr gegessen«, sagte sie leise, ohne die Augen zu öffnen. »Nicht mal einen Keks.«

»Was für eine Schande«, entgegnete er. Remington musste sich zwingen, den Blick von ihren Lippen abzuwenden und stattdessen auf Anzeichen Schwarzer Magie zu achten. Wie würde sich das wohl im Fall der Fälle äußern? Er erinnerte sich noch gut daran, wie Lucy und Ms Quintrell ausgesehen hatten, mit langen gebogenen Fingernägeln, verzerrten Gesichtszügen und roten Augen. Was würde als erstes passieren? Wäre das eine graduelle Veränderung oder würde das innerhalb eines einzigen Wimpernschlags passieren? »Merkst du schon was?«, fragte er.

Sie schüttelte den Kopf, aber dann hielt sie inne. »Ich kann nicht sagen, ob es einfach nur der Kuchen ist oder Magie, aber es fühlt sich verdammt gut an.«

»Noch kein Bedürfnis, mich zu köpfen?«

Millie lachte ein bisschen. »Nicht mehr als sonst.«

»Um ganz sicherzugehen«, sagte er, »musst du glaube ich den ganzen Kuchen essen.«

Millie lachte. »Das schaffe ich nie.«

Er hob eine Augenbraue. »Wenn ich mich recht erinnere, hast du es doch schon lange nicht mehr probiert.«

Wie er gehofft hatte, bemerkte er ein kompetitives Blitzen in ihren Augen. Sie hob ihre Gabel, stach einen weiteren Bissen Torte ab und schob ihn sich in den Mund. Remington stützte sein Kinn in die Hand und sah ihr dabei zu. Er hatte gedacht, dass er sein Leben lang am liebsten nichts mehr anderes tun würde, als Millie beim Backen zuzusehen, aber er hatte sich getäuscht. Er würde am liebsten nichts mehr anderes tun, als ihr beim Essen zuzusehen.

# MILLICENT

Millie seufzte und lehnte sich zurück. »Ich kann keinen weiteren Bissen mehr essen, so sehr ich auch will.« Sie schob ihren Teller von sich weg und Remington blinzelte, als wäre er gerade aus einer Trance erwacht. Millie wischte sich mit dem Finger die letzten Teigkrumen vom Mundwinkel. »Habe ich schon Hörner oder rote Augen?«

Er beugte sich über den Tisch und streckt die Hände nach ihrem Gesicht aus. »Lass mich mal sehen.«

Langsam beugte sie sich ebenfalls vor, bis ihre Wangen in seinen Handflächen ruhten. Ihre Haut prickelte unter seiner Berührung, aber er schien es gar nicht zu bemerken, so beschäftigt war er, ihr in die Augen zu sehen.

»Kann ich deine Brille abnehmen?«, fragte er und sie nickte. Ihr Hals fühlte sich auf einmal wie zugeschnürt an.

Vorsichtig zog er an den Bügeln ihrer Brille und legte sie neben sich auf den Tisch. Aus dieser Entfernung konnte Millie ihn trotzdem scharf sehen und während er ihr Gesicht auf Merkmale der Schwarzen Magie überprüfte, suchte sie seine

Züge ebenfalls ab, sie wusste gar nicht so genau, wonach eigentlich.

»Das sieht gut aus«, flüsterte er und sie spürte seinen Atem warm auf ihren Wangen. Ein Schauer lief ihr über den Körper. Sie wusste nicht, ob er es bemerkt hatte. Ein kleines Grinsen lag auf seinen Lippen, aber sein Gesicht war ihrem jetzt zu nah, als dass sie es komplett einschätzen konnte. Ihr Herz raste und ihr Mund war auf einmal ganz trocken. Waren das die ersten Anzeichen von Schwarzer Magie? Oder von Magie überhaupt? Es war schon so lange her, dass sie zum letzten Mal Magie in sich aufgenommen hatte. So lange, dass sie sich geschworen hatte, es nie wieder zu tun – und jetzt saß sie hier, bis oben hin mit einer Magie vollgepumpt, die ihr fremd war. Sie fühlte sich warm und wohlig an auf ihrer Haut und schickte elektrische Stöße durch ihren ganzen Körper. Sie erinnerte sich nicht mehr genau daran, wie es sich angefühlt hatte. Hatte es sich wirklich so wunderbar angefühlt?

»Mach deinen Mund auf«, sagte er leise.

»W-was?« Millie blinzelte und ärgerte sich, dass ihre Stimme so erschrocken klang.

»Ich muss schauen, ob deine Eckzähne länger geworden sind.«

Sie öffnete den Mund und hielt dabei ihren Blick starr auf seinen gerichtet. Seine Augen waren so dunkel, dass sie kaum einen Unterschied zwischen Iriden und Pupillen ausmachen konnte. Sein Daumen strich über die Haut um ihren Mund, um ihre Lippen und berührte dann kurz ihren Schneidezahn. »Sieht gut aus«, sagte er leise. »Du bist jedenfalls kein Vampir geworden.«

Sein Finger löste sich wieder, doch bevor er den Daumen aus ihrem Mund nahm, schlossen sich ihre Lippen wie automatisch.

Remington erstarrte. Seine Augen weiteten sich, seine Blicke huschten über ihr ganzes Gesicht, wie um herauszufinden, ob sie ihm als nächstes den Finger abbeißen würde.

Aber Millie hatte nicht vor, ihn zu beißen, jedenfalls noch nicht. Stattdessen küsste sie seinen Daumen, der immer noch in ihrem Mund ruhte, und gab ihn dann wieder frei. Aber Remington rührte sich immer noch nicht. Er starrte sie einfach nur an und sie sah, wie sich seine Brust hob und senkte.

Dann spürte sie, wie Scham in ihr hochkroch. Sie zuckte zurück und schluckte. »Tut mir leid, ich –«

»Nein, das muss es nicht.« Jetzt sah er auf einmal aus, als wäre es ihm peinlich, was die ganze Situation noch viel unangenehmer machte.

»Ich dachte nur, ich …«

»Ist Magie eine Droge?«, fragte er.

»Was?« Millie zog die Augenbrauen zusammen.

Er war jetzt knallrot im Gesicht, aber seine Brust wogte immer noch. »Ich meine, ich weiß nicht, ob du gerade high bist oder so was, ich meine … ich will niemanden küssen, der nicht zurechnungsfähig ist.«

»Also willst du mich immer noch küssen?«

»Das ist jetzt wohl hinreichend bewiesen«, sagte er und verzog das Gesicht. Millie hätte sich am liebsten über den Tisch geworfen und sein Gesicht verschlungen. Aber sie hielt sich zurück.

»Ich bin nicht auf Drogen«, sagte sie langsam. »Aber ich kann nicht ausschließen, dass ich nicht irgendwo doch Anzeichen Schwarzer Magie zeige.« Das war eine Lüge, und sie wusste, dass er es wusste.

Er hob die Augenbrauen. »Das sollte ich also schleunigst überprüfen.«

»Ja, das solltest du«, sagte sie und dann tat sie endlich, was sie schon die ganze Zeit hatte tun wollen. Sie warf sich über den Tisch, bis sie sein Gesicht zu fassen bekam und küsste ihn. Seine Lippen fühlten sich für einen Moment ganz weich an, aber dann erwiderte er ihren Kuss, zog sie näher zu sich heran.

Millie schob kurzerhand die Tortenplatte beiseite und kletterte über den Tisch, der sie immer noch trennte. Dann saß sie auf einmal an der Kante und er stand zwischen ihren Beinen. Sie schlang die Arme um seinen Nacken und vergrub ihre Finger in seinem Haar, während er sie um die Taille fasste und noch näher zu sich zog. Ein Stöhnen entwich ihren Lippen und er nutzte die Chance, mit seiner Zunge ihre zu suchen. Er schmeckte so, wie er roch und sie liebte es. Sie biss ihm auf die Unterlippe, was ihm wiederum ein Stöhnen entlockte, das in seinem Brustkorb vibrierte und Millies eigenen Körper zum Klingen brachte.

»Immer noch keine Vampirzähne«, raunte Remington, ohne ihren Kuss zu unterbrechen.

»Du solltest meine Brüste checken«, gab sie atemlos zurück. Noch bevor die Worte vollständig ihren Mund verlassen hatten, spürte sie seine Finger durch ihre Bluse, die sich um ihre Nippel schlossen. Sie sog scharf Luft ein und küsste ihn fester.

»Wir müssen das ausziehen«, sagte er und zupfte an ihrer Bluse. Sie nickte und zog sich das Kleidungsstück über den Kopf, wobei sie mit den Haaren darin hängenblieb, aber er half ihr mit flinken, zitternden Fingern. Er fuhr mit ihnen unter ihr halb transparentes Shirt und schob ihren BH beiseite, um sie ganz leicht in die Nippel zu zwicken.

»Lass uns nach oben gehen«, keuchte sie. »Bevor meine Großmutter kommt.«

Er nickte und hob sie kurzerhand hoch. Sie klammerte sich an ihm fest, aber sie verloren das Gleichgewicht und stolperten gegen die Küchentheke, rissen Schüsselchen und Spritztüten zu Boden.

Remington erstarrte, aber Millie intensivierte den Kuss und jagte mit ihrer Zunge nach seiner. »Wag es ja nicht, mich loszulassen«, flüsterte sie.

Also hielt er sie weiter fest. Gemeinsam stolperten sie den Flur entlang und an der Eingangstür vorbei. Sie schafften es gerade mal die halbe Treppe hinauf, denn dann rutschte seine Hand in den Bund ihrer Hose und es war um sie geschehen. Ihre Knie gaben unter ihr nach und sie ließ sich auf die Treppenstufen sinken.

»Keine Dornen oder Krallen«, konstatierte er.

»Bist du sicher?«, fragte sie.

Seine Finger wanderten weiter hinunter, strichen über ihre Haut, bis sie den Bund ihres Slips erreichten. »Du bist so verdammt weich«, flüsterte er.

»Das kann ich von dir nicht behaupten«, gab sie zurück, als sie ihre Hand um die Beule in seiner Hose schloss. Remington gab ein Knurren von sich, dass Millie auf die Idee brachte, dass sie dringend auch seinen Körper auf Anzeichen Schwarzer Magie untersuchen sollte. Erst landete sein Pullover über dem Treppengeländer, dann sein T-Shirt und dann strichen ihre Finger über die blasse, mit Sommersprossen besprenkelte Haut und über die Muskeln, die sich unter ihren Berührungen bewegten.

Millie hielt inne. Im schwachen Licht, das durch das Fenster des Eingangsbereichs zu ihnen hereinfiel, bemerkte sie verästelte Linien auf seiner Haut, die sich silbrig von seinem Hals über seine Brust und seine Arme ausbreiteten. »Was ist das?«, fragte sie leise.

Remington schien erst nicht zu kapieren, was sie meinte, sein Blick war ganz glasig vor Lust. »Das sind Narben«, sagte er keuchend. »Ich wurde als Jugendlicher vom Blitz getroffen.« Dann grinste er. »Du kannst sie dir später gern in Ruhe anschauen.«

Millie strampelte ihre Hose von den Beinen und Remingtons Hände folgten dem Stoff ihre Oberschenkel hinab und dann wieder hinauf, bis er beide Daumen unter den Stoff ihres Slips schob. Millie biss sich auf die Unterlippe, als er mit seinen rauen Daumen über die weiche Haut strich und schließlich ihre Klitoris umkreiste.

»Auch keine Fangzähne hier«, stellte er fest, und sein Gesicht war ihr so nah, dass sie seinen Atem zwischen den Beinen spürte. Er blickte unter seinen roten Locken zu ihr auf und hielt ihren Blick gefangen, als er seinen Kopf senkte und mit der Zunge den Stoff ihres Slips beiseiteschob.

Alles in Millie zog sich zusammen. Sie krallte ihre Finger in seinen Rücken, während er ihren Slip herunterzog. Er strich sanft über die Dehnungsstreifen an ihren Oberschenkeln und griff dann fest hinein, um ihren Körper näher zu sich heranzuziehen. Millie musste sich mit einer Hand am Geländer festhalten, um nicht die halbe Treppe runterzustürzen. Er fuhr mit seiner Zungenspitze die Länge ihrer Vulva entlang, nahm ihre Klitoris in den Mund und saugte. Eine Gänsehaut rollte über ihren ganzen Körper und spätestens zu diesem Zeitpunkt hatte Millie keine Kontrolle mehr über die Geräusche, die ihrem Mund entwichen. Sie wimmerte, sie wand sich unter ihm, aber der Griff seiner Hände um ihre Oberschenkel war fest und die Bewegungen seiner Zunge feucht und flink und unerbittlich. Sie merkte nicht einmal, dass er den Griff seiner rechten Hand gelockert hatte, aber dann spürte sie plötzlich einen Finger an ihrem Eingang.

»Ist das okay?«, fragte er mit rauer Stimme. Sie öffnete die Augen und sah, dass er immer noch ihr Gesicht beobachtete.

»Ja, verdammt!«, stieß sie hervor und ihr war nicht einmal peinlich, wie verzweifelt das klang.

Ein Grinsen breitete sich auf Remingtons Gesicht aus, bevor er wieder abtauchte, mit seiner Zunge und seinen Fingern und dem leichten Kratzen seiner Bartstoppeln auf ihrer empfindlichen Haut. Millie spürte die Berührungen in ihrem ganzen Körper, ihr Atem ging flach und immer schneller, während er erst einen Finger und dann einen zweiten in ihr krümmte.

»Komm für mich, Millie«, flüsterte er – und das tat sie dann auch. Ihr Körper zog sich zusammen und sie zuckte so heftig, dass sie eine Stufe nach unten rutschte und

Remington sie mit seinen kräftigen Händen festhalten musste.

Ein seltsames Pfeifen ertönte über ihnen und dann ein Knallen. Sie riss die Augen auf und sah direkt über ihrem Kopf im Flur des Häuschens ein Feuerwerk explodieren, dann noch eins und dann zischte eine dritte Rakete direkt an ihrem Kopf vorbei. Millie entwich ein Schrei. Sie rappelte sich auf, konnte aber nur noch dabei zusehen, wie eine vierte Rakete in einem der Kräuterbündel steckenblieb, die im Flur von der Decke hingen, und dieses durch eine Explosion in Brand steckten. Sie sprang auf und hechtete die Treppe hinunter, aber Remington war schon dabei, seinen Pullover über das brennende Büschel zu werfen.

»Wo kommen die denn auf einmal her?«, krächzte sie.

Remington entwich ein Glucksen. Er schien, im Gegensatz zu ihr, nicht halb so sehr Angst zu haben, dass im nächsten Moment das ganze Cottage in Flammen stehen würde. Eine fünfte Rakete explodierte über ihren Köpfen und ließ bunte Funken auf ihre Schultern hinabregnen.

Remington räusperte sich und tupfte mit dem Ärmel seines angekokelten Pullovers die letzten Mini-Flammen aus. »Ich glaube, das warst du.«

»Ich?«

Sie sah ihn an, seine geschwollenen Lippen und das Funkeln in seinen Augen. Er nickte. »Die sind aufgetaucht, als du, nun ja, als du gekommen bist.«

»Oh.« Sie spürte, dass sie rot anlief, obwohl sie noch vor kurzer Zeit völlig schambefreit auf ihrer Treppe gestöhnt hatte. Aber jetzt standen sie wieder im Hauseingang, er obenrum nackt und sie untenrum. Millie strich sich die Haarsträhne hinters Ohr.

»Das heißt dann wohl, dass in meiner Torte ganz viel normale Magie gesteckt hat.«

Er legte den Kopf zur Seite. »Wie hat es sich angefühlt?«

Sie hob die Augenbrauen. »Möchtest du Applaus?«

Er schüttelte den Kopf, sah dabei aber ein bisschen selbstzufrieden aus. »Ich meine das Zaubern.«

Sie biss sich auf die Unterlippe. »Ich habe es nicht einmal gemerkt. Ich war … abgelenkt.«

Seine Augen blitzten. »Ich kann es gar nicht erwarten, was nächstes Mal passiert. Vielleicht lässt du uns schweben.« Er hielt inne und zog die Augenbrauen zusammen. »Wenn du das überhaupt willst, also ich –«

Sie legte einen Finger auf seinen Mund, um ihn zum Schweigen zu bringen. »Hast du das gehört?«

Sie war sich nicht ganz sicher gewesen, ob sie sich getäuscht hatte, aber da war es wieder: ein Rascheln, das regelmäßige Klackern eines Gehstocks auf dem Kopfsteinpflaster.

»Das ist meine Grandma, verdammt! Du musst hier verschwinden!« Sie riss den verkohlten Pullover runter und drückte ihn ihm vor die Brust, dann hob sie sein T-Shirt auf und tat damit das gleiche. In Windeseile stieg sie in ihre Hose und stopfte sich den Slip in die Tasche. »Hinten raus, hinten raus«, zischte sie, aber Remington war schon dabei, durch die Küche zu verschwinden. Im Vorbeigehen hob er ein, zwei der Buttercremeschälchen auf, die auf den Boden gefallen waren. Millie scheuchte ihn zur Terrassentür.

»Ich fühl mich, als wäre ich sechzehn und morgen wäre ein Schultag«, sagte er mit schiefem Grinsen.

Sie verzog das Gesicht. »Tut mir leid, ich –«

»Keine Sorge, ich will auch nicht von Eleanor beim Sex erwischt werden.« Er hob einen Finger, strich ihr eine

Haarsträhne aus dem Gesicht und verschwand dann in der Dunkelheit.

Erst als die kühle Nachtluft sie umfing, realisierte sie, dass sie ihn ohne warme Kleider hatte gehen lassen. Sie verzog das Gesicht und drehte sich um, um schnell noch die zweite Gabel verschwinden zu lassen. Ihre Großmutter stand bereits im Eingang zur Küche.

»Nächstes Mal soll Remington mich nachhause fahren«, sagte sie. »Schließlich macht man das so für seine Schwiegergroßmutter.«

Millie spürte, wie sie knallrot anlief. »Wir ... sind nicht ...«, stotterte sie. »Er und ich sind nicht ...« Nicht zum ersten Mal fragte sie sich, warum sie auf die Idee gekommen war, mit ihrer Großmutter in einem Haus zu wohnen. *Weil sonst niemand ein Auge auf sie hat*, beantwortete sie ihre Frage gleich selbst. Momentan sah es aber eher so aus, als hätte Eleanor ein oder mehrere Augen auf Millie und nicht andersherum.

Die alte Frau schnaufte. »Du hast gebacken?«

Millie, die sich sonst über jeden Themenwechsel gefreut hätte, verzog das Gesicht. Es hatte keinen Sinn, diese Tatsache leugnen, auch wenn sie ihre Untersuchungen gerne noch ein bisschen für sich behalten hätte. Sofort spürte sie wieder den festen Druck von Remingtons Händen auf ihrem ganzen Körper und schüttelte den Kopf, um diese Gedanken zu vertreiben.

»Ich ... ja. Remi hat mir geholfen. Er hätte mir zur Not das Gegengift verabreicht.«

»Aber lass mich raten, da war keine Schwarze Magie in deiner Torte«, sagte ihre Großmutter.

Millie hob die Schultern. »Warum seid du und Remi euch da eigentlich so sicher, dass ich nicht für die Vergiftung verantwortlich war? Alle anderen Hexen im Dorf scheinen nämlich das Gegenteil zu glauben.«

»Das ist doch Schwachsinn«, grummelte Eleanor und ließ sich auf ihrem Platz auf der Küchenbank nieder. »Krieg ich auch ein Stück?«

Millie konnte nicht anders als zu lächeln. Es tat gut, dass zumindest ihre Großmutter ihr vertraute. Dass sie in dieser ganzen Sache nicht allein war. Und dass Eleanor weiterhin Millies Torten essen würde. »Aber natürlich«, sagte sie und beäugte etwas bedauernd den schlimm zugerichteten Buttercreme-Berg. »Ich schneide dir eins ab.« Eigentlich schob sie nur ein bunten Krümelhaufen auf einen Teller und reichte ihrer Großmutter eine Gabel. Diese kostete ein bisschen was und verzog das Gesicht. »Sanddorn, das ist ja grauenhaft.«

Millie grinste und setzte sich ihrer Großmutter gegenüber. »Ich wusste, du würdest es lieben.«

Eleanor grummelte, aß aber brav alles auf. »Wie war die Stimmung auf dem Fest?«, fragte Millie.

Eleanor grummelte. »Das ist doch egal. Wir wissen beide, dass du nichts mit der Schwarzen Magie zu tun hast.«

Millie seufzte. Das hieß wohl, dass die anderen Hexen ihr immer noch genauso misstrauten wie heute morgen. »Ich weiß nicht, wie ich ihnen das beweisen soll.«

»Zum Glück hast du mich«, sagte ihre Großmutter und trank einen Schluck von Remingtons kalt gewordenem Tee. »Und ich habe eine Idee.«

# REMINGTON

Als Remington auf die Robinson Farm zurückkehrte, begann es zu regnen und das Kürbisfest löste sich allmählich auf. Die Gäste trugen Bierbänke und Tische in die Scheune und sammelten benutzte Becher ein, während Mary und Rose Robinson damit beschäftigt waren, ihre Kinder einzufangen, die immer noch im Kürbisfeld Verstecken spielten. Remington half seinem Onkel dabei, die schweren Töpfe und Kisten mit den Tassen in seinen Van zu laden. Während die Bewohner des Dorfes sich bereits in den trockenen Schutz ihrer Häuser zurückzogen, blieben Remington und sein Onkel, bis alles aufgeräumt war.

Remington wartete schließlich im Auto und sah seinem Onkel dabei zu, wie er mit Pamela im Schutz des hervorstehenden Scheunendachs stand und diskutierte. Auch als er das Fenster herunterließ, konnte er nicht verstehen, was die beiden miteinander redeten, außerdem peitschte der Wind dann umso mehr die Tropfen ins Innere. Remington kurbelte die Scheibe also wieder hoch und lehnte den Kopf gegen die Rücklehne des Fahrersitzes. Als er sein eigenes Gesicht im Seitenspiegel erblickte, bemerkte er einen Lippenstiftfleck am Kinn, den er schnell mit dem Ärmel wegwischte. Sobald er die Augen schloss, sah er wieder Millie vor sich, wie sie sich über ihm auf der Treppe wand und dabei ihre Fingernägel in seinen Rücken bohrte.

Er rutschte auf dem Sitz hin und her. Er hatte von Anfang an gewusst, dass sie nichts mit der Schwarzen Magie zu tun hatte, er hatte es einfach irgendwie gewusst. Ein Grinsen schlich sich auf sein Gesicht, als er daran dachte, wie bei ihrem Orgasmus auf einmal ein Feuerwerk in dem engen Treppenhaus explodiert war. Er biss sich auf die Zunge, um nicht vollkommen in der Szene zu versinken. Im nächsten Moment öffnete sein Onkel die Beifahrertür und es wehten ein paar Tropfen hinein.

»Was grinst du so?«, fragte Arthur, als er sich neben Remington anschnallte.

Remington zuckte mit den Achseln und versuchte seinem Gesicht einen neutralen Ausdruck zu geben. Das Gras unter den Rädern war matschig und er musste ganz schön Gas geben, um den Van aus der Wiese der Robinsons zu lenken.

»War ein erfolgreicher Abend, oder?«, fragte sein Onkel.

Remington spürte seinen Blick auf sich und nickte. »Der Kürbispunsch ist jedes Jahr ein Renner.«

»Das hab ich nicht gemeint.«

Remington wusste ganz genau, was sein Onkel gemeint hatte, aber er wollte nicht wirklich mit ihm darüber reden. Irgendetwas an der Szene mit ihm und Pamela unter dem Scheunendach irritierte ihn, aber er konnte nicht genau den Finger darauflegen.

»Wir sollten für Halloween die doppelte Menge machen«, schlug Remington vor. »Heute wurde alles weggetrunken.«

Sein Onkel nickte und fuhr sich über das Gesicht. »Ich werde gleich morgen bei den Robinsons anfragen, ob wir so kurzfristig mehr Kürbisse bestellen können. Aber du weißt, was doppelt so viele Kürbisse bedeuten.«

Remington grinste, als er den Blinker einlegte und auf die Hauptstraße von Snickerford einbog. »Du weißt, dass ich für ein bisschen extra Geld gerne auch Überstunden mache.«

Sein Onkel schnaubte, aber Remington nahm den Humor darin wahr. »Und du weißt genau, dass ich vom Kürbisse aushöhlen eine Sehnenscheidenentzündung bekomme.«

Jetzt musste Remington lachen. »Das erwähnst du nur ungefähr bei jeder Gelegenheit.«

»Vielleicht sollte ich dich dieses Jahr die Planung für Halloween machen lassen.«

Remington warf ihm einen fragenden Blick zu.

Arthur hob die Schultern. »Ich dachte, du willst den Pub vielleicht mal übernehmen?«

Remington war immer davon ausgegangen, dass er eines Tages etwas anderes machen würde. Dass er nur vorübergehend hier nach Snickerford gekommen war, um seinem Onkel zu helfen. Plötzlich waren zehn Jahre vergangen und er kannte jeden Handgriff im *Tipsy Teapot* auswendig. Vielleicht war es wirklich mal an der Zeit, nicht länger auf irgendetwas zu warten, von dem er nicht wusste, ob es jemals kommen würde? Wobei, vielleicht war heute genau der Moment gekommen, auf den er immer gewartet hatte. Der Moment, an dem er Millicent Battersea endlich geküsst hatte, an dem er ihren Körper unter seinem hatte beben lassen.

»Vielleicht solltest du mir noch nicht zu viel Verantwortung geben«, sagte Remington, als er in den Hinterhof des *Tipsy Teapots* einbog. »Zumindest bis nach Halloween.«

»Was meinst du damit?«

Remington parkte den Van, schnallte seinen Gurt ab und stieg aus dem Wagen. Als er ihn umrundete, war sein Onkel schon dabei, die Hintertüren zu öffnen. Es nieselte immer noch, aber nicht so stark, dass sie sich beeilen mussten. Remington zuckte wieder mit den Achseln und begann einen der schweren Eisentöpfe ins Haus zu tragen. »Da wollen die Hexen meine Erinnerungen löschen.«

Er hörte seinen Onkel hinter sich rumoren, während er den Topf abstellte, um die Hintertür zum Pub zu öffnen. Sein Onkel sagte erst wieder etwas, als sie schweratmend in der Küche des Pubs standen.

»Ja, davon habe ich gehört«, sagte er.

»Hat Pamela es dir erzählt?«, fragte Remington.

Arthur nickte. Er hatte die Unterlippe nach innen gezogen und schien darüber nachzudenken, wie er seine nächsten Worte formulieren sollte.

Jetzt kapierte Remington auch, was ihn am Anblick von Pamela und Arthur so irritiert hatte. »Warum haben sie das bei dir eigentlich nie gemacht?«

»Mein Gedächtnis gelöscht?«, fragte sein Onkel, als wäre das nicht offensichtlich. Er verließ die Küche wieder, um die nächste Palette mit Tassen aus dem Wagen zu holen.

»Ja, ich meine, gelten für dich nicht die gleichen Regeln?«

Sein Onkel fuhr sich mit der Hand über den Nacken, ein offensichtliches Zeichen dafür, dass er nervös war. »Naja, niemand weiß von mir und Pamela.«

Remington schnaubte. »Alle wissen davon.«

»Aber nicht offiziell.« Arthur hob die zweite Palette aus dem Wagen und Remi nahm die dritte.

»Das macht also den Unterschied? Dass du vor den anderen Hexen so tust, als wüsstest du nicht von ihnen, während Pamela dir alles erzählt, was die in ihrem kleinen Zirkel so machen?«

Arthur ging vor ihm, also konnte er seinen Gesichtsausdruck nicht sehen. »So einfach ist das nicht«, sagte er. »Das ist ein langer Prozess gewesen, der auf Gegenseitigkeit beruht.«

»Was meinst du damit?«

»Naja, die Hexen profitieren davon, dass ich von ihnen weiß.«

»Inwiefern?« Remington ging schneller, um zu seinem Onkel aufzuschließen. Erst als sie die Küche erreichten und die Paletten mit den Tassen abstellten, konnte er ihm ins Gesicht sehen. Arthur wich seinem Blick aus und schien sich so unwohl zu fühlen, als hätte Remington ihn gerade gefragt, er ob er manchmal nackt mit Pamela in ihrem Gewächshaus tanzte.

»Denkst du wirklich, die Hexen hätten so lange überlebt, wenn sie tatsächlich keine außenstehenden Verbündeten hätten?«

»Wie meinst du das?«

»Es ist ja nicht so, als wüsste die Welt nicht von den Hexen. Hexenjagden, Hexenverbrennungen, das ist alles Teil unserer Geschichtsbücher. Es ist von Vorteil, wenn Hexen an den Orten, an denen sie wohnen, strategische Partner haben. Sie können ja nicht alle wichtigen Posten in einer Stadt besetzen, aber gleichzeitig müssen sie diese Stadt beschützen, sich selbst beschützen.«

»Wovor?«, fragte Remington.

Arthur zuckte die Achseln. »Unsere Gesellschaft mag keine mächtigen Frauen. Vor allem, wenn man nicht von ihrer Macht profitieren kann.«

Remington hatte das Gefühl, dass er an dieser Stelle nicht mehr aus seinem Onkel herauskriegen würde. »Willst du mir damit durch die Blume sagen, dass ich für die Hexen unabdingbar werden muss, damit sie mein Gedächtnis nicht löschen?«

Arthur presste die Lippen zusammen und bedachte Remington mit einem mitleidigen Blick, bei dem ihm ein bisschen übel wurde. »Mach dir nichts draus, Remi. Pamela hat mein Gedächtnis bestimmt fünf Mal gelöscht, bis sie mir schließlich vertraut hat.«

»Woher weißt du das?«

»Sie hat es mir erzählt.«

»Und das ist kein Problem für dich?«

Arthur, der gerade dabei war, die erste Fuhre der Tassen in die Spülmaschine zu räumen, hielt mitten in der Bewegung inne. »Ich habe nicht gesagt, dass es leicht ist, aber wenn man jemanden liebt, ist es das wert, oder nicht?«

Remington nickte und ging nach draußen, um die letzte Palette mit den Tassen reinzutragen. Arthur hatte natürlich vollkommen recht; auch er wäre vielleicht dazu bereit, für die Liebe ein solches Opfer einzugehen. Aber er liebte Millie ja nicht, er hatte sie heute erst zum ersten Mal geküsst. Es gab noch ungefähr zwanzigtausend Schritte, die er gehen musste, fünfzigtausend Dinge, die er über sie lernen musste, bevor er von Liebe sprechen konnte. Und doch gab es da dieses Ziehen in seiner Brust, wenn er an sie dachte – und daran, dass er nur noch knapp eine Woche mit ihr hatte, bevor das alles wieder vorbei sein würde. Das hatte Millie ihm ja unmissverständlich zu verstehen gegeben.

# MILLICENT

Die Idee ihrer Großmutter war simpel: Millie würde an Halloween backen. Genauso, wie sie es seit Monaten geplant hatte. Dazu würde sie ihre Küche öffnen und jeden ihrer Handgriffe von den anderen Hexen kontrollieren lassen, um sicherzugehen, dass auch kein Fitzelchen Schwarzer Magie in der Torte verquirlt worden war.

Diese Herangehensweise würde gleich zwei Probleme auf einmal lösen: Erstens würden die Hexen endlich aufhören, Millie zu verdächtigen und sich auf die Suche nach dem wahren Schuldigen machen können und zweitens würden sie Halloween dann wie üblich dazu nutzen können, den Schutzzauber zu erneuern und durch ein gemeinsames Ritual den Ursprung der Schwarzen Magie zu finden. Millie hielt das für eine ziemlich gute Idee, auch wenn Maus, dem sie später in der Nacht davon erzählte, sie einfach nur mit seinen Fledermausaugen anblinzelte, als wäre er sich dabei nicht ganz sicher. »Hast du einen besseren Vorschlag?«, fragte sie.

Er hatte keinen.

Also würde Millie den Plan in die Tat umsetzen. Sie würde eine riesige Kürbistorte backen, die alle Hexen gemeinsam an Halloween verspeisen konnten – und Pamela würde sie vorher noch auf Schwarze Magie untersuchen.

Als Millie am nächsten Morgen aufwachte, spürte sie direkt dieses Brodeln in den Fingerspitzen und den Zehen, ein Gefühl, dass sie jahrelang nicht mehr gespürt hatte. Es floss wieder Magie durch ihre Adern, aber zu ihrer Überraschung machte ihr das gar keine Angst. Vielleicht lag das daran, dass Remington sie mit seiner Gegenwart gestern Abend beruhigt hatte. Aber es fühlte sich seltsam richtig an, die Magie in ihrem Körper zu spüren.

Gleich morgens suchte Millie Lucy Solomon auf, um ihr von ihrem Plan zu erzählen und sie auf ihre Seite zu ziehen. Sie würde die Unterstützung der Bürgermeisterin brauchen, wenn sie alle Hexen von Snickerford in ihrer Küche versammeln wollte. Da diese sich jedoch gerade in einem Termin befand, lenkte Millie ihr Fahrrad weiter zur Robinson Farm, um zwei Kürbisse für ihre mehrstöckige Halloweentorte zu bestellen. Danach musste sie auch noch in den Supermarkt im Nachbarort radeln, um dessen Buttervorräte leerzukaufen. Ob es wohl genug orangefarbene Lebensmittelfarbe für dieses Unterfangen geben würde?

Nur gemeinsam konnten die Hexen herausfinden, wer sie mit Schwarzer Magie vergiftet hatte. Millie hatte alle

Spuren verfolgt und wusste nicht, wo sie noch suchen sollte. Insgeheim hatte doch ein Teil von ihr geglaubt, dass es an ihr liegen müsste, weswegen durch die Erkenntnisse des gestrigen Abends ein riesiger Stein von ihr gefallen war. Oder durch den phänomenalen Orgasmus, den Remington ihr beschert hatte.

Als hätten ihre Gedanken ihn heraufbeschworen (vielleicht lag das ja in ihren neuen magischen Kräften? Woher sollte sie das schon wissen!) sah sie ihn schon von Weitem mit Mary am Rand des Feldes stehen. Sie parkte ihr Fahrrad und lehnte es gegen den Zaun, bevor sie durch das geöffnete Tor auf das Gelände trat. Mary winkte Millie zu sich herüber, als sie sie erblickte – und dann drehte sich auch Remington zu ihr um. Ein Grinsen breitete sich auf seinem schönen Gesicht aus, das Millies Knie gleich wieder weich werden ließ. Aber nur weil sie wusste, was er mit diesem Gesicht anstellen konnte, was er mit seinen Lippen anstellen konnte und mit seiner Zunge erst Recht.

»Wenn du kommst, um Kürbisse zu kaufen, muss ich dich leider enttäuschen«, sagte Mary und schirmte ihre Augen mit einer Handfläche vor der Herbstsonne hab. »Ich habe nämlich soeben meine letzten verfügbaren Exemplare an Remington hier veräußert.«

Millie hob die Augenbrauen. »Wofür brauchst du denn so viele Kürbisse?«

»Wir bieten dieses Jahr doppelt so viel Kürbispunsch an wie sonst«, erklärte er. »Ich habe gehört, dass dieses Halloween ein ganz besonderes wird.«

Für einen Moment herrschte ein unangenehmes Schweigen zwischen den dreien. Keiner wusste so recht, wie er oder sie mit der Situation umgehen sollte, da Remington ganz offensichtlich von etwas sprach, wovon er nichts wissen sollte.

Millie räusperte sich. »Ich möchte dich und Rose übrigens ganz herzlich an Halloween zu mir einladen.«

Marys Augenbrauen schossen nach oben. »Oh, tatsächlich?«, sagte sie und es tat ein bisschen weh, wie unverbindlich das klang, wie vorsichtig.

»Ja«, sagte sie. »Ich werde für euch backen.«

Aus den Augenwinkeln sah sie, wie Remingtons Lippen sich wieder zu einem Grinsen verzogen. Das spornte sie noch mehr an. »Ich weiß, dass die Lage für uns momentan alle schwer ist, aber ich habe gestern eine Torte gebacken, nur für mich allein, und da war kein bisschen Schwarze Magie drin.«

»Das kann ich bezeugen«, sagte Remington mit so einer Überzeugung in der Stimme, dass Millie sich fragte, wie es sich wohl anfühlen würde, jemanden wie ihn immer an ihrer Seite zu haben.

»Du hast eine magische Torte gegessen?«, fragte Mary, die natürlich über Millies Aversion gegen Magie Bescheid wusste.

»Ja, um euch zu beweisen, dass ich mit der Schwarzen Magie nichts zu tun habe.«

Mary nagte an ihrer Unterlippe. Millie hatte die Hexe noch nie so unschlüssig gesehen. Sie wollte gerade den Mund öffnen, um ihr von dem Plan zu erzählen, das alles offiziell mit Lucy Solomon zu klären, aber da kam Mary ihr zuvor. »Alles klar, wir werden da sein«, sagte sie.

Millie nickte. »Danke, Mary, das weiß ich zu schätzen.«

Die andere Hexe nickte knapp. »Ich kann dich doch nicht mit komplett leeren Händen von hier wieder abziehen lassen.«

Millie wandte sich an Remington. »Was muss ich tun, um zwei deiner Kürbisse zu bekommen?« Er zuckte die

Achseln. »Gar nichts, ich schenk sie dir.«

»Ich glaube, das klärt ihr lieber unter euch«, sagte Mary, die zwischen ihnen hin und her blickte. Millie versuchte, nicht schon wieder rot anzulaufen.

»Danke noch einmal, Mary, wirklich«, sagte sie.

»Ich komme dann später mit dem Van«, fügte Remington hinzu.

Mary nickte. »Ich ernte bis dahin, was du bestellt hast.« Mit diesen Worten drehte sie sich um und ging zurück in Richtung Haus.

Millie schnappte sich Remis Handgelenk und zog ihn hinter die Scheune, wo ihr Mund auf seinem landete und seine Hand an ihrem Hintern. »Ich wünschte, du würdest mich für die Kürbisse bezahlen lassen«, flüsterte sie ihm ins Ohr und saugte sein Ohrläppchen zwischen ihre Lippen.

Er lachte leise und das Geräusch rumpelte durch Millies gesamten Körper. »Wenn du mich einfach so anfassen willst, würde ich mich mehr darüber freuen, als wenn du damit eine Schuld begleichst.«

Sie seufzte. »Ich brauche also gar keinen Vorwand?« Sie ließ ihren Zeigefinger an seinem Hosenbund von hinten an seinem Hüftknochen vorbei nach vorne gleiten und sah, wie sein Kiefer sich anspannte.

»Du brauchst höchstens einen Vorwand, es in der Öffentlichkeit zu tun, weil ich wirklich nicht scharf darauf bin, bei meiner nächsten Barschicht von Bertie darauf angesprochen zu werden.«

Millie zog ihre Hand von seiner Hose zurück und er ließ den Kopf hängen. »Schade«, sagte sie und tätschelte seine Brust. »Denn wenn ich es richtig sehe, kommt dort hinten tatsächlich Bertie angefahren.«

Remington drehte sich ruckartig um und seufzte, als er Berties zerbeulten Wagen über das Kopfsteinpflaster auf sie zukommen sah. »Manchmal hasse ich dieses Dorf.«

»Manchmal?« Sie grinste.

Er sah sie mit hochgezogenen Augenbrauen an. »Was soll dieser Ton?«

Sie hob die Schultern. »Naja, ich frage mich schon, warum du immer noch hier rumhängst.«

Er seufzte. »Das frage ich mich manchmal auch.«

Zu Millies Überraschung spürte sie bei diesen Worten einen leichten Stich in der Brust.

Remington wandte sich ihr wieder zu und verschränkte seine Finger mit ihren, sodass Bertie es aus seiner Perspektive nicht sehen konnte. »Ich habe heute Abend eine Schicht im Pub, aber wenn du mir hilfst, Bertie und Earl rauszuwerfen, könnte ich vielleicht früher Schluss machen.«

Jetzt war es an Millie, die Augenbrauen zu heben. »Was meinst du mit helfen?«

Seine Augen blitzten. »Naja, sag du's mir, *Tortenhexe Millicent.*«

»Du meinst, dass ich Magie benutzen soll?«

Er hob die Schultern. »Nur wenn es sich für dich gut anfühlt. Aber ich hätte nichts gegen eine solche Show-Einlage wie gestern Abend.«

»Es ist verboten, Magie gegen Nicht-Hexen anzuwenden, um sich so das Leben zu erleichtern.«

Er löste seine Hand aus ihrer und machte erst einen Schritt, dann einen weiteren zurück in Richtung seiner Vespa, die ebenfalls am Zaun lehnte. »Erinnere

mich doch bitte einmal daran, wann dich das letzte Mal irgendwelche Regeln interessiert haben?«

Millie verbiss sich ein Lächeln und sah Remington stattdessen dabei zu, wie er sich auf seine Vespa schwang und die kurvige Straße in die Ortsmitte hinab verschwand. Vor noch vierundzwanzig Stunden hätte sie es kategorisch ausgeschlossen, wieder Magie einzusetzen. Sie hatte jahrelang das Gefühl gehabt, dass das die einzig richtige Reaktion auf den Tod ihrer Eltern war. Schließlich hatte die Magie sie getötet. Aber jetzt fragte Millie sich, ob irgendwann einfach nur die Angst in den Vordergrund gerückt war.

Millie kehrte zu ihrem Fahrrad zurück und fuhr Remington hinterher, in einem Sicherheitsabstand, als wären sie zwei Geheimagenten, die gerade hochbrisante Informationen ausgetauscht hatten. Dabei hatten sie doch nur Pläne dafür geschmiedet, den *Tipsy Teapot* heute Abend ein bisschen zu verzaubern. Zum ersten Mal, seit Millie sich daran erinnern konnte, juckte es sie so richtig in den Fingern.

Als sie zum zweiten Mal an diesem Tag bei Lucy Solomon vorbeischaute, hatte sie mehr Glück: Lucy hatte Zeit für sie, aber schon als Millie ihr Büro betrat, sah sie die die Ader, die vor Wut an der Schläfe der Bürgermeisterin pochte.

Vielleicht war es doch nicht der beste Zeitpunkt, um ihr Anliegen vorzubringen. Millie war gerade dabei, sich mit leisen Schritten rückwärts wieder aus dem Büro zu entfernen, da schaute Lucy auf. »Millie!« Ihre Stimme klang so scharf, als könnte man damit sogar mühelos einen Tortenboden schneiden, der zu lang in der Gefriertruhe gelegen hatte.

»Hi, Lucy.«

»Bitte setz dich doch«, sagte die Bürgermeisterin ungerührt. Lucy fragte nicht, was sie wollte, also räusperte sich Millie und öffnete den Mund, um das Gespräch zu eröffnen. Aber kurz bevor sie das erste Wort sprechen konnte, kam Lucy ihr zuvor. »Du hast Magie benutzt«, stellte sie fest.

»Woher weißt du das?«, fragte Millie verblüfft.

Lucy lehnte sich zurück wie die Bösewichtin in einem Mafia-Film. »Ich kriege so einiges mit, was in diesem Dorf passiert.«

An dem scharfen Blick, den Lucy ihr zuwarf, merkte Millie, dass diese Aussage vielleicht einen doppelten Boden hatte. Sie schob sich eine Strähne hinters Ohr. Wenn sie nicht gewusst hätte, dass Lucy sich alle Arme und Beine ausreißen würde, um Snickerford zu retten, hätte sie langsam wirklich auf den Verdacht kommen können, dass Lucy selbst hinter der Attacke mit der Schwarzen Magie steckte. »Ja, ich habe wieder Magie benutzt«, bestätigte Millie. »Ich wollte sichergehen, dass in mir keine Schwarze Magie ist, so wie manche von euch es vielleicht glauben.«

Lucys Nasenflügel blähten sich. Es kam Millie fast so vor, als wäre Lucy in den letzten Jahren, seit sie Bürgermeisterin war, bei Ms Quintrell in die Lehre gegangen. Millie fühlte sich zurückversetzt in jedes Gespräch im Direktorinnenbüro, das mit irgendeiner Strafe geendet hatte.

»Weißt du eigentlich, wie gefährlich das ist?«, fragte Lucy.

Millie keuchte. »Erst gibst du mir ein Ultimatum und sprichst mir vor allen anderen Hexen dein Misstrauen aus und jetzt ist es auch noch zu gefährlich, wenn ich meine Unschuld beweisen will?«

Lucy presste die Lippen zusammen. »Nicht für dich, meine ich, sondern für uns. Du hättest dich mit Schwarzer Magie infizieren können und euer Haus in die Luft jagen können. Oder unserer aller Häuser.«

»Ich bin mir dessen sehr bewusst, denn ich war es ja schließlich, die dich aus der Schwarzen Magie gerettet hat«, gab Millie zurück.

Das schien Lucy nicht erwartet zu haben, denn sie öffnete den Mund und schloss ihn dann wieder, ohne etwas zu sagen.

Millie ergriff die Chance, die sich ihr bot: »Außerdem habe ich das ja nicht ohne Sicherheitsvorkehrungen gemacht, für wie dumm hältst du mich eigentlich? Ich hatte jemanden zur Unterstützung dabei, der mir jederzeit ein Gegenmittel hätte verabreichen können.«

»Welche Hexe war es?«, fragte Lucy. »Deine Großmutter war die ganze Zeit mit uns auf der Party.«

Millie schluckte. »Keine Hexe«, sagte sie.

»Remington«, stellte Lucy fest und seufzte. Sie stützte die Ellenbogen auf den Tisch und legte die Fingerspitzen aneinander. Sie sah überhaupt nicht glücklich aus. »Wenn du gekommen bist, um mir das zu sagen …«, setzte Lucy an, aber Millie unterbrach sie. Sie spürte, wie die Wut in ihr emporkochte. »Ich bin hergekommen, um dich und die anderen Hexen an Halloween zu mir zum Tortenbacken einzuladen.«

Lucy zuckte zurück. »Wie bitte?«

Millie nickte und ließ sich von dieser Reaktion nicht aus der Ruhe bringen. »Ich möchte für euch eine Halloween-Torte backen und ihr sollt dabei zusehen, damit auch ja nichts passiert. Ich werde die Reste meiner Torte, die ich gestern gebacken habe, von Pamela untersuchen lassen, falls das hilft. Ich möchte unbedingt wieder Teil eures Zirkels werden.«

Lucy ging dazu über, ihre Schläfen zu massieren und schloss die Augen. »Ich glaube nicht, dass das so eine gute Idee ist, Millie.«

Unwillkürlich stand Millie von ihrem Platz auf, auch wenn Lucy das durch ihre geschlossenen Lider gar nicht sehen konnte. »Ich halte das für eine vorzügliche Idee«, widersprach sie.

Lucy öffnete ein Auge, offensichtlich überrascht von Millies vehementer Widerrede. »Ich bin dafür zuständig, die Hexen in diesem Ort mit Magie zu versorgen«, sagte sie. »Das ist ganz wortwörtlich mein Job. Und ich werde sie nicht am wichtigsten Tag des Jahres im Stich lassen. Ihr braucht mich und meine Torten, um das Dorf zu schützen, Lucy. Oder willst du in eines der anderen Hexendörfer rennen, und deren Zirkel um Magie anflehen?«

Lucy schwieg für einen Moment und massierte weiter ihre Schläfen, während Millie mit gerecktem Kinn auf eine Antwort wartete. Sie wussten beide, dass Millie Lucys Zustimmung brauchte, wenn sie die Hexen an Halloween bei sich versammeln wollte. Aber sie wussten auch, wie wichtig Halloween für die Hexen war.

»Ich schlage dir einen Deal vor«, sagte Lucy, lehnte sich wieder zurück und verschränkte die Arme vor der Brust. Millie setzte sich wieder auf ihren Platz, um guten Willen zu zeigen. »Und der wäre?«

»Ich und die anderen Hexen kommen zu dir und du kannst dich rehabilitieren. Wenn in der Torte dann kein bisschen Schwarze Magie ist, sehen wir deine Unschuld als bewiesen an. Das würden wir dann vor Ort von Pamela in einem Schnellverfahren testen lassen.«

Millie nickte. »Selbstverständlich.«

»Und als Gegenleistung …« Lucy machte eine Pause und fixierte Millie mit ihrem Blick. »Wirst du eigenhändig Remingtons Gedächtnis löschen.«

Millie schnappte nach Luft. »Wie bitte? Warum das denn?«

Lucy beugte sich vor und öffnete eine Schublade unter ihrem Schreibtisch. »Um deine Loyalität gegenüber dem Zirkel zu beweisen.« Ihre Augen sprangen zu Millie hoch. »Außerdem wirst du ihm nie wieder von uns Hexen erzählen.«

Millie öffnete ihren Mund und schloss ihn dann wieder. Ihre Gedanken rasten. »Ich …«

Lucy hob eine Augenbraue. »Willst du zurück in den Zirkel oder nicht?«

Millie schluckte und schloss kurz die Augen. »Okay.«

Aber Lucy schüttelte mit einem trockenen Lachen den Kopf. »Dein Wort reicht mir nicht, Millie.« Sie hob einen schlanken Dolch aus der Schreibtischschublade, dessen silberne Klinge im gelblichen Lampenlicht glänzte. »Du wirst einen Blutschwur ablegen.«

Millies Augen wurden groß, aber bevor sie etwas sagen konnte, fuhr Lucy fort: »Da du mir ja auch dein Wort gegeben hast, wirst du dies bestimmt auch mit ein paar Tropfen Blut bekräftigen.« Langsam trat Lucy um den Schreibtisch herum und hielt Millie den Dolch auf ihrer ausgestreckten Hand entgegen.

»Deswegen hast du gefragt, ob ich Magie angewandt habe«, flüsterte Millie mit erstickter Stimme, »weil du wissen wolltest, ob ich Magie für einen Blutschwur in mir trage.«

Lucys Lippen verzogen sich zu einem berechnenden Lächeln. Mit zitternden Fingern nahm Millie den Dolch entgegen. So hatte sie sich ihren ersten bewussten Zauber nicht vorgestellt. Der steinerne Griff lag schwer in ihrer Hand, als sie ihn an ihrem Handgelenk ansetzte. »Was schwörst du, Millie?«, fragte Lucy leise.

Millie schloss die Augen und schluckte den Kloß in ihrem Hals runter. Sie wusste, wie ein Blutschwur funktionierte. Egal, was sie auch tun würde: Die Magie des Schwurs würde dafür sorgen, dass sie es war, die Remingtons Gedächtnis löschen würde und keine der anderen Hexen. »Ich schwöre«, setzte sie an. »Ich schwöre, dass ich Remingtons Gedanken nach Halloween lösche.«

»Wann genau?«, fragte Lucy scharf.

»Direkt danach, direkt nach Halloween.«

Lucy schnalzte zufrieden mit der Zunge. »Und was noch?«

»Und ich schwöre, dass ich ihm nie wieder von den Hexen erzähle«, flüsterte Millie, und ritzte mit der Spitze des Dolchs ihre Haut auf.

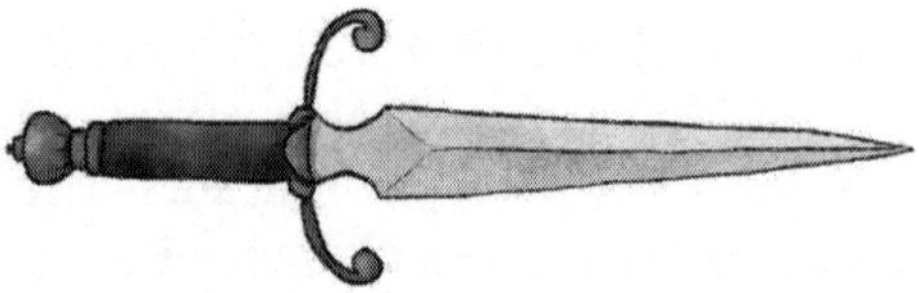

# MILLICENT

Als Millie später am Abend den *Tipsy Teapot* betrat, war der Pub gut besucht. Die üblichen Verdächtigen tummelten sich um die Dartscheibe und den Fernseher in der einen Ecke, während Rose und Pamela in der anderen saßen. Alle anderen Tische waren ebenfalls besetzt und es saßen sogar ein paar Gäste an der Bar und hielten Remington in ein Gespräch verwickelt, das Millie aus der Entfernung nicht verstehen konnte. Arthur hatte schon ein paar Papierfledermäuse und Spinnennetze an der Decke angebracht. Selbst wenn Millie heute Maus mit in den Pub gebracht hätte, wäre das wohl keinen zweiten Blick wert gewesen. Das war das Schöne an der Halloweenzeit: Hexen mussten sich nicht so versteckt halten, weil es plötzlich völlig angemessen war, mit einer Kristallkugel unter dem Arm durch die Straßen zu laufen. Wahrscheinlich könnte Millie es sogar rechtfertigen, auf einem Besen herumzufliegen, wenn sie irgendeine halbtechnische Erklärung dafür parat hätte. Aber Millie war kein Fan von Höhen und hatte den traditionellen Besenflugunterricht in der Schule fast so sehr gehasst wie Magische Form. Sie verstand nicht, warum nicht alle Hexen auf Teppichen flogen, wenn sie es sich schon aussuchen konnten, oder noch besser, auf Holzbrettern mit einem Geländer darum, auch wenn ein solches Fluggerät sicherlich ziemlich schwer in der Luft zu halten war.

Sie blinzelte und wurde aus ihren Gedanken gerissen, als Arthur mit einem Tablett voller Pints gegen sie stolperte. Sie sprang zurück und sah, wie er das Gleichgewicht verlor. Ihre Instinkte reagierten, als hätte sie jahrelang nichts anderes getan. Mit einer kurzen Bewegung ihrer Hand stellte sie die Balance der Gläser wieder her, ohne sie dafür berühren zu müssen. Arthur fing sich ebenfalls wieder.

»Oh, hi Millie. Das ist ja gerade noch mal gut gegangen.« Der Besitzer des *Tipsy Teapots* zwinkerte ihr zu, als wäre ihm völlig klar, was sie soeben getan hatte. Sie grinste.

»Hi, Arthur.«

Nach dem Blutschwur, zu dem Lucy sie überredet hatte, hatte Millie geglaubt, dass sich ihre Magie jetzt schmutzig anfühlen würde, aber so war es nicht. Es fühlte sich … ganz natürlich an, als wäre ein Puzzlestückchen, das sie jahrelang gesucht hatte, zurück an seinem Ort. Sie atmete tief durch. Sie wollte nicht an Lucy und den Blutschwur denken. Es fühlte sich schrecklich an, dass sie ihr einen solchen Schwur abgerungen hatte, aber Millie war klar, dass die anderen Hexen Remingtons Gedächtnis ohnehin gelöscht hätten, wenn sie sich nicht auf den Schwur eingelassen hätte. So konnte sie immerhin kontrollieren, dass er möglichst viele Erinnerungen behalten konnte. Sie würde so wenig wie möglich löschen. Vielleicht konnte sie es so anstellen, dass er sich sogar noch an ihre veränderte Beziehung erinnerte? Vielleicht musste sie ja dadurch doch nicht alles verlieren. Aber sie erinnerte sich auch daran, wie fremd sie sich in ihrer letzten Beziehung mit Scott gefühlt hatte, unter anderem auch, weil sie ihm nie von ihrer Identität als Hexe hatte erzählen können. Dann wiederum gab es wirklich wenig, was Scott und Remington gemeinhatten … vielleicht würde das genug sein. Vielleicht …

Sie drehte sich zurück zur Bar und sah, dass Remington sie schon beobachtete. Mit dem Kinn deutete er auf einen freien Hocker an der Ecke der Bar. Millie schlängelte sich zwischen Stühlen und Tischen hindurch und schob sich auf den Platz.

»Was darf's denn sein?«, fragte Remi.

Sie deutete auf den Pint, den er gerade zapfte. »So was in der Art bitte.«

Er beugte sich verschwörerisch zu ihr herunter, sodass eine seiner roten Locken fast ihre Stirn streifte. »Was passiert mit deinen Kräften, wenn du Alkohol trinkst?«

Sie hob die Augenbrauen. »Du klingst fast so, als wärest du neidisch.«

Sein Grinsen wurde noch breiter und bekam fast etwas Wölfisches, das Millies Herzschlag beschleunigen ließ. »Ich bin nur ein stiller Bewunderer.«

Sie legte den Kopf schief. »So still warst du gar nicht, wenn ich mich recht erinnere.«

Er schüttelte den Kopf. »Du bist zu früh«, beschwerte er sich. »Wie soll ich mich bis zum Ende meiner Schicht konzentrieren, wenn du hier sitzt?«

»Das gleiche könnte ich dich fragen«, sagte sie und zog einen Notizblock aus ihrer Umhängetasche. »Ich bin nämlich hier zum Arbeiten.«

Er hob eine Augenbraue.

»Guck nicht so überrascht. Ich plane Halloween, jetzt da ich einen ganzen Hexenzirkel zu mir nachhause eingeladen habe.«

Es gab tatsächlich einiges zu planen. In den letzten Jahren hatte immer Lucy selbst die Halloween-Feier der Hexen organisiert und es war alles nach einem perfekt ausgeklügelten Zeitplan abgelaufen. Erst fand das traditionelle Tortenessen statt, dann wurde der Hexenzirkel unter freiem Himmel neu gebunden. Als Nächstes die Schutzzauber für das Dorf gemeinsam frisch gewoben, was manchmal bis tief in die Nacht dauern konnte. Danach wurden noch bis zum Morgen Pläne fürs neue Jahr geschmiedet, die Sterne befragt und Teeblätter gelesen, je nachdem, welche halb-magischen Zukunftsvorhersagetaktiken einem besser gefielen. Dieses Jahr würde einiges anders laufen. Zum Beispiel musste Millie erst einmal wieder offiziell in den Hexenzirkel aufgenommen werden – und dann würden die Hexen mit einem gemeinsamen Zauber herausfinden, woher die Schwarze Magie tatsächlich kam. Ein solcher Zauber brauchte unglaubliche Ressourcen und eine erfahrene Hexe, die ihn anleitete. Wahrscheinlich würde das Ms Quintrell übernehmen.

Millie würde Platz in ihrem Garten schaffen müssen, denn es war bei diesen Ritualen äußerst wichtig, dass die Hexen zu jedem Zeitpunkt mit ihren nackten Füßen eine Verbindung zur Erde hielten. Millie erinnerte sich noch gut daran, wie sie ihrer ersten Zeremonie als junge Hexe beigewohnt hatte, damals noch von Lucys Mutter in der *Quintrell Academy* durchgeführt, und wie sie sich in dieser kalten Nacht Ende Oktober fast die Zehen abgefroren hatte. Die Zeremonie dieses Jahr war für Millie aber nicht nur deswegen eine Besondere, weil sie um das Vertrauen ihres

Zirkels kämpfte. Sie hatte sich jahrelang von den Hexen ferngehalten und ohne Zirkel in London gelebt. Dieses Jahr würde sie zum ersten Mal wieder in einen Hexenzirkel aufgenommen und konnte so auch ein bisschen auf die Kräfte der anderen Hexen zugreifen. Momentan duldeten die anderen Hexen sie nur, weil sie ihre Torten backte und ihre Großmutter ein gutes (und strenges) Wort für sie eingelegt hatte. Deswegen durfte sie den anderen Hexen an diesem Abend keinen Grund geben, ihr zu misstrauen.

Als Millie das nächste Mal von ihrem Block aufschaute, war der Geruch nach gerösteten Kartoffeln verschwunden und der Pub hatte sich ein bisschen geleert. Aber sie wusste, dass es noch Stunden dauern würde, bis Earl und Bertie aufgaben.

Ihr Blick blieb an Pamela und Mary hängen, die sich mit zusammengesteckten Köpfen in der Ecke unterhielten, aber als Millie sie ansah, sprang auch Pamelas Blick zu ihr hoch, als hätte sie nur darauf gewartet. Die ältere Hexe nickte Millie mit einem Gesichtsausdruck zu, den sie nicht ganz deuten konnte. War es Aufmunterung oder Mitleid? Millie nickte zurück und wandte sich lieber wieder Remi zu, der immer noch hinter der Bar Bier ausschenkte, Flaschen öffnete und Gläser füllte.

Mittlerweile hatten die ganzen Menschen den Pub aufgewärmt und Remi hatte seinen Pullover ausgezogen. Er trug ein schneeweißes T-Shirt darunter, von dem sich seine Sommersprossen dunkel abhoben. Unter dem Saum seines Shirts streckten sich die verästelten Narben hervor, die fast so blass waren wie seine eigene Haut. Millie wäre in diesem Moment so gern jede einzelne Linie mit ihrem Finger nachgefahren. Sie stützte den Kopf auf die Hände und sah ihm einfach dabei zu, wie er die jahrelang geübten Handgriffe ausführte, wie er auf den Fersen herumwirbelte, um sich in der kleinen Nische der Bar hin und her zu drehen, wie er sich mit den Gästen unterhielt und Witze austauschte, die wahrscheinlich genauso häufig über die Theke wanderten wie Geldscheine. Er schien so zufrieden mit seiner Tätigkeit zu sein. Sie hatte das Gefühl, dass er in dieser alltäglichen Geruhsamkeit ein Wunder offenbarte, das sie nur selten zu sehen bekam. Er war nicht gestresst, er stand nicht unter Strom, er arbeitete einfach hinter irgendeinem Tresen in irgendeinem Pub in Südengland, schenkte Bier aus und schien komplett in sich zu ruhen.

Und zum ersten Mal dachte Millie über Remis Worte am Kürbisfest nach. *Aber was ist mit dir?*, hatte er gefragt. *Du könntest verletzt werden.*

Weil sie sich noch daran erinnern würde, was zwischen ihnen passiert war, wenn er es schon längst vergessen hatte.

Weil sie sich an Momente wie diesen erinnern würde, wenn er ihr zwischen zwei Bestellungen ein schiefes Grinsen schenkte und sie merkte, dass er bei all dem Trubel in der Bar doch die ganze Zeit mit einem Gedanken bei ihr war.

Sie würde sich daran erinnern, wie sich seine Finger und seine Lippen auf ihrem Körper anfühlten, sie würde sich daran erinnern, dass er ihr vertraut hatte, auch wenn sie ihm gar keinen Grund dafür gegeben hatte. Sie würde sich daran erinnern, wie sich sein Adamsapfel bewegte, als er vor Lachen den Kopf in den Nacken gelegt hatte, weil sie irgendetwas Lustiges gesagt hatte.

Sie würde sich daran erinnern, wie er wiederum sie zum Lachen gebracht hatte, bis sich alles um sie herum ganz leicht angefühlt hatte und wie er sie dann mit einem Griff um die Taille wieder auf den Boden geholt hatte.

»Ist alles okay bei dir?« Remi trat zu ihr heran, zwischen seinen Augenbrauen hatte sich eine Falte gebildet, als wüsste er genau, was sie dachte.

Sie nickte. »Ja, ja, alles gut, wie lang geht deine Schicht noch?«

Er sah sich im Pub um. »Bis alle hier nachhause gehen, befürchte ich.«

Millie grinste leise. »Vielleicht sollte ich mal nachhelfen.« Sie stand von ihrem Barhocker auf und schlenderte durch den Raum zu der Sitzgruppe hinüber, die neben der Dartscheibe aufgebaut war. Dann tat sie so, als würde sie eine der vergilbten Zeitschriften lesen, die seit Ewigkeiten dort auf dem Couchtisch lagen. Irgendetwas über Oldtimer, ihr Hirn war viel zu beschäftigt, um tatsächlich etwas von den Buchstaben vor ihren Augen aufzunehmen. Stattdessen ruhte ihre ganze Konzentration auf den Pfeilen, die Earl und Bertie abwechselnd auf die Scheibe warfen. Wenn sie sich anstrengte, musste sie nicht einmal ihre Finger bewegen, um die Pfeile abzulenken. Sie lauschte tief in sich hinein, bis in die Zehen und die Fingerspitzen und fand schließlich das Summen der Magie, das durch ihre Adern schoss. Es fühlte sich an, als würde sie von innen leuchten, als würde sie von innen brennen. Die Magie wollte aus ihr heraus, also ließ Millie sie auf die Dartpfeile los. Earl, eigentlich der beste Dartspieler in ganz Snickerford (auch wenn das nicht viel heißen mochte) schoss so dermaßen daneben, dass sich sofort ein wilder Streit zwischen ihm und Bertie entwickelte.

Als Arthur schließlich dazwischen gehen musste, warf Remington Millie einen spöttischen Blick zu. Okay, vielleicht sollte sie das subtilere Lenken ihrer Magie noch mal ein bisschen üben.

Es gelang ihr, Earl zu beruhigen, indem Bertie ebenfalls daneben schoss, wenn auch nicht ganz so weit. So erging es den beiden Spielern auch bei ihren nächsten Würfen, bis sie schließlich keine Lust mehr hatten und grummelig abzogen.

Remi schenkte ihr von hinter der Theke einen Daumen hoch, den nur sie sehen konnte. Millie strahlte – aber nur so lang, bis sie Pamelas Blick vom anderen Ende des Pubs begegnete. Sie biss sich auf die Lippe und versenkte ihren Blick tiefer in das Magazin. Jetzt blieb ihr wohl doch nichts anderes, als einen Artikel über die Instandhaltung von Chrom-Stoßstangen zu lesen, um die Aufmerksamkeit der beiden Hexen abzuschütteln.

Trotzdem gab Millie ihre Bemühungen nicht auf, auch den Rest des Pubs zu leeren. Sie ließ eine Fliege in Agnes Wilsons Pintglas landen und brachte William Stirling dazu, seine Flasche Ginger Ale Evelyn Harrington über den Pullover zu kippen, woraufhin die beiden ebenfalls abzogen.

»Man könnte fast meinen, hier hätte jemand seine Finger im Spiel«, sagte plötzlich eine warme Stimme hinter ihr.

Millie drehte sich um und sah Pamela hinter sich stehen, die sie mit einem Blick beäugte, der nur halb so streng war, wie Pamela es wohl zu beabsichtigen schien. Sie ließ sich Millie gegenüber auf einen Sessel plumpsen. Millie schluckte und zog ihre Magie von den verschiedenen Tischen des Pubs wieder zurück.

»Du richtest dieses Jahr Halloween aus«, sagte Pamela.

Millie nickte. »Ich backe für euch und ihr könnt mir dabei zugucken.«

Pamela nickte und zupfte mit ihren dunkel lackierten Fingern an einem Faden, der aus einer Naht des Sesselbezugs hervorstand. »Lucy meinte, ich soll mein Schnelltest-Kit mitbringen.«

Millie nickte. »Nur zur Sicherheit.«

Die ältere Hexe beäugte Millie und diese fühlte sich, als könnte Pamela ihr bis in die Seele sehen. Dann beugte sie sich vor und der Schmuck überall an ihrem Körper rasselte bei der Bewegung. »Ich dachte, du wolltest nie wieder zaubern«, sagte sie leise.

Millie ließ überrascht ihre Zeitschrift sinken. »Woher weißt du das?«

Pamela beobachtete Millie wieder mit diesem Blick, bei dem sie nicht wusste, ob mehr Aufmunterung oder Mitleid darin lag. »Ich weiß doch, dass du dich von der Magie ferngehalten hast, als wäre sie giftig, seit deine Eltern tot sind.«

Millie schluckte. Normalerweise sprachen andere Menschen das nicht so direkt aus. Sie sagten dann etwas wie »seit deine Eltern nicht mehr da sind«. Das Wort »tot« schnitt ihr immer noch mitten durch die Brust, aber gleichzeitig tat es gut, dass eine der Hexen endlich mal Klartext mit ihr sprach. Das war ein Thema, welches sie mit ihrer Großmutter auch nicht anschneiden konnte. Diese tat tatsächlich manchmal so, als hätte sie nie eine Tochter gehabt, beziehungsweise, als wäre Millicent diese Tochter und nicht ihre Enkelin.

»Dinge ändern sich«, sagte Millie und legte die Zeitschrift auf dem Couchtisch ab, um den Blickkontakt mit Pamela unterbrechen zu können.

»Du musst das nicht tun«, sagte Pamela und auf einmal klang ihre Stimme ganz sanft. »Ich weiß, dass sich deine Mutter niemals gewünscht hätte, dass du gegen deinen Willen Magie verwendest.«

Millie hob die Augenbrauen. »Du willst mich nicht überreden, wieder in den Hexenzirkel einzutreten, wo ich hingehöre?«

Pamela hob die Schultern. »Ich will, dass du ganz genau überlegst, bevor du eine solche Entscheidung triffst. Alle sagen immer, man kann es sich nicht aussuchen, ob man eine Hexe sein will und das stimmt vielleicht. Aber man kann sich sehr wohl aussuchen, ob man dieses Leben leben will.«

»Meine Großmutter braucht mich. Ihr alle braucht mich.«

Pamela legte den Kopf schief. »Und was brauchst du?«

Millie öffnete den Mund für eine schnelle Antwort und schloss ihn dann wieder. Sie zögerte und ihr Blick huschte hoch zu Remington hinter der Theke. »Soll ich ganz ehrlich sein?«, fragte sie und wusste in diesem Moment nicht, ob sie damit zu Pamela oder sich selbst sprach. »Ich würde gern mal irgendwo ankommen. Ich möchte, dass dieser ständige Fluchtreflex aufhört. Ich möchte einfach irgendwo eingekuschelt liegen, ein gutes Buch lesen und mein Leben genießen.«

Pamela hob eine Augenbraue. »Das klingt gar nicht nach der Millie, die ich von früher kenne.«

»Das stimmt«, sagte Millie. »Und wie froh bin ich darüber.«

Pamela streckte ihre Hand aus und drückte kurz Millies Finger, bevor sie aufstand und zur Garderobe ging, um ihre Jacke zu holen.

Millie allerdings blieb noch ein bisschen sitzen und dachte darüber nach, wie schön es wäre, wenn in dieser Traumvorstellung jemand neben ihr sitzen würde.

Vorvorzugsweise jemand mit einem Schopf roter Haare, der ebenfalls ein Buch las und ihr mit den Fingern immer wieder durch die Haare strich.

Schließlich stand sie auf und schlenderte zur Bar, wo sich mittlerweile Arthur zu Remington gesellt hatte. Der Besitzer des *Tipsy Teapots* deutete mit dem Zeigefinger von ihr auf Remington und wieder zurück. »Du machst besser Feierabend, bevor die hier mir noch alle anderen Gäste vergrault.«

Millie setzte eine Engelsmiene auf. »War ich so offensichtlich?«

»Ich bin einfach nur froh, dass niemand einen Dartpfeil zwischen die Rippen bekommen hat«, grummelte Arthur zurück.

»Hey, da unterschätzt jemand meine Fähigkeiten ja ganz gewaltig.«

Aber Remington ließ sich den Vorschlag seines Onkels nicht zwei Mal unterbreiten. Er warf sein Geschirrtuch auf die Theke und öffnete die Schwingtür aus dem Barbereich. Sofort ergriff er Millies Hand und zog sie hinter sich her in die Küche. »Ich muss dir was erzählen.«

Millie folgte ihm durch einen kurzen dunklen Gang und dann mehrere Treppen hinauf, die unter ihnen quietschten, als würden sie sich über das doppelte Gewicht beschweren. Remington ließ Millies Finger nicht los, bis sie eine schmale Tür erreichten, die zum Dachboden führte. Als sie das Zimmer betrat, wusste sie sofort, dass sie sich in Remingtons Reich befand. In die Dachschrägen waren überall Fenster eingelassen, durch die man den wolkenverhangenen Nachthimmel sehen konnte. Mehrere Holzpfeiler stützten das Dach; an ihnen schlängelten sich Pflanzen empor. In einer Ecke quoll ein Bücherregal über, in der anderen Stand ein Schreibtisch, auf dem sich auf einer Seite Reagenzgläser stapelten; die andere wurde von einer altmodischen Nähmaschine eingenommen. Ein Boxsack baumelte von der

Decke, es gab eine Staffelei, eine Musikanlage mit Grammophon und eine Stange, die so aussah, als könnte man daran Poledance üben.

»Das sieht aus, als hättest du ungefähr zwanzig verschiedene Hobbies.«

Remi kratzte sich am Nacken und Millie stellte fest, dass er ein bisschen verlegen war. »Von allem ein bisschen, nichts so richtig.«

Sie zuckte die Achseln. »Warum sollte man sich auch festlegen, wenn man an allem Spaß hat.« Sie trat an eine der Blumenranken heran und berührte ein spitzes Blatt mit ihren Fingern.

»Da hast du wahrscheinlich recht«, sagte er. »Es gibt so viele Dinge, die ich ausprobieren will.«

Sie warf ihm einen belustigten Blick über die Schulter zu. »Du wärst eine gute Hexe, glaube ich.«

»Warum?«

Sie grinste. »Weil Hexen ihre Finger auch immer überall hineinstecken.«

Jetzt grinste er auch und trat von hinten an sie heran, sie spürte seinen Atem in ihrem Nacken und seinen festen Körper hinter sich. »So wie ich dich kenne, war das mit Absicht doppeldeutig.«

Millie legte den Kopf zur Seite, sodass er einen besseren Zugang zu ihrem Hals hatte. Seine Lippen fuhren über ihre empfindliche Haut und ein Schauer rollte über ihren ganzen Körper. »Warum sagst du mir nicht einfach, was du willst?«, fragte er.

»Ich dachte, du wolltest mir was erzählen.«

Er verstärkte den Griff um ihre Taille. »Das kann noch ein bisschen warten, oder?«

Sie zögerte für einen Moment, dann drehte sie sich zu

ihm um und blickte hoch in sein Gesicht. Auf einmal spürte sie ihren Herzschlag in ihrem ganzen Körper.

»Was willst du, Millie?«, flüsterte er.

»Na gut«, sagte sie, und ihre Stimme klang ein bisschen heiser. »Ich will dich in mir spüren, und zwar sofort.« Die Worte purzelten so schnell über ihre Zunge, als hätte

Remington einen Zauberspruch gewirkt, um sie ihr aus der Nase zu ziehen. Seine Augen blitzten auf. »Kann ich dich erst zum Kommen bringen?«

Millie legte den Kopf auf die Seite. »Wenn du es so lang aushältst.«

Im nächsten Moment lag sein Mund auf ihrem und er drückte sie nach hinten, bis ihre Kniekehlen an etwas Weiches stießen und sie rückwärtsfiel. Ihr entwich ein Schrei, den er mit einem kleinen Lachen auffing, dann landete sie auf seinen Kissen und war mit einem Mal von allen Seiten von seinem köstlichen Geruch umgeben.

»Sex auf einem Bett, wie luxuriös«, sagte sie, als seine Küsse über ihr Kinn und ihren Hals hinabwanderten. Er hatte das Licht nicht angeschaltet, aber in diesem Moment riss die Wolkendecke auf und der Mond schien zu ihnen herab und schälte Remingtons scharfe Gesichtszüge aus der Dunkelheit.

Behutsam hob er seine Finger an ihr Gesicht, um ihr die Brille abzunehmen und sie auf das Regal neben seinem Bett zu legen. Dann schlüpften seine Finger unter den Saum ihres Pullovers und des Tops, das sie darunter trug und sie zerrte an seinem T-Shirt, bis er nachgab und es sich über den Kopf streifte.

Sofort saugten sich ihre Augen an der Form seines Oberkörpers fest und an den verästelten Narben, die ein wunderschönes Muster auf seiner Haut bildeten.

Auf einmal griff er nach ihrem Handgelenk, wo der Schnitt des Dolches zu sehen war. »Was ist das?«, fragte er.

Millies Herz zog sich zusammen. »Ich hab mich nur geschnitten«, sagte sie, was zumindest keine Lüge war, aber es fühlte sich trotzdem beschissen an.

Er fuhr mit sanften Fingern über die Stelle, dann beugte er sich vor und drückte einen Kuss darauf. »Ich hoffe, es heilt schnell.«

Übelkeit stieg in Millie hoch, aber zum Glück wanderten seine Lippen in diesem Moment zu ihrem Mund und raubten ihr jeden klaren Gedanken. »Kann ich dich berühren?«, fragte sie atemlos.

Er nickte, aber sein Kiefer spannte sich an, als ihre Finger an seinem Oberkörper entlangwanderten und der Spur der Haare zu seinem Hosenbund folgten. Sie fummelte an dem Knopf herum, bis er sich erhob und die Hose kurzerhand abstreifte. Als er sich wieder über sie beugte und sie küsste, fanden ihre Finger die Beule in seinen Boxershorts und fuhren über seine Länge.

»Langsam, okay?«, keuchte er zwischen zusammengepressten Zähnen hervor. »Sonst ist das hier schneller vorbei, als mir lieb ist. Ist schon eine Weile her bei mir.«

Sie nickte, auch wenn sie nichts versprechen konnte. Sie griff in seine Hose und seine Erektion kam zum Vorschein, die an der Spitze schon glänzte. Er gab ein Geräusch von sich, das ganz tief aus seiner Kehle kam und küsste sie fester. Remi stützte sich mit einem Ellenbogen neben ihrem Kopf ab, während er mit der freien Hand ihren Pullover und ihr Top hervorschob und dann die Körbchen ihres BHs nach unten zog. Er küsste erst ihren einen Nippel, dann den anderen, während sich eine köstliche Hitze in ihrem Bauch ausbreite. Unwillkürlich drängte ihr Körper an seinen, während sie seine Erektion mit beiden Händen packte.

»Langsam, Millie, okay?«, presste er noch einmal hervor und gab ihr einen kurzen Kuss auf die Lippen.

Sie nickte und versuchte, ruhig zu atmen, aber ihr Herz raste schon in ihrer Brust. Sie wollte sein komplettes Gewicht auf sich spüren, sie wollte ihn in sich spüren, sie wollte – er unterbrach ihre Gedanken, indem er seinen Zeigefinger um ihre Klitoris kreisen ließ. Millie stöhnte und bog den Rücken durch, bis sie seine Länge an ihren Schamlippen spürte.

»Noch nicht«, flüsterte er angestrengt. Sie spürte, dass er am ganzen Körper zitterte, oder war sie es, die zitterte? Sie konnte es nicht mehr sagen. Jede seiner Berührungen fühlte sich so gut an, so unglaublich gut. Die Magie prickelte unter ihrer Haut und sie würde sich nicht wundern, wenn zwischen ihren Körpern tatsächlich Blitze geflogen wären.

Schnell versuchte sie den Gedanken wieder zu verdrängen, denn manchmal war der Weg zwischen einem Gedanken und dessen magischer Umsetzung verdammt kurz. Vor allem, wenn ihr Gehirn sich gerade so vollständig in Matsch verwandelt hatte.

»Was ist?«, fragte er und hielt inne. »Soll ich aufhören?«

Sie schüttelte so fest sie konnte den Kopf. »Nein, ich muss nur … ich muss nur die Magie in mir kontrollieren.«

Ein schelmisches Grinsen breitete sich auf seinem Gesicht aus. »Was passiert, wenn du sie nicht kontrollierst?«

Sie legte ihre Stirn in Falten. »Ich möchte dich ungern mit einem Blitz erschlagen.«

Er verzog das Gesicht. »Das wäre nichts, was ich nicht schon einmal überlebt hätte.« Und dann war sein Gesicht plötzlich verschwunden und im nächsten Moment saugte er an ihrer Klitoris und alle Gedanken in ihrem Kopf lösten sich auf. Sie hätte keine Blitze mehr heraufbeschwören können, selbst wenn sie es gewollt hätte. Sie schwebte einfach nur auf einer Wolke der Lust, während seine Zunge sich immer schneller bewegte.

# REMINGTON

Er hatte noch nie in seinem Leben etwas Schöneres gesehen als Millie, die gerade eine Hand in seine Laken krallte und die andere in seine Schulter. Er hatte vor ein paar Tagen erst die halbmondförmigen Abdrücke ihrer Fingernägel über seinem Schulterblatt gefunden. Er würde gern auch ein paar Zahnabdrücke davontragen, wenn es nach ihm ging. Er drückte seine Handfläche gegen ihre Vulva, als sie kam und schlang den anderen Arm um ihre Taille, sodass er jede ihrer Zuckungen spüren konnte. Als sie seinen Namen wimmerte, verlor er das letzte bisschen Verstand, das ihn eben noch dazu befähigt hatte, es langsam anzugehen. Sie klammerte sich an ihm fest, als er zurückweichen wollte und er spürte ihren rasenden Herzschlag durch ihre Haut.

»Ich brauch dich jetzt«, sagte sie rau.

»Kondom«, brachte er nur hervor und sie ließ ihn los. Ihr entwich ein kleines Lachen, als er durch sein Zimmer zum Schreibtisch hastete, wo sein Geldbeutel lag. »Du bist wirklich so ein Typ, der immer Kondome dabei hat?«, fragte sie.

Er zuckte die Achseln. »Erst seit zwei Wochen.«

»Ich schätze deine Vorausplanung sehr«, gab sie zurück.

Er riss das Päckchen auf und rollte sich das Kondom über. »Führ mich«, sagte er.

Sie griff nach seiner Erektion und allein diese Berührung jagte schon eine Welle der Lust durch seinen Körper. Sie streichelte ihn erst sanft, dann härter.

»Millie«, warnte er.

Sie lachte und führte ihn über sich, bis seine Spitze ihren Eingang fand. Dann lachte sie nicht mehr.

Eine Furche bildete sich zwischen ihren Augenbrauen, als er zum ersten Mal ganz langsam in sie stieß. »Fuck«, raunte er, sein Gesicht ganz nah an ihrem Ohr. »Das fühlt sich so verdammt gut an.«

Sie antwortete, indem sie ihre Beine um seine Hüfte schlang, um ihn tiefer in sich zu ziehen.

»Ist das gut so, ja?«, flüsterte er und bewegte sich langsam.

»Schneller«, flüsterte sie atemlos. »Härter.«

Und er folgte ihrem Befehl, auch wenn ihn das an den Rand der Besinnungslosigkeit trieb. Seine Finger fanden ihre Klitoris und als ihre Vagina sich um ihn zusammenzog, löste sich die Welt um ihn herum komplett auf und er flog.

Als er die Augen wieder öffnete, schmiegte sie sich an ihn, ihr weicher Körper wie Samt auf seiner Haut. Seine Brust wogte schwer, während er sich langsam wieder beruhigte, aber das Hochgefühl in ihm blieb. Er lag hier in seinem eigenen Bett mit Millie im Arm und konnte nicht anders, als vor sich hin zu grinsen. Er war nur froh, dass sie es in der Dunkelheit nicht sehen konnte. Das hoffte er jedenfalls, denn er konnte nichts dagegen tun, seine

Gesichtsmuskeln bewegten sich einfach außerhalb seiner Kontrolle. Er war völlig und allumfassend am Arsch.

# MILLICENT

Millie lag in Remis Bett und stellte fest, dass sie ein verdammt großes Problem hatte. Es war groß und sommersprossig und rothaarig und hatte sich als ziemlich hartnäckig herausgestellt. Sie hatte genau das bekommen, was sie wollte (richtig guten Sex), aber dieses seltsame Ziehen in der Brust und das Gefühl, genau in diesem Moment hier mit ihm liegen zu wollen, hatte sie eigentlich nicht bestellt. Es gab nicht einmal den kleinsten Teil von ihr, der über eine Ausrede nachdachte, mit der sie abhauen konnte. Im Gegenteil, sie suchte in ihrem Hirn fieberhaft nach einer Ausrede, zu bleiben.

*Verdammte Scheiße.*

*Denk dran, dass er an Halloween alles vergessen haben wird, was hier passiert ist*, sagte sie sich. *Du hast einen verdammten Blutschwur darüber abgelegt. Wenn du in den Zirkel aufgenommen werden willst, wirst du sein Gedächtnis löschen. Du hast sogar keine andere Wahl – der Schwur wird dich leiten.* Dieser Umstand war ihr vor nicht allzu langer Zeit noch wie eine wunderbare Idee vorgekommen. So konnte sie eine Woche voller Sex genießen, ohne sich Gedanken über eine gemeinsame Zukunft zu machen. Genau davor war sie doch aus London geflohen: Zukunftspläne, auf die sie sich festlegen musste. Millie musste an Pamelas Worte heute Abend im Pub denken. *Das klingt gar nicht nach der Millie, die ich von früher kenne.*

Wie verrückt war das eigentlich: Sie erlebte den Stress ihres Lebens, wurde bezichtigt, Schwarze Magie zu verwenden und trotzdem fühlte sie sich mit einem Mal ruhiger als zu jedem anderen Zeitpunkt ihres Lebens. *Verdammte Scheiße*, wiederholte sie in Gedanken. Sie musste auf jeden Fall vermeiden, Remi auch nur den kleinsten Hinweis über das zu geben, was gerade in ihrem Gehirn abging. Sie sollte eigentlich sofort von ihm abrücken, das wusste sie, aber er fühlte sich einfach so verdammt gut an, warm und fest, wie er den Arm um ihren Körper geschlungen hatte und ihr durch die Haare strich.

Abrupt setzte Millie sich auf. »Was wolltest du mir eigentlich erzählen?«

»Ach ja«, er setzte sich ebenfalls auf, als hätte er den Grund für ihre Anwesenheit komplett wieder vergessen. »Lass mich das kurz loswerden«, sagte er, deutete auf seinen Schritt und durch eine noch schmalere Tür im Badezimmer. Im nächsten Moment hörte Millie Wasser laufen, kurz darauf kam er wieder zurück. Sein Haar war verstrubbelt und sie stellte mit Bedauern fest, dass er sowohl ein T-Shirt als auch Boxershorts trug.

Er legte die Hände unter dem Kinn zusammen. »Ich hab mir was überlegt«, sagte er. Die Selbstsicherheit, mit der er gerade noch ihren Körper angefasst hatte, war verschwunden, auf einmal war er spürbar nervös. Millie zog sich eines seiner Laken über den Körper und lehnte sich gegen das

Kopfteil seines Bettes. »Da bin ich ja mal gespannt.«

»Ich habe mit meinem Onkel geredet und der meinte, dass die Hexen nicht die Gedächtnisse aller Menschen löschen müssen.« Millie spürte, wie sich etwas in ihrer Brust schmerzhaft zusammenzog.

»Er meinte zu mir, dass Hexen Verbündete brauchen. Also habe ich mir etwas überlegt, was mich für die Hexen nützlich macht. Etwas, das sie von mir brauchen und was sie nur bekommen können, wenn ich von ihnen weiß.«

»Remi«, flüsterte Millie.

»Ich bin doch der Postbote des Dorfes. Wie wäre es, wenn die Hexen die Post kontrollieren könnten? Deine Oma könnte so viel Froschlaich bei den Murphys bestellen, wie sie will, und niemand würde auch nur eine Augenbraue hochziehen.«

Millie krampfte ihre Finger fester um das Bettlaken. »Aber wir verschicken doch seit Jahren solche magischen Pakete und dir ist noch nie etwas aufgefallen.«

Remington biss sich auf die Unterlippe. »Aber wenn ihr das nicht die ganze Zeit verheimlichen müsstet, würde das euer magisches Leben doch erheblich erleichtern, oder?«

Millie spürte, wie sich ein Kloß in ihrem Hals bildete. Sie schob das Laken beiseite und streifte sich, so schnell sie konnte, ihren Slip und ihre Hose über, zerrte ihren BH wieder zurecht und schlüpfte in ihre Socken und Schuhe. »Remi, wir haben doch darüber geredet«, presste sie währenddessen hervor, an dem dicken Kloß in ihrem Hals vorbei. Als sie zu ihm aufblickte, war auf einmal der Glanz aus seinen Augen verschwunden. Millie fuhr sich mit den Fingern durch die Haare. »Es war doch von Anfang an klar, dass es nur einen Weg gibt, wie diese Sache endet.«

»So, war es das?« Seine Stimme klang mit einem Mal schneidend.

»Remi, ich ...« Millie legte ihre Finger auf seine Hand, aber er machte einen Schritt nach hinten.

»Du wirst den anderen Hexen nicht einmal meinen Vorschlag unterbreiten, oder?«, sagte er leise.

Sie biss sich auf die Lippen. Sie wusste, dass die Hexen seinen Vorschlag niemals zulassen würden. Millie würde sein Gedächtnis löschen, der Blutschwur würde schon dafür sorgen. Übelkeit stieg in ihr hoch.

»Wir wussten es von Anfang an, Remi«, flüsterte sie und konnte nicht verhindern, dass ihre Stimme auf einmal zitterte. »Wir wussten von Anfang an, dass ich dir nicht davon erzählen durfte. Dass das ein Fehler war.«

Er wandte ebenfalls den Blick ab und fuhr sich durch die Haare, als würde er seine Gedanken sammeln müssen. »Du hast mich in diese Angelegenheit reingezogen Millie – und jetzt bin ich es, der dafür zahlen muss?« Er hob den Blick, aber er sah auf einmal verändert aus, verschlossen und fremd. Millie schluckte, öffnete den Mund und schloss ihn wieder.

Auch wenn sie es anders formuliert hätte, hatte er doch im Grunde recht.

»Es ... es tut mir leid.« Für einen Moment starrte er sie an, die starken Brauen zusammengezogen. Dann schüttelte er den Kopf.

»Das ist alles, was du dazu zu sagen hast, Millie? Deine Hexen werden in meinem Gedächtnis rumwühlen, sie werden mich verändern, sie werden mir meine Gefühle und Erinnerungen klauen und dann werden wir wieder Fremde sein, du und ich.« Er gestikulierte zwischen ihnen hin und her und Millie hätte am liebsten nach seiner Hand gegriffen, tat es aber nicht. »Aber nein, für dich werde ich kein Fremder sein, stimmt's? Du darfst deine Erinnerungen ja behalten. Und dann werde ich jeden Samstag wieder bei dir vorbeikommen und versuchen, mit dir zu flirten und du wirst so tun, als wäre nie etwas zwischen uns gewesen und ich werde mich wieder fragen, ob ich mir die Anziehung zwischen uns nur einbilde.«

Millie schluckte. »Ich hab das nicht gewollt.«

Jetzt nagelte er sie mit seinen Augen regelrecht fest. »Das hättest du dir vielleicht früher überlegen sollen.«

Diese Worte fühlten sich an wie ein Schlag ins Gesicht, aber Millie wusste, dass sie ihn verdient hatte. Sie presste die Lippen zusammen. »Es ist glaube ich besser, wenn ich jetzt gehe.« Fahrig sah sie sich nach ihrer Tasche um, die immer noch neben dem Eingang stand, und band sich die Schnürsenkel ihrer Schuhe zu, wofür sie einige Anläufe brauchte, weil ihre Finger so sehr zitterten. Sie versuchte krampfhaft, den Kloß in ihrem Hals runterzuschlucken. An der Tür, die zur schmalen Treppe führte, blieb sie noch mal stehen, die Hand schon auf der Klinke, und bereute es im nächsten Moment.

»Ich kann nicht glauben, dass du das wirklich zulässt«, sagte er.

Sie warf einen kurzen Blick über die Schulter und sah ihn dort stehen, aber sein Blick war nicht mehr verletzt, sondern scharf und voll mühsam unterdrückter Wut. Wenn sie noch einen Moment länger dort stehen bliebe, würde sie losheulen, deswegen öffnete sie die Tür und schlüpfte nach draußen. Im Dunkeln polterte sie die Treppe runter und verließ den *Tipsy Teapot* durch die Hintertür. Millie schaffte es gerade einmal um die nächste Hausecke, bevor sie in Tränen ausbrach.

Als Millie die Tür zum Cottage ihrer Großmutter aufschloss, dämmerte bereits der Morgen herauf. Sie hatte nicht heulend und mit tränenüberströmtem Gesicht nachhause kommen wollen, also hatte sie gewartet, bis ihr Körper damit aufgehört hatte. Sie hatte ihre Jacke bei Remington vergessen, aber nicht noch einmal zurückgehen wollen. In diesem Fall war ihre neu gewonnene Magie recht praktisch gewesen, weil sie damit immerhin ihre Hände und Füße wärmen konnte. Als Millie den Hausflur betrat, flackerte ihr schon Licht aus der Küche entgegen.

»Lange Nacht?«, drang die Stimme ihrer Großmutter zu ihr heraus.

Millie musste in ihren Handrücken beißen, um nicht wieder loszuheulen. »Ja, ich bin todmüde«, brachte sie mit einigermaßen ruhiger Stimme hervor. »Ich geh ins Bett.«

»Schlaf gut, meine Kleine«, sagte ihre Großmutter.

»Lass dir deinen Tee schmecken«, gab Millie zurück.

Sie schleppte sich nach oben, wo sie sich, angezogen, wie sie war, aufs Bett fallen ließ. Sie war tatsächlich todmüde, aber trotzdem konnte sie nicht einschlafen. Sie vollzog in Gedanken immer wieder ihr Gespräch mit Remington nach und fragte sich, wie das so schnell hatte aus dem Ruder laufen können. Vielleicht hätte sie bleiben und ihn ausreden lassen sollen … Millie presste ihre Hände aufs Gesicht. Nein, es war besser, dass sie gegangen war, bevor sie ihm irgendwelche Versprechungen gemacht hätte oder ihm das Herz so richtig hatte brechen müssen. Es gab nur einen Weg, wie diese ganze Situation enden konnte. Mit Millie im Hexenzirkel und Remington unwissend zurück in seinem früheren Leben. Er hatte sie doch erst ermutigt, ihre Magie wiederzuerlangen. *Vielleicht, weil er wollte, dass du nicht länger davonläufst*, antwortete die Stimme in ihrem Kopf.

Irgendwann hörte sie das Rattern und Rumpeln in den Rohren des alten Hauses und dann flatterte Maus in ihr Zimmer und landete mit einer Ladung Ruß bestäubt direkt auf ihrer Brust. Sie streichelte die Fledermaus, die in diesem Moment ungeniert zu schnurren begann – und begann direkt wieder zu heulen. Sie konnte nicht glauben, wie sie auf diese ganze Situation reagierte. So gut war der Sex jetzt auch nicht gewesen, oder? Und so gerne redete sie auch gar nicht mit Remington? Und so sicher war sie sich auch gar nicht, dass in ihrem Traum von einem kuscheligen verregneten Lesenachmittag wirklich ein rothaariger Mann neben ihr saß. Wenn sie sich vor sechs Monaten so angestellt hätte, hätte sie es niemals geschafft, London zu verlassen. Was an Remington war es, das sie so durcheinander brachte? Sie übertrieb völlig. Morgen würde alles schon viel besser aussehen, da war sie sich sicher. Morgen würde sie aufwachen und wieder die alte Millie sein, tatkräftig und abgeklärt, so wie sie sich am liebsten hatte. Und so schlief sie schließlich ein, eine kleine schnurrende Fledermaus auf der Brust und darin ein Herz, das sich wund und versteinert anfühlte.

Millie fand ihre Jacke am nächsten Tag vor ihrer Haustür, sorgsam zusammengelegt auf der Fußmatte. Sie ging in die Hocke und hob den karierten Stoff an ihre Nase, aber er roch nur nach ihrem Parfüm, von Remingtons Duft war keine Spur mehr auszumachen.

Millie verbrachte die nächsten Tage damit, die Halloween-Feierlichkeiten im Cottage vorzubereiten. Sie schmückte den Garten mit Lichterketten und Lampions und polierte das Festtagsgeschirr ihrer Großmutter. Dann radelte sie nach Whimsington, um Zutaten für die Halloween-Torte zu kaufen, jetzt, da sie doch keine Kürbisse von Remington bekommen hatte. Dabei machte sie einen großen Bogen um den *Tipsy Teapot.* Sie wusste, dass sie ein Feigling war, wahrscheinlich hätte Arthur ihr ohne mit der Wimper zu zucken ein paar Kürbisse überlassen, aber sie wollte Remington auf keinen Fall begegnen. Sie hätte nicht gewusst, was sie zu ihm hätte sagen sollen. Alles, was sie sich in ihrem Kopf zurechtlegte, fühlte sich genauso falsch an wie das, was sie schon zu ihm gesagt hatte. Sie entschied sich sich für eine klassische Schokoladentorte, mit der alle Hexen zufrieden sein würden. Alle außer Lucy vielleicht, die keine Schokolade mochte. Wenn die Hexen erst mal in ihrer Küche versammelt waren, hatte sie auch nichts dagegen, Lucy ein bisschen zu verärgern.

In der Nacht zu Halloween konnte sie kaum schlafen und immer, wenn sie in einen Dämmerzustand glitt, sah sie Remingtons Gesicht vor sich und dann ihre Großmutter, wie sie mit der gebrochenen Hüfte im Bett gelegen hatte, nachdem sie sich beim Tortenbacken verletzt hatte. Sie hatte eine Verantwortung für ihre Familie und ihren Hexenzirkel, aber gleichzeitig war sie auch daran Schuld, dass er seine Erinnerungen an die letzten zwei Wochen verlieren würde Hätte sie ihm niemals von der Existenz der Hexen erzählt, wäre das nie nötig geworden. Aber dann wären auch all die schönen Dinge zwischen ihr und Remington nie passiert. Millie presste die Augen aufeinander. Sie fühlte sich schlecht, aber es war ihr unmöglich, zu bereuen, was zwischen ihr und Remington in der letzten Woche passiert war. Sie wünschte, sie könnte die Zeit zurückspulen, zurück zu seinem Schlafzimmer, bevor sie sich gestritten hatten. Aber sie hätte auch nicht gewusst, was sie dann anders hätte machen sollen.

# MILLICENT

Die Hexen kamen mit dem Einbruch der Dunkelheit. Halloween war der einzige Tag im Jahr, an dem sie sich kleiden konnten, wie sie wollten. Lucy betrat das Haus mit einem spitzen Hut, der so groß war, dass er vom Türrahmen eingeknickt wurde und Pamela trug einen Mantel, der aussah, als wäre er aus Spinnenweben zusammengenäht. Sie zog einen riesigen Koffer hinter sich her, in dem sie mutmaßlich ein kleines Labor mit sich schleppte. Millie stand an der Tür und begrüßte alle Hexen mit einer Umarmung, damit ihnen nicht auffiel, wie sehr ihre Hände zitterten. In der Küche hatte sie den großen Tisch zur Seite geräumt und zwei Reihen aus Klappstühlen gebaut, auf denen die Hexen sich jetzt niederließen. Auf dem Kaminsims hatte sie Maus ein kleines Nest aus Kissen gebaut, sodass auch er der Veranstaltung beiwohnen konnte. Immerhin stand jetzt fest, dass er die Tortenzutaten nicht vergiftet hatte. Vielleicht brauchte sie auch nur ein Augenpaar, auf das sie sich konzentrieren konnte, wenn alle anderen sie mit Blicken durchbohrten.

Sie reichte jeder Hexe eine Sektflöte mit Arthurs Kürbis-Aperitif, den sie noch im Keller gefunden hatte. Acht Augenpaare und Maus starrten sie erwartungsvoll an, als sie sich vor der Kücheninsel an die Gruppe richtete. Als ihr Blick über ihre Großmutter schweifte, nickte diese ihr bestärkend zu. Immerhin war sie hier nicht ganz allein. Aus den steinernen Mienen der anderen Hexen konnte sie nämlich keine Regung ablesen, außer aus Lucys Gesicht vielleicht, das wie immer von einer Mischung aus Skepsis und Verachtung gezeichnet war. Millie räusperte sich, weil ihr Hals sich plötzlich ganz eng anfühlte. Sie war den ganzen Tag über schon nicht in der Lage gewesen, mehr als ein paar Toasts mit Butter zu essen und ihr Magen knurrte, gleichzeitig hatte sie Angst, sich vor Aufregung zu übergeben.

»Vielen Dank, dass ihr gekommen seid«, begann sie und räusperte sich gleich noch einmal, weil ihre Stimme ganz kratzig klang. Immerhin Rose und Mary nickten ihr bei diesen Worten aufmunternd zu. Millie schluckte. »Ich weiß, ihr habt euch euer Halloween dieses Jahr wahrscheinlich anders vorgestellt – und ehrlich gesagt ging es mir genauso.« Sie klammerte sich mit ihren Händen an ihrem Aperitif-Glas fest. »Ich bin vor sechs Monaten wieder hier nach Snickerford zurückgekehrt und weiß, dass manche von euch vielleicht glauben, dass ich es nicht verdient habe, wieder in euren Hexenzirkel aufgenommen zu werden.«

Niemand nickte, aber es schüttelte auch niemand mit dem Kopf. Millies Blick huschte zu der kleinen Fledermaus auf dem Kaminsims hinüber und sie atmete tief durch.

»Aber ich bin gekommen, als ihr mich gebraucht habt. Als ihr jemanden gebraucht habt, der an Stelle meiner Großmutter eure Torten backt, bin ich gekommen. Und ich habe meine Pflicht erfüllt, oder nicht? Und dann … nun ja … und dann vor zwei Wochen seid ihr alle mit Schwarzer Magie vergiftet worden, höchstwahrscheinlich hat sich diese Magie in meinen Torten befunden.«

Sie blinzelte und ihr Blick fiel auf Ms Quintrell, die ihre Lippen zu einer weißen Linie aufeinandergepresst hatte. Sie hatte wohl doch keine so neutrale Position. Schnell wandte Millie den Blick ab. »Aber es gab und gibt keine Hinweise, dass ich für die Schwarze Magie verantwortlich bin. Ich habe letzte Woche eine weitere Torte gebacken und darin waren keine Spuren von Schwarzer Magie enthalten.« Millie nahm einen Schluck aus ihrem Glas, um ihren Hals zu befeuchten. »Ich habe euch alle heute zu mir eingeladen, weil ich euch beweisen will, dass ich nichts mit der Schwarzen Magie zu tun habe.« Sie machte eine ausladende Bewegung und deutete auf die Backutensilien, die sie auf der Kücheninsel schon aufgebaut hatte. »Deswegen könnt ihr mir heute beim Backen zuschauen. Natürlich wird Pamela die Torte auf Schwarze Magie testen, bevor ihr sie esst. Habt ihr noch Fragen?«

Für einen Moment starrten die Hexen sie einfach nur an. Dann hob Nancy Murphy ihre Hand. »Welche Geschmacksrichtung wird die Torte denn haben?«

Auf Millies Gesicht breitete sich ein Lächeln aus. »Schoko.«

Ein begeistertes Raunen ging durch die Hexen und die alte Ms Murphy klatschte sogar begeistert in die Hände. Volltreffer. Millies Blick blieb kurz an Lucys Grimasse hängen, aber davon würde sie sich jetzt nicht aufhalten lassen. Sie war in ihrem Element, sie würde den Hexen heute Abend beweisen, dass sie von ihr nichts zu befürchten hatten. Dann würden sie ihre Kräfte bündeln und mit vereinter Magie endlich den wahren Übeltäter suchen können.

Millie umrundete die Kücheninsel und begann damit, Mehl in eine Rührschüssel zu kippen. Hier, mit ihren Händen im Teig, fühlte sie sich gleich viel sicherer. Das war ihr Terrain und sie würde den anderen Hexen beweisen, dass sie vollkommen frei von Schwarzer Magie war. Sie schüttete, rührte, schlug Eier auf, fügte Milch hinzu und verwandelte die Zutaten in eine köstliche schokoladige Mischung. Dann füllte sie die diese in mehrere Backformen, weil sie eine mehrstöckige Torte anstrebte, die aus unterschiedlich großen Böden bestand. Sie schob die Formen in den Backofen und kurz darauf erfüllte ein köstlicher Duft die Küche. Jetzt kam der Teil, vor dem Millie am meisten Angst gehabt hatte, weil sie einfach nur aus Warten bestand. Sie füllte die Zeit damit, die Buttercreme zu schlagen und verschiedene Portionen einzufärben. Den Kuchen des heutigen Abends würde sie einem tiefen Rot gestalten, mit orangener und schwarzer Buttercreme-Verzierung, ein echter Halloween-Kuchen eben.

Währenddessen spürte sie die ganze Zeit die Augen von zehn Hexen auf sich. Lucy Solomon nahm nicht einmal einen Schluck aus ihrem Glas, wahrscheinlich, um ihr Urteilsvermögen nicht auch nur von einem Tropfen Alkohol einschränken zu lassen.

Schließlich war die Buttercreme zu Millies Zufriedenheit schaumig gerührt und sie stellte die sie zum Kühlen in die Gefriertruhe. Für die Menge, die sie heute vorbereitet hatte, musste sie ein bisschen etwas in der Truhe herumschieben, um genug Platz für die Buttercreme und die Tortenböden zu machen, die Millie daraufhin aus dem Backofen holte. Sie ließ sie nur ein paar Minuten auskühlen, während derer die anderen Hexen sich leise unterhielten, Lucy sie aber keine Sekunde aus den Augen ließ.

In ihren Augen war Millie wohl immer noch die Hauptverdächtige. Das sollte Millie eigentlich nicht verletzen. Lucy und sie waren noch nie auf einer Wellenlänge gewesen, aber irgendwie tat es das doch. Es veranschaulichte ihr wieder, dass Lucy nur dazu bereit war, sie in ihren Zirkel aufzunehmen, weil sie sie brauchte. *Die Hexen brauchen mich*, wiederholte Millie im Kopf wieder, während sie zum fünften Mal über die Küchentheke wischte, um etwas zu tun zu haben.

Nancy, Dorothy und Katie hatten mittlerweile ihre Flöten ausgepackt und gaben wie jedes Jahr an Halloween ein paar alte Hexenklassiker zum Besten. Millie hatte sich meist vor diesem Konzert gedrückt (erst nach Jahren hatte Katie die Bassflöte wirklich beherrscht), aber in diesem Moment war sie froh über die Ablenkung. Immerhin wurde sie so nicht mehr von allen angestarrt – bis auf Lucy, die sie nicht aus den Augen ließ. Millie lehnte sich gegen die Kücheninsel und verschränkte die Arme vor der Brust, einfach nur, um zu signalisieren, dass sie mit diesen keine bösen Flüche ausführte. Dann schenkte sie den Hexen etwas von dem Kürbis-Aperitif nach, den Lucy immer noch nicht angerührt hatte.

»Ich habe den nicht vergiftet, versprochen«, scherzte Millie in eine Sonate der drei Murphy-Schwestern hinein.

Lucy erstarrte, als wäre sie jetzt gerade erst auf die Idee gekommen.

Millie verdrehte die Augen. »Ich wüsste überhaupt nicht, wie man das anstellt, meine Güte, du tust ja so, als wäre ich ein Monster.«

Lucy rollte die Schultern zurück. »Ich habe die Verantwortung für diese Hexen, Millie. Nicht, dass du verstehen könntest, was Verantwortung bedeutet.«

Bei diesen Worten brannte bei Millie eine Sicherung durch. »Was glaubst du denn, was es bedeutet, euch mit Magie zu versorgen? Denkst du, das nehme ich auf die leichte Schulter?«

Lucy schenkte ihr ein falsches Lächeln. »Lass uns nicht streiten, Millicent, nicht an diesem wichtigen Abend.« Millie schluckte die Tirade runter, die sich gerade auf ihrer Zunge bildete, und lächelte ebenso zuckersüß zurück.

»Du hast Recht, Lucinda. Du willst sicher nachher das erste Stück probieren.« Damit kehrte sie zu ihrer Gefriertruhe zurück und befand, dass Buttercreme und Tortenböden jetzt lange genug gekühlt hatten. Wenn man die eisige Stimmung im Raum betrachtete, würde diese ohnehin ihr Übriges tun.

Als die Murphy-Schwestern ihr nächstes Stück beendet hatten und Maus die Flügel wieder von seinen Ohren genommen hatte, fuhr Millie mit der Verzierung der Torten fort. Erst baute sie ein Fundament aus großen Böden, die sie komplett mit Buttercreme bedeckte und dann setzte sie die kleineren Böden darauf, sodass eine zweistöckige Torte entstand. An diesem Abend verzichtete sie aus Zeitgründen darauf, erst einen Crumb Coat zu machen, um im zweiten Schritt eine glatte Buttercreme-Schicht zu erreichen. Sie würde es nicht noch einmal aushalten, vor den Hexen zu stehen, sich beäugen zu lassen und zu warten. Also schmierte sie die Böden direkt mit dunkelroter Buttercreme ein und drehte sie auf der Scheibe hin und her, bis ihr selbst davon ganz schwindelig wurde. Dann füllte sie die orangene und schwarze Buttercreme in mehrere Spritztüten mit verschiedenen Aufsätzen, die unterschiedliche Muster ergaben. Torten mit Buttercreme zu verzieren fühlte sich für Millie immer ein bisschen so an, als würde sie fünf Gardinen auf einmal an eine Stange hängen. Es war ein Balance-Akt und man durfte nie zu viel auftragen, sonst konnten die Verzierungen an den Seiten der Torte schmelzen und herabstürzen. Deswegen hatte sie auch auf ein Feuer im Kamin verzichtet, obwohl es ein stürmischer Abend war. Als Ms Quintrell mit pikiertem Gesichtsausdruck einen Wärmezauber beschwören wollte, legte ihr Eleanor mit ernster Miene ihren Gehstock auf die Finger. Millie musste grinsen. Ihre Großmutter war zwar nicht unbedingt eine Frau herzlicher Worte, aber wenn es darauf ankam, konnte sie sich auf sie verlassen.

Millie verzierte die Torte mit Blumen, Schnörkeln und kleinen Kürbissen, die sie in schwarz und orange auf die

Seiten des Kuchens malte. Dann mischte sie spontan noch ein bisschen grüne Buttercreme an und verzierte die Torten noch mit essbarem Blattwerk. Als letztes holte sie das Döschen mit Zuckerperlen aus dem Schrank hervor (was Lucy mit kritischem Blick verfolgte) und platzierte die Perlen mit einer Pinzette auf ihrem Tortenkunstwerk. Überraschenderweise hörten ihre Finger bei dieser Tätigkeit auf zu zittern und sie fand fast in eine Art Trance hinein – so etwas erlebte sie beim Tortenverzieren öfter. Fast vergaß sie, dass zwanzig Hexenaugen sie anstarrten und was hier auf dem Spiel stand. Aber nur fast. Als sie die letzte leere Spritztüte schließlich beiseitelegte, glühten ihre Wangen.

»Ich bin fertig«, sagte sie.

Lucy nickte und forderte dann Pamela mit einem Ruck ihres Kinns auf, die Torte auf Schwarze Magie zu untersuchen. Millie hätte ihr Kunstwerk am liebsten eine Weile stehenlassen und einfach betrachtet, aber dann rückte Pamela schon mit ihrem Koffer an, um einen Schnelltest durchzuführen. Sie entnahm ihm mehrere Gegenstände, darunter einen Reisekessel, mehrere Reagenzgläser, Tinkturen und einen Gegenstand, der mehr Ähnlichkeit mit einer Säge als mit einem Kuchenmesser hatte. Sie setzte sich sogar eine Schutzbrille auf, bevor sie sich daran machte, der perfekten Buttercreme-Schicht der Torte an den Kragen zu gehen. »Ich mache einen Schnelltest und werde alle Teile der Torte einmal auf Schwarze Magie testen«, informierte Pamela die anderen Hexen. »Das ist nicht so genau, als dass ich dann sagen könnte, wo und wie viel Schwarze Magie sich in der Torte befindet, aber ich kann sagen, ob die Torte insgesamt durch Schwarze Magie verunreinigt wurde.«

Millie musste an den Prozess denken, mit dem die Murphy-Schwestern letzte Woche die wahre Identität von Maus herausgefunden hatten. Sie seufzte und sah Pamela dabei zu, wie sie ihre schöne Torte mit sorgfältigen Handgriffen zerstörte. Die Hexen-Wissenschaftlerin schnitt ein Stück aus dem oberen und eines aus dem unteren Stock der Torte und stach dann mit einer seltsam langen Gabel noch an anderen Stellen in den Teig, um Proben zu nehmen.

Millie hatte sich mittlerweile auf einen freien Stuhl neben ihre Großmutter gesetzt, aber sie konnte nicht aufhören, nervös mit dem Fuß zu wippen und ihre Fingernägel in die Handfläche der anderen Hand zu bohren.

»Das wird nur ein paar Minuten dauern«, versprach Pamela jetzt und zog ihre Ringe aus, um stattdessen Handschuhe überzustreifen.

Millie dachte daran, dass sie selbst keinerlei Schutzkleidung getragen hatte, um die Torte zu backen. War das nicht Hinweis genug, dass sie keine Schwarze Magie verwendet hatte? Aber sie wusste auch, dass man sich an Schwarze Magie gewöhnen konnte. Selbst normale Magie wirkte auf unerfahrene Hexen wie eine Droge, die sie wild und unkontrolliert agieren ließ. Schwarze Magie ließ sich irgendwann bändigen, aber zu einem hohen Preis: Die Liebe und Freundschaft, die man zu anderen Menschen empfand, wurden nach und nach zerstört.

Die Murphy-Schwestern tuschelten in der letzten Reihe und beschlossen, dann noch eine Zugabe ihres ersten Musikstücks zu spielen. Millie bemerkte, dass sie nicht als Einzige nervös war. Hatten die Hexen ohne sie schon darüber gesprochen, was sie machen würden, wenn sie sie nicht in ihren Zirkel aufnahmen? Mussten sie dann bei anderen Dörfern um Magie betteln? Wären sie dann ein geschwächter Zirkel, der sich auflösen und verschiedenen anderen Zirkeln anschließen würde? Davon hatte Millie schon öfter gehört und tatsächlich gab es das Gerücht unter Hexenschülerinnen, dass Ms Quintrell in jungen Jahren einem anderen Zirkel angehört hatte, ja, diesen sogar geleitet hatte, und dieser sich dann hatte auflösen müssen, weil ihnen die Magie ausgegangen war. Das war eine Peinlichkeit, die keine stolze Hexe so ohne Weiteres verkraftete. Wer würde dann die Ley-Linien unter Snickerford beschützen, damit diese sich nicht in ein Portal für schwarzmagische Monster verwandelten? Würde ihr Dorf bald von einer Horde Werwölfe überfallen?

Und was würde mit Millie selbst passieren? Würde sie den Rest ihres Lebens in einem magischen Kerker in Canterbury verbringen?

Mit einer Pinzette übertrug Pamela die verschiedenen Tortenproben in eine Petrischale. Dann köchelte sie auf in ihrem Reisekessel eine Flüssigkeit, die sie in einem Schlangenleder-Flachmann aufbewahrt hatte. Schlangenhaut galt als eines der wichtigsten Konservierungsbehältnisse für magische Tinkturen, aber Millie machte als Vegetarierin einen großen Bogen darum. Dann zog Pamela die aufgekochte Tinktur mit einer Pipette auf und träufelte sie auf die Kuchenproben in der Petrischale.

Millie rutschte bis zum Rand ihres Stuhles nach vorne, um alles genau beobachten zu können. Am liebsten wäre sie aufgesprungen und hätte sich über die Petrischale gebeugt, einfach nur um als erstes zu sehen, was darin passierte. Aber sie wusste, dass Lucy sie mit einem Zauber zurückhalten würde. Lucy hegte eine besondere Vorliebe für alle Zauber, die etwas mit Seilen und Fesseln zu tun hatte und Millie hatte keine große Lust, sich heute die Handgelenke wundzureiben. Also blieb sie brav sitzen und biss sich so fest in die Unterlippe, bis sie blutete. Sie hielt den Atem an, alles in ihr war bis zum Zerreißen gespannt. In den nächsten Sekunden würde sich ihr Schicksal entscheiden.

Pamela stand tief über den Tisch gebeugt und beobachtete alles, was mit den Tortenproben passierte. Nach einer gefühlten Ewigkeit richtete sich Pamela ruckartig auf. »Die Proben sind sauber.«

Millie konnte nicht anders, ihr entwich die angestaute Luft mit einem hörbaren Seufzer. Sie sprang auf und lief um die Kücheninsel herum, um selbst einen Blick auf die Proben zu werfen und Lucy folgte ihr. Und tatsächlich: Die orangene Farbe der Probenflüssigkeit hatte sich kein bisschen verändert.

Lucy beobachtete alles mit spitzem Blick. »Scheinbar hast du recht«, sagte sie schließlich und obwohl es sich anhörte, als würde sie diese Worte nur ungern aus sich herauspressen, konnte Millie kaum den Drang unterdrücken, die andere Frau in den Arm zu nehmen und durch die Küche zu wirbeln.

Lucy nickte ihr allerdings nur zu. »Sieht so aus, als wärst du aus dem Schneider. Wir wissen zwar noch immer nicht genau, was mit den Torten vor zwei Wochen passiert ist, aber wir wissen sicher, dass diese hier ungefährlich sind.«

Millie nickte und konnte nicht anders, als von einem Ohr zum anderen zu strahlen.

»Du darfst also an der Zirkelzeremonie teilnehmen.«

Millie spürte eine Hand auf der Schulter und drehte sich um. Ihre Großmutter stand hinter ihr und strahlte sie mit ihrem faltigen Lächeln an. Millie beugte sich nach unten, um sie zu drücken. Als nächstes war Pamela dran, die sie ebenfalls umarmte, auch Rose und Mary schlossen sich ihr an. Die anderen Hexen nickten ihr nur zu. Es würde wahrscheinlich noch eine Weile dauern, bis Millie ihr Vertrauen vollständig zurückerlangte. Und vielleicht sollte sie aus taktischen Gründen damit aufhören, die Murphy-Schwestern bei ihren zukünftigen Begegnungen in Ohnmacht zu stürzen, weil sie mit gruseligen Tieren vor deren Nasen herumwackelte. Noch immer schwappte die Erleichterung durch Millies Adern, sie fühlte sich auf einmal ganz leicht. Ihr Magen schien mit all den rasenden Botenstoffen allerdings nicht ganz so glücklich, denn plötzlich rumorte er und ihr Kiefer zog sich zusammen. »Ich bin gleich wieder da«, krächzte sie und schaffte es gerade noch bis zur Toilettenschüssel, bevor sie sich übergeben musste.

Aber selbst das konnte Millies Hochgefühl nicht beeinträchtigen. Sie hatte es geschafft. Sie hatte allen bewiesen, dass sie nichts mit der Schwarzen Magie zu tun hatte. Aber vor allem, merkte sie in diesem Moment, hatte sie es sich selbst bewiesen. Sie wischte sich das Gesicht ab, putzte sich die Zähne und legte ein bisschen frischen Lipgloss auf, bevor sie zu den anderen Hexen in die Wohnküche zurückkehrte. Bei der Vorstellung, jetzt ein Stück Schokoladentorte zu essen, begann ihr Magen sich allerdings schon wieder zu beschweren.

Also stellte sie erst einmal den Wasserkessel auf den Herd, um sich einen Kräutertee zuzubereiten. Die anderen Hexen hatten die Torte mittlerweile auf den Esstisch gestellt, den Millie zuvor mit einem frisch gestärkten Tischtuch bezogen und mit Herbstblumen, Zierkürbissen und tropfenden Kerzen geschmückt hatte. Ihre Großmutter schwang das Tortenmesser und Millie spürte plötzlich Tränen in den Augen, als sie sie dabei beobachtete. Torten waren das Lebenswerk ihrer Großmutter und Millie konnte es sich besonders nach ihren Erfahrungen der letzten Wochen vorstellen, wie sich das anfühlte, wenn man das plötzlich nicht mehr tun durfte. Sie hatte nicht gemerkt, wann genau das Tortenbacken in den letzten Wochen wieder zu ihrer Berufung geworden war. Sie war so beschäftigt damit gewesen, die Magie für ihr eigenes Leben abzulehnen, dass sie gar nicht gemerkt hatte, wie gern sie trotzdem für die anderen Hexen backte.

Ihre Großmutter verteilte an alle Hexen ein Stück Kuchen, während Ms Quintrell endlich den Kamin einheizte. Das Feuer begann zu prasseln und den Raum mit Licht und Wärme zu füllen. Die Stimmung war auf einmal viel gelöster und Mary tauschte mit Rose Hexenwitze aus, die sie alle schon zwanzigtausend Mal gehört hatten, aber an einem Tag im Jahr konnte man trotzdem darüber lachen.

»Worauf reiten Hexen im Winter?«, fragte Mary mit leuchtenden Augen und nahm einen genüsslichen Schluck aus ihrem Tee.

»Oh, das weiß ich!«, rief Rose und schnipste. »Beziehungsweise ich wusste es mal.«

Mary kriegte sich nicht mehr ein vor Lachen und nicht zum ersten Mal fragte sich Millie, ob ihre Beziehung vor allem deswegen so gut funktionierte, weil Rose mit an Magie grenzender Zuverlässigkeit alle von Marys Witzen sofort wieder vergaß.

»Auf einem Schneebesen«, seufzte Ms Quintrell, die diesen Witz genauso oft gehört hatte wie alle anderen in der Runde. Millie grinste in ihren Tee und fühlte sich zum ersten Mal seit ihrer Rückkehr nach Snickerford, als wäre sie angekommen. Das war ihr Zuhause, ihr Zirkel – und sie konnte sich auf einmal vorstellen, das Halloweenfest vielleicht auch nächstes Jahr wieder auszurichten. Was für ein verrückter Gedanke. Bislang hatte sie sich nicht einmal erlaubt, weiter als heute Nacht in die Zukunft zu denken.

Für den Bruchteil eines Augenblicks tauchten wieder Remingtons dunkle Augen in ihrem Kopf auf, aber sie schüttelte das Bild vehement beiseite. Hier war ihr Platz, bei den Hexen, die sie mit Magie versorgte, ihrer zusammengewürfelten Familie, das spürte sie ganz tief in sich drin. Hier ging es um mehr als um ihr eigenes Glücklichsein, ganz egal was Pamela oder Remington auch denken mochten. Pamela konnte eigentlich gar nichts dazu sagen – sie selbst kümmerte sich doch den lieben langen Tag und die halbe Nacht um das Wohlbefinden der Bürger von Snickerford, ob es sich dabei jetzt um Hexen handelte oder nicht. Das, was Millie tat, war doch nicht anders, nur dass sie sehr viel lieber backte, als irgendwelche Platzwunden zuzunähen oder Spritzen zu geben.

»Kommst du, meine Kleine?«, fragte ihre Großmutter jetzt und auch die anderen Hexen warteten mit erhobenen Gabeln auf sie.

Millie hob ihre Tasse, in die sie jetzt das gekochte Wasser kippte. »Fangt schon mal an, ich muss erst was trinken, um meine Nerven zu beruhigen.»

»Das glaube ich dir«, sagte Mary und lachte. »Hat dir Lucy mit ihrem Todesblick mal wieder Angst eingejagt?«

Lucy setzte ihre beste pikierte Miene auf, aber Millie hätte schwören können, dass ihre Mundwinkel zuckten.

»Ich bin eben ordentlich«, beschwerte sie sich.

Rose prustete. »Oh, das wissen wir, glaub mir, das wissen wir alle.«

Schon wieder musste Millie ein Grinsen hinter ihrer Teetasse verstecken und verbrannte sich die Zunge an ihrem nächsten Schluck. Kurz darauf erklang Lob von allen

Seiten, als die Hexen sich nach und nach die Kuchengabeln in den Mund schoben.

»Ich weiß einfach nicht, wie du das immer machst«, hauchte Dorothy Murphy.

»Ich wäre so traurig gewesen, wenn wir keine Torten mehr von dir hätten essen dürfen«, gestand Rose.

Millie lächelte und nippte noch einmal an ihrem Tee, diesmal vorsichtiger. »Ich wäre auch richtig traurig gewesen, wenn ich euch keine hätte mehr backen dürfen. Vielleicht hättet ihr mir als Strafe die Hände abgehackt oder mich aus dem Dorf gejagt oder was auch immer mit in Ungnade gefallenen Hexen passiert, da habe ich in der Schule vielleicht nicht besonders gut aufgepasst.«

Mary und Dorothy prusteten los, während Ms Quintrell aussah, als wäre sie die nächste, die sich übergeben würde. Millie glaubte zunächst, dass das eine Reaktion auf ihren Spruch war, doch die Gesichtszüge der Schulleiterin verzerrten sich noch weiter. Sie sah geradezu grün im Gesicht aus. Millie blickte sich in der Runde um und sah, dass auch Nancy Murphy eine ungesunde Gesichtsfarbe angenommen hatte und Dorothy mitten im Kauen innehielt. Ms Murphy stieß einen kleinen Schrei aus.

»Irgendetwas stimmt hier nicht«, konstatierte Lucy und sprang auf.

Dann ging alles ganz schnell. In der Zeit, in der die Leiterin des Hexenzirkels sich zu Millie umdrehte, verlängerten sich ihre Finger und ein ungesundes Knacken ertönte. Als sie mit den Händen auf Millie zeigte, war aus einem ihrer Fingernägel bereits eine scharfe Kralle geworden. Sie verzog die Mundwinkel zu einem Grinsen und offenbarte scharfe lange Eckzähne. In Sekundenschnelle färbte sich das Weiß ihrer Augen rot.

»Nein!«, stotterte Millie und wich zurück, bis sie mit dem Rücken gegen die Küchentheke stieß. Ihre Augen glitten von einer Hexe zur nächsten, aber auf einmal starrten sie nur noch verzerrte Fratzen an. Vor Schreck ließ Millie ihre Tasse fallen. Sie wusste genau, was diese Verwandlung in den anderen Hexen bewirkt hatte. Pamela hatte sich getäuscht.

Die Schwarze Magie war wieder zurück.

# REMINGTON

Eigentlich mochte Remington Halloween. Es war der Abend im Jahr, an dem sich das ganze Dorf in die Gruselkulisse eines Freizeitparks oder eines billigen Horrorfilms verwandelte. Überall in den Vorgärten tauchten Skelette und geschnitzte Kürbisse auf und selbst der alte Earl hatte sich ein Bettlaken übergeworfen, auch wenn es, bei näherer Betrachtung, mit kleinen Blümchen versehen war und gar nicht so gruselig aussah. Im *Tipsy Teapot* galt ein strenggruseliger Dresscode an diesem Abend, und schließlich wollte Earl heute eine Dart-Revanche gegen Bertie anzetteln. Remington selbst hatte sich als Vogelscheuche verkleidet, was erstens ziemlich gut zu seinem Charakter passte, wie er fand, und zweitens genug Bewegungsfreiheit für einen Abend hinter der Bar des *Tipsy Teapots* zuließ. Er trug ein altes Jackett seines Onkels, mit dem dieser nach einer Barschlägerei einmal in einem Rosenbusch gelandet war, und hatte eine Krähe aus Plastik auf seiner Schulter befestigt. Das Kostüm war auffällig genug, um als solches erkannt zu werden, aber seriös genug, dass Remington problemlos noch Geld von seinen Pub-Besuchern einkassieren konnte.

Ein paar der üblichen Gestalten fehlten heute Abend, besonders fiel auf, dass der Tisch von Rose und Pamela leer war. Er wusste, wo sie sich befanden: bei Millie, um die Kraft ihres Zirkels zu erneuern. Er fragte sich, wann sie ihn aufsuchen würden. Ob sie ihn noch heute Nacht aus der Bar schleifen und sein Gedächtnis löschen würden, oder ob sie ihn erst heimsuchen würden, wenn er schlief. Trotzdem war er nicht verschwunden. Er hätte einen Rucksack packen, sich auf seine Vespa schwingen und abhauen können, aber er hatte es nicht getan. Vielleicht, weil er nicht glaubte, dass Millie den Gedächtniszauber wirklich zulassen würde. Weil ein Teil von ihm immer noch an sie glaubte. Weil er sich den Schmerz in ihren Augen bei ihrem letzten Treffen nicht eingebildet hatte. Wenn er jetzt abhauen würde, dann würde er Millie auf alle Fälle verlieren. Wenn er hierbliebe, gab es immerhin noch eine winzige Chance, dass er seine Erinnerungen behalten konnte.

Die Eingangstür öffnete sich und einen Gruppe Kinder drängte herein, verkleidet als Hexen und Zauberer. Remington fragte sich, ob Millie heute Abend auch so aussah, mit einem Hexenumhang und einem spitzen Hut. Sofort stellte er sich vor, dass sie nichts darunter tragen würde und wie ihre nackten Kurven im Mondlicht leuchteten und – er schüttelte den Kopf, griff unter die Theke und holte den Korb mit Süßigkeiten hervor, von dem er jedem Kind eine Handvoll zusteckte. Diese grinsten ihn schon mit von Süßigkeiten bunt gefärbten Mündern an und zogen wieder ab.

Der Abend verging nur langsam. Remington schenkte literweise Kürbispunsch aus und reparierte den Wackelkontakt an dem Lautsprecherkabel, über den der Soundtack von *Nightmare Before Christmas* durch den Pub dröhnte. Er wischte über die Theke, füllte kleine Schälchen mit Nüssen und applaudierte, als es Bertie diesmal auch ohne Millies Zauber gelang, Earl ein weiteres Mal im Dart zu schlagen.

Wieder öffnete sich die Tür und ein kalter Windhauch fegte in den Raum. Remingtons Aufmerksamkeit wurde sofort von dem Umstand angezogen, dass der Neuankömmling keine Verkleidung trug. Oder vielleicht doch, das konnte er nicht sagen, denn nach Snickerford verirrten sich selten Männer in Anzügen und Krawatten. Dass er auch noch zurückgegelte dunkelblonde Haar und ein

perlweises Lächeln zu bieten hatte, musste wohl doch Teil einer Verkleidung sein, da war sich Remington sicher. Es war nicht ungewöhnlich, dass an einem Abend wie diesem fremde Gesichter im *Tipsy Teapot* auftauchten, denn der Kürbispunsch nach Arthurs Geheimrezept und die Halloween-Party genossen einen ziemlichen Kultstatus in der näheren Umgebung.

Der Mann blickte sich im Pub um. Die bunten Lichter reflektierten sich auf seiner hohen Stirn und der geraden Nase. Ohne zu zögern trat er an die Bar heran.

»Guten Abend«, sagte Remington, der gerade wieder ein Glas polierte, wie konnte es auch anders sein.

»Guten Abend«, entgegnete der Fremde. Seine Augen wanderten immer noch durch den Raum, als würde er jemand Bestimmtes suchen.

»Kann ich Ihnen helfen?«, fragte Remington, der sich bemühte, nicht abwehrend zu klingen. Er selbst wurde immer noch viel zu sehr wie ein Fremder in Snickerford behandelt, also wollte er anderen nicht das gleiche Gefühl geben.

»Was kannst du mir empfehlen?«, fragte der Mann zurück.

»Wir haben einen exzellenten Kürbispunsch«, schlug Remington vor.

Die Nase des Gegenübers kräuselte sich für den Bruchteil einer Sekunde. »Habt ihr auch ganz normales Lager?«

Remington bemühte sich, diesen Affront nicht persönlich zu nehmen.

Sein Gegenüber schien diese Regung zu bemerken, denn er fügte schnell hinzu: »Ich bin allergisch gegen Kürbis.«

Das machte es nicht unbedingt besser. Was suchte man denn bitte in Snickerford, dem Zuhause der Robinson Kürbisfarm, wenn man allergisch gegen Kürbisse war? Trotzdem nickte Remington und zapfte dem Fremden ein Bier.

Dieser wählte währenddessen ein paar Nummern und startete Telefonanrufe, die offensichtlich niemand abnahm. Eine Furche der Irritation bildete sich auf seiner Stirn.

»Suchen Sie jemanden?«, fragte Remington, der das Gefühl nicht loswurde, dass mit diesem Typen irgendetwas nicht stimmte.

Der Fremde ließ sein Smartphone sinken und bedachte Remington mit einem nachdenklichen Blick. »Du als Barkeeper kennst wahrscheinlich alle Leute hier im Dorf, oder?«

Remington zuckte die Achseln. »Die meisten.«

»Ich suche nämlich tatsächlich jemanden.«

Remington sah ihn abwartend an.

»Kennst du zufällig eine Millicent Battersea?«

Remington erstarrte mitten in der Bewegung. »Was willst du denn von ihr?«, fragte er.

Der Fremde hob abwehrend die Hände. »Ich bin nicht von der Steuerbehörde oder so was, falls du das denkst«, sagte er lachend und zupfte an seiner Krawatte. »Ich bin ihr Verlobter.«

Remington verschluckte sich, wenn das möglich war, an seinem eigenen Speichel. Er hustete, bis sein Gegenüber ihm kurzerhand das eigene Bier hinschob und Remington zähneknirschend einen Schluck daraus nahm. »Danke, ich bekomme wohl eine Erkältung«, sagte er.

Der Typ schlug ihm einmal unaufgefordert auf den Rücken und streckte ihm die Hand hin, als hätte ihre Interaktion sie damit zu Brüdern gemacht. »Ich bin übrigens Scott.«

»Remington«, sagte Remington und zapfte ihm, statt seine Hand zu nehmen, ein neues Bier. Sein Kopf schwirrte. Als Millie von Scott erzählt hatte, es sich überhaupt nicht so angehört, als wären die beiden verlobt, ganz im Gegenteil. Er tat sein Bestes, sich nichts anmerken zu lassen, als er Scott das frische Bier hinstellte und einen großen Schluck aus dem anderen Glas nahm. Dabei trank er nicht einmal gerne Bier, aber in diesem Moment war ihm alles recht, was half, diese neuen Informationen zu verarbeiten.

»Und wo warst du dann die letzten sechs Monate?«, fragte Remington, ein bisschen schärfer als beabsichtigt.

Scott hob die Augenbrauen und da merkte Remington, dass er allein mit dieser Frage ganz schön viel über sich verraten hatte. Dass er Millie kannte, zum Beispiel, und dass er wusste, dass sie ihn sechs Monate lang nicht gesehen hatte. Scott fuhr sich mit der Zungenspitze über die Unterlippe und betrachtete Remington mit neugewonnener Neugierde. »Du kennst sie also«, sagte er ruhig.

Remington nickte. »Wir kennen sie alle«, sagte er, aber dann fragte er sich, warum er eigentlich so tat, als wäre er nur ein entfernter Bekannter. »Aber ich kenne sie gut.«

»Du kennst sie also *gut*, mh?«, sagte Scott und auf einmal klang seine Stimme bedrohlich. »Dann kannst du mir bestimmt auch sagen, wo sie sich gerade aufhält. Wo du bist, scheint sie jedenfalls nicht zu sein.«

Touché. Remington biss die Zähne zusammen. Das Letzte, was er tun würde, war, diesem Typen irgendwas von Millie und ihrem Verhältnis zu erzählen. Millies Erzählungen hatten nicht gerade danach geklungen, als würde sie diesen Scott gerne wiedersehen. Warum sollte sie ihn also plötzlich anrufen und nach Snickerford bestellen? Es war möglich, dass sie in den letzten Tagen ihre Meinung über ihn geändert hatte, aber vielleicht steckte auch etwas ganz anderes dahinter.

Auf einmal stellten sich Remingtons Nackenhaare auf,

er wusste nicht einmal so recht, warum eigentlich. Dieser Scott, auch wenn er gut einen halben Kopf größer war, machte keinerlei Anstalten, über die Theke zu springen und ihn anzufallen. Außerdem gab es hier ungefähr fünfzig Menschen, die ihm in einem solchen Fall sofort zur Seite springen würden. Aber dennoch war da dieses Gefühl von Bedrohung …

»Gibt es hier ein Problem?«, fragte Arthur und trat neben ihn, aber Remington schüttelte schnell den Kopf. »Ich hab alles im Griff«, sagte er und gab Arthur mit einer Bewegung zu verstehen, sich wieder zurückzuziehen. Dann machte er einen Schritt auf Scott zu, stützte die Arme auf die Theke und folgte seinen Instinkten. »Wer hat dich angerufen, damit du hierherkommst?«, fragte er.

# MILLICENT

Millie hatte nicht wirklich damit gerechnet, heute noch sportlich aktiv zu sein und musste den Rock ihres Samtkleids raffen, um nicht über den Saum zu stolpern. Hinter ihr hörte sie das Kreischen der Hexen, während sie rannte und fieberhaft überlegte, wie sie aus dieser Situation wieder rauskam. Dabei war ihr Hirn noch viel zu sehr damit beschäftigt, zu verarbeiten, dass die Schwarze Magie es irgendwie geschafft hatte, sich wieder in ihre Torte zu schleichen. Sie hatten doch alle Sicherheitsvorkehrungen getroffen! Pamela hatte sogar mehrere Proben der Torte untersucht. Es gab nur eine Möglichkeit, wie Schwarze Magie in die Torte gelangt sein konnte. Es musste zwischen der Probenentnahme von Pamela und dem Verzehren der Torte passiert sein. Millie spielte noch einmal in Gedanken ab, was alles passiert war. Lucy Solomon hatte sich über die Torte gebeugt – hatte sie also die Gelegenheit gehabt, Schwarze Magie über die Torte zu streuen wie Puderzucker? Oder konnte es Pamela selbst gewesen sein, die ihr Testergebnis verfälscht hatte? Dann war Millie aus der Küche gerannt, um sich zu übergeben – und bei ihrer Rückkehr hatte die Torte bereits auf dem Tisch gestanden. Alle Hexen in diesem Raum hätten also die Möglichkeit gehabt, Schwarze Magie in der Torte zu verstecken. Sie musste dringend mit Remington reden – wo hatte er vor zwei Wochen noch mal die erste Torte abgeliefert? Bei Pamela! Vielleicht war es wirklich sie gewesen, die versehentlich Schwarze Magie über die übrigen Torten gestreut hatte. Millie hatte zwar keine Ahnung, wie das vonstatten gehen sollte, aber sie musste an die Worte von Ms Quintrell denken, die gesagt hatte, dass sich Schwarze Magie auch ohne eigenes Wissen in einem einnisten konnte. Vielleicht war genau das passiert, denn Pamela würde bestimmt nicht –

Ein markerschütternder Schrei zerriss die Luft. Millie drehte sich um und sah, wie sich ein giftgrünes Licht im Himmel über Snickerford ausbreitete. Es strahlte so viel kräftiger als noch vor zwei Wochen, ganz so, als hätten die Hexen nun eine sehr viel höhere Dosis Schwarze Magie zu sich genommen. Irgendwo hinter sich hörte sie eine Explosion und konnte nur hoffen, dass sie die Hexen rechtzeitig von all den Menschen weglocken konnte, die gerade auf Snickerfords Straßen unterwegs waren. Sie hörte das Kreischen der Hexen immer noch, hörte das Knacken der Äste, als sie hinter sich durchs Gebüsch brachen.

Sie nahm die Route durch den Wald, um den Menschen möglichst auszuweichen, während sie so schnell rannte, wie sie konnte. Als sie das gusseiserne Tor der *Quintrell Academy* erreichte, war sie vollkommen außer Atem und durchgeschwitzt. Diesmal versuchte sie gar nicht erst, über die Mauer zu steigen. Sie würde es niemals schaffen, sich zusätzlich zu einer Horde durchgedrehter schwarzmagischer

Hexen auch noch die blutrünstigen Wasserspeier vom Leib zu halten. Stattdessen drückte sie die Klingel am Eingangstor immer und immer wieder, wie sie es zum letzten Mal vor gut fünfzehn Jahren bei einem Klingelstreich gemacht hatte. Eine tiefe Glocke ließ das steinerne Gebäude vor ihr erbeben. Sie konnte nur hoffen, dass Mr Quintrell heute Abend zuhause war und sie auf das Gelände ließ. Das Knacken und Rascheln hinter ihr wurde lauter, aber Millie zwang sich, nicht über die Schulter zu schauen. Zum Glück hatte sie selbst noch nichts von der Torte gegessen. Das bedeutete aber auch, dass sie nicht mehr besonders viel Magie übrighatte, um sich zu verteidigen. In ihrem Kopf ging sie panisch alle Schutzzauber durch, die sie im Unterricht gelernt und noch niemals im echten Leben angewandt hatte.

Endlich öffnete sich die hölzerne Eingangstür und ein schlechtgelaunter Mr Quintrell schaute daraus hervor. »Hier gibt's keine Süßigkeiten, ihr könnt gleich wieder verschwinden!«, schimpfte er.

Millie klammerte ihre Finger um die gusseisernen Torstreben. »Warten Sie, Mr Quintrell! Sie müssen mir helfen.«

Er zog die Augenbrauen zusammen und trat aus der Tür hervor. Sobald der Lehrer im Freien stand, legte er seinen Kopf in den Nacken. Millie konnte den grünen Schein sehen, der sich in seinen Brillengläsern spiegelte.

»Oh nein«, flüsterte er. »Es ist wieder passiert.«

»Sie müssen mir helfen!«, rief Millie. »Wir müssen die Hexen auf dem Gelände der Schule halten, sonst zerstören sie das ganze Dorf.«

Mr Quintrell sah von ihr zum Himmel und wieder zurück, als würde er tatsächlich überlegen, ob er ihr helfen sollte. Dann betätigte er endlich einen Knopf an der Seite der Steinmauer und die Tore zur Academy sprangen auf.

Millie atmete erleichtert auf und schlüpfte hindurch. Sie ließ die Türen offenstehen, damit die Hexen ihr auch schön dorthinein folgten.

»Warum glauben Sie, dass sie Ihnen folgen werden?«, fragte Mr Quintrell.

Millie zuckte die Achseln. »Das Ziel der Schwarzen Magie ist es doch in erster Linie, die gute Magie auszumerzen, oder? Und da ich mittlerweile wieder eine einigermaßen funktionierende Hexe bin, würde das nur Sinn machen.«

Mr Quintrell nickte und begann damit, beide Flügel der Eingangstür weit zu öffnen. »Wir müssen sie in den Keller locken und dann fliehen Sie du durch die Hintertür und ich mache vorne zu. Wir haben die Schutzzauber des Kerkers erneuert nach dem Vorfall vor zwei Wochen. Ich kann nur hoffen, dass er diesmal auch eine Horde schwarzmagischer Hexen in Schach hält.«

Millie nickte. »Ich dachte mir, dass Sie vielleicht ihre Wasserspeier rekrutieren könnten, um uns zu helfen.«

Mr Quintrell seufzte. »Gott steh uns bei.«

Millie verspürte auf einmal den hysterischen Drang zu lachen. »Ist ja nicht so, dass wir das mit Ihrer Frau nicht schon einmal geschafft hätten.«

»Nur dass jetzt ein ganzer schwarzmagischer Zirkel hinter uns her ist.«

Sie klopfte ihm auf die Schulter. »Die sind nur hinter mir her, Sie können sich also verstecken, wenn Sie wollen.« Millie fühlte sich keinesfalls so mutig, wie sie klang, aber das musste sie Mr Quintrell ja erstens nicht wissen lassen und zweitens blieb ihr sowieso keine andere Möglichkeit, als zu handeln.

Mr Quintrell klapperte mit dem Schlüsselbund an seiner Hose und hielt ihr ein besonders verrostetes Exemplar hin.

»Das hier ist der Schlüssel für die Hintertür. Nehmen Sie ihn, denn mit Magie werden sie in einem Hexenkerker nicht weit kommen.«

Millie nickte und schloss ihre Faust fest um den Schlüssel. Sie deutete auf das dunkle Gehölz auf der anderen Seite des Tores, das jetzt immer grüner zu leuchten begann.

Dann brachen die ersten Krallen durch die Äste. »Ah, da sind sie ja schon.« Sie machte auf dem Absatz kehrt und rannte durch die Eingangshalle der *Quintrell Academy* auf die Tür zum Keller zu, wobei sie jede Tür, durch die sie trat, hinter sich offenstehen ließ. Millie verspürte den absurden Drang zu lachen, als sie daran dachte, dass ihre schlimmen Stunden im Nachsitzen-Kerker der *Quintrell Academy* ihr jetzt doch noch zugutekamen, denn zumindest kannte sie sich dort aus.

Sie rannte die steinernen Gänge entlang, sprang mehrere Stufen auf einmal hinab, und hörte dabei das Gekreische der Hexen, das immer näherkam. Sie duckte sich gerade noch rechtzeitig, bevor ein giftgrüner Strahl auf die Stelle schoss, an der gerade noch ihr Kopf gewesen war. Es dauerte immer viel zu lange, die schweren Türen aufzustoßen, die die einzelnen Keller-Bereiche voneinander abtrennten. Um den Kerker zu erreichen, musste sie fast den kompletten Unterbau des Academy-Gebäudes durchqueren und bei jeder Tür verlor sie etwas Zeit. Als sie sich das nächste Mal umblickte, sah sie eine monsterhafte Fratze hinter sich den Gang entlang springen und erkannte darin ganz entfernt die Züge von Lucy Solomon. Natürlich war die Leiterin des Hexenzirkels am meisten darauf erpicht, Millie in die Krallen zu kriegen.

Kopfschüttelnd schlüpfte Millie durch die nächste Tür, die sie für Lucy ebenfalls freundlicherweise offenließ. Das einzig Gute an einer Vergiftung mit Schwarzer Magie war es, dass Hexen, die noch wenig Erfahrung damit hatten, dieser Macht vollkommen ausgeliefert waren und einfach nur ihren Instinkten folgten. Wenn man gelernt hatte, über die Schwarze Magie zu herrschen, wurde man erst so richtig gefährlich – weil die Schwarze Magie dann nach und nach jede Liebe und jedes Mitgefühl in ihrem Anwender erstickte.

Als Millie endlich den Kerker erreichte, brannten ihre Lungen. Der Raum war nicht sonderlich groß und die Hexen würden sich bestimmt früher oder später gegenseitig an die Gurgel gehen, wenn Millie nicht schnell das Gegenmittel besorgte. Aber darüber würde sie sich im nächsten Schritt Gedanken machen. Sie durchquerte den Kerker und stellte sich mit klopfendem Herzen vor die Hintertür. Mit einer Hand steckte sie hinter ihrem Rücken den Schlüssel ins Schloss, während sie den Hexen entgegenblickte. Keine von ihnen gab sich mehr mit ihren lästigen Beinen ab, sie flogen einfach den Korridor entlang und drehten dabei Pirouetten, die nach so viel Spaß aussahen, dass Millie fast neidisch wurde. Normale Hexen konnten nämlich nur mithilfe verzauberter Gegenstände wie Besen oder Teppichen fliegen.

Glücklicherweise nutzte Lucy ihren Vorsprung im Kerker erst mal dazu, ihre Krallen und ihre gespaltene Zunge zu präsentieren, die sich bestimmt einen Meter lang aus ihrem Mund rollte, als sie einen geifernden Schrei abgab.

»Wirklich sehr beeindruckend«, sagte Millie, um sich zu beruhigen. Sie duckte sich, als Ms Murphy von hinten einen weiteren grünen Strahl nach ihr schoss. Wenn sie Pech hatte, würde einer von ihnen ausreichen, um sie zu töten.

Als alle Hexen sich im Kerker eingefunden hatten, drehte

Millie den Schlüssel herum und riss die kleine Hintertür auf. So schnell sie konnte, schlüpfte sie hindurch und schlug sie wieder zu. Irgendeine Hexe stieß einen wütenden Schrei aus und im nächsten Moment fuhren scharfe Krallen zwischen den Stäben des Gitterfensters hindurch. Millie reagierte nicht schnell genug, sie war immer noch dabei, sich mit ihrer ganzen Kraft gegen die Tür zu stemmen und den Schlüssel darin umzudrehen. Eine der scharfen Krallen erreichte ihr Ohr und fuhr durch ihre Haare. Millie sah, wie eine ihrer blonden Locken zu Boden fiel, bevor sie den Schmerz an ihrem Ohr spürte.

»Scheiße«, ächzte sie, drehte den Schlüssel das letzte Stückchen im Schloss um und sprang von der Tür zurück. Als sie ihre Finger an ihr Ohr hob, glitzerte ihr Blut im grünlichen Schein der Schwarzen Magie, aber es schien glücklicherweise nur ein oberflächlicher Schnitt zu sein. Dorothy Murphys Monsterfinger rüttelten wütend an den Eisenstäben, aber Millie ging langsam rückwärts, immer weiter außer Reichweite.

Dann hörte sie, wie auf der anderen Seite des Kerkers die Tür ins Schloss fiel und atmete auf. Mr Quintrell hatte es offensichtlich geschafft, den Kerker auf der anderen Seite zu verschließen. Millie lehnte sich gegen die raue Steinwand, schloss die Augen und atmete für einen kurzen Moment tief durch. Dann raffte sie wieder ihre Röcke und rannte. Es gab noch viel zu tun, um Snickerford in dieser Nacht vor der Katastrophe zu retten.

Die Zerstörung des Cottage war nicht so schlimm, wie Millie befürchtet hatte. Ihre Eingangstür hing zerfetzt in ihren Angeln und alle Oberflächen im Flur waren vollkommen zerkratzt, als hätte man dort ein Rudel Wölfe losgelassen. Die Terrassentür war ebenfalls zersplittert und so fegte der Nachtwind einmal durch das kleine Haus, als würde es vor Schmerz jaulen. Millie legte ihre Hand auf den alten Stein, der so viele Jahre ihres Lebens ein Zuhause für sie gewesen war. »Ich kümmere mich später um dich, versprochen«, flüsterte sie. Jetzt musste sie sich erst mal daran erinnern, wie zur Hölle man noch einmal ein Heilmittel für Schwarze Magie kochte.

Doch als sie an die Schwelle zur Küche herantrat, flackerte ihr schon ein goldener Schein entgegen, der nicht vom Kamin kam, sondern von einem Kessel, der auf dem Herd stand. Davor stand ein kleiner Hocker und darauf balancierte eine kleine Gestalt, die eifrig im Kochtopf rührte. Millie spürte, wie ihr auf einmal vor Erleichterung Tränen in die Augen schossen.

»Grandma?«, keuchte sie. Eleanor drehte sich zu ihr um und mit Schrecken stellte Millie fest, dass auch die alte Frau verletzt worden war. Ein blutroter Schnitt führte schräg über ihre Wangen und ihre Arme waren blutverschmiert. Millie machte einen Satz auf sie zu und zog ihre kleine Großmutter in ihre Arme. »Du bist verletzt!«, flüsterte sie und atmete Eleanors vertrauten Duft ein, nach Pfefferminze und nach Pfeifentabak, den sie scheinbar immer noch manchmal heimlich rauchte.

»Du blutest!«, gab ihre Großmutter zurück und strich Millies Haare zurück.

»Ist nicht schlimm«, sagte Millie schnell. Sie wischte sich die Tränen aus dem Gesicht. Ihre Großmutter beobachtete sie scharf.

»Ich bin ja so froh, dass ich nicht die einzige bin, die noch nicht von der Torte gegessen hatte«, flüsterte Millie.

Eleanor nickte grimmig. »Die werden wieder so ein Chaos anrichten.«

Millie lachte. »So kann man es auch sehen.« Sie deutete auf den Kessel. »Sag mir bitte, dass du in der Zwischenzeit schon das Gegengift gekocht hast.«

Ihre Großmutter warf ihr einen pikierten Blick zu. »Ich bin zwar alt, aber ich bin nicht komplett nutzlos«, sagte sie.

Millie drückte ihrer Großmutter einen Kuss auf die Wange, vorsichtig darauf bedacht, keinen ihrer Schnitte zu berühren. »Ich habe die Hexen im Kerker der *Quintrell Academy* eingesperrt. Ich kann das Gegengift gleich zu ihnen bringen.«

Ihre Großmutter nickte und füllte vorsichtig mehrere kleine Phiolen voll. Sie steckte sie in einen kleinen Beutel, den sie Millie um den Hals hängte, als würde sie ihr eine Medaille überreichen. Für einen kurzen Augenblick ruhten ihre faltigen Hände noch auf Millies nackten Schultern. »Du bist eine gute Hexe, Millicent«, sagte sie leise. »Lass dir von niemandem etwas anderes einreden.«

Millie schluckte. »Danke, Oma.«

»Du weißt, dass ich es hasse, wenn du mich so nennst.«

Millie kicherte. »Was würde ich nur ohne dich machen.« Sie sprang auf, band die Schnürsenkel ihrer Stiefel fester und dachte diesmal zumindest daran, eine Jacke anzuziehen, bevor sie sich wieder auf den Weg machte.

Ihr Fahrrad stand immer noch hinter dem *Tipsy Teapot*,

aber diesmal musste sie zumindest nicht durch den Wald klettern. Sie lief das Kopfsteinpflaster hinab und hielt den Beutel um ihren Hals dabei fest umklammert. Sie hatte gerade das zerstörte Bushäuschen vor Lucys Haus erreicht, als ihr ein Scheinwerfer durch die Nacht entgegenrauschte. Sie schloss die Augen, weil das Licht sie blendete, aber als jemand ihren Namen rief, blieb sie abrupt stehen.

»Millie?« Die Vespa fuhr an ihr vorbei, bevor sie mit quietschenden Reifen Halt machte. Millie drehte sich zu ihr um, aber zu ihrer Überraschung schälten sich nicht nur eine, sondern gleich zwei Personen aus der Dunkelheit. Und der Mann, der zu ihr gesprochen hatte, war nicht Remington.

»Scott?«, fragte sie entgeistert. »Was machst du denn hier?«

»Deine Oma hat mich angerufen, ich war gerade auf dem Weg zu dir.«

»Aber warum das?«

»Sie meinte, dir geht's nicht gut und du bräuchtest mich.« Millie runzelte die Stirn. »Bist du dir sicher, dass das kein Prank war?«

»Von deiner Oma?«

Millie verdrehte die Augen. »Nein, nicht von meiner Oma, von Oscar oder Finnigan oder wie deine toxischen Freunde alle heißen. Meine Oma weiß ganz genau, dass ich dich nie wieder sehen will.«

»Aber Millie, ich –«

Millie schüttelte den Kopf. »Ich habe jetzt wirklich keine Zeit, mich damit zu beschäftigen. Auch wenn du es nicht glauben wirst, Scott, aber ich muss mich gerade um wichtigere Dinge kümmern als dich.«

Millies Hirn kam nicht hinterher damit, zu verarbeiten, dass Remington und Scott gemeinsam mit einer Vespa durch Snickerford fuhren. Sie schüttelte den Kopf. Vielleicht hatte die Schwarze Magie sie doch stärker verletzt und sie sah auf einmal Dinge, die gar nicht wirklich da waren. Alles an dieser Situation wurde immer absurder. Vielleicht hatte die Person, die hinter diesem ganzen Chaos steckte, sich als ihre Großmutter ausgegeben und Scott hergelockt, um sie abzulenken? Aber davon würde sie sich nicht aus der Ruhe bringen lassen!

»Ich habe die Hexen in der Academy eingesperrt und bringe gerade das Gegengift zu ihnen rüber«, informierte sie Remington.

Scott lachte. »Hexen? Natürlich nehmt ihr Dorfleute Halloween mal wieder viel zu ernst.«

Millie und Remington lachten nicht und würdigten ihn keines Blickes.

»Ich muss weiter«, sagte Millie und begann wieder zu laufen.

»Millie!«, rief Remington ihr Hinterher. Er ließ den Motor seiner Vespa an, aber er folgte ihr nicht. Dieses Privileg hatte sie verspielt – und es schmerzte mehr, als sie gedacht hatte.

# REMINGTON

Remington spurte die alte Vespa zu Hochtouren an, als er durch Snickerford raste.

»Was machst du?«, rief Scott über seine Schulter, die Stimme leicht panisch. »Millie ist doch in die andere Richtung gelaufen.«

»Wir sind nicht hier, damit du dich mit ihr versöhnen kannst, Mann. Irgendwas stimmt hier nicht«, gab Remington zurück. »Und ich muss so schnell wie möglich herausfinden, was.«

»Wo fährst du dann hin?«, fragte Scott, die Empörung in seiner Stimme war jetzt deutlich hörbar.

»Wenn das hier eine durchgeknallte Racheaktion von dir und Millie ist, lass mich sofort runter! Sie war zwar immer ein bisschen verrückt, aber das hier geht mir wirklich zu weit.«

Statt zu antworten gab Remington noch mehr Gas, bis das kleine Cottage sich schließlich aus der Dunkelheit schälte. Remington musste herausfinden, warum Eleanor Scott hergelockt hatte, auch wenn er viele Dinge lieber tun würde, als Millies Exfreund durch die Gegend zu kutschieren.

Es sah aus, als wäre ein Wirbelsturm durch die alten Mauern gefegt, aber zu Remingtons Überraschung stand Eleanor schon mit einem Besen im Hausflur und fegte Scherben zusammen, als wäre es tatsächlich nur ein Wirbelsturm und nicht ein immer noch andauernder Angriff Schwarzer Magie. Remington sprang so schnell von seiner Vespa, dass diese ins Gras fiel und Scott fluchend zu Boden stolperte.

Eleanor jedoch blickte bei ihrer Ankunft nicht einmal auf. »Du bist zu spät«, knurrte sie einfach nur und fegte weiter.

»Wofür?«, fragte Remington zurück. »Was ist hier los?«

Eleanor hörte auf zu fegen und schnaubte. »Ich meine nicht dich.«

Er drehte sich zu Scott um und sah ihn mit hochgezogenen Augenbrauen an.

»Ich … ich bin so schnell gekommen, wie ich konnte«, sagte dieser. »Ich habe seit einem halben Jahr nichts von Millie gehört und dann ruft mich plötzlich ihre Großmutter an und sagt mir, es wäre ein Notfall und Millie bräuchte mich.«

»Du solltest ihn aus dem Weg schaffen«, sagte Eleanor scharf und deutete mit dem Kinn auf Remington.

Die Rädchen in Remingtons Kopf begannen zu rattern. Wenn Eleanor Scott angerufen hatte und er aus London gekommen war, musste das schon vor Stunden geschehen sein. Lange bevor die grünen Schleier über Snickerford aufgetaucht waren. Das hieß, dass Eleanor davon gewusst haben musste. Und das wiederum hieß, dass sie es gewesen war, die die Torten vergiftet hatte, und nicht Millie! Mit einem Mal fiel es ihm wie Schuppen von den Augen. Die Vergiftung war tatsächlich in ihrem eigenen Haus passiert und deswegen hatte auch Maus einen Hauch davon abbekommen – durch Eleanor! Aber warum sollte Scott ihn aus dem Weg schaffen?

Die alte Hexe beobachtete ihn scharf. »Du bist schlauer, als gut für dich ist, Remington«, sagte sie langsam und stellte ihren Besen beiseite.

»Du … du bist eine Schwarze Magierin«, sagte er.

»Könnt ihr mir mal bitte erklären, worüber ihr hier die ganze Zeit redet? Ich bin wegen Millie aus London gekommen und ihr verschwendet meine Zeit mit irgendwelchem Gerede über Hexen. Ist das hier so was wie ein Mittelalterfestival für Halloween?«

»Nein«, reagierten Eleanor und Remington gleichzeitig, ohne einander aus den Augen zu lassen. Wenn Remington wusste, dass Eleanor eine Schwarze Magierin war und sie wusste, dass er es wusste, saß er ganz schön in der Patsche. »Eleanor«, sagte er langsam. »Lass uns in Ruhe über alles reden.«

Sie schnaubte. »Das können wir gerne machen«, sagte sie. »Wenn dir danach ist.«

Er schluckte und dann kam ihm ein schrecklicher Gedanke. »Du hast Millie nicht wirklich ein Gegengift mitgegeben, oder?«

Eleanor schnaubte wieder, was ihn mittlerweile wirklich wahnsinnig machte.

»Natürlich nicht«, entgegnete sie. »Aber das war alles Teil meines Plans. Sie sollte sehen, wie mächtig die Schwarze Magie sein kann.«

»Aber … warum? Warum das alles? Warum die Schwarze Magie?«

Das faltige Gesicht der alten Frau wurde mit einem Mal bleich. »Weil wir sie brauchen. Du hast ja keine Ahnung,

Remington, ihr habt ja alle keine Ahnung, was auf uns zukommt. Aber Lucy und die anderen hätten es niemals zugelassen, die Schwarze Magie offen zu studieren. Dabei ist sie das Einzige, was uns retten kann. Also musste ich ein bisschen nachhelfen.«

»Das nennst du *nachhelfen*?« Remington lachte auf. »Die Hexen gefährden sich und alle anderen hier im Dorf.«

»Sie kriegen schon noch den Dreh raus, wenn sie oft genug mit ihr in Berührung gekommen sind«, entgegnete Eleanor trocken. »Diese Abstoßungsreaktionen mit den schrecklichen Klauen und Fratzen werden immer weniger und irgendwann können die Hexen lernen, diese Kraft für sich zu nutzen.«

»Es reicht mir jetzt wirklich!«, beschwerte sich Scott von der Seite.

»Mir auch«, sagte Eleanor und zuckte kurz mit der Hand. Das allein reichte, um grüne Bänder aus ihren Fingern zu schießen, die sich um Scotts Hand- und Fußgelenke wanden und sich über seinen Mund legten wie ein Knebel.

»Du benutzt einfach so Schwarze Magie«, stellte Remington schockiert fest. »Als wäre es nichts.«

»Was weißt du denn schon?«, fuhr Eleanor ihn an. »Du hast doch keine Ahnung.«

Remington schluckte. »Wenn Millie nicht mit einem Gegengift zu den anderen Hexen unterwegs ist, was ist es dann?«

Eleanor machte eine wegwerfende Handbewegung, als wäre das Gespräch mit Remington ihr mittlerweile lästig. »Ein Serum, mit dem sie sich beruhigen und die Schwarze Magie ein bisschen besser kontrollieren können, das ist alles. Es ist nicht ganz ungefährlich, aber es sollte funktionieren.«

Remingtons Herz setzte einen Schlag aus. »Du lässt Millie in den Kerker mit den ganzen durchgedrehten Hexen ohne ein Gegengift?«, rief er und seine Stimme überschlug sich fast. Ohne ein weiteres Wort drehte er sich um und lief zu seiner Vespa.

»Nicht so schnell«, sagte Eleanor leise hinter ihm.

Auf einmal konnte er seine Beine nicht mehr bewegen. Er blickte hinab und sah, dass sie auf ihn die gleichen giftgrünen Fesseln angewandt hatte. »Eleanor!«, flehte er. »Das willst du nicht. Du willst doch nicht Millie in Gefahr bringen.«

»Das stimmt«, sagte sie. »Aber wenn wir das jetzt nicht machen, sterben wir alle, und das kann ich einfach nicht rechtfertigen. Meine Millie soll sehen, was sie mit der Schwarzen Magie erreichen kann.«

Remington schüttelte den Kopf. »Das ist doch verrückt. Du kannst so etwas nicht gegen den Willen der anderen Hexen durchsetzen.«

Eleanor lachte auf, kurz und keckernd. »Offensichtlich kann ich das schon.«

Er drehte sich zu der alten Hexe um, die jetzt langsam die Stufen vor dem Cottage zu ihm herunterhumpelte. Dabei verlor er das Gleichgewicht, weil er seine Füße nicht mehr bewegen konnte und fiel auf die Knie. »Warum erzählst du mir das alles?«

Die alte Frau blieb vor ihm stehen und hob sein Kinn mit der Spitze ihres Gehstocks. »Ich bin zwar eine alte Hexe«, sagte sie, »aber ich würde meinen Zirkel nie im Stich lassen.« Ächzend ging sie vor ihm in die Hocke. Er wusste nicht, ob es der Abglanz des Himmels war oder ob ihre schwarzen Pupillen tatsächlich grün schimmerten. »Und deswegen werde ich ihn auch vor Gefahren von außen schützen, so wie wir es mal festgelegt haben.«

Remington schluckte, als ihm die Auswirkungen ihrer Worte dämmerten. »Du wirst mein Gedächtnis jetzt löschen«, sagte er rau. »Nur deswegen hast du mir das alles überhaupt erzählt.«

Eleanor nickte und ihre scharfen Augen wurden auf einmal weich. »Aber es wird nicht wehtun, keine Sorge.«

Er schüttelte den Kopf. »Bitte, tu das nicht.« Er kam sich erbärmlich vor, aber es blieb ihm keine andere Option, als sie anzuflehen. »Lass mich das alles erinnern, bitte. Tu es für Millie.«

Die alte Frau schüttelte sanft den Kopf. »Das hier tue ich doch für sie. Wusstest du, dass sie einen Blutschwur abgelegt hat?«

Remington runzelte die Stirn, was Eleanor als Aufforderung verstand, weiterzusprechen. »Sie hat einen Blutschwur abgelegt, dass sie dein Gedächtnis löschen wird, Remington. Sie ist die einzige, die es tun kann.«

Er schluckte und schüttelte den Kopf. »Das hat sie nicht, das würde sie niemals.«

Eleanors dunkle Augen funkelten direkt vor seinen und jetzt sah er sogar so etwas wie Mitleid darin. »Meine Millie ist eine starke Hexe, die alles tun würde, um ihren Zirkel zu beschützen.« Eleanor seufzte. »Aber ich weiß, wie sehr sie das mitnehmen würde. Es würde ihr das Herz brechen.«

»Dann löst diesen Blutschwur auf, ihr müsst das nicht tun.«

Auf einmal wurde der Blick aus Eleanors Augen hart. »Doch, das müssen wir, und weißt du, warum? Wir brauchen Millie in diesem Zirkel, wir brauchen ihre Kraft, um dem entgegenzutreten, was da kommt. Wir brauchen jede Magie, die wir kriegen können, um uns zu verteidigen.«

»Aber … aber was habe ich damit zu tun?«

Eleanors Augenbrauen kräuselten sich. »Es gibt Opfer, die wir bringen müssen, um die wahre Kraft der Schwarzen Magie auszuschöpfen. Sie nährt sich von der Liebe, die wir fühlen, das ist leider eine traurige Realität. Und Millie würde niemals zu einer solchen Kraft greifen, wenn sie dich in ihrem Leben hat.«

Remingtons Gedanken rasten. »Aber was ist mit den anderen Hexen? Was ist mit Rose und Mary? Die sind doch verheiratet und fänden es bestimmt gar nicht gut, wenn sie ihre Liebe verlieren würden.«

Eleanor machte eine wegwerfende Handbewegung. »Zurück zu dir, Remington.« Ihre dunklen Augen fokussierten sich wieder auf ihn und er konnte nicht wegschauen, als würde sie ihn magisch damit festhalten. Vielleicht tat sie das sogar, was wusste er denn schon. »Das Schöne an einem Blutschwur ist, das er auch von Menschen geleistet werden kann, durch deren Adern das gleiche Blut fließt.«

»Und du bist Millies Großmutter.«

»Ganz richtig. Ich bin guter Dinge, dass es auch bei mir funktioniert«, sagte Eleanor mit einer plötzlichen Härte in der Stimme, »und ich werde ihr dieses Leid nehmen, so gut ich kann.«

Remington spürte, wie die Panik seine Kehle zudrückte.

»Nein«, krächzte er. »Tu das nicht.«

Eleanor strich ihm sanft über die Wange und jetzt konnte er sich gar nicht mehr rühren und nur noch seine Augen bewegen. »Es tut mir leid, Remington«, sagte Eleanor, aber ihre Stimme klang hart und entschlossen. »Es tut mir auch Leid für meine kleine Millie, aber ich weiß, dass es das Richtige ist. Sie hat kein Platz mehr für Liebe in ihrem Leben. Ich werde dir jede Erinnerung an sie nehmen, dann tut es danach auch gar nicht weh, okay?« Er konnte sich nicht mehr wehren, seine Zunge fühlte sich in seinem Mund schwer und fremd an.

*Nein!*, brüllte er in den Gedanken. *Tu das nicht, Eleanor!*

Aber sie hörte nicht auf ihn. Sie legte ihren Gehstock sorgfältig beiseite und dann spürte er ihre kühlen Finger auf seinen beiden Schläfen.

Remington presste die Augen zusammen. Vielleicht konnte er sich gegen ihre Einmischung in seinem Gedächtnis wehren, wenn er nur stark genug bei sich blieb. Aber er hatte ja nicht einmal seine Füße aus ihren Fesseln befreien können, die sie ihm angelegt hatte, vom Rest seines Körpers ganz zu schweigen. Er spürte, wie ihre Finger an seinen Schläfen zu vibrieren begannen und er versuchte sich panisch an all den Erinnerungen mit Millie festzuklammern, so fest er nur konnte.

An den Grübchen in ihren Wangen, wenn sie lachte.

An der Art, wenn ihre Brille auf ihrer Nase nach unten rutschte, wenn sie zu begeistert gestikulierte.

Daran wie sie seinen Namen sagte, wenn sie wütend war.

Wie sie seinen Namen hauchte, wenn sie kam.

Wie sich ihre Haut auf seiner anfühlte.

Wie sie Zauber ausführte, um ihn zum Lachen zu bringen.

Wie ihr Gesicht aufleuchtete, wenn ihre Blicke sich trafen.

Und dann dachte er an all die Erinnerungen, die er mit ihr noch schaffen wollte.

Wie sie Hand in Hand im Bett lagen und Bücher lasen.

Wie sie im See hinter der Fledermaushöhle schwammen.

Wie sie die perfekte Taktik entwickelten, um Ms Quintrells Wasserspeier auszutricksen.

Wie sie Maus ein kleines Fledermausbettchen aus alten Brettern bauten.

Wie er jeden Zentimeter ihres Körpers mit Küssen bedeckte.

Dann fuhr ein Blitz durch seinen Schädel und er spürte nur noch, wie seine Wange auf dem klammen Gras im Vorgarten des Cottage aufschlug.

# MILLICENT

Grüne Rauchschwaden stiegen aus dem Hauptgebäude der *Quintrell Academy* auf, als Millie das Grundstück erreichte. Die Wasserspeier waren von ihren üblichen Stationen an der Fassade und auf der Gartenmauer verschwunden, aber Mr Quintrell ging vor der geschlossenen Eingangstür auf und ab.

Millie musste sich erst mal auf die Knie stützen, um genug Atem zum Sprechen zu schöpfen. »Ich hab … das Gegengift«, krächzte sie.

Mr Quintrell nickte knapp. »Wurde auch Zeit.«

»Wäre meine Großmutter nicht gewesen, hätte es noch mindestens eine Stunde gedauert«, entgegnete sie spitz.

Darauf erwiderte Mr Quintrell nichts, sondern führte sie ins Innere der Academy. Die Bilder an den Wänden der Eingangshalle hingen schief und durch eine der alten Steinwände führte ein verästelter Riss ins Obergeschoss.

»Unsere Schule ist nicht wirklich für eine Invasion Schwarzmagischer Hexen ausgelegt«, meinte Mr Quintrell mit dünner Stimme, als sie über eine zerbrochene Vase hinwegstiegen, die von den Erschütterung zu Boden geworfen worden war.

Millie fragte sich langsam, ob die Schule überhaupt ein geeigneter Ort dafür war, um irgendetwas Zerbrechliches aufzubewahren, wenn das immer wieder passierte. Eine Gänsehaut breitete sich auf Millies Körper aus, je näher sie dem Kerker kamen, und sie umklammerte den Beutel um ihren Hals fester. Als sie die eisenverstärkte Holztür zum Kerker erreichten, stieg Millie ein kokeliger Geruch in die Nase.

»Sie versuchen die Tür durchzubrennen«, erklärte Mr Quintrell ungerührt. »Zum Glück können sie sich nicht lange genug auf eine Sache konzentrieren, sonst hätten sie den Schutzzauber längst durchbrochen.«

Millie schluckte und sah sich im Weg zum des Kerkers um. »Wo sind die ganzen Wasserspeier?«

Mr Quintrell verzog das Gesicht und deutete auf einen zerschmetterten Steinflügel der vor der Tür lag.

»Das ist alles, was von ihnen übrig ist?«, fragte Millie mit erstickter Stimme.

Mr Quintrell schüttelte den Kopf. »Die anderen sind abgehauen. Aber ehrlich gesagt kann ich es ihnen nicht übelnehmen.«

Millie warf ihm einen kurzen Blick zu. »Ich bin froh, dass Sie noch da sind.«

»Ich würde doch niemals meine Frau allein lassen«, entgegnete er, nur um noch mal klarzustellen, dass seine Solidarität nichts mit Millie zu tun hatte.

Sie seufzte und trat an die Tür heran, in die eine kleine Metallklappe eingelassen war. Als ihre Finger das Metall berührten, zuckte sie mit einem Fluchen zurück. Es war brennend heiß. Zum Glück war Millie jedoch eine Hexe und konnte das Metall mit ihren magischen Kräften anheben. Der Kerker war komplett von grünem Rauch gefüllt, der nach faulen Eiern stank und jetzt aus dem kleinen Guckloch quoll.

Millie hustete und trat zurück. »Ich hoffe, das geht schnell«, sagte sie und grinste schief.

Mr Quintrell grinste nicht zurück. »Das hoffe ich auch«, sagte er mit einer Stimme, als würde er schon seine eigene Beerdigung planen.

Millie schob beherzt den Ärmel ihrer Jacke über die Finger und drückte damit die einzelnen Türriegel zurück, mit denen die Kerkertür verschlossen war. Dann holte sie noch einmal tief Luft, hielt den Atem an und stieß die Tür auf.

Ihre Augen begannen auf der Stelle zu tränen, als der Rauch ihr entgegenquoll, trotzdem machte sie einen Schritt in den Kerker hinein, dann noch einen. Die Tür fiel hinter ihr mit einem Knall ins Schloss. *Ja, danke auch, Mr Quintrell,* dachte sie, obwohl es natürlich keine andere Möglichkeit gab. Jetzt saß sie in der Falle.

Sie hörte die Hexen, bevor sie sie sah. Hörte ihr Gekreische und das Schaben ihrer Krallen auf den Steinen. Sie wirkten um einiges wütender, als Millie sie zurückgelassen hatte. Ihr Herz schlug ihr bis zum Hals und ihre Hand um den Beutel war schweißnass. Vorsichtig griff sie hinein und holte die erste Phiole heraus. Sie konnte nicht einfach ziellos eines der Gegenmittel in dem Raum werfen; es würde einfach so verpuffen.

Dann tauchte plötzlich das Gesicht einer Hexe aus dem Rauch auf. Es war Mary Robinson, oder das, was von ihr übrig war. Ihr Gesicht war völlig zu einer Fratze verformt und von ihren Lefzen tropfte grüner Speichel. Millie sprang zur Seite, als die Hexe einen ohrenbetäubenden Schrei ausstieß und etwas von dem grünen Ekelspeichel in Millies Richtung flog. Er ätzte Brandlöcher in den Stein neben ihrem Kopf. *Reiß dich zusammen, Millie,* bläute sie sich ein. *Du bist eine Hexe, du schaffst das!*

Wie Mr Quintrell schon angekündigt hatte, funktionierten Millies verbliebenen magischen Kräfte in diesem Kerker nicht. Leider galt das nicht für die Schwarze Magie der vergifteten Hexen, ihre Kraft schien minütlich stärker zu werden. Also blieb Millie nichts anderes übrig, als die Phiolen ohne Magie zu öffnen und ganz klassisch nach den Hexen zu werfen. Kurz bevor das Gegengift sich über Marys Kopf ergießen konnte, sprang die Hexe nach hinten.

Doch da tauchte auf einmal Dorothy Murphys nicht minder grausige Fratze aus dem Rauch auf und die Hexe griff mit ihren scharfen Krallen nach Millie. Diese reagierte instinktiv und blitzschnell. Ihre Hand mit der Phiole schoss nach vorne, sodass sie das Gegengift mitten in Dorothys Rachen schütten konnte. Die Hexe hielt verdutzt inne, hustete, schluckte.

Millie hielt den Atem an und wartete darauf, dass die Schwarze Magie weichen und die echte Dorothy darunter zum Vorschein kommen würde, aber nichts dergleichen passierte.

Stattdessen richtete die Hexe ihre blutroten Augen erneut auf Millie und verzog ihr Gesicht zu einem grauenhaften Grinsen. »Millicent Batterseaaa«, krächzte sie, auf einmal lag so viel mehr Klarheit in ihrer Stimme. »Na sieh mal einer an.«

Millie konnte gerade noch in die Hocke gehen, bevor die Hexe auf sie zuschoss. Sie erwischte Millie trotzdem am Arm und ein brennender Schmerz fuhr durch sie hindurch. Millies Herz raste so schnell, als wollte es vor lauter Panik aus ihrer Brust springen. Anders als sie hätte es vielleicht zwischen den Streben im Guckfenster hindurch gepasst. Was auch immer mit dem Gegenmittel los war, es funktionierte nicht.

Millie saß eingesperrt mit neun wütenden Hexen in einem Kerker fest. Sie war ihnen vollkommen ausgeliefert.

# MAUS

Maus war noch nie in seinem Leben so schnell gerannt. Die meisten Fledermäuse hätten sich wahrscheinlich fliegend schneller fortbewegten können als Maus auf Pfoten, aber er war in seiner Katzenform so viel flinker. Und er musste flink sein, wenn er Millicent retten wollte.

Dornen rissen die weiche Haut seiner Pfoten auf, als er durch das Gebüsch brach und der Beutel, der um seinen Hals hing, brachte ihn bei jedem Schritt aus dem Gleichgewicht. Doch Maus ließ sich nicht beirren. Er sprang über umgefallene Äste und kämpfte sich durchs Gebüsch, sprang durch Dornen und Brennnesseln, bis endlich das moosbewachsene Gemäuer der *Quintrell Academy* vor ihm auftauchte. Glücklicherweise war er schon oft hier herumgestromert oder hatte mit den Wasserspeiern Fangen und Verstecken gespielt. Er kannte also die geheimen Wege und Eingänge, die sich wie Lebensadern durch das ganze Gebäude zogen. Auch wenn es hier kein so praktisches Rohrsystem gab wie in Millicents Cottage.

Seine Katzenaugen durchschnitten die Dunkelheit mühelos, und er schlüpfte durch ein verbogenes Gitter in den Keller hinein. Stufe um Stufe ging es hinab, bis alles um ihn herum feucht und muffig roch. Einmal sah er eine Ratte ein paar Meter vor sich über den Gang rennen und hätte fast innegehalten, um die Jagd aufzunehmen.

Aber nicht heute.

Nicht wenn er Millicent retten wollte – und er hatte in seinem ganzen Katzenfledermausleben noch nie etwas mehr gewollt. Er musste vorsichtig laufen, damit die kleinen Gläschen in dem Beutel nicht gegen die Steinstufen schlugen und zerschellten. Zu dem muffigen Geruch gesellten sich beißende grünliche Rauchschwaden, die in seinen Augen juckten. Aber Maus ließ sich davon nicht beirren.

Als er endlich den Hintereingang des Kerkers erreichte, hörte er sie, die Hexen. Sie machten ihm Angst mit ihren Schreien, so viel Angst, dass sein kleines Katzenherz raste und er sich am liebsten unter dem nächstbesten Sofa versteckt hätte. Aber hier in den Eingeweiden der *Quintrell Academy* gab es nun mal keine Sofas, also lief er weiter.

Und dann hörte er Millie schreien. Sie jaulte geradezu auf, voller Schmerz und voller Angst. Maus machte einen weiteren Satz und verwandelte sich im Sprung in eine Fledermaus. Das Gewicht des Beutels um seinen Hals zog ihn fast komplett wieder zu Boden, aber er würde nicht aufgeben. Er nahm all seine Kraft zusammen und flatterte auf das kleine Fenster zu, aus dem dieser beißende Rauch kam. Maus kniff die kleinen Augen zusammen und strengte sein Gehör an, um sich durch die grünen Schwaden zu navigieren, hinein in den Kerker. Er hört sofort, wo sich Millie befand, denn in diesem Moment stieß sie wieder ein Wimmern aus, das seine Ohren klirren ließ. Maus hielt geradewegs auf sie zu, bis er von einem plötzlichen Schlag zur Seite geschleudert wurde. Der Schmerz erschreckte ihn so sehr, dass er aus Versehen wieder seine Katzenform annahm und fauchte.

»Maus?«, fragte eine entgeisterte Stimme aus der grünbeißenden Dunkelheit. Seine Flanke brannte wie Feuer, aber statt auf dem Boden aufzuschlagen, griffen Hände nach ihm, welches glücklicherweise krallenfrei war.

»Maus«, flüsterte Millie noch einmal und obwohl der Schmerz in seinen ganzen Körper ausstrahlte, konnte er nicht anders, als zu schnurren.

»Was hast du denn da, Maus?«

Er hielt die Augen geschlossen, sein Atem ging flach. Aber er spürte noch, wie Millie den Beutel um seinen Hals löste. Und dann fühlte er nichts mehr.

# MILLICENT

Für einen Moment war es schrecklich still im Kerker. Millie hielt den Atem an. Sie hatte keine Zeit mehr gehabt, mit den Phiolen richtig zu zielen und war sich nicht sicher, ob sie alle Hexen getroffen hatte. Sie war sich ja nicht einmal sicher, ob sich überhaupt ein Gegengift in dem Beutel befunden hatte, mit dem Maus aus dem Nichts aufgetaucht war. Aber immerhin wurde sie nicht mehr von allen Seiten angegriffen. Sie hatte Kratzer im Gesicht, an den Armen und Beinen und alles tat höllisch weh. Maus hatte sich in ihrem Schoß wieder in eine Fledermaus verwandelt. Ein fieser Schnitt laffte in seiner Seite, aber er atmete noch. Sie war keine Heilerin und konnte hier drinnen sowieso keine Magie benutzen, also blieb ihr nichts anderes übrig, als über das samtige Fell der Fledermaus zu streichen und zu hoffen.

Der grüne Rauch lichtete sich allmählich und schließlich drang ein Krächzen von der einen Seite des Kerkers und ein Stöhnen von der anderen.

»Lucy?«, fragte Millie unsicher. Sie konnte immer noch nichts erkennen. »Pamela? Dorothy? Ms Quintrell?«

»Was ist … passiert?«, drang die Stimme der Bürgermeisterin schwach zu Millie herüber.

Millie biss sich auf die Lippe. Sie wusste immer noch nicht, welche der Hexen für die Schwarze Magie verantwortlich war und musste vorsichtig sein. Lucys Stimme nach zu urteilen klang sie aber nicht so, als wäre sie freiwillig in diese Situation geraten.

»Schwarze Magie«, antwortete Millie und mit einem Mal schwappte eine Welle der Erschöpfung über sie hinweg. »Aber bevor du fragst: Nein, es hatte nichts mit mir zu tun.«

Ein Knacken erklang von der Tür und dann schwang diese auf. »Meredith?«, fragte Mr Quintrell und stürzte in den rauchverhangenen Raum, um seine Frau zu suchen.

»Du hast uns das Gegengift verabreicht«, erklang Pamelas matte Stimme von der anderen Seite.

Als der Rauch allmählich durch die Tür abzog, konnte Millie die Dorfheilerin ausmachen, die ermattet gegen die Wand des Kerkers gesunken war. Millie nickte. »Aber irgendwas hat mit dem ersten Gegengift nicht gestimmt.« Sie schüttelte den Kopf. »Egal, darum können wir uns später kümmern. Ich bin erst mal einfach so froh, dass wir es geschafft haben, euch zu befreien, bevor ihr euch und das komplette Dorf in Schutt und Asche gelegt habt.«

Millie blickte auf und sah Lucy auf allen Vieren auf sie zukrabbeln. Ihre sonst so sorgsam frisierten Braids waren durcheinander und ihre Wangen rußbedeckt. Sie zitterte am ganzen Körper.

Millie erinnerte sich daran, was sie über Anfälle von Schwarzer Magie wusste. Es konnte Hexen schwächen oder im schlimmsten Fall umbringen. »Ihr braucht alle dringend etwas zu essen. Mr Quintrell? Gibt es noch was in der Schulküche?«

»Nein«, antwortete er. »Wir haben Herbstferien.«

Millie fluchte.

»Wir müssen zum Pub«, seufzte Rose, die jetzt aus den Schwaden auftauchte und sich an der Wand abstützte, um gehen zu können.

»Ich kann schnell rüberlaufen und euch was holen«, bot Millie an, aber sie konnte selbst kaum mehr laufen. Lucy schüttelte den Kopf. »Wir trennen uns nicht mehr, nicht bevor wir herausgefunden haben, was hier vor sich geht.«

»Kannst du uns sagen, was passiert ist?«, fragte Mary, die sich jetzt an ihrer Frau abstützte.

Millie schüttelte den Kopf. »Ihr habt die Torte gegessen und seid komplett ausgerastet.«

»Also doch die Torte«, sagte Lucy, in deren Stimme ein bisschen etwas von ihrer üblichen Schärfe zurückgekehrt war. »Aber das kann nicht sein!«, widersprach Pamela. »Ich habe sie ganz genau untersucht.«

Lucy warf Pamela zum ersten Mal einen Blick zu, in dem ebenfalls so etwas wie Misstrauen stand.

Millie hob die Hände. »Okay, ich würde vorschlagen, dass wir uns jetzt gemeinsam zum *Tipsy Teapot* begeben und dort bei einem Eintopf alles besprechen.« Sie bedachte Ms Murphy, die von ihren drei Töchtern gestützt wurde, mit einem zweifelnden Blick.

Lucy klatschte in die Hände. »Ihr habt sie gehört«, sagte sie zu Millies Überraschung.

Die Hexen stützten sich gegenseitig, als sie sich die Treppen hinauf schleppten und die Academy verließen.

Millie hielt Maus vorsichtig in den blutigen Händen. Die kleine Fledermaus hatte die Augen immer noch geschlossen, aber Maus schnurrte schon wieder ein ganz leise vor sich hin. Millie tat alles weh. Sie hatte aufgehört zu zählen, wie viele Schnitte ihr die Hexenkrallen zugefügt hatte. Sie war einfach nur froh, dass sie nichts Schlimmeres davongetragen hatte. Pamela würde sich gleich ganz in Ruhe ihre Verletzungen anschauen.

Mr Quintrell schob ihnen das Eisentor auf, bevor er wieder seiner Frau zur Hilfe eilte, und dann setzte sich die Gruppe der zerfledderten Hexen in Bewegung. Es war kein weiter Weg von der Academy zum Pub – eigentlich gab es in Snickerford überhaupt keine weiten Wege – aber heute kam er Millie wie eine Ewigkeit vor. Sie ächzte neben Lucy und Pamela über das Kopfsteinpflaster und zog ihr rechtes Bein hinter sich her, das sich irgendwie verstaucht anfühlte. Die Halloween-Nacht war windig und kalt und sie sahen wahrscheinlich aus, als würden sie Kostüme tragen, weswegen niemand ihre heruntergekommene Truppe für verdächtig hielt.

»Das macht alles keinen Sinn«, flüsterte Pamela schließlich. »Wenn du es nicht warst, Millie, nichts für ungut, wer war es dann?«

Millie spürte, wie ihr Magen sich umdrehte. Pamela hatte recht, das ergab wirklich alles keinen Sinn.

»Es muss jemand von uns gewesen sein«, stellte Lucy fest, was Millies Vertrauen in sie deutlich erhöhte.

»Ich bin einfach froh, dass es jetzt vorbei ist«, drang Nancys Stimme von hinter an Millies Ohr. Ihr ging es genauso. Die Gefahr, diese Halloween-Nacht nicht zu erleben, hatte sich erheblich verringert.

Dorothy Murphy humpelte neben Millie und wischte sich mit den Händen übers Gesicht. »Wie geht's unserem kleinen Patienten?«, sagte sie und deutete auf Maus, der noch immer bewusstlos in Millies Händen lag.

Sie spürte ein Ziehen in ihrer Brust, aber sie wusste nicht, ob es daran lag, dass es Maus so schlecht ging oder dass sie von Dorothys Aufmerksamkeit gerührt war. »Ich bin mir nicht sicher, was er abbekommen hat.«

»Darf ich?« Dorothy streckte ihre Hände aus und Millie übergab ihr vorsichtig die kleine Fledermaus. Sanft strich Dorothy über Maus' felligen Bauch. Als sie seinen linken Flügel erreichte, zuckte er zusammen. »Der Flügel ist gebrochen«, stellte Dorothy fest. »Er hat einen Schnitt in der Flanke und ich glaube, er hat sich total überanstrengt. Halt mal kurz.«

Sie gab Millie die Fledermaus wieder zurück und tastete die Taschen ihres in Fetzen hängenden Mantels ab, bis sie ein kleines unversehrtes Fläschchen fand. »Das wird ihn schnell wieder fit machen.«

»Also wird er sich erholen?«, fragte Millie, die ihren Blick keine Sekunde von Maus löste.

Dorothy nickte. »Ich kümmere mich um ihn, Millie.«

Auf einmal spürte Millie, wie Tränen der Erleichterung in ihre Augen traten. »Danke, Dorothy.«

Die andere Hexe nickte. »Du hast viel für uns getan, Millie, und jetzt will ich endlich auch mal was für dich tun.« Sie nahm Millie die kleine Fledermaus wieder aus den Händen und bettete Maus in ihre Armbeuge, bevor sie ihm Tropfen für Tropfen der Flüssigkeit einträufelte.

Millie hob den Blick und sah, dass die Party im *Tipsy Teapot* direkt vor ihnen noch in vollem Gange war. Gruselmusik war zu hören und bunte Lichter drangen durch die Fenster nach draußen. Und dort, auf einer Bank vor dem Gebäude, saß eine kleine Gestalt in einem dunkelblau-karierten Mantel und mit einem Gehstock in der Hand.

»Grandma!«, rief Millie und versuchte, schneller zu laufen, doch hielt sofort wieder inne, als ein brennender Schmerz durch ihr Bein pulsierte. Also humpelte sie zu Eleanor herüber, bevor sie ihr um den Hals fiel.

»Ich bin ja so froh, dass es dir gutgeht«, murmelte Millie in ihren Hals hinein. Eleanor tätschelte ihren Rücken.

»Ich wusste, dass du es schaffen würdest«, flüsterte sie, aber irgendwie klang ihre Stimme seltsam. Nicht, dass Eleanor sonst so viel freudige Emotionen zeigte, aber in diesem Moment hatte Millie ein bisschen mehr Erleichterung erwartet.

Sie löste die Umarmung und warf einen Blick auf ihre Großmutter, um zu sehen, ob es ihr wirklich gutging. Die Schnitte, die vorhin noch ihre Unterarme und ihr Gesicht durchzogen hatten, waren verschwunden, auch ihre Wange war wieder vollkommen heil. Millie hatte gar nicht gewusst, dass ihre Großmutter solche Heilkräfte besaß. »Irgendwas mit deinem Gegengift ist schiefgegangen«, plapperte Millie los, »aber zum Glück ist im letzten Moment Maus aufgetaucht und hat mir das richtige gebracht.«

Ihre Großmutter erstarrte. »Maus?«, fragte sie misstrauisch.

Millie zog die Augenbrauen zusammen. »Du hast ihn doch geschickt, oder?«

Eleanor blinzelte. »Ja, ich … ja, natürlich.«

Millie legte den Kopf schief. »Bist du sicher, dass es dir gutgeht?«

Von hinten legte sich eine Hand auf Millies Schulter. »Millie, kannst du mal kurz mit reinkommen, Essen bestellen?«, fragte Lucy.

Millie runzelte irritiert die Stirn. »Bestell mir doch einfach einen Eintopf oder irgendwas mit«, sagte sie, bevor sie sich wieder an ihre Großmutter wandte.

Doch Lucys Griff verstärkte sich. »Du solltest wirklich selbst reingehen und bestellen, Millicent«, sagte Lucy jetzt und irgendetwas an ihrer Stimme ließ Millie aufhorchen. Es war nicht ihre übliche Autorität und Unerbittlichkeit, die aus ihrer Stimme sprach, sondern drängende Verzweiflung.

Millie drehte sich um und sah in Lucys geweitete Augen. »Okay«, sagte sie schließlich und ließ sich von Lucy ins Innere führen, wo die anderen Hexen bereits warteten. Sie setzten sich um einen runden Tisch in der Ecke und Dorothy bettete Maus sorgsam auf eines der Stuhlpolster.

»Es ist Eleanor«, zischte Lucy.

»Was?«, fragte Millie, als sie von Pamela auf einen Stuhl gedrückt wurde.

»Lucy hat recht«, flüsterte Rose und drückte ihre Hand.

Millie schüttelte den Kopf. »Was ist Eleanor?«

»Sie hat Schwarze Magie in der Torte versteckt«, entgegnete Ms Quintrell geradeheraus.

Millie konnte sich gar nicht darüber freuen, dass nicht mal die Schulleiterin sie noch verdächtigte, denn das, was sie hier vorschlugen, war einfach nur wahnsinnig.

»Das ist nicht euer Ernst«, sagte sie langsam.

Sie guckte in ein müdes Gesicht nach dem anderen. Auf einmal gesellten sich noch mehr Hände auf dem Tisch dazu, die ihre drückten. Erst Ms Murphy, dann ihre drei Töchter, Pamela, Mary – und am Ende sogar Lucy und Ms Quintrell.

»Es tut mir so leid, Millie«, flüsterte Pamela. »Aber sie kommt als Einzige in Frage. Sie war immer anwesend, als du die Torten gebacken hast. Und sie hat dir offensichtlich ein falsches Gegengift gegeben.«

»Aber … aber warum … würde sie das tun?«, fragte Millie. Ihr Hals fühlte sich an wie zugeschnürt und ihre Gedanken rasten.

»Weil wir sonst verletzlich sind wie frisch geborene Welpen«, drang eine scharfe Stimme von der Tür her zu ihnen vor und ließ alle Hexen gleichzeitig zusammenzucken. Eleanor hatte den Pub betreten. Nichts an ihr erinnerte mehr an die zerbrechliche alte Frau, die sich beim Tortenbacken die Hüfte gebrochen hatte.

Die anderen Gäste um sie herum waren verstummt und starrten die alte Frau ebenfalls an, aber die Musik dudelte weiter aus den Lautsprechern.

»Oma«, hauchte Millie.

»Nenn mich nicht so«, fauchte Eleanor zurück.

Lucy stand auf und tat einen Schritt auf die alte Hexe zu. »Keinen Schritt weiter, Eleanor.«

Doch Millies Großmutter schüttelte nur langsam den Kopf. »Du machst einen Fehler, Lucy, ich hätte dich für schlauer gehalten.«

»Du hast uns vergiftet«, entgegnete Lucy.

»Und du hast deine Enkelin dafür den Kopf hinhalten lassen«, fügte Pamela hinzu.

Millie konnte nicht sprechen. Ihr Hals weigerte sich, auch nur irgendeinen Laut aus ihrem Rachen zu lassen. Pamela neben ihr gab Arthur einen Wink, der daraufhin die Musik ausstellte und von Tisch zu Tisch ging, um die anderen Besucher aus dem Pub zu schicken. Earl verhedderte sich in einem Spinnennetz und wurde von Arthur kurzerhand aus dem Pub getragen. Millie fragte sich, was er ihnen wohl für eine Erklärung lieferte.

Jetzt waren nur noch die Hexen anwesend.

Eleanor schüttelte den Kopf, als handelte es sich bei Pamela um ein uneinsichtiges Kind. »Das stimmt doch überhaupt nicht. Ich habe allen die ganze Zeit gesagt, dass sie nichts damit zu tun hat. Ich habe nicht gelogen, oder?«

Lucy schnaubte. »Nach all den Jahren, Eleanor.«

Auf einmal kehrte die gewohnte Schärfe in Eleanors Blick

zurück. »Irgendjemand muss doch dafür sorgen, dass unser Zirkel stark ist, wenn du es schon nicht tust, Lucy.«

Jetzt fiel der Bürgermeisterin die Kinnlade runter. »Wovon redest du bitte? Ich tue alles, um dieses Dorf und unseren Zirkel zu schützen.«

Daraufhin lachte Eleanor bitter auf, aber Pamela legte Lucy beruhigend eine Hand auf die Schulter.

Die Bürgermeisterin atmete tief ein und aus. »Du weißt, dass wir dich den Behörden übergeben müssen, Eleanor«, sagte sie langsam.

»Lucy«, sagte Eleanor und verzog abschätzig das Gesicht. »Regeltreu wie eh und je.«

»Du hast uns alle in Gefahr gebracht!«, rief Millie jetzt, bevor sie sich zurückhalten konnte. »Du hast das ganze Dorf in Gefahr gebracht, und wir hätten dabei sterben können. Ist dir das vollkommen egal?«

»Natürlich ist mir das nicht egal«, sagte Eleanor, »aber manchmal geht es eben nicht anders.«

»Hörst du dich eigentlich reden?«, fragte Millie und vernahm selbst die Verletzung in ihrer Stimme.

»Du wirst die heutige Nacht im Kerker unter der Akademie verbringen und gleich morgen bringe ich dich persönlich nach Canterbury«, entschied Lucy.

»Das kann ich leider nicht zulassen«, entgegnete Eleanor und legte den Kopf zur Seite. »Es ist noch genug von der Torte übrig. Ich kann euch zeigen, wie ihr diese Kraft beherrscht.«

Für einen Moment herrschte Totenstille unter den Hexen.

»W-wie bitte?«, fragte Millie. »Du bist eine Schwarze Magierin?«

Eleanor schnaubte. »Natürlich bin ich das, woher denkst du, kam denn die ganze Schwarze Magie? Es ist an der

Zeit, dass wir sie entfesseln, um uns und unseresgleichen zu schützen.«

»Eleanor«, warnte Lucy, »wir können über alles reden, wenn wir dich in den Kerker gebracht haben.«

Aber Eleanor schüttelte nur sanft den Kopf. »Dieser Kerker bringt gar nichts gegen wahre Schwarze Magie. Ihr könnt mich nicht aufhalten, deswegen schlage ich vor, dass ihr euch mir anschließt.«

»Nein«, sagte Millie. Alle Augen drehten sich zu ihr um. »Das können wir nicht tun. Nur weil wir Zugriff auf eine solche Macht haben, heißt es nicht, dass wir sie auch benutzen sollten, Grandma. Das hätten Mom und Dad nie gewollt.«

»Du weißt doch gar nicht, was sie nicht gewollt hätten, du warst noch ein Kind, Millicent!«, zischte Eleanor und auf einmal standen Tränen in ihren Augen. »Nein«, fuhr sie fort, »Wir bringen es zu einem Ende, hier und jetzt. Wer ist auf meiner Seite?« Sie sah eine Hexe nach der anderen an und Millie folgte ihrem Blick. Ihr Herz setzte einen Schlag aus, als niemand die Hand hob.

»Lasst es mich euch zeigen«, flüsterte Millies Großmutter.

»Eleanor«, sagte Lucy warnend, aber diese ließ sich davon nicht beirren.

Sie hob die Hände und schwebte ohne große Anstrengung unter die Zimmerdecke. »Seht ihr, was ihr tun könntet?« Dann richtete sie ihre Finger auf Millicent und ein grüner Strahl schoss daraus hervor. Millie schrie auf und ihre Wunden begannen wieder zu brennen, aber dann ebbte dieses Gefühl wieder ab. Sie blickte auf ihren Arm hinab und sah, dass all ihre Wunden geheilt waren, sogar der dumpfe Schmerz in ihrem Bein hatte aufgehört.

»Wir könnten so viel Gutes tun«, flüsterte Eleanor.

»Aber zu welchem Preis?«, fragte Pamela zurück. »Wir würden alles verlieren, was wir lieben!«

»Ich kann nicht fassen, wie egoistisch ihr denkt«, zischte Eleanor mit einem Mal. »Das hat uns Hexen schon immer schwach gemacht.«

»Eleanor, hör auf damit«, sagte Lucy und trat einen Schritt auf Millies Großmutter zu.

Eleanor bedachte sie mit einem strengen Blick, hob einen Finger und auf einmal schlang sich ein Knebel um Lucys Mund.

Millie keuchte auf, während Lucy vergeblich versuchte, ihn aus ihrem Gesicht zu reißen. »Mach das weg!«, rief Millie verzweifelt, doch Eleanor rührte sich nicht.

»Millie«, sagte sie sanft, »du merkst doch, dass ihr mir nicht gewachsen seid. Eure Magie-Vorräte sind vollkommen leer. Das würde euch mit Schwarzer Magie nie passieren!«

Millie krümmte ihre Finger und versuchte, mithilfe ihrer Magie den magischen Knebel von Lucys Mund zu lösen, aber auch das gelang ihr nicht.

»Wir müssen sie aufhalten«, flüsterte Pamela verzweifelt und tauschte einen ernsten Blick mit Lucy und Millie.

Auf einmal erhob sich Ms Quintrell. Sie sah völlig erschöpft aus, mit bleichem Gesicht und tiefen Ringen unter den Augen. »Pamela hat recht«, sagte sie.

Jetzt erhoben sich auch die drei Murphy Schwestern. Ihre Mutter blieb erschöpft sitzen, hob aber eine Hand. »Keine Hexe aus unserem Zirkel würde uns so etwas antun wie du gerade«, flüsterte Ms Murphy mit wässrigen Augen.

»Denkt ihr wirklich, ihr könnt irgendwas gegen mich ausrichten?«, fragte Eleanor spöttisch.

Millie sah nur, wie sich Ms Quintrells Hand unter der

Tischplatte kurz bewegte, dann schleuderte sie Eleanor schon einen Magieball entgegen, der sie von der Decke holen sollte. Er prallte jedoch nutzlos an Eleanor ab und löste sich in Luft auf. Bevor Millie die Geschehnisse richtig realisieren konnte, schleuderte ihre Großmutter einen giftgrünen Ball zurück, der Ms Quintrell mit einer solchen Wucht traf, dass sie durch das Fenster des Pubs nach draußen geschleudert wurde. Millie keuchte auf, während Mr Quintrell aufsprang und nach draußen rannte.

»Wollt ihr, dass es euch genauso geht oder wollt ihr von mir lernen?«, fragte Eleanor mit glühendem Blick. »Seit dem Tod meiner Tochter beschäftige ich mich schon damit«, erklärte sie. »Ich könnte euch alles beibringen, was ihr wissen müsst.« Sie seufzte. »Eigentlich wollte ich euch langsam an die Idee gewöhnen, aber ihr seid beim Tortenessen immer alle so gierig, dass ihr gleich eine Überdosis konsumiert habt.«

»So funktioniert das nicht«, widersprach Pamela scharf. »Man kann niemanden zwingen, Schwarze Magie zu benutzen, das geht immer nach hinten los.«

Eleanor zuckte die Achseln. »Wie auch immer. Wer will noch fliegen?«

Für einen Moment rührte sich niemand, dann trat Millie nach vorne. »Grandma, bitte, hör damit auf«, flüsterte sie leise.

Aber Eleanors Kiefer verhärtete sich. »Das kann ich nicht, Millie, mein Schatz, und das weißt du.« Dann hob sie die Hand – und Millie flog. Ein brutaler Schmerz schoss in ihren Rücken, sie hörte das Splittern und Krachen von Holz, dann trieb ihr der Aufprall alle Luft aus den Lungen. Sie hörte jemand, der ihren Namen rief, aber für einen Augenblick war ihr vollkommen schwarz vor Augen. Sie hörte einen wütenden Schrei von Pamela, und dann ein Zischen, noch mehr Holz splittern, noch mehr Schreie, einen dumpfen Aufprall. Und dann noch einen.

Millie konnte endlich die Augen wieder öffnen. Ihr Kopf tat schrecklich weh und sie musste dabei zusehen, wie eine Hexe nach der anderen aus dem Pub flog. Als Dorothy Murphy kaum einen Meter neben ihr landete, vernahm Millie das Übelkeit erregende Geräusch splitternder Knochen. Irgendwann war es ruhig und alle Hexen lagen am Boden. Jeder Atemzug schmerzte, aber trotzdem setzte sich Millie auf.

Ihre Großmutter trat langsam aus dem Pub, von ihrem Gehstock war nichts mehr zu sehen und ihr Mantel wehte wie von einem magischen Windzug getrieben um sie herum. »Das werden wir jetzt immer und immer wieder so machen, bis ihr endlich aufgebt«, versprach sie mit donnernder Stimme.

Millie schluckte und sah sich um. Ein paar Meter weiter regte sich Lucy, auch wenn ihr Bein in einem seltsamen Winkel von ihrem Körper abstand. Millie musste den Blick abwenden, um sich nicht zu übergeben. So viel Leid – und wofür?

»Das kannst du vergessen, Eleanor!«, spuckte Lucy in ihre Richtung.

Millies Großmutter hob eine Hand und ein grüner Blitz zuckte an ihren Fingerspitzen.

»Nein!«, rief Millie, aber sie hatte nicht die Kraft, ihre Großmutter aufzuhalten.

Doch bevor Eleanor den Blitz auf Lucy niedersausen lassen konnte, hörte Millie Schritte auf dem Kopfsteinpflaster. Jemand rannte, so schnell er konnte, direkt auf Eleanor zu.

»Vorsicht!«, brüllte Millie, aber die Schritte hielten nicht an – und dann trat auf einmal Remington in ihr Sichtfeld.

Millie schrie auf und ein letztes bisschen Magie zuckte schwach um ihre Finger. Eleanor hob ihre Hände, um einen Blitz auf Lucy zu werfen, doch bevor die Schwarze Magie aus ihrem Körper schießen konnte, wurde Eleanor von einem grünen Blitz nach hinten geschmettert – der direkt aus Remingtons Fingern zu kommen schien.

Millie erstarrte. Sie sah, wie ihre Großmutter krachend gegen die Front des Pubs knallte. Eleanor rutschte an der Wand zu Boden und blieb dort regungslos liegen.

Remington jedoch wankte nicht einmal. Er starrte auf seine Hände hinab und dann auf Eleanor und wieder auf seine Hände, scheinbar unfähig sich zu rühren. Sein Gesicht war kreidebleich. Der grüne Blitz war wieder verschwunden, und doch war Millie sich sicher, was sie gerade gesehen hatte: Remington hatte Schwarze Magie angewandt, um Eleanor aufzuhalten.

»Grandma!«, rief Millie. Sie rappelte sich auf und kroch, so schnell sie konnte, zu ihrer Großmutter hinüber.

Diese lag völlig regungslos da, doch als Millie ihr mit der flachen Hand sanft auf die Wange schlug, flatterten ihre Augenlider.

»Eleanor!«, rief Millie panisch. »Grandma!« Ihre Brust fühlte sich an, als würde sie in der Mitte durchgerissen werden von all den widerstrebenden Gefühlen, die in ihrem Inneren wirbelten. Ihre Finger hinterließen blutige Spuren auf dem Gesicht der alten Frau, das so blass aussah, so furchtbar blass.

»Milli…cent«, flüsterte Eleanor so leise, dass Millie es kaum hören konnte.

»Ich rufe einen Krankenwagen«, sagte Millie und tastete ihre Taschen nach ihrem Smartphone ab, das sie jedoch gar nicht aus dem Cottage mitgenommen hatte. »Jemand muss einen Krankenwagen rufen!«, brüllte sie, ohne das Gesicht von ihrer Großmutter abzuwenden.

Sie griff ihre Hand und Eleanor erwiderte den Griff schwach. »Warum … hast du das getan?«, fragte Millie mit zitternder Stimme.

»Es musste getan werden«, flüsterte Eleanor so leise zurück, dass Millie sich nach unten beugen musste, um ihre Worte zu verstehen. »Wir sind nicht vorbereitet auf das, was kommt.«

»Worauf, Grandma? Worauf sind wir nicht vorbereitet?«

Die Lider ihrer Großmutter flatterten. »Grandma!«, rief Millie. »Grandma!«

Aber Eleanor reagierte nicht und ihr Atem ging noch ganz flach. Irgendwann zogen starke Hände Millie nach oben und sie hörte Arthurs Stimme, der ihr beruhigende Dinge ins Ohr flüsterte. Sirenen heulten in der Ferne und kamen von Sekunde zu Sekunde näher. Millie zitterte am ganzen Körper. Als sie sich in dem Chaos vor dem *Tipsy Teapot* umblickte, war von Remington keine Spur mehr zu sehen.

# MILLICENT

*Zwei Wochen später*

Diesmal backten sie alle gemeinsam. Vielleicht lag es daran, dass Millie ihren rechten Arm noch nicht wieder richtig bewegen konnte, vielleicht aber auch daran, dass sie in diesem Moment nicht allein sein wollte. Sie stand mit Pamela, Lucy, den Robinsons, den Murphys und Ms Quintrell um die Kücheninsel in ihrem Cottage und backte eine Kürbistorte. Katie Murphy rührte die Buttercreme, während Lucy Eier aufschlug und Pamela kleine Blätter und Zweige aus Fondant anfertige, um die Torte damit zu verzieren.

Die Küche sah immer noch ziemlich heruntergekommen aus. Einer der Hängeschränke hatte keine Tür mehr und die Krallen der Hexen hatten tiefe Kratzer im Boden zurückgelassen. Immerhin hatte Rose Robinson sowohl die Terassentür als auch die Eingangstür schon ersetzt, sodass zumindest nicht mehr der Wind durch alle Ecken fegte.

Millie zeigte Lucy, welche Form sie für die Böden verwendete und die Bürgermeisterin von Snickerford schob den Teig in den Ofen. Das Geschirr ihrer Großmutter hatte Halloween leider nicht überlebt, aber Arthur hatte Millie Ersatz aus dem *Tipsy Teapot* geliehen, weil dieser ohnehin noch renoviert werden musste. Also aßen sie jetzt Kuchen in Suppentellern, was aber niemand in der Runde kommentierte.

Es war ein gemütlicher Herbstabend, es regnete nicht und der Wind ließ die bunten Blätter vor den Fenstern tanzen. Der Hexenzirkel von Snickerford und dessen frisch gebackenes Mitglied Millie hatten die letzten Wochen damit zugebracht, den Schutzzauber von Snickerford von Grund auf zu erneuern. Aber ihnen fehlte Eleanors Stärke und sie hatten Halloween verpasst, um ihre vollen Kräfte zu schöpfen.

Snickerfords zweifelhafte, aber einzige Journalistin Agnes Wilson hatte auf ihrem Blog über eine seltsame Spinnenplage im Wald um Snickerford geschrieben, aber die Hexen wussten, dass das nicht einfach irgendwelche Spinnen waren, sondern schwarzmagische Wesen, die aus den Ley-Linien gekrochen waren. Zum Glück waren die Murphys auf solche Fälle vorbereitet gewesen und hatten die Gefahr schnell bannen können. Millie hoffte, dass es dabei bleiben würde, aber die Worte ihrer Großmutter wollten ihr nicht mehr aus dem Kopf gehen. Sie hatte davon gesprochen, dass eine Gefahr auf sie zukam, bevor sie ihr Bewusstsein verloren hatte …

Trotz der ganzen Menschen fühlte sich das Cottage leer an. Eleanor lag noch immer bewusstlos im Hexenkrankenhaus in Canterbury, und wenn sie wieder erwachte, würde sie direkt dort ins Gefängnis gebracht. Irgendwann würde es ein Verfahren geben, um die Herkunft ihrer Schwarzen Magie zu ergründen, aber für den Moment hoffte Millie einfach nur, dass Eleanor wieder aufwachen würde. Und dass sie ihr anschließend all die Fragen beantworten würde, die ihr unter den Fingernägeln brannten.

Millie unterbrach das Backen, um Maus etwas Teig von ihrem Löffel schlecken zu lassen. Die Fledermauskatze kurierte immer noch einen gebrochenen Flügel, beziehungsweise ein gebrochenes Vorderbein aus, je nachdem, in welcher Form Maus sich gerade befand. Deswegen verbrachte er die meiste Zeit auf Millies gewärmtem Kaminsims oder nachts auf ihrer Bettdecke. Auch die kleine Fledermaus war Opfer von Eleanors Experimenten mit Schwarzer Magie geworden, aber er hatte sich glücklicherweise vollständig davon erholt, und beim letzten Bad in der magischen Flüssigkeit der Murphys waren keine Rückstände von Schwarzer Magie mehr feststellbar gewesen. Maus begann sofort zu schnurren, als Millie ihm den Löffel hinhielt und über sein kleines samtiges Köpfchen strich. Immerhin lebte sie jetzt nicht ganz allein in diesem Haus. Aber es war nicht nur das Cottage, das sich leer anfühlte – es war ganz Snickerford. Denn nicht nur ihre Großmutter war an diesem Tag aus Millies Leben verschwunden, sondern auch Remington.

Es hatte einen in eine Tüte atmenden Scott und einen stinksauren Arthur gebraucht, um die Ereignisse des Abends zusammenzusetzen. Scott erzählte ihnen, dass Eleanor ihn unter dem Vorwand nach Snickerford gelockt hatte, dass Millie ihre Trennung von ihm bereute und in einer tiefen Krise stecken würde. Er beschrieb, wie Remington Eleanor auf die Schliche gekommen war und wie sie versucht hatte, seine Gedanken zu löschen. Die anderen Hexen glaubten, dass es nicht funktioniert hatte, weil die Blutsverbindung zwischen Eleanor und Millie doch nicht stark genug gewesen war, als dass Eleanor den Blutschwur ihrer Enkelin hätte übernehmen können. Aber Millie hatte einen anderen Verdacht: Denn auch wenn sie sich nicht erklären konnte, was Remington vor dem *Tipsy Teapot* getan hatte, um Eleanor aufzuhalten, so wusste sie doch, dass Gedächtniszauber bei anderen Magiern nicht funktionierten.

Scott hatte die Hexen angefleht, sein eigenes Gedächtnis zu löschen, um die dramatischen Erlebnisse der Halloweennacht hinter sich zu lassen. Er versuchte nicht noch einmal, sich mit Millie zu versöhnen, sondern floh so schnell nach London, wie es nur möglich war (das hieß, er kaufte dem alten Bertie seine Schrottkarre für ein kleines Vermögen ab und bretterte über die Hügel davon, noch bevor der Morgen anbrach).

Arthur hatte die Geschichte dann weitererzählt: Nachdem Eleanor davon ausgegangen war, dass sie Remingtons Gedächtnis gelöscht hatte, hatte sie ihn dort liegenlassen. Aber es hatte aus irgendeinem Grund nicht funktioniert und Remington hatte sofort Arthur angerufen. Dieser hatte ihnen aus Pamelas persönlichem Vorrat mehrere Phiolen Gegengift besorgt. Während Remington und Arthur noch fieberhaft überlegt hatten, wie sie damit durch die Eisenstäbe des Kerkers kommen würden, hatte Maus sich den Beutel mit den Phiolen kurzerhand geschnappt und sich auf den Weg gemacht.

Über das, was im und um den *Tipsy Teapot* passiert war, gab es verschiedene Berichte. Lucy und Arthur erzählten allen Bürgern des Dorfes, dass sie einer neuartigen Theatervorstellung beigewohnt hatten, auch wenn das niemand so recht zu glauben schien.

Die anderen Hexen hatten offenbar nicht mitbekommen, was Millie vor dem Pub beobachtet hatte: Sie hatten nicht gesehen, wie Remington einen schwarzmagischen Blitz aus seinen Fingern geschossen hatte. Nancy und Dorothy Murphy waren sich zum Beispiel sicher, dass Eleanor Batterseas Schwarze Magie durchgedreht war und sich gegen sie selbst gerichtet hatte. Katie Murphy behauptete allerdings felsenfest, dass sie gesehen hatte, wie ein Zentaur aufgetaucht war und den Himmel gespalten hatte.

Millie hatte diesen Moment in Gedanken so oft durchgespielt und das war der einzige logische Schluss: Remington hatte Schwarze Magie benutzt. Sie wusste nicht genau, warum sie den anderen Hexen nichts davon erzählte. Vielleicht, weil Remington es auch nicht tat. Denn er war aus Snickerford verschwunden, ohne irgendjemandem auch nur ein Wort darüber zu sagen. Allerdings waren seine Vespa und ein paar Gegenstände aus seinem Zimmer ebenfalls fort, was den Schluss zuließ, dass er Snickerford freiwillig verlassen hatte. Die anderen Hexen gingen davon aus, dass er dem Gedächtniszauber entfliehen wollte. Millie wusste nicht, was sie von dieser Theorie halten sollte, aber sie wünschte sich so sehr, dass er mit ihr gesprochen hätte, wenigstens noch ein einziges Mal. Aber er empfing keine ihrer Nachrichten mehr und als sie versuchte, ihn anzurufen, führte seine Nummer ins Leere. Vielleicht hatte er genau das gemacht, was Millie ebenfalls vor sechs Monaten abgezogen hatte. Vielleicht war er einfach von jetzt auf gleich spurlos verschwunden und begann irgendwo ein neues Leben? Er war ein Schwarzer Magier. Nichts davon ergab Sinn und trotzdem war Millie sich sicher, was sie gesehen hatte. Das war Katie Murphy allerdings auch, also hieß das vielleicht nicht viel.

Lucy holte die Tortenböden aus dem Ofen und Millie zeigte den Hexen, wie sie aus den verschiedenen Böden und Buttercreme eine stattliche Torte baute. Dann ging es ans Verzieren und so viele Hände hatten ihre Finger im Spiel, dass die Torte am Ende absolut grauenhaft aussah.

Sie setzten sich alle um den ramponierten Tisch in der Ecke, über den Millie ein kariertes Tischtuch geworfen hatte, um die Schrammen zu verdecken. Sie tat jedem ein Stück Torte auf, aber die Hexen zögerten zu essen.

Millie schluckte und starrte das wild verzierte Stück auf ihrem Teller an. Doch dann hörte sie das Geräusch einer kratzenden Gabel auf Porzellan und als sie aufblickte, schob sich ausgerechnet Lucy Solomon den ersten Bissen in den Mund.

»Mh, Kürbis«, sagte sie und schloss genießerisch die Augen. »Köstlich, Millie.« Sie öffnete die Augen wieder und Millie nickte ihr dankbar zu. Lucy nickte ebenfalls und wandte ihren Blick dann Mary Robinson zu, die ihr gerade die Pläne für eine Farmerweiterung vorstellte. Millie holte tief Luft, stach mit ihrer Gabel in die Torte und schob sich selbst einen Bissen in den Mund. Sie schloss die Augen, Kürbis und Zimmt füllten ihren Mund.

Lucy hatte Recht. Es schmeckte absolut köstlich.